정도전의
야앙
3권

윤만보 장편소설

정도전의
야망
3권

조선왕조의 설계자
정도전의 대권을
향한 야망!

문학공감

차례

14장

누구를 보위에 앉힐 것인가

• 1

최영이 체포된 것과 동시에 안소, 정승가, 송광미, 이원보 등 측근들도 체포되어서 원주, 안변, 영해, 함창 등 각지로 유배를 떠났다.

이제 왕을 보필하며 따르는 이는 아무도 없었다. 임금을 둘러싸고 있는 무리들은 눈이 부리부리하고 어깨가 떡 벌어진 불량스럽기 그지없는 무뢰배 같은 자들뿐이었다. 여전히 임금이 자리를 지키고 있는데도 그들은 불손한 짓을 서슴없이 했으며 험악한 인상을 쓰면서 행동의 자유조차도 막았다.

임금은 그들과 마주치는 것조차 두려웠다.

'아 나의 충신들은 다 어디로 갔는가?'

바깥의 소식은 차단된 채 궐 안에 갇혀 지내야만 했다. 고립무원이라는 말이 실감 났다. 왕은 서러움과 두려움에 날마다 영비와 끌어안고 울며 지냈다.

그러던 어느 날, 왕은 정신을 차려서 대안을 찾았다. 이색과 같은 중신들이 아직 건재하니 그들에게 도움을 청하기로 한 것이었다.

9

이색은 성격이 꼬장꼬장하고 바른말을 잘하곤 해서 왕은 그가 나라의 원로대신이긴 했지만 멀리해 왔었다. 왕은 이색의 그런 바른 성품을 싫어하여 언젠가 연회에 참석한 그에게 기생을 시켜서 술을 따르게 하고는 '근엄하신 원로대신도 여색을 가까이하느냐'며 조롱을 한 적도 있었다. 그러나 나라를 위한 충정은 어느 대신보다도 깊어서 문제가 있을 때는 언제나 그가 나섰다.

이색이 나서 준다면 오늘의 이 사태도 해결할 수 있을 것이라는 생각이 들었다. 왕은 은밀히 서찰을 써서 이색에게 전했다.

> "나라가 위기에 처했을 때 경은 언제나 대의를 내세워 어려움을 풀어 왔소. 지금 고려가 처한 운명은 백척간두의 위기라 해도 과언이 아니오. 신하가 임금의 말을 듣지 않으니 임금의 권위는 땅에 떨어지고 과인은 신하의 눈치를 보며 하루하루를 지내고 있소. 임금의 처소를 무뢰배 같은 자들이 겹겹이 싸고 있으니 행동이 부자유스럽고 즐기던 사냥도 못 하는 신세가 됐소이다. 이제 그 정도가 심하여 과인은 잠자리에 들면 다음 날 성한 몸으로 눈을 뜰 수가 있을까 하는 정도로 목숨의 위험까지도 느끼고 있소. 부디 경이 나서서 오늘의 이 사태를 수습해주시오."

임금의 서찰을 전해 받은 이색은 깊이 생각했다. 아무리 임금이 군왕의 도리를 잘못했다고 해도 신하가 임금을 감금하고 목숨까지 위협을 받아야 하는 상황까지 이르렀다면 이는 사직의 종말을 뜻하는 것이다. 이는 요동 정벌군이 '임금의 곁에서 보필을 잘못하는 간적을 물리치고 나라를 바로 세우고자 부득이 회군을 했다'고 내세운 명분에도 어긋나는 일이었다. 간적은 다 제거되었는데도 도성 안에는 여전히 군사들이 주둔하여 백성이 불안해하고 임금조차도 목숨이 위협받을 정도라면 나라의 일이 크게 잘못되어가고 있는 것이다.

이색은 안극인 등 나라의 원로대신을 지냈던 사람들과 연통을 하여 그들의 협조를 구하기로 했다. 안극인은 대비 정비의 부친이기도 했다. 원로대신들은 이성계와 조민수를 면담하여 사태 수습이 원만히 되었으니 군사를 도성 밖으로 물리고 임금을 감금하다시피 하고 있는 것을 풀어달라고 요청했다.

이성계와 조민수는 그들의 요청을 받아들이면서 동시에 민생의 안정을 위해 원로들의 협조를 구했다. 그리고 국정쇄신을 위해 대규모 인사를 단행하기로 했다. 인사를 단행하기에 앞서 이성계는 정도전을 남산 밑 사저로 불렀다.

정도전이 이성계를 찾았을 때 사저는 예전의 활기를 되찾고 있었다. 피난을 갔던 강씨 부인도 그간의 고생을 말끔히 씻고서 손님맞이에 분주했고 사랑채에는 객으로 북적거렸다. 때마침 이성계는 막내와 손을 잡고 정원을 거닐고 있었다.

"장군, 부자간 정을 나누는 모습이 퍽 정겨워 보이시옵니다."

"어서 오시오, 삼봉. 변란 때 좀 떨어져 있었더니 애비 정이 그리웠던지 도무지 떨어지지를 않으려고 해서."

이성계는 멋쩍어서인지 헛웃음을 쳤다. 방석은 지난 변란 중에 아버지가 무슨 일을 벌였는지는 잘 모른다. 그저 아버지가 없으니 주변에서 일어나고 있는 일들이 온통 겁이 날 뿐이었다. 방원 형이 아버지처럼 자상하게 보살펴주어 무사히 고비를 넘기긴 했지만 역시 부정만 못 했다. 다시 아버지를 만나게 되니 떨어져 있던 날을 보상받아야겠다는 생각이라도 한 듯 아비의 주위를 떠나지 않으려 했다.

"그동안 방원 공의 고생이 많았겠습니다."

정도전은 이방원에 대한 치사도 잊지 않았다.

"그렇소이다. 그 애가 민첩하게 움직여주어서 식구들 모두 무사한 걸

다행으로 생각합니다. 자, 내당으로 들어갑시다. 내 긴히 의논할 일이 있어서 삼봉을 불렀소이다."

두 사람은 내당으로 들어가서 주위를 물리친 채 독대하여 앉았다.

"할 일은 산적 같은데 무엇부터 해야 할지 도무지 분간이 서지 않는구려."

이성계가 난감한 표정을 지으며 말했다.

"숱한 전장에서 맹수와 같았던 분이 하실 말씀이 아닌 듯하옵니다."

정도전은 웃으면서 이성계를 치켜세웠다.

"아니요. 전장에서는 싸움에 이기는 일과 부하의 사기를 높이는 일 등 주어진 일에만 몰두하면 되지만 정치는 다른 것 같소. 무엇이 중요한지 우선순위도 정하기 어렵고, 적도 아군도 구별되지 않고, 힘으로 다스려야 할지 부드러움으로 대해야 할지 도무지 구별이 가지 않는 일들이 끊임없이 일어나니 일순간도 편하게 지낼 수가 없소이다."

"그러하오이다. 나라와 백성을 위하는 생각과 방법이 각기 다르니 제자백가(諸子百家)의 소리가 나는 것입니다. 하나 그들은 적이 아니니 조화를 이루시고 완급을 조정하여 일을 처리하시면 무리가 없을 것입니다. 또 일을 처리하는 데 있어 무엇보다도 중요한 것은 권력자는 백성을 위하는 항심(恒心)을 잊지 않아야 할 것입니다."

"그러하오? 허허, 나 같은 무장에게는 도무지 어려운 일이라서……. 삼봉 같은 사람이 곁에서 많이 도와주시오."

"아니오이다. 널리 인재를 등용하소서."

"그래서 삼봉을 불렀소이다. 어떤 인재가 어디에 적합하고 또 누구를 써야 할지……."

새로운 권력이 탄생하면 새롭게 질서가 재편되는 법이다. 이는 훌륭한 인재 등용으로 이루어지는 일이기에 이성계는 정도전과 의논을 하려는 것이었다.

정도전은 먼저 자신의 의견을 말했다.

"조정의 수장 편제부터 바꾸시옵소서. 장군께서는 종전에 문하시중이었던 최영 밑의 수시중 자리에 있었습니다. 그러나 회군 이후 이 나라의 최고 권력자는 장군과 조민수 장군이시옵니다. 누가 문하시중이 되느냐 하는 여부에 따라서 상하관계가 설정될 것인바, 두 분 사이에 상하관계란 있을 수 없는 일이기에 이를 좌시중, 우시중으로 대등 관계로 하소서. 굳이 서열을 논하자면 상좌(尚左)의 원칙에 따라 좌시중이 앞서겠지만, 실제로는 꼭 그렇지만은 않을 것입니다."

"그럼 누가 좌시중이 되고 누가 우시중을 맡는다는 말이오?"

"좌시중은 조민수 장군에게 맡기시옵소서."

"어째서요?"

"조민수는 욕심이 많고 기회주의적인 성품이어서 이 기회에 일인자로 대우받기를 원할 것입니다."

"그렇다면 내가 그의 수하가 되라는 뜻이 아니오?"

"장군은 그에게 일인자 자리를 내주고 실리를 챙기시면 됩니다. 그러면 조민수의 자리는 허울일 뿐이고 실제 일인자는 장군이옵니다."

"어찌하면 되겠소이까?"

"장군은 그동안 준비를 많이 해왔습니다. 장군 밑에는 많은 인재들이 모여 있습니다. 그들은 고려의 개혁을 원하는 사람들입니다. 그들을 활용하여 개혁을 추진한다면 구신들은 물러나야 할 것입니다. 조민수는 과거 이인임의 밑에서 부정을 저지르면서 여러 요직을 지낸 사람이니 그도 개혁의 대상입니다."

"그렇다면 누구를 어떤 자리에 앉히면 좋겠소? 그리고 그 자리를 조민수와 의논을 해야 하지 않겠소?"

"실권이 없는 자리는 조민수 측에 물려주고 핵심이 되고 개혁의 바람을 불러일으키는 자리에 우군을 앉히시면 됩니다. 조민수는 나라를 경영할 준비를 해온 사람도 아니고 능력도 없는 사람인데 장군의 회군에 동참하여 우연히 최고 권력의 자리에 올랐을 뿐입니다."

이성계는 정도전의 건의를 받아들여서 조민수와 협상을 했다. 조민수는 자신을 좌시중, 일인자의 자리에 앉히겠다는 말에 혹해서 넘어갔다. 조민수가 이성계의 안을 순순히 받아들이는 또 하나의 이유는 자신의 수하에는 몇몇 무장 외에는 딱히 요직에 앉힐 만한 인재가 없었기 때문이기도 했다.

대대적으로 인사가 단행되었다. 먼저 회군에 가담했다는 이유로 파직당했던 장수들을 복권시켰고 조정 백관의 인사가 이루어졌다. 우시중은 이성계가 되었고 정도전은 밀직사사, 조준은 대사헌, 정몽주가 삼사좌사로 앉았다. 밀직사사는 왕명을 출납하고 궁중의 숙위(宿衛)와 군기(軍機)를 단속하는 직책이고, 대사헌은 시정의 풍속과 관원에 대한 감찰을 하는 사헌부의 수장이다. 삼사좌사는 전곡(田穀)을 출납하며 국가의 재정을 담당하는 기관의 장이다.

이성계는 이들 핵심 부서에 자신과 가까운 인사를 배치함으로써 조정의 실권을 장악한 셈이었다. 이 중 정도전이 밀직사사의 직에 앉게 된 것은 특별한 의미가 있었다. 밀직사사란 형식상 왕이 자신의 뜻을 잘 헤아리는 충복을 앉혀서 보좌하게 하는 직책이지만, 정도전은 왕을 감시하는 역할을 해야 하기에 왕의 뜻과는 무관하게 자진해서 그 자리에 앉은 것이었다.

군사들이 궁중에서 물러났지만, 임금은 여전히 감시를 피할 수 없는 처지였다. 정도전은 임금이 필시 어떤 일을 꾸밀 것이라고 생각했다. 현재는 회군한 장수들의 세에 눌려서 눈에 띄는 행동을 하지 않았지만 언젠가 은밀하게 일을 꾸미는 자가 나타나 임금을 추슬러서 일을 도모할지도 모르는 일이기에 주위를 면밀히 관찰할 필요가 있었다. 정도전은 보직을 받자마자 궁중을 숙위하는 군사들을 대폭 교체해버렸다. 근위병인 우달치와 순군을 교체하면서 만일 일어날 수 있는 일에 주도면밀하게 대비했다.

정도전의 예상은 적중했다.
"대감 잠시 여쭐 말씀이 있어서 찾아뵈었습니다."
왕의 숙소를 경호하는 별감 중의 한 놈이 찾아왔다. 사람이 짐승보다 확실히 나은 점은 눈치를 잘 본다는 것과 냄새를 기가 막히게 잘 맡는다는 것이다.
정도전이 권력의 핵심 인사라는 것은 궁중의 내수(內豎)들에게도 이미 널리 알려져 있는 사실이어서 그들은 정도전이 등청을 하면 밤사이의 조그마한 일까지도 다투어 고해바치곤 했다.

"밤사이 무슨 일이 있었는가?"
"예."
별감은 행여 주위에 듣는 사람이 있을세라 목소리를 낮추었다.
"……?"
"주상께서 밤사이 별감을 시켜서 조민수 장군과 이성계 장군의 사저 경비 상태를 파악하셨습니다."
"그래? 동조하는 자들이 누구이던가?"
정도전이 예상하고 있던 일이 벌어지고 있는 것이었다. 은밀히 왕의 복권을 기도하는 인사를 색출하는 좋은 기회가 온 셈이었다. 그들의 움직임 여하에 따라 왕을 축출시킬 수도 있는 절호의 기회이기도 했다.
"환관을 시켜 칼 잘 쓰는 별감과 시정에서 무술을 잘하는 자들을 은밀히 모으고 있습니다. 재물을 풀어서 한 100명쯤 모으고 있습니다."

"음."

정도전은 짧게 신음소리를 냈다. 생각보다는 왕이 빨리 움직였다.

"그래 수고했네."

정도전은 서랍장에서 은병 몇 개를 집어주었다. 별감은 황송해 하면서도 얼른 받아서 품속에 챙기고는 다른 사람이 볼세라 잽싸게 사라졌다.

'임금이 무술하는 자들을 데리고 조민수, 이성계 장군의 사저를 습격하겠다고?'

정도전은 당장 별감 몇 놈을 족쳐서 사태의 전말을 밝히고도 싶었지만 그렇게 되면 오히려 임금을 핍박한다고 역공을 당할 수도 있는 일이었다. 최영은 제거되었지만 아직은 그 추종자들이 여전히 잠복해서 기회를 노리고 있고, 또한 임금에 대한 충성파 원로대신들이 남아 있는 상황이어서 섣불리 나설 시기가 아니었다. 무엇보다도 조민수와의 관계에서 병권도 확실히 장악이 안 된 상태였다.

정도전은 신중히 생각했다. 왕을 좀 더 궁지로 몰아넣을, 왕이 꼼짝없이 걸려들 방법을 모색했다.

정도전은 이성계를 찾아갔다.

"장군 신변의 경계를 단단히 하소서."

"왜 무슨 일이 있소이까?"

이성계가 영문을 몰라 물었다. 정도전은 자신이 들었던 이야기를 전하고 대처하는 방법까지 일러주었다.

"장군께서는 모른 체하시고 평소대로 사저로 퇴청하십시오. 그리고 앞문으로 들어갔다가 뒷문으로 곧장 나와 군영으로 향하십시오. 식솔들은 미리 군영으로 옮겨 놓으셔야 할 것입니다."

"왜 그렇게 해야지? 단번에 저들을 붙잡아서 문초하면 될 터인데?"

"그렇게 하면 여러 문제가 생깁니다. 자칫 잘못하다가는 왕위를 찬탈하려 한다는 오해를 받아 백성의 지탄을 받게 됩니다. 아직은 임금이 자리를 지키고 있으니 예는 갖추어야지요. 덫을 쳐놓고 임금 스스로가 걸려들기를 기다려야 합니다."

정도전은 자신이 생각해두었던 바를 일러주고 조민수 장군에게도 전하라고 당부를 하고 물러 나왔다.

이성계는 정도전이 돌아가고 난 뒤 그가 참으로 신중하고도 치밀한 사람이라고 생각했다. 요동 정벌의 부당함을 제기하는 반론부터, 최영의 숨겨놓은 정치적 복선까지 파악하고서 위화도 회군을 건의한 일, 그리고 가족을 피신시키는 등 일련의 조치와 인사 행정을 다루는 솜씨까지 그는 모든 일을 큰 틀에 놓고 기획하고, 생각한 바를 주도면밀하게 추진하는 사람이었다. 이성계는 다시 한 번 정도전의 탁월한 능력에 감탄했다.

'삼봉이 기획한 대로 따른다면 실패가 없으리라.'

자신이 대업을 이루고자 하는데 삼봉의 역할이 크게 기대됐다.

● 2

정도전이 다음 단계로 해야 할 일은 임금을 행동에 나서게 하는 일이었다.

'임금이 직접 행동에 나서도록 만들어서 스스로 물러나게 해야 한다.'

정도전은 시중에 은밀히 유포되고 있는 '우왕 가짜설'을 궁중 내에 퍼뜨리기로 했다. '우왕 가짜설'은 '우왕이 공민왕의 자식이 아니고 신돈의 자식이다'는 말이다. 이는 시중에 은밀히 유포되고 있었는데 우왕의 성정이 점점 포악해지자 이를 사실로 믿고서 우왕 제거 결사를 맺은 사람들도 나타났다. 조준, 윤소종, 조인옥, 백금령, 허금 등 인사들이 바로 그들이었다.

'평민이라 해도 자신의 혈통을 부정하는 소리를 듣는다면 이보다 더한 수모가 없을 터인데, 임금이 이 소리를 듣게 된다면 왕의 자리를 위협하는 소리로 들을 것이고 그 근원을 없애기 위하여 반드시 행동에 나서게 될 것이다.'

정도전의 생각은 여기까지 미쳤다. '가짜설'은 궁중 내에 퍼졌고 마침내 임금의 귀에까지 들어가게 되었다.

"뭣이라고? 내가 왕씨가 아니라고? 이런 벼락 맞아 죽을 놈들이 있나!"

그 소리를 영비를 통해서 전해 들은 왕은 끓어오르는 분함을 참지 못해 죽일 듯이 화를 냈다.

"고정하시옵소서. 전하 이런 말은 다 역적 놈들이 지어낸 말이옵니다. 다 아버님이 안 계시기에 이런 억울한 소리도 듣는 것이옵니다."

말을 전한 영비는 임금의 손을 부여잡고 같이 억울함을 토로했다. 아버지 최영의 빈자리가 너무 컸다. 간적으로 몰려서 반군에게 붙잡혀간 것도 원통한 일인데 이제 와서 임금에게까지도 왕씨가 아니라는, 차마 못 듣지 못할 말을 만들다니 이 억울함과 분함을 어찌 갚아야 할지…….

"이성계, 조민수 이 역적 놈들, 네놈들이 나의 신하였음을 정녕 잊었단 말인가? 내가 오늘날까지 네놈들에게 베푼 은혜가 산과 같거늘 네놈들이 나의 눈이 퍼렇게 살아 있는데 이런 억울한 소리를 듣게 만들다니!"

우왕은 허공에다 대고 미친 듯이 울부짖었다.

"영비, 내 이놈들에게 당한 수모를 기어이 갚아줄 것이오. 이놈들을 반드시 내 손으로 죽여서 간을 내먹을 것이오!"

한참 울부짖던 왕은 정신을 차렸다. 그리고는 은밀히 환관을 지밀로 불러서 그동안 준비해 왔던 일을 점검했다.

"동원할 수 있는 인원이 얼마나 되느냐?"

"여든 명은 족히 됩니다."

"이성계, 조민수의 집을 감시하라. 그리고 밤이 이슥할 때를 기다려 습격을 할 것이다. 과인의 칼과 갑옷도 함께 챙기거라."

"전하께서도 같이 가실 것이옵니까?"

"내 손으로 직접 역적놈의 목을 벨 것이다. 준비를 하거라."

임금이 환관에게 지시하고 무사들을 준비시키고 있다는 내용은 정도전에게 그대로 전해졌다. 정도전은 예상한 대로 일이 전개되어 가고 있다고 생각하면서 회심의 미소를 지었다. 그리고는 이성계에게 사실을 알리고 평소와 다름없이 눈치채지 못하게 의연하게 대처하라고 일렀다.

이성계는 평소처럼 남산 사저로 퇴청했다. 그리고는 집 안을 환하게 밝혀두고 하인 몇 명에게만 집을 지키도록 하고는 자신은 뒷문으로 빠져나와서 도성 밖 군영으로 향했다.

밤이 이슥해지자 사저로 한 떼의 괴한들이 모여들었다. 은밀히, 풀벌레도 잠이 깰세라 소리 없이 움직였다. 왕도 갑옷을 챙겨 입고 그 속에 섞여 있었다. 그들은 이성계가 잠자리에 들기를 기다렸다.

이윽고 내당에 불이 꺼졌다. 밖에서 기색을 살피던 괴한들은 사저의 담을 타고 넘었다. 집 안은 조용했다. 일부는 마당에서 경계를 서고 왕이 지휘하는 자들은 내당으로 쳐들어갔다.

"우당탕!"

내당의 문을 박차고 들어갔다.

"꼼짝 마라! 이 역적놈!"

어둠 속이었지만 흐릿하게 잠자리의 흔적이 보이는지라 베개 맡을 겨냥하고 소리를 질렀다. 그런데 이게 웬일인가? 인기척이 없는 것이 아닌가?

이불을 획 젖혔다. 빈 이부자리에 베개를 받쳐놓아 잠을 자고 있는 것처럼 꾸며놓았을 뿐 잠자리의 주인은 온데간데없었다.

"이게 어쩐 일이냐? 방을 잘못 찾은 것이 아니냐?"

왕은 당황했다.

"다른 방에 있을지 모르니 뒤져 보거라! 창고든 뒷간이든 숨을 만한 곳을 구석구석 뒤져 보아라!"

침입자들은 집 안을 샅샅이 뒤졌으나 허탕이었다. 집을 지키던 하인들만 영문을 모른 채 끌려 나왔다.

"어떻게 된 일이냐?"

"쇤네들은 모르는 일이옵니다. 며칠 전부터 대감께서 퇴청을 하셨다가 이내 뒷문으로 나가시곤 하였습니다. 마님과 도련님들은 얼마 전에 거처를 옮기셨습니다."

'아뿔싸!'

왕은 그제야 속았다는 생각이 들었다. 자신의 거사 계획이 이성계 쪽에 흘러들어 갔다는 의심이 퍼뜩 들었다. 왕은 정탐 보고를 한 별감에게 살벌한 눈길을 보냈다. 별감은 안절부절못하고서 변명을 했다.

"분명 퇴청하는 것을 이놈 눈으로 확인하였습니다."

별감을 벌벌 떨면서 기어들어가는 소리를 냈다.

"네놈 탓에 일이 글러 버렸구나, 죽일 놈!"

왕은 손에 들고 있던 칼로 별감의 목을 베어버렸다.

"악!"

별감은 외마디 비명을 지르며 그 자리에서 고꾸라졌다. 왕의 포악함에 무사들은 바짝 긴장했다.

"이성계는 다음에 처리하기로 하고 조민수의 집으로 가자!"

왕은 허둥대며 조민수의 집으로 찾아갔다. 그러나 조민수도 이성계의 말을 듣고 이미 몸을 피한 후였다. 왕은 이제 어찌해야 하는지 갈피를 잡지 못했다. 역적의 무리에 가담한 자는 누구라도 붙잡아 화풀이를 하려고 조민수의 수하 장수 변안열의 집도 습격했으나 그도 역시 집을 비운 후였다.

왕은 거사가 완전히 실패했다는 것을 깨닫고서 새벽녘이 되어서야 궁으로 돌아왔다. 일이 실패했다는 것은 일에 가담했던 무사들에게도 큰일이었다. 당초 여든 명이었던 무리는 거의 도망을 쳐버리고 궁까지 임금을 수행한 자는 불과 수명밖에 되지 않았다.

'이 일을 어이해야 하나? 정녕 하늘이 나를 버리시는 것인가?'

날이 밝으면 밤사이에 일어난 일이 밝혀질 것이고, 그렇지 않아도 꼬투리를 잡으려고 혈안이 되어 있는 자들인데 빌미를 제공하고 말았으니 아무리 임금이라 해도 무사하지 못할 것이라는 생각이 들었다. 왕은 불안한 나머지 이제 새벽을 맞이하기도 두려웠다.

"술, 술, 술을 내오너라!"

왕은 미친 듯이 소리를 질렀다. 모든 것을 운명에 맡기고 술이나 퍼마시면서 불안한 마음을 달래고자 했다.

• **3**

밤사이 일어난 일이 이성계에게 보고되었다. 이성계는 이미 예상하고 있었지만, 막상 일을 당하고 보니 가슴이 철렁 내려앉았다.

'삼봉이 아니었으면 밤사이 불귀의 객이 되어 버렸을지도 모른다. 삼봉은 참으로 귀신같은 사람이다.'

구사일생 삼봉의 기지로 목숨을 구했다고 생각하니 그에 대한 신뢰가 한결 더했다. 이성계는 고마움의 표시로 곁에 있는 정도전의 손을 꼭 쥐었다.

"참으로 삼봉 덕분으로 목숨을 구했소이다."

정도전은 겸양의 뜻으로 답했다.

"아니옵니다. 그저 소임을 다했던 것뿐이옵니다."

정도전은 밤 동안의 일이 궁금해서 궁궐로 등청하기 전에 일찍이 이성계의 군영을 먼저 들렀던 것이다.

"장군, 더 이상 왕을 이대로 두어서는 아니 됩니다."

"이 길로 궁궐로 쳐들어가서 왕을 붙잡아 옵시다."

"이대로 넘어간다면 또 무슨 일을 저지를지 모르는 일입니다. 소장들의 목숨도 걸려 있는 일입니다."

밤사이의 일이 이성계의 제장들에게 알려지자 그들도 부글부글 끓었다. 이방원은 화를 참지 못하고 펄펄 뛰었다.

"아버님 속히 명하여주십시오. 저 무도한 임금을 당장 붙잡아 오라고!"

"아서라. 이미 일은 벌어졌는데 서두를 일이 아니다. 저들은 궁궐로 돌아갔고 조민수 대감도 같은 일을 당하였으니 그 사람들과도 의논을 해보아야 하지 않겠느냐?"

제장들은 흥분하여 당장 일을 벌이려고 했으나 이성계는 침착했다. 일의 선후를 가린 후 돌다리를 두들기듯 신중을 기하려는 모습이었다. 정도전은 그러한 이성계의 모습에 깊은 신뢰를 받았다.

'이분은 행동은 범처럼 날렵하게 하지만 그 결정은 참으로 무겁게 하는 사람이구나. 과연 큰일을 하기에 손색이 없는 분이다.'

밤사이에 일어난 일을 의논하기 위해 조민수의 군영에 연락을 했다. 양측은 흥국사에 모였다. 조민수 측의 제장들도 흥분하기는 마찬가지였다.

"당장 궁궐로 쳐들어가서 왕을 쳐 죽입시다!"

"최영을 붙잡았을 때 임금도 같이 죽였어야 하는 건데……."

"임금은 우리를 역도로 취급하여 또다시 죽이려들 겁니다. 우리들의 목숨도 달린 일입니다."

모두 제각각으로 말을 했지만, 임금을 쫓아내자는 뜻은 같았다.

"제장들의 뜻은 알겠으나 임금을 바꾼다는 것은 깊이 생각해 할 일이오. 누구를 후사로 해야 할 것인지를 정하는 것도 그렇고, 민심을 살펴야 하고 명나라에 고해야 하는 절차도 있소. 성급히 결정할 일이 아닌 것 같소."

이성계는 여전히 신중했다. 조민수의 부하들도 위화도 회군 때부터 이성계의 탁월한 지도력을 인정했다. 그 이후 일의 전개 과정에서도 이성계의 결정이 옳았음을 쭉 보아왔다. 모두 이성계가 결정하는 대로 따르기로 했다.

당장은 임금을 감시하는 것부터 시작했다. 회군에 대해 불만을 가진 자들과 임금에게 충성하는 자들이 여전히 남아 있으므로 이들이 부화뇌동하여 은밀히 공작을 펼칠 수도 있는 일이기에 일을 신중히 하면서도 엄하게 처리하기로 했다.

이화, 심덕부, 왕안덕, 조인벽 장수에게 명하여 우선 궁중 안의 무기와 말들을 압수했다. 그리고 거사에 가담했던 자들을 색출하여 왕이 보는 앞에서 참수를 해버렸다. 왕의 처소를 경호하는 별감들도 모두 이성계의 군사로 대치했다. 임금은 자신의 앞에서 별감들의 목이 떨어지는 것을 보고 섬뜩했다. 자신에게 곧 닥칠 운명도 저들과 다름이 없으리라 예감했다.

이튿날 일단의 군사들이 또 들이닥쳤다.

'이제는 내 차례인가!'

왕은 겁이 나서 벌벌 떨면서 이들을 맞았다.

"영비를 내놓으시오."

장수는 소리치듯 크게 말했다.

"무슨 소리인가? 영비는 나의 부인이니라."

왕은 기어들어가듯 조그마한 소리로 말했다.

"영비는 역적 최영의 딸이니 이곳에 머무를 자격이 없소."

"그럼 어디로 보낸단 말이냐?"

"강화부로 떠나야 하오. 속히 서두르시오."

"그렇게는 할 수 없다. 아직은 내가 왕인데, 내가 결정하지 않았는데 누가 그렇게 정하였다는 말이냐?"

왕은 최후의 몸부림을 쳐봤다. 그러나 목소리에는 맥이 없었다.

"그럼 소장들이 들어가서 끌어낼 것이오."

장수가 처소로 들어가려 했다. 왕은 더 이상 버티는 것이 무모하다는 생각을 했다.

'이미 놈들은 순서를 정해놓고 나를 압박하는 것이다. 영비를 떼어놓은 다음은 내 차례겠지!'

왕은 체념했다. 더 이상 이들의 말을 듣지 않는 것은 목숨을 재촉하는 일밖에 되지 않는다는 생각이 들었다. 왕은 모든 것을 포기하기로 마음먹었다.

"너희들의 마음을 알겠다. 나를 쫓아내는 것이 너희들의 바람이 아니냐? 나도 영비와 같이 떠나게 해다오."

왕이 스스로 자리에서 물러나겠다고 했다. 그러나 이것은 군사들이 예상하지 않았던 일이다. 동원된 군사들이 결정할 일이 아니었다. 군사 중에 장수가 도움을 청하기 위해 주위를 둘러봤다.

정도전은 이러한 광경을 처음부터 지켜보고 있었다. 이 일은 정도전의 주도로 이루어지고 있는 일이었다. 장수가 궁인들 속에 섞여 있는 정도전을 발견하고 눈길을 주었다. 눈길이 마주치자 정도전은 승락하는 뜻으로 고개를 끄덕여 주었다. 어차피 다음 차례는 왕을 쫓아내는 일인데 스스로 물러나겠다고 하니 잘된 일이었다. 장수도 정도전의 뜻을 알아차렸다.

"원하신다면 막지는 않겠소. 말을 대령하겠소이다."

장수가 왕에게로 다시 눈길을 돌려 말했다.

"벌써 날이 저물었다."

"아니 되오. 속히 떠나시오."

장수는 이미 결정 난 일인데 지체할 것이 없다고 쫓아내듯이 윽박질렀다.

"그러마. 이 밤으로 떠나야 백성들의 눈을 피할 수 있겠지. 백성들이 나를 위해 울어 준들 무슨 소용이 있겠느냐? 나의 마음만 괴로울 뿐이지. 지금 떠나마."

왕이 떠나려고 하자 궁인들이 우르르 몰려나왔다.

"전하! 부디 옥체를 보존하소서. 만수무강하소서."

여기저기서 울음소리가 터져 나왔다. 이때 한 여인이 나타나서 임금이 타고 있는 말 앞을 가로막고 울부짖었다.

"전하, 소첩도 데려가 주시옵소서!"

명순옹주 연쌍비였다. 그녀는 기녀로 있다가 우왕의 마음을 사로잡아 옹주로 봉해졌는데 한 때는 왕과 함께 나란히 연과 말을 타고 놀이를 다니는 등 총애를 받아왔던 여인이었다.

"같이 가면 안 되겠느냐? 나의 여인이었느니라. 내가 없이 궁중살이에 무슨 의미가 있겠느냐?"

장수는 허락했다. 왕과 영비와 연쌍비 세 사람은 병사가 끄는 말을 타고 배웅하는 사람도 없이 초라한 모습으로 회빈문(會賓門)[1]을 나섰다.

백성이란 무지한 무리로 취급되어서 조정 대신들이 모여서 무엇을 논

---

1) 강화도 쪽으로 난 관문.

하는지, 구중궁궐 내에서 무슨 일이 벌어지는지, 생각이 미치지 못할 것이라 여겨지지만, 실상은 그렇지가 않았다.

은밀히 이루어지고 있는 일일수록 보지 않고 있어도, 듣지 않았어도 더 많이 알고 더 자세히 알고 있는 것이 민심이다. 왕이 폐위되고 새로운 임금이 들어앉는다는 것을 궁중에서보다도 먼저 알고 있는 것이 백성이었다.

연도의 백성들은 유배 길을 떠나고 있는 세 사람이 누구인지 모르는 사람이 없었다. 그러나 백성은 누구도 왕이 생각한 것처럼 울어주지 않았다. 지나는 길목의 사람들은 담 너머에서 그들의 몰락한 모습을 보면서 손가락질을 하며 수군대기만 할 뿐이었다.

• 4

'왕의 자리가 비었으니 누구를 새로운 왕으로 맞이해야 할 것인가?'

이는 초미의 관심사가 아닐 수 없었다. 이것은 그동안 한 시대를 이끌었던 원로대신과 이성계를 중심으로 새롭게 권력의 핵심으로 떠오른 신진사대부 간에 첨예한 대립을 불러오게 하는 문제였으며, 회군파의 또 다른 세력인 조민수 세력과도 마찰을 일으킬 수 있는 문제였다. 이는 동시에 새로운 세상을 만들고자 하는 정도전에게는 풀어야 할 당면 숙제이기도 했다. 정도전의 생각으로는 당장에라도 이성계를 보위에 올리고 싶은 마음이었으나 아직은 넘어야 할 산이 너무 많았다.

정도전은 새 왕으로 정창군 왕요(王瑤)를 점찍었다. 그는 성격이 나약하고 고집과 욕심이 없는 사람으로 평이나 있었으나 정도전은 그러한 점에 개의치 않았다. 어차피 새로이 왕을 옹립한다는 것은 이성계와 함께 새로운 세상을 건설하기 위해 거치는 과정일 뿐이기에 상관없었다. 오히려 그런 사람을 왕좌에 앉혀놓으면 입맛대로 주무르기가 편할 것이고 그다음의 일도 순탄할 거로 생각했다.

정도전은 이성계와 먼저 숙의를 거친 후에 조준, 윤소종, 남은 등 인사들을 만나서 의논을 했다.

"저의 생각은 그러하오이다. 다른 분은 어떠시오?"

"그분은 성격이 너무 유약하다는 것이 문제이지 않나요?"

다른 사람들은 대체로 동의했으나 조준이 이견을 내놓았다.

"글쎄요. 조대감은 그리 생각하시오? 우리에겐 바로 그러한 그분의 약점이 장점이라고 생각하는데."

"어떤 뜻으로 그리 말씀을 하십니까?"

영문을 모르는 남은이 물었다. 정도전은 입가에 의미 있는 미소를 잠깐 짓다가 뜻했던 바를 설명했다.

"일전에 우리는 이성계 장군을 주군으로 모시기로 결의하였소. 이는 고려가 더 이상 백성에게 희망을 줄 수 없는 지경에 이르렀고 혁명을 통하여 나라를 구제할 방법밖에 없다고 생각하였기에 그렇게 한 것이오. 그래서 우리의 뜻에 가장 적합한 인사로 이성계 장군을 택한 것이외다. 이제 그분의 결단으로 요동 정벌군이 회군하여 왕통이 의심되는 우를 폐하게 되었소. 이 시점에 쓰러져가는 고려를 안고 안간힘을 쓰려는 인사보다는 왕요와 같이 나약하고 고집과 욕심을 부리지 않는 인사가 임금의 자리에 앉게 된다면 우리가 바라던 일이 훨씬 수월하게 진행되지 않겠소?"

설명을 마치고 정도전은 자신의 구상이 어떠냐고 동의를 구하려는 듯 씨익 웃음을 지어 보였다. 남은도, 다른 사람도 정도전의 뜻을 이해하고는 고개를 끄덕였다.

"또 한 가지 덧붙일 것은……."

"뭣이오?"

남은이 재차 물었다.

"우리는 지금 패악무도한 임금을 폐하고 새 왕을 세우는 데까지 왔으나 백성의 손에는 아직 무엇을 쥐여줄지 정하지 못하고 있소이다."

"임금을 바꾸는데 백성의 손에 무엇을 쥐여주라는 말이오?"

정도전의 뜬금없는 말에 조준이 뜻을 몰라 물었다.

"맹자께서는, '군주는 백성에 대해 요구하는 것이 여럿 있어도 백성이 바라는 것은 오직 하나 배불리 먹는 것뿐이라 하고, 이를 행하지 못하는 군주는 백성으로부터 버림을 받을 것이며 백성의 버림을 받는 군왕은 이미 임금이 아니라 한낱 필부와 다르지 않다며 내쳐도 괜찮다'고 하였소."

"그렇다면 우리는 필부를 내쳤다고 할 수 있겠네요."

남은이 맞장구를 쳤다.

"그렇다고 볼 수 있지요. 우리가 내친 필부가 그동안 얼마나 민심을 저버리고 있었는지 지금의 민심을 보면 알 수가 있소. 아무도 우의 폐위가 잘못되었다고 우는 사람이 없소. 그런데 우리는 지금 필부와 같은 임금은 내쳤으되 백성을 위하여 무엇을 하여야 하는지는 생각하지 않고 있소. 우리의 일이 성공하였다고 장담을 하려면 백성의 배를 불려주는 일을 해야 하오."

정도전은 자신들이 추구하는 혁명의 궁극적인 목적이 민생의 안정이라고 역설하고 그것을 위해 잘못되어 있는 토지제도를 뜯어고쳐야 한다고 지적했다.

"이 문제는 수백 년 쌓여온 적폐이므로 결코 쉬운 일이 아닐 것이오. 조준 대감께서 맡아주셔야 되겠소이다."

정도전은 토지제도 개혁의 적임자로 조준을 지목했다.

한편 조민수는 이성계 측의 구상과는 별도로 다른 꿈을 꾸고 있었다. 조민수는 지금 좌시중으로서 일인자 자리에 올라 있지만 조정의 요직은 모두 이성계를 따르는 사대부들이 차지하고 앉아서 이성계의 입맛에 맞추어 움직이고 있고, 자신은 허울만 좋을 뿐 실권이 없다고 불만을 품고 있었다.

조민수는 새로운 임금을 옹립하는 데에서 자신의 역할을 찾고 싶었다. 자신이 새 임금을 앉히는 데 주역이 된다면 과거 이인임이 누렸던 영화를 자신도 누릴 수 있다는 계산을 한 것이었다.

조민수는 이색을 찾았다. 이색의 명망을 등에 업고 왕을 내세운다면 그에게서 성리학을 배운 사대부들이 무시할 수가 없으리라는 생각에서였다.

"공은 누구를 새 임금으로 맞이했으면 좋겠소이까?"

조민수는 단도직입적으로 물었다.

"그야 당연히 전왕의 원자라야 하지 않겠소이까?"

이색은 망설이지 않고 전왕 우(禑)의 아들 창(昌)을 추천했다.

• 5

다음 날 도당회의가 열렸다. 새로운 임금을 정하는 자리이므로 조정의 재추들이 모두 참여한 것은 물론이고 명망 있는 전직 재상들도 같이 참여했다.

회의에 참석한 대신들은 모두 이성계와 조민수의 눈치를 살폈다. 이 자리에서 자칫 말을 잘못하거나 누구 편을 들었다가는 만고의 역적으로 몰릴 수도 있는 일이기에 무척 조심스러워 했다. 그러나 조정 내에서는 이성계의 세가 더 강하니 조민수보다는 이성계의 눈치를 보는 사람이 더 많았다. 정도전은 그러한 분위기를 감지하고 회의를 끌고 나갔다.

"우는 여러 가지 패악을 저질렀고 또 대신들이 만류하였는데도 최영을 가까이하여 상국과의 전쟁을 벌이려 군사를 동원하였는바 이는 모두 백성에게 화가 전가되는 일입니다. 이제 최영이 제거되고 우가 스스로 잘못을 인정하고 임금의 자리에서 물러남에 여기 모인 중신들께서 의논하여 새로운 임금을 맞이하고자 합니다."

중신들은 입을 다물고 정도전의 말을 듣고 있을 뿐이었다. 정도전이 저렇게 나설 때는 분명 뭔가 복안을 정해놓고 하는 말일 것이다. 괜히 섣불리 나섰다가 미운털이라도 박히면 가문이 멸족을 당할 수도 있는 일이기에 분위기 파악부터 먼저 하려 했다.

정도전의 말에 이어 윤소종이 치고 나갔다.

"우가 신돈의 자식이라는 것은 이미 평이나 있는 것이므로 여기에서 우가 신씨라 하는 사람은 충신이고 왕씨라고 하는 사람은 역적이 될 것입니다. 후사는 왕씨 중에서 택하여야 할 것입니다."

그는 정도전과 의논했던 수순을 밟고 있었다.

'아하, 벌써 왕씨 중에서 새로운 임금을 정해놓고 명분만을 갖추려고 하는 것이구나! 과연 누구를 왕으로 추대할 것인가?'

중신들은 의견을 내지 않고 다음 말을 기다렸다. 그러나 조민수만은 정도전과 윤소종의 말을 들으면서 얼굴을 찌푸렸다. 저대로 그냥 두어서는 안 되겠다는 표정이었다.

"꼭 그렇게만 생각할 일이 아닌 것 같소. 우가 신씨라는 사실이 밝혀진 바도 없거니와 누구를 새 임금으로 정할지는 원로대신의 의견을 들어서 정하여야 할 것이오."

조민수는 이성계가 계획하는 대로 호락호락하게 넘어가지 않겠다는 뜻을 밝히고 나섰다.

"누구에게 묻겠다는 말이오?"

"후사를 정하는 것은 마땅히 종실의 문제이나 사정이 그렇지 못하여 부득이 대신들이 중론으로 정하게 되었는바 조정의 원로대신이신 목은 대감의 생각을 들어보지 않을 수가 없는 일이오."

조민수는 이색과 눈길이 마주쳤다. 이색에게 한마디 해달라는 뜻이었다. 이색이 나섰다.

"무릇 유가(儒家)의 가르침에 충신은 불사이군(不事二君)이라 하였소이다. 신하가 되어 어찌 두 임금을 모시려는 사특한 마음을 품을 수가 있겠소? 작금의 사태가 나라의 형편을 이렇게까지 끌어온 전왕 우의 잘못이 커서 일어난 일이라 해도 이는 그가 스스로 물러난 것이므로 다음 보위는 원자에게 잇게 하는 것이 순리라고 생각하오이다."

이색이 한마디에 회의 분위기가 반전되었다. 이야기를 듣는 동안 정도전의 낯빛은 참담할 만큼 변했다. 계획한 일이 수포로 돌아가게 생겼다.

"우는 왕씨가 아닌 신돈의 자식인데 어찌 그 자식에게 다음 보위를 잇게 한단 말입니까?"

정도전은 스승에게 정면으로 대들었다.

"그것은 어불성설에 불과하오. 우가 현릉(공민왕)의 자식이 아니라는 것은 밝혀진 바가 없소. 또 그가 왕씨가 아니라 해도 현릉께서는 그를 이미 자식으로 인정하여 천하에 공표를 하였고 우리는 그를 임금으로 십수 년 동안 모셔왔는데 이제 와서 허황된 이유를 내세워 임금으로 여기지 않는다면 이는 천만부당한 일이오."

이색의 뜻은 완강했다. 이색이 이렇듯 강력하게 주장하고 나서는 이유는 유학을 한 학자로서 배운 바를 충실히 이행하여 후학에 본을 보여야겠다는 생각도 있었지마는, 한편으로 지금 와서 우를 배척한다면 이는 공민왕과 우왕 대를 거치면서 중신과 국가의 원로로서 지내온 자신의 삶을 부정하는 셈이 되는 것이어서 절대 양보를 할 수 없는 일이었다.

모임에 참석한 중신들의 분위기가 차츰 이색과 조민수 쪽으로 변해갔다. 이는 만약 이제 와서 우를 신돈의 자식이라 말하고 왕이라 여기지 않는다면, 우의 시대에 중책을 맡았던 그들로서는 그 순간부터 역적이 되는 것이므로 이색의 말에 동조를 하지 않을 수가 없는 일이었다.

사람들은 어려운 일이 닥쳤을 때 옳고 그름에 따라 행동하는 것이 아니라 어느 편을 들어야 자신에게 유리한가에 따라 선택을 하는 법이다. 나랏일에 중책을 맡고 있는 이들 또한 일반의 생각과 다를 리가 없었다.

이색의 말은 그대로 정론이 되었다. 이색의 의견에 정도전을 비롯한 이성계를 따르는 사대부들이 반대를 했지만 그들 또한 이색의 밑에서 수학한 학자들이었기에 유학의 태두로 존경받고 있는 스승에 대해 드러내 놓고 반론을 제기할 수가 없었다.

정몽주도 할 말은 있는 듯했으나 겉으로 내뱉지 못했고, '신씨로 대를 잇게 하는 사람은 역적'이라고 당당히 주장하던 윤소종조차도 뒷말을 잇지 못했다. 윤소종은 이색의 문하에서 수학했을 뿐 아니라 이색이 주관한 과거에 장원 급제를 하여 좌수와 문생의 관계를 이루고 있기에 그러했다. 결론이 나는 동안 불만스러운 표정으로 판을 지켜보고 있던 이성계가 조민수를 향해 일갈했다.

"오늘의 일은 조 시중의 뜻이 반영된 것이라 생각되오이다. 이는 우리가 회군을 하면서 약속하였던 것과는 크게 어긋나는 것이외다."

조민수는 이성계가 말하는 동안 일부러 그의 눈길을 피하고 있었다. 회군할 때 두 사람은 약속한 바가 있었다. 우가 신돈의 자식이라는 이야기가 공공연하고 그가 이미 여러 패덕한 일을 저질렀으니 왕씨 성을 가진 사람에게 후사를 잇게 하여 왕통을 바로 세우자고 했는데 조민수가 이를 배신한 것이었다.

"이 시대의 유종(儒宗)[2]이신 목은 대감의 뜻이 그러한데 내가 어떻게 하겠소."

조민수는 구차하게 변명만 늘어놓았다.

도당의 정론을 받들어서 조민수와 원로대신들은 대비전을 찾았다. 대비전에서 교서가 내려졌다.

> "창(昌)의 부친이 원래 영민하였으나 최영과 같은 무리에게 오도되어 포악한 짓을 함부로 저지르게 되었다. 심지어는 군사를 일으켜 상국과 전쟁을 일으켜 하마터면 나라와 백성에게 큰 화를 끼칠 뻔했다. 다행히 최영을 물리치고 왕 또한 잘못을 뉘우쳐서 스스로 왕좌에서 물러났으므로 이제 우의 아들로 하여금 후사를 잇게 한다. 임금이 된 자는 책임이 중대하다. 하여서 천명과 인심을 두렵게 여겨야 할 것이다. 임금 되기가 결코 쉬운 일이 아니니 힘써 경외(敬畏)하라."

이로써 고려 제33대 왕이 정해졌다. 이때 창의 나이 불과 아홉 살이었다. 우의 아들 창이 새 왕으로 등극하자마자 조정의 인사가 단행되었다. 문하시중 자리가 부활하여 그 자리에 이색이 앉았고 그 밑자리 수문하시중을 조민수가 맡았다. 임금의 자리에 앉혀준 일종의 보은 인사인 셈이었다.

----

2) 유가(儒家)의 태두(泰斗).

이성계는 조민수에게 배신을 당했다고 생각하니 분해서 견딜 수가 없었다. 조정에서 그와 마주치기조차도 싫었다.

그래서 이성계는 병을 핑계로 정무를 거부하다가 아예 사직서를 냈다. 하지만 사직서는 곧 반려되었다. 조민수가 주동이 되어 새 왕을 옹립했지만 실권은 여전히 이성계가 쥐고 있었기 때문이었다.

이성계의 편에 서 있는 사대부들이 여전히 요직을 점하고 있을 뿐만 아니라 그가 거느린 군사력 또한 막강하므로 어린 임금은 그를 함부로 대할 수가 없었다. 이성계는 사직서가 반려되었음에도 여전히 등청을 하지 않았다. 나름대로 자신의 실력을 가늠해보기 위해서 일종의 시위를 하는 것이었다.

이성계의 뜻은 배극렴, 심덕부, 지용기, 박위, 정지 등 조정 내에 뿌리내리고 있는 무장들의 지지를 받았다. 그뿐만 아니라 요동 정벌에 나섰던 조민수의 부하 장수들에게까지 영향을 끼쳤다.

"좌시중이 회군의 본뜻을 망각했다."

"우왕을 왕좌에서 쫓아낸 것은 그가 왕씨가 아니고 신돈의 자식이기 때문인데 그 아들을 후사로 정한 것은 납득할 수 없는 일이다."

"그 아들이 장성한 후에 아비의 억울함을 풀어주기 위해 반드시 복수하려 들 것이다."

"조민수가 훗날 일어날 일은 망각한 채 지금 자신의 영달만을 생각하고 벌인 일이다. 우리는 살아 있어도 죽은 목숨이나 다를 바 없다."

새로운 왕이 우왕의 아들 창이 된데 대해 회군에 참여한 장수들은 자못 위기감을 느꼈다. 그것은 조민수에게는 비난이 되었지만, 이성계에게는 '왕실의 정통을 바로 세우겠다고 한 의지가 비록 실패로 되긴 했지만, 회군의 명분에는 부합한 것'이어서 지지를 얻어낸 셈이 되었다. 이성계는 그런 여론을 귀담아들으면서 속으로 쾌재를 불렀다.

'조민수, 신의를 저버리는 믿을 수 없는 사람. 두고 보아라. 너의 자리가 얼마나 오래가는지.'

새 왕이 우의 아들로 계승된 데 대해 정도전 또한 이성계 못지않게 분하게 생각했다. 그의 분함은 조민수보다는 스승 이색에 대한 것이었다.

'도대체 스승님은 왜 조민수를 지지한 것일까? 나라의 사정이 안팎으로 이렇듯 어려운 지경에 처해 있는데 아홉 살짜리 어린애를 왕의 자리에 앉혀놓고서 어떻게 하겠다는 뜻인가?'

정도전은 이색의 선택이 원망스러워 도저히 혼자서 삭힐 수가 없었다. 이색을 찾아가서 따져보기로 했다.

"진정 스승님은 대의(大義)에서 조민수를 지지하신 것입니까? 아니면 조민수의 회유에 넘어가신 것입니까? 그것이 궁금합니다."

정도전은 대들 듯이 눈을 정면으로 하고 격앙되어 말했다.

"나의 생각이었다. 삼봉의 생각에는 내가 누구의 회유에 넘어갈 정도로 가볍게 보이느냐?

이색도 스승에 대한 예의를 갖추지 않는 정도전이 불쾌했다.

"우가 잘못을 저질러 폐위가 되었는데 그 아들에게 대를 잇게 한다는 것이 말이 됩니까? 훗날 일어날 일들은 생각이나 해보셨습니까? 현왕이 장성하였을 때 그 아비가 쫓겨난 것을 안다면 가만히 있겠습니까? 피의 숙청이 일어난다는 것은 불을 보듯 뻔한 일입니다. 그렇게 되면 회군의 뜻은 또 어찌 되겠습니까? 그때는 회군에 참여한 모든 군사들이 역적이 될 것입니다. 스승님께서는 그것을 모르지는 않았을 터인데 어찌 그리하셨습니까?"

"나의 소신이니라. 어찌 신하가 임금이 잘못한다고 하여 보위에서 물러나게 한단 말이냐? 유생의 눈으로 보면 그것이야말로 불학무도한 일인 것이다. 나는 이 나라의 유종으로 또 나라의 원로대신으로서 배운바 양심대로 그리하였다."

"그러면 아홉 살짜리를 보위에 앉혀서 어찌하실 요량이십니까? 일찍이 나라의 사정이 지금처럼 어려운 때가 없었습니다. 어린 왕이 이런 사정을 헤쳐나갈 수 있으리라고 보십니까?"

"그것은 전하가 비록 나이가 어리시지만, 전왕 우의 아들이기에 그렇게 한 것이다. 그대들이 신씨 운운하는 것을 나는 믿지 않는다.

왕이 물러나면 그 아들이 대를 잇는 것은 당연한 일이 아니냐? 왕씨로 정통을 잇는다고, 전왕의 핏줄이 아닌 다른 사람으로 보위를 잇게 한다면 그 또한 시빗거리가 되는 일이니, 나는 그것을 염려하였다."

"지난날 현릉께서 갑자기 승하하시고 이인임 등은 어린 우를 보위에 앉히고 그 공로로 정권을 틀어쥐고 온갖 만행을 저지르다가 무진정변을 맞았습니다. 조민수와 스승님은 진정 이인임과 같이 되기를 원하십니까. 진정 한때의 권세를 쫓아서 대의를 저버리시겠다는 것입니까?"

"말이 지나치구나! 내 지난날 너에게 가르침을 줄 때 너의 특별난 생각을 염려하였있는데 이제 네가 하는 요량을 보니 불손하기 짝이 없구나."

"스승님의 눈에는 저의 불손함만 보이시고 저 고통받는 백성의 아우성은 들리지 않으십니까. 소생의 생각으로는 스승님의 대의는 책 속에만 있는 것입니다. 책을 덮고 하루라도 저 백성들과 함께 지내보십시오. 백성의 비참한 모습을 보시고 진정 그들을 위하여 조정의 대신으로서 무엇을 해야 하는지 깨닫는다면 그런 한가한 말씀을 하지는 않으실 것입니다."

"무엇이 어째? 이제 네가 나를 가르치려 드느냐?"

이색은 더는 못 견딜 만큼 화가 치솟았다. 손을 부들부들 떨었다. 그래도 정도전은 그치지 않고 말을 이어갔다.

"책을 가까이 한 자가 윤리에 통달하고 박식하여 후진을 가르치고 책을 쓰면서 진유(眞儒, 진짜 선비)임을 자처하더라도 백성을 생각하는 마음을 갖지 못한다면 그가 책 속에서 얻은 것은 모두 허사인 것입니다. 그러한 자일수록 습득한 지식을 다만 자신의 입신양명을 위하여 쓰면서도 겉으로는 항상 대의를 운운합니다. 백성은 결코 어리석지 않습니다. 백성을 저버리는 자는 반드시 화를 입게 마련입니다."

"뭐라고? 썩 물러가지 못할까! 보자 보자 하니까 못하는 소리가 없구나!"

드디어 이색은 분통을 터뜨리고 말았다.

이색의 집을 물러 나오면서 정도전은 생각했다.

'이제는 더 이상 목은의 제자로 살아가지 않으련다. 스승님은 유가의 가르침을 입으로 외면서도 몸으로 실천하려는 의지가 없다. 실천의 의지가 없는 학문은 허황된 것일 뿐이다. 이는 지식을 이용하여 남의 마음을 속이는 것과 무엇이 다르겠는가?'

자신은 목은과 세상을 보는 눈이 다르다고 생각했다. 각자가 추구하는 세상이 다른 바에야 구태여 인연을 이어갈 필요도 없다고 생각했다.

"형님, 형님!"

이숭인이 다급한 목소리로 도당회의를 마치고 앞서나가는 정몽주를 불렀다.

"숨넘어가겠네. 이 사람아."

정몽주가 돌아다보고 웃으며 말했다.

"지금 농을 할 기분이 아닙니다."

이숭인은 무엇엔가 단단히 화가 난 표정이었다.

"그래, 무엇에 그리 화가 나 있는가, 들어나 보세."

"지금 스승님을 만나고 오는 길입니다."

"웬일로?"

"스승님께서 삼봉 형님에게 단단히 화가 나 있습니다."

"……?"

"어제 삼봉 형님이, 아니 이제 그를 더 이상 사형(師兄)이라 부르지 않겠습니다. 그가 어제 스승님을 찾아와서는 시정잡배나 하는 짓거리를 하고 갔다 합니다."

"시정잡배나 하는 짓? 삼봉이 스승님께 그러한 짓을 했다는 말인가?"

"그러합니다. 아무리 하고 싶은 말이 있어도 스승님께 대하는 예의가 있지 그리해서는 안 되는 것입니다."

이숭인은 정몽주에게 어제 이색과 정도전 사이에 있었던 일을 자세히 고해바쳤다. 정몽주는 이숭인이 하는 말을 잠자코 듣고 있었다.

"형님은 화도 나지 않으십니까?"

이야기를 마친 이숭인은 반응을 보이지 않는 정몽주에게 짜증을 냈다.

"거침없는 삼봉의 성정으로 보아, 스승님께 대한 결례가 짐작이 가네만……."

정몽주의 반응은 미지근했다.

"아무리 그래도 그렇지요. 군사부일체(君師父一體)라고 하였습니다. 임금과 스승과 부모에게서 받은 은혜가 같거늘 어찌 자기 생각과 스승의 생각이 다르다고 비난을 할 수 있단 말입니까?"

"삼봉 나름대로 할 말이 있었을 것이야. 그 사람은 자신과 뜻이 다르면 목숨까지 걸고 대드는 사람이 아니든가? 과거 이인임이 어명을 내세워 삼봉을 원나라 사신 영접사로 보내려 하자, 태후전으로 찾아가서 '차라리 사신의 목을 베어오겠다'며 부당함을 호소한 적이 있지 않았나. 그 덕에 우리 모두 신고(辛苦)를 치르기도 했지만 말이야. 그는 어명도 불사했던 사람이네."

"그 성정이 어디에서 나왔겠습니까? 다 미천한 가계의 피를 받았기 때문이 아니겠습니까? 혈통이 바르지 않으니 행동 또한 바르지 않은 법입니다."

이숭인은 정도전의 모(母) 우씨가 천한 노비의 딸이었다는 사실까지 입에 올렸다. 막말을 한 셈이었다.

"저는 지금부터 삼봉을 사형이라 부르지 않겠습니다. 인연을 끊겠습니다."

이숭인은 단호히 말하고 휘휘 앞서갔다. 정몽주는 혼자서 천천히 걸으며 생각에 잠겼다.

'확실히 스승님도 그렇고, 삼봉도 그렇고 변한 것은 사실이다.'

스승님은 재야에 계실 때는 과감히 시무책을 내놓는 등 백성을 배려하고 나라의 잘못을 지적하는 일에 서슴없었는데 벼슬이 높아가면서 풍파를 겪어서인지, 삶의 요령을 터득해서인지 많이 무뎌지셨다. 자신의 명성에 취해 남의 말은 들으려 하지 않고 무엇이 옳은지를 따지기보다는 자신의 보신을 먼저 생각했다.

새 임금을 맞이하는 문제도 그렇다. 아홉 살배기 어린애를 보위에 앉혀서 어쩌겠다는 말인가? 정녕 삼봉의 말대로 우를 왕으로 옹립해놓고 권세를 휘둘렀던 이인임의 전철을 밟으시겠다는 뜻인가?

삼봉 또한 마찬가지다. 이성계와 가까이하며 실세로 떠오르니 안하무인이 되어 버렸다. 독단이 심해졌다. 자신과 의견을 달리한다고 다 적일 수는 없는데 옛날 벗들과의 인연은 멀리하고 뜻이 맞는다고 새로운 무리들을 규합해서 새 세상을 만든다고 설치고 다니고 있다. 영 마뜩지가 않았다.

'아! 이 모든 일이 벼슬에 집착해서 일어나는 일이 아니겠는가! 벼슬이 올라가다 보니 보신에 신경을 쓰지 않을 수가 없게 되고, 권세를 휘두르다 보니 독단에 빠지게 된 것이 아니겠는가? 권력을 독점하기 위해서는 부자간, 형제간에도 피를 흘리며 투쟁을 해온 것이 고금의 역사가 아니던가!'

정몽주는 스승과 삼봉 두 사람의 대립을 생각하면서 자신 또한 언제까지나 그들과 손을 잡고 지낼 수 있을지 회의를 느꼈다. 지금은 나라의 운명을 점칠 수 없는 백척간두의 난세다. 벼슬살이를 하고 있는 자 누구도 앞일을 예측할 수 없는 세상이다.

불현듯, 자신과 저들과는 현재는 사제지간이고 동문수학한 벗으로 깊은 정을 주고받고 있지만, 장차 상황에 따라서는 적으로 대하고 목숨까지 걸고 다투는 일까지 벌어질 수도 있지 않을까 하는 불길한 생각까지도 들었다.

'아! 만백성을 편히 하라고 다스리는 자에게 부득이 주어진 것이 권력인데 그 앞에서는 어찌하여 인륜지정(人倫之情)이 이렇듯 삭막하게 되어버려야 한단 말인가!'

백성은 먹는 것을
하늘로 여긴다

• 1

오랜만에 개경 삼거리에 있는 월하의 집에 정도전을 위시하여 그와 대업을 논하는 동지들이 함께 모였다. 조준, 남은, 윤소종과 함께 이번에는 조인옥과 배극렴도 합세했다.

조인옥은 이성계의 이복누이와 결혼한 조인벽의 동생이었는데 무인으로서는 드물게 학문이 출중한 사람이었다. 그는 폐왕 우의 후사를 정하고자 할 때 "왕씨로 복위하여야 한다"고 적극적으로 주장했고, 전법판서(典法判書)[3]로 있으면서 승려들이 염불보다는 잿밥에 욕심을 부려 여러 가지 부작용을 낳고 있음을 지적하고 "사원전에서 나는 조(租)를 주지가 개인적으로 훔쳐 쓰지 못하게 하고 승려가 민가에 머무르는 것을 부녀자와 간음한 것으로 간주하여 군역으로 충당하게 하고, 귀천을 막론하고 부녀는 부모의 상을 당해도 절 출입을 금지하여 절이 정화되게 하라"고 상소를 올릴 정도로 정도전 못지않게 급진 개혁을 주장하는 인사였다.

배극렴은 중앙군의 장수로서 이성계와 함께 황산대첩에 참여하며 왜

---

3) 법률이나 형옥을 다루는 부서의 수장으로 정3품 벼슬.

구를 토벌하는 데 활약했고 요동 정벌 출정 시에 최영의 명으로 조전원수로 참여했으나 이성계가 위화도 회군을 결심하자 적극적으로 지지하고 나섰던 인사이다. 그러한 인연으로 그는 이성계의 신임을 받아 최영을 몰아내고 그가 통솔했던 궁중 숙위군 우달치의 상호군을 맡았다.

"우리 주군께서 회군을 한 것은 풍전등화와 같은 위기를 겪는 이 나라와 도탄에 빠진 백성을 구하고자 한 충정에서의 일이었소. 한데 조민수의 배신으로 뜻을 다 이루지 못했소이다."
말을 이어가는 정도전도 그렇고 모두는 침울했다.
"분하오이다. 기선을 빼앗긴 듯하오이다."
남은이 분노가 차서 말했다.
"그러나 우리가 하고자 하는 일은 여기가 끝이 아니오. 잠시 시간이 지체됐을 뿐이지 회군의 목적이 퇴색된 것이 아니오이다."
"……."
모두는 정도전의 입에서 무슨 말이 더 나올까 궁금했다.
"회군에는 성공하여 간적 최영과 폐정을 저질러온 무도한 우를 왕위에서 쫓아내긴 하였지만 이는 절반의 성공에 불과하오. 아직은 백성에게 돌아가는 것은 아무것도 없소이다."
조준은 정도전의 말이 토지개혁을 하여 땅을 전민에게 나누어주자는 뜻임을 단박에 알아차렸다.
"백성의 배고픔을 헤아려주지 못하는 군주는 만민에게 오히려 해악이 될 뿐이오. 토지개혁에 반드시 성공하여 백성의 마음을 얻게 된다면 우리가 바라는 대업도 완성될 수 있을 것이오."
"아직도 권문세가들이 버티고 있는데 쉬운 일이 아닐 것이오."
배극렴이 회의적으로 말했다.
"어렵더라도 해내야지요. 많은 반발이 있을 것이오. 토지제도와 노비 문제 개혁은 국초부터 줄기차게 제기되어 온 것인데 언제나 권문세족을 자처하는 자들에 의해서 좌초되었소이다. 이번에는 기필코 성공하여 백성의 숙원을 풀어주어야 할 것이오."

정도전은 단호했다.

"이 일은 대사헌 조준 대감이 주동하여 준비 중이니 여러분들은 그에 따라 협조를 하여주면 될 것이오."

고려의 토지는 그 소유권이 원칙적으로 국왕에게 속하는 것으로서, 이를 곡물을 수확할 수 있는 전지(田地)와 땔감을 얻을 수 있는 시지(柴地)로 나누어 직역에 따라 분급해주는 전시과(田柴科) 제도였다.

분급된 토지에 대해서는 국가가 직접 10분의 1을 수조하고 사유화를 금지했다. 그러나 계속되는 외침과 문란한 정치로 국가의 기강이 해이해진 틈을 타 권문세족들은 갖가지 명목으로 토지를 점탈하여 산과 강을 경계할 정도로 거대한 땅을 소유하였으나 정작 전민은 한뼘의 땅뙈기조차도 갖기가 힘들어 많은 부작용을 초래했다.

이렇게 문란해진 토지제도가 국가 경영에 여러 가지로 해를 끼치고 있음을 역대의 왕들도 잘 알고 있었지만, 권문세족의 반발에 묶여서 개혁은 엄두를 내지 못하고 유야무야 지냈던 것이다. 무신정권을 지나 원나라의 지배를 거치면서 왕권은 무력해지고 상대적으로 권문세가의 세력이 커지면서 이러한 현상은 더욱 심해졌다.

한때 공민왕은 이러한 폐단을 알고 벌족(閥族)과 관계가 없는 시골 승려 출신인 신돈을 기용, 전민변정도감을 설치하여 토지개혁을 하고자 했으나 이 또한 권문세가의 반발과 개혁을 자처한 신돈의 부패로 인해 실패로 끝나버렸던 것이다.

"지금 나라가 시급히 해야 할 일은 토지제도의 개혁입니다. 조업전(祖業

田)은 물론이고 일체의 사전을 모두 없애고 새로 재분배해야 합니다."

조준이 도당회의에서 준비해온 토지개혁안을 올렸다.

"그게 무슨 말이오. 조상으로부터 물려받은 조업전을 몰수하다니. 그리고 사전은 예로부터 그 나름대로 소유권을 인정받아 개인에게 주어진 것인데 무슨 근거로 나라에서 회수를 한다는 것이오?"

예상했던 대로 반발이 거셌다.

"사전으로 인한 폐해가 극에 달해 있다는 사실을 알고도 그런 말씀들을 하시오이까? 농사를 짓는 자가 농토를 가져야 하는 것은 당연한 일인데 지금은 세가(勢家)에서 산과 임야를 독차지하고 농민은 그들의 소작농으로 전락한 데다 갖가지 명목으로 세금을 거두어들이니 농사를 지어서 입에 풀칠도 하기 어려워 전국을 유리걸식하며 떠돌며 지내고 있는데 그러한 참상이 대감들의 눈에는 보이지도 않소이까?"

"그것은 백성이 제 못난 탓이지요. 권문세가가 어디 하루아침에 이루어진 것이오이까? 명문가는 나라에서 인정해준 가문이외다. 나라가 이들에 의해서 유지가 되니 이를 가볍게 봐서는 아니 되오. 넓은 땅과 노비의 숫자는 명문가의 위신과도 관계되는 것이니 이를 몰수하여 재분배한다는 것은 천만부당한 일이오."

반발하는 측의 주요 인사로는 조민수를 정점으로 이림, 우현보, 변안열 등 권문세족을 자처하는 이들이었다.

이색 또한 '시류에 편승하여 옛 법을 가벼이 고칠 수는 없다' 하며 조민수의 편을 들었다. 이색은 성리학을 체계적으로 배우고 반포한 선비로서 당대의 최고 학자로 불리며 신진사류의 태두로 대우받고 있었으므로 누구도 그의 말을 가벼이 할 수 없었다. 정몽주를 비롯한 신진사대부 대부분도 그의 제자들이어서 그의 말 한마디는 영향력이 컸다.

토지제도의 문란으로 인한 문제가 곳곳에 미쳐서 사회체제가 붕괴 직전에 있는데도 전국의 토지를 독차지하고 있는 세가들은 제 배불리는 맛에 남의 처지는 모른 척하고 있는 것이었다.

이에 대해 이성계를 중심으로 한 새로 권력을 쥔 인사들은 전제 개혁을 통해 전국의 토지를 대부분 차지하고 있는 권문세가 소유의 조업전(祖業田)[4]을 나라에서 모두 회수해서 전민에게 나누어주어서 농사를 짓게 하고 국가는 전민으로부터 직접 수조권을 행사하여 재정의 건전성도 함께 도모하겠다는 것이었다.

전제 개혁은 이성계를 받들어 새로운 세상을 열고자 하는 인사들에게는 꼭 해결해야 할 절체절명의 문제였다. 그러나 조준이 내놓은 토지개혁에 대한 상소는 실패하고 말았다.

토지개혁 문제를 시발로 하여 조정 대신은 노비와 군제, 조세, 인사 행정관리체계 전반에 걸쳐 보수파와 개혁파로 나뉘게 되었다. 정몽주, 권근 등은 이 가운데에서 중립을 지키는 인사들이었다.

• 2

"이대로는 안 되겠소이다."

정도전은 사전혁파에 대한 권문세가의 반발이 워낙 거세어 작전을 달리하고자 했다.

"세가들이 저렇듯 반발을 하고 있으니, 그들이 토지를 정당하게 소유하게 된 것인지 부터를 논하는 것이 일의 순서일 것 같소. 그중에서 부정하게 남의 토지를 탈점한 자들을 골라내어 본보기로 쳐내면 남은 사람들은 불만이 있어도 따라올 것이 아니겠소?"

----

4) 조상으로부터 물려받은 토지.

정도전은 말을 하면서 대사헌 조준을 쳐다보았다. 헌부에서 토지 문제로 탄핵을 할 만한 인사가 없느냐고 묻고 있는 것이었다.

"조민수를 탄핵하면 될 것입니다."

조준은 기다렸다는 듯이 말했다.

"조민수를?"

모두는 의외라는 듯 물었다. 그러나 정도전은 이를 대수롭지 않게 받아들였다. 이미 조준으로부터 조민수를 탄핵하겠다는 말을 들었고 이성계와도 상의를 해두었던 터였기 때문이었다.

"조민수를 탄핵하면 세가들에 끼치는 영향이 커서 반발이 잦아들 수 있으리라 생각됩니다."

"적은 벼슬아치 몇을 쳐내는 것보다야 조민수 한 사람을 쳐내는 것이 더 효과적이지 않겠소?"

정도전이 조준의 말을 거들었다.

"그렇지만 조민수는 지금 조정에서 막강한 권한을 휘두르는 실세인데 만만치가 않을 것이오. 그가 거느린 군사만 해도 상당한데……."

남은이 걱정스레 말했다.

"반발이야 거세겠지요. 그렇지만 이제는 조민수와 한판 겨루어야 할 때가 되었다고 생각하오이다. 조민수는 기회주의자요. 그는 당초 우리 주군과 '왕씨를 왕좌에 올리기'로 약조해놓고 그것을 한순간에 파기하고서 과거 이인임과의 정리를 생각하여 이림(李林)의 외손자인 창을 왕위에 앉혔소. 이림으로 말하면 이인임의 이복동생이 아니오이까? 이인임이 이림의 딸을 폐왕 우의 비(妃)로 천거하였고, 거기서 낳은 자식이 지금의 주상(昌)이 아니오?

조민수는 이인임이 권세를 부릴 때 그의 비위를 맞추어 여러 요직을 지냈던 사람이오. 이제 이림과 배를 맞추어 그는 과거 이인임이 누렸던 권세를 자신이 누리려고 하오. 그리되면 우리의 개혁은 또 물 건너가는 것이 되오이다. 조민수를 제거하고자 하는 것은 사전혁파에 반발하는 세가의 우두머리를 척결하여 개혁에 대한 반발을 무마하는 동시에 이 기회를 빌려 장래에 발생할 우환을 사전에 제거하고 우리의 세를 확실히 굳히고자 하는 데에 그 뜻이 있소이다."

정도전이 조민수 제거에 대한 당위성을 장황히 설명했다.

"어떤 방책이 있소이까?"

조인옥이 물었다. 정도전과 조준 외에는 모두 얼굴에 여전히 염려하는 빛이 가시지 않았다.

그에 대한 답은 조준이 가지고있었다.

"조민수를 탄핵하는 소(訴)가 헌부에 여러 차례 들어왔소이다. 그는 지난 정월지주(正月之誅) 염흥방, 임견미 일파를 숙청할 때 잘못을 뉘우치고 자신이 거둬들였던 재산을 모두 바치고 최영에게 애걸하여 간신히 화를 면했던 사람이오. 그 후 그는 최영의 사람이 되어 요동 정벌 시 좌군도통사로 중용되었고, 우리 주군을 도와 회군을 한 이후에는 수문하시중으로서의 권세를 누리고 있소이다.

지금 조민수가 권세를 이용하여 과거에 내어준 재물들을 다시 거둬들인다는 상소가 빗발치고 있소이다."

"오라, 헌부에서 조민수의 비위를 탄핵한다면 명분이 서는 일이로군!"

윤소종이 무릎을 탁 치며 맞장구를 쳤다.

"그렇지요. 도당회의에서 조민수의 비위를 까발리고 탄핵을 해야 하오."

"조민수를 따르는 군사가 가만히 있지 않을 터인데?"

"그에 대한 대처는 배극렴 상호군께서 처리하셔야 할 것이오이다. 궁중숙위군과 순군을 동원하여 저들의 반발을 잘 무마시켜야 할 것이오이다."

"알았소이다. 빈틈없이 하오리다."

배극렴이 부리부리한 눈을 굴리며 대답했다.

모임에서 각자의 역할이 정해졌다. 이 일은 회군 이후 권력 주도권 쟁탈을 위한 최대의 격전이었다. 얼마나 주도면밀하게 계획을 세우고 상대편에 손쓸 틈을 주지 않고 신속히 해치우느냐 하는 것이 일의 성패를 좌우하는 것이기에 모두는 긴장을 하며 하루를 넘겼다.

다음 날 도평의사사(都評議使司. 종전의 도당회의)에 대사헌 조준이 올린 수문하시중 조민수에 대한 탄핵안이 전격적으로 상정되었다.

"정월지주 이후 국정을 어지럽히고 나라의 살림을 마치 제 것인 양 사복을 채우던 인사들이 대거 숙청되었습니다. 하나 아직도 그 뿌리가 여전히 남아 있소이다. 나무가 추운 겨울이 지나자 기운을 추스르고 땅 밑에서 솟아나듯이 근자에 흉측한 무리들이 또다시 옛날의 나쁜 일을 반복하고 있소이다."

조준의 갑작스러운 발언에 도당의 대신들은 모두 긴장을 했다. 말하는 사람이 대사헌 직책에 있고 모두(冒頭)의 내용이 심상치 않아서였다.

"한때 역신 이인임의 밑에서 여러 요직을 지내면서 백성들의 재물을 갈퀴처럼 긁어모았다가 세상이 바뀌자 이를 토해내 놓고 용서를 구하여 간신히 살아남았던 자가 이제는 나라의 권세를 움켜쥐자 옛날의 버릇을 못 버리고 내주었던 재물을 다시 거둬들이는 횡포를 저질러 원망이 하늘을 찌르고 있소이다. 그자를 탄핵하는 소(訴)가 끊이지 않으니 여기 이것이 모두 그자에 대한 것입니다."

조준은 말을 하면서 준비하여온 여러 통의 두루마리를 탁자 위에 던져 보였다.

"누구? 누구를 지칭하는 것이오?"

"우리 중에 그런 사람이 있다는 말이오?"

대신들은 자신이 지목되지 않기를 바라며 그 상대가 누구인지 웅성거리면서 궁금해했다.

"그러한 자가 자신이 수탈한 토지를 내놓는 것이 아까워서 토지개혁을 반대하고 있소이다. 그러한 자와 어찌 토지개혁의 문제를 함께 논할 수가 있겠소이까?"

조준이 이야기를 해나가는 동안에 조민수의 얼굴이 벌게졌다. 지금 하고 있는 탄핵은 바로 자신을 겨냥하고 있는 것이라는 생각이 들어서였다.

"대사헌, 지금 그 말은 누구를 지칭해서 하는 말인지 알 수 없으나 명백한 증좌도 없이 이 자리에서 하는 것은 무리라고 생각하오."

조민수는 일단 자리를 모면하고 시간을 갖고서 수습을 해야겠다고 생각했다. 그러나 이를 계획했던 정도전을 비롯한 조인옥, 윤소종 등 소장파 인사들이 물러설 리가 만무했다.

"누구요? 이 자리에서 밝히시오."

"쇠뿔은 단숨에 빼야지 뜸 들일 일이 아니라고 보오."

윤소종, 조인옥이 조준을 지원했다.

"그 사람은 바로 방금 이 자리에서 말하는 것이 옳지 않다고 지적한 수시중 조민수 대감이외다."

조준은 조민수를 손가락으로 가리켰다.

"뭐라고? 수시중이?"

"그게 정말이오? 확실한 증좌라도 있소?"

당사자가 조민수라고 지목되자 회의장이 시끄러웠다. 얘기를 들은 사람은 모두 놀라워했다. 그도 그럴 것이 조민수가 지금 쥐고 있는 권력이 어디 예사로운 것인가? 그는 문하시중 이색의 바로 밑 이인자의 자리에 앉아 있지만 실제로는 문하시중보다 더 막강한 권한을 행사하고 있다. 현재 이성계와 함께 양대 축으로 조정의 권력을 움켜쥐고 있는 막강한 실세인데 그를 이인임, 임견미와 같은 부정축재자로 지목했으니 참으로 대단한 일이 아닐 수가 없었다.

"대사헌! 정녕 그대가 나에게 원한을 갖지 않고서야 이럴 수가……."

당사자로 지목된 조민수는 충격으로 말을 잇지 못했다.

"원한은 없소이다. 증좌를 대라면 여기에 있는 상소장이라 할 수 있지요. 지금 당장 국청을 열라고 전하께 진언을 올리오리까?"

"뭐라고? 이 자가 보자보자 하니까 점점 못하는 소리가 없구나!"

조민수는 화가 머리끝까지 돌았다. 그는 고래고래 고함을 질러댔다. 그러면서 누군가의 도움을 기대했다. 그러나 이런 분위기에서 그를 해명해주고자 선뜻 나서려는 사람은 아무도 없었다.

이 일은 이인임 일파의 숙청과 연관되는 문제였다. 도당회의에 참석해 있는 재추(宰樞)들 치고 지난 시절 이인임, 임겸미 세력과 연고를 짓지 않으며 지내온 이가 아무도 없었다. 자칫 잘못 꼬리를 잡히기라도 한다면 이인임 역적 패거리와 한 묶음이 되어서 가문이 풍비박산이 날 수도 있는 일이기에 누구도 함부로 나서지 못했다.

그러한 사정은 문하시중 이색의 경우도 마찬가지였다. 이색은 지난번 폐왕의 후사를 정하고자 할 때는 명분이 있어서 조민수의 편을 들어 우의 아들 창을 신왕으로 옹립했지만 지금은 그때와는 사정이 달랐다. 자칫 편을 들고 나섰다가 젊은 간관들로부터 간적 이인임과 한 패거리라는 공격을 받을 수 있는 일이기에 몸조심을 했다. 이색은 조민수의 간절한 눈길을 애써 외면했다.

일은 일사천리로 진행되었다. 조민수의 편을 드는 인사들이 침묵하는 사이 간관들이 다투어서 비행을 간했다.

마침내 정도전이 밀직사사 자리를 이용하여 임금으로부터 조민수를 치죄하라는 명을 받아냈다. 어린 임금으로부터 명을 받아내기란 그다지 어려운 일이 아니었다. 회의장 밖은 이러한 사태를 대비하여 벌써부터 배극렴이 지휘하는 궁중 숙위군이 대기하고 있었다. 임금의 재가가 나자마자 숙위군이 회의장으로 들이닥쳐서 조민수를 낚아채어 순군옥에 가두었다.

"이놈들아 내가 수시중이니라! 이럴 수는 없다. 내가 전하를 보위에 모셨느니라. 내가 이성계와 함께 위화도 회군을 하여 오늘을 만들었느니라!"

순군옥에 갇힌 채 울부짖는 노(老) 장군의 고함 소리는 우리 속 맹수의 그것처럼 처량하고 공허하게 들릴 뿐이었다.

이제 고려를 지탱하는 또 하나의 기둥이 제거되었다. 임금과 대비는 어쩔 수 없이 명을 내리면서도 하늘이 무너져 내리는 절망감을 느껴야 했다. 조민수가 누구이던가? 임금을 보위에 앉혀주고 아직 보령 어린 임금을 대신하여 여러 정무를 보살피면서 보위를 든든히 지켜주던 버팀목이 아니던가?

임금과 대비는 전왕 대에 어린 우를 보위에 앉혀놓고 보위를 반석 위로 떠받치고 뒤를 봐주던 이인임을 생각하면서 조민수를 더 할 수 없는 후원자로 여겼었다. 그랬는데 하루아침에 역적으로 몰려서 순군옥에 갇히는 신세로 만들다니……. 신하들의 성화에 못 이겨 어쩔 수 없이 명을 내리긴 했지만 억장이 무너지는 심정이었다.

이제 이성계를 따르는 저 무리들의 요구가 태풍처럼 몰아칠 터였다. 그동안 문하시중 이색이 방풍막이가 되고 군사적 실력자인 조민수가 이를 바치는 기둥 역할을 하면서 근근이 지탱해왔는데 이제 그 기둥이 제거되니 방풍막이는 바람에 날아가 버릴 것이고 그렇게 되면 나 어린 임금이 이를 어떻게 감당할 수가 있다는 말인가? 철모르는 임금보다도 대비인 근비와 그 아비 되는 이림의 걱정이 더 컸다.

왕은 어쩔 수 없이 조민수를 유배 보냈지만, 그가 임금에게 보여준 의리를 생각지 않을 수가 없었다. 임금은 그에게 매를 치지 말고 고향 땅 창녕으로 유배를 보내라 일렀다.

유배 보내기 전날, 왕은 좌대언 권근을 불러서 은밀히 위로의 술을 전하면서 "경이 비록 죄를 지었다고 하나 나라를 위한 공이 더 크므로 유배함이 옳지 않다. 다만 지금이 즉위 초기이므로 간신(諫臣)의 말을 듣지 않을 수 없다"는 말로 애틋한 마음을 전하면서 훗날을 기약하고자 하는 뜻을 전했다. 그 뒤 얼마 지나지 않아 왕은 생일을 맞아 조민수를 사면하고 고향 땅에서 살게 허락해주었다.

• **3**

집으로 돌아온 이색은 오늘 하루의 일들이 현실처럼 느껴지지 않았다. 마치 꿈을 꾼 듯이 어느 한순간에 세상이 변하는 것을 목격했다.

이색은 세상이 뒤집혀 버렸다고 생각했다. 조민수마저 저항 한번 제대로 못 해보고 당하다니…….

조민수가 누구인가. 이성계와 쌍벽을 이루는 군사적 실력자가 아니던가? 그리고 지금의 임금을 주동하여 옹립한 사람이 아닌가? 그런 사람을 이인임 시대의 비리 연루자로 몰아붙여서 한순간에 역신으로 만들어 벼슬에서 내쫓아버리다니, 앞으로의 정국이 어떻게 전개될는지 벌린 입이 다물어지지 않고 오싹하니 전율마저 느껴졌다.

'드디어 이성계의 세상이 되고 말았구나!'

이제 누가 나서서 저 세력을 막을 것인가? 이성계는 당초 지금의 왕을 임금으로 세우는 것을 반대하지 않았던가? 저들은 끝내 임금도 바꾸려고 들 것이다.

이색은 이런저런 생각에 젖어서 저녁도 제대로 못 들고 있던 참에 찬성사 우현보의 방문을 받았다. 단양 우씨, 우현보 집안은 누대에 걸쳐서 조정의 높은 벼슬을 해온 대표적인 명문세가이다.

"후—, 장차의 일이 걱정입니다."

우현보는 자리에 앉자마자 바닥이 꺼지라 한숨부터 내쉬었다.

"앞으로는 이성계의 세상이 되겠지요?"

우현보도 이색과 마찬가지 생각을 하고 있음이 분명했다.

"누가 나서서 막을 수가 있겠소? 조민수 장군도 저렇듯 속절없이 당했는데……."

이색도 힘없는 말로 건성으로 답을 했다.

"근본도 없는 것들의 세상이 되었소이다. 목은 대감이나 우리네나 다 고려가 알아주는 명문가문인데 저자들이 단번에 거덜을 내려 하니 이것을 어디에다 하소연해야 할지 답답한 마음에 이렇게 찾아왔소이다."

우현보의 입에서 막말이 나왔다. 우현보가 '근본이 없다'고 한 것은 일을 주도하는 세력들이 별 볼 일 없는 가문 출신들이라는 것을 싸잡아 하는 소리였다. 우현보가 생각할 때 자신의 가문과 비교하여 정도전, 남은, 조준 등 날뛰는 자들의 집안은 하나같이 보잘것없는 것인데, 세상이 저들이 큰소리치는 판으로 바뀌었다고 생각하니 쌍소리를 입에 담지 않을 수가 없었다.

그들이 받드는 이성계 또한 변방지기 장수에 불과하고 지방 호족이었을 뿐인데 이제 세상을 바꾼답시고 저렇듯 설치는 꼴이 아니꼽기 짝이 없는 노릇이었다. 우현보는 그중에서도 정도전이 날뛰는 것이 더욱 눈에 거슬렸고 자랄 때부터의 품성으로 보아 무슨 일을 더 저지를지 두렵기까지 했다. 따지고 보면 우현보는 정도전과는 영 몰라라 하고 지내야 할 처지는 아니었다. 그러나 지난 세월을 살아오면서 정도전의 집안과 이런저런 연으로 엮이는 것이 영 마땅치가 않았다.

그것은 정도전의 아버지 되는 정운경으로부터 비롯된 일이었다. 정운경이 단양 우씨 집안으로 장가를 듦으로 해서 일족으로 연이 맺어진 것인데 그 아내 되는 사람이 천한 핏줄을 타고났는데도 우씨 집안에 양녀로 들어왔고, 그리하여 반쪽짜리 양반이 되어 엄밀히 따지면 단양 우씨와는 상관이 없는 천한 노비의 핏줄을 타고났는데도, 우씨 집안의 규수로 행세하는 것이 더할 수 없이 수치스럽고 불쾌한 일이었다.

우현보는 우씨(운경의 부인)를 양녀로 들인 우연(禹淵)을 가문의 사람으로 취급을 하지 않았다. 그래서 우씨와 결혼한 정운경을 멀리했고 그 아들인 도전에 대해서도 하찮게 대했던 것이었다. 우현보는 정운경의 아들 도전이 벼슬살이하는 것도 싫어했다. 그래서 자신이 사헌부 장령으로 있을 때 도전이 과거에 급제한 것을 시기하여 고신을 해주지 않고 관리로 임명되는 것을 방해한 적도 있었다.

"목은 대감께서는 일찍이 삼봉을 가르쳤고 이성계와 교류를 가져왔으니 그들의 성품을 잘 알고 계셨을 것이 아닙니까?"

"그렇지요. 내 일찍이 삼봉을 가르칠 때도 그 사람의 생각이 남과 같지 않아서 나중에 같은 하늘을 마주할 수 있을까 염려를 하였었는데 오늘날 일을 당하고 보니까 나의 예측이 틀리지 않은 것 같소이다."

"두고 보시오. 삼봉은 나라에 두려운 큰 적이 될 것이오. 오늘날의 일들이 모두 삼봉과 조준의 머리에서 나온 것들이오. 이성계 또한 삼봉과 그를 따르는 자들이 하자는 대로 움직이고 있어요."

"내 일찍이 이성계 장군을 만났을 때는 그가 여느 무장과는 달리 예의가 바르고 학문을 숭상하여 나라를 이끌 좋은 재목으로 여기고 정몽주와 같은 인재를 추천하여 사귀기를 바랐는데 이제 보니 다른 꿍꿍이 셈이 있었다는 것을 알게 되었어요."

두 사람은 답답함을 쓸어내리기라도 하듯 앞에 놓인 찻잔을 비웠다.

"아무튼 이대로 당하고만 있어서는 안 되는 일입니다. 저자들이 물 만난 고기처럼 설치게 놔둔다면 종래에는 임금까지도 갈아치우려고 할 겁니다."

"나도 그 생각을 하고 있었소이다. 이성계는 당초부터 지금의 전하가 보위에 앉는 것을 반대하지 않았습니까?"

"맞소이다. 저들의 말대로 왕씨 중에서 새로운 인물을 정하여 보위에 앉힌다면 우, 창 2대에 걸쳐서 전하를 모셔온 우리는 바로 역적이 되는 것입니다. 저들이 하는 짓거리로 보면 그것을 빌미로 충분히 우리를 역적으로 몰아가려 할 겁니다."

"전하의 보위를 지켜드리는 것이 바로 우리 가문을 지키는 일입니다."

"이렇게 하면 어떻겠습니까?"

우현보는 좋은 생각이 떠올랐다는 듯 눈을 깜빡이더니 이색의 얼굴 가까이에 입을 가져갔다.

"……?"

"전하께서 명나라에 직접 입조를 하시는 것입니다. 앞서서 황제의 고명(誥命)을 기다리는 것이 아니라 전하께서 직접 입조를 하시어 황제께 신하되기를 청한다면 황제에 대한 예는 더욱 극진한 것이 되고 이에 황제가 고명을 내려주시면 전하는 명나라 황제의 신하가 되시는 것이오니 이렇게 하면 이성계인들 함부로 임금을 바꾸려 들겠습니까?"

"……."

이색은 별다른 의견이 없이 우현보의 말을 잠자코 듣고 있었다. 우현보의 생각이 옳아서 그런 것이 아니라 별다른 대안이 생각이 나지 않아서였다.

생각해보면 아무리 제후국이지만 왕이 직접 황제를 알현하여 신하되기를 조아린다는 것은 나라가 망하기 직전 황제에게 몸을 의탁해야 할 절체절명의 때가 아니면 나라의 체면을 위해 할 수 없는 일이었지만 임금을 위해서 또 자신들의 가문을 지키기 위해서라면 어쩔 수 없는 일로 받아들여야 할 일이었다.

"이 일은 문하시중 대감께서 대비마마를 설득하여야 할 일입니다. 잘

상의해주세요."

우현보는 조정의 수장인 이색에게 짐을 지우듯 말하고 자리를 털고 일어섰다.

● 4

왕이 입조하기에 앞서 먼저 고명사절단을 보내기로 했다. 윤승순을 정사로 하고 권근을 부사로 삼아서 급하게 명나라로 출발시켰다.

조정에서는 고위층의 인사가 단행되었다. 조민수가 탄핵을 받고 쫓겨난 수문하시중 자리에는 물러나 있던 이성계가 앉았다. 이성계는 이제 자신에 대한 지지가 확고하고 지지층도 확산되어 있는 것을 확인하고 라이벌이었던 조민수가 제거된 마당에 더 이상 뒷짐을 지고 있을 필요가 없다고 생각했다. 이제 본격적으로 전면에 나서서 자신이 구상하고 있는 개혁 정책을 강하게 추진하고자 했다.

이성계는 자신이 수문하시중으로 복귀하는 것을 계기로 보다 강력하고 효과적인 개혁을 단행하기 위해 정도전 등 측근 인사들을 재배치했다. 윤소종을 대사헌에, 대사헌이었던 조준을 예문관 대제학으로 추천했고, 밀직사사였던 정도전은 '조민수를 파직한다'는 임금의 명을 받아내는 데 큰 역할을 한 후 성균관 대사성으로 옮겨 앉았다.

성균관은 유생들의 핵심적인 활동 공간일뿐더러 우수한 젊은 학도들이 수업하는 곳이어서 새로운 정권의 기반을 조성하는 데 필요한 인재를 길러내는 중추적인 기관이다. 따라서 정도전 같은 새 정권의 핵심인사가 대사성으로 앉아서 회군과 개혁 업무의 정당성에 대해 피력하는 것이 필요했다. 성균관에서 정도전이 하는 강론 중 으뜸이 되는 화두는 단연 '백성'이었다.

"나라의 근본은 백성이다. 하늘이 백성을 내면서 따로 인군(仁君)을 낸 것은 그로 하여금 백성이 잘살도록 보살피고 편안하게 다스리라는 것이다."

"인군(仁君)의 지위는 귀한 존재이긴 하나 천하만민의 민심을 얻지 못한다면 크게 우려할 만한 일이 생긴다. 민은 지극히 약한 사람이지만 폭력으로 협박하려 해서는 안 된다. 또 민은 지극히 어리석지만 꾀로써 속이려 해서도 안 된다. 민심을 얻으면 민은 군주에게 복종하지만 민심을 잃는다면 민은 군주를 버린다. 민이 인군에게 복종하고 버리는 데에는 털끝만큼 밖에 차이가 없다."

"백성은 의식이 풍족해야 염치를 알고 창고에 곡식이 가득해야 예의가 생긴다. 도적은 사람의 인성의 선악에서 연유하는 것이 아니라 경제생활의 안정 여부에 달려 있다. 나라의 도덕 질서가 확립되려면 백성의 생활이 안정되어야 한다."

"남의 음식을 먹는 자는 남을 책임져야 하고, 남의 옷을 입는 자는 남의 근심을 품어야 한다. 관리는 백성이 만든 음식을 먹고 옷을 입는다. 그런데도 그 고마움을 모르고 자리에 연연하며 유유자적 즐기려고만 한다. 흉년이 들어 백성의 형세가 어려운데도 탐학한 관리들은 오히려 백성의 형편을 깎아 먹으려 덤빈다. 이는 어린아이가 배가 고파 우는데 모진 어미가 도리어 먹을 것을 빼앗는 것과 같고, 소가 달리기에 숨 차 하는데도 포악한 목자가 오히려 채찍질을 하는 격이다. 그리하면 필연적으로 어린아이는 약해지고 말며 소는 격동하여 치받게 된다."

"백성은 먹는 것을 하늘로 삼고 나라 살림은 백성으로부터 나오는 것이다. 원래 나라에서는 공전 이외 사전은 인정하지 않고서 모두 백성에게 땅을 나누어주어 농사를 짓게 하였고 거기서 나는 수확물의 10분의 1만 나라에 바치게 하였다.

그런데 나라의 기강이 흐트러진 틈을 이용하여 권문세가들이 마구잡이로 백성의 땅을 점탈해버려 그들의 땅은 산천을 경계할 정도로 넘쳐나는 데 비해 백성에게는 송곳 꽂을 만큼의 땅도 남아 있지 않게 되었다. 이로 인해 전민은 소작농으로 전락해버렸고 1인이 경작하는 토지에 7~8인의 지주가 나타나는 곳이 있는가 하면 소작료를 바칠 때면 지주의 인마(人馬)를 먹이는 비용과 그들이 억지로 사라는 물건이며 왕래하는 노자와 운반하는 비용이 소작료보다 배가 넘어 백성의 원망이 하늘에 닿아 있고 그로 인한 폐단이 곳곳에서 드러나 나라의 형편이 심각한 지경에 이르러 있다.

가족을 데리고 유리걸식을 하며 길거리를 떠돌다가 횡사하는 자와 죽지 못해 양민의 신분이면서도 지주의 농장으로 찾아 들어가 노예살이를 자청하는 자가 부지기수다. 또한 권문세가들이 토지를 독차지하게 됨으로써 당연히 나라에 바쳐야 하는 조세마저도 탈루해서 나라의 형편은 관리의 녹봉과 군량미도 제때에 마련치 못할 정도로 궁색해져 버렸다. 그런데도 지주들은 창고에 곡식이 썩어나도록 재어놓고 있으면서 소유하고 있는 토지를 한 치도 내놓으려 하지 않고 있으니 이것이 나라를 올바로 경영한다고 말할 수가 있겠는가?

하여서 전제 개혁은 모든 일의 우선이고 국가 경영의 기본이다. 어떤 대가를 치르더라도 전제 개혁은 이루어져야 한다.”

정도전은 기회가 있을 때마다 전제 개혁의 필요성을 강조했다. 정도전이 주장하는 전제 개혁은 계민수전(計民受田), 즉 전국의 토지를 나라에서 환수하여 백성의 수대로 나누어주어 전민은 자기의 땅에서 농사를 짓도록 하고 국가는 백성이 수확한 10분의 1만을 거두는 것이었다.

이는 자신의 땅에서 농사를 짓고자 하는 백성들에게는 염원을 풀어주고자 하는 일이었고 새로 벼슬길에 나서는 유생 사대부들에게도 입지를 넓혀주는 일이어서 이들로부터는 전폭적인 지지를 받았다. 그러나 권문세가의 입장에서는 달랐다. 권문세가로서는 기왕에 누려온 기득권을 빼앗기는 일이어서 도저히 받아들일 수가 없는 일이었다.

개혁은 곧 기득권층의 생존권과 관계되는 일이기에 권신들의 원망은 이를 전면에 서서 주장하는 정도전에게로 쏠렸다. 그러나 정도전은 이에 개의치 않고 거침없는 표현으로 자신의 소신을 피력했다.

정도전이 이렇듯 당당히 주장할 수 있는 것은 자신의 삶이 권문세가와는 사뭇 달랐기 때문이었다. 권문세가로 자처하는 자들은 누대에 걸쳐서 가문을 유지하며 재산을 불리기 위해 여러 가지 비리에 연루되어 있었으나 정도전은 상대적으로 한미한 가문 출신이었다.

조부 때까지 향리에서 말단 벼슬아치를 하며 별 볼 일 없이 지냈고 그의 부친 정운경의 대에 이르러서야 비로소 중앙에 벼슬을 하여 형조상서의 직을 지내게 되었는데 정운경은 불의와 타협하지 않는 강직한 성품의 청빈한 인물이었고 정도전 또한 일찍이 과거에 합격하여 벼슬길에 올랐으나 험난한 고초를 겪으며 지냈기에 축재와는 거리가 멀어, 비리에 대한 약점이 없었다.

또 한편으로 정도전에게 힘을 실어주는 것은 이성계의 위상이었다. 이성계는 이제 더 이상 변방을 지키는 장수가 아니고 지방의 호족이 아니었다. 명실공히 정권의 실력자로 자리를 굳혔고 그 위상은 임금도 함부로 대하지 못할 정도에까지 이르러 있었다.

이때 이르러 임금은 원로재상인 이색과 이림, 이성계에 대한 예우를 반포했다.

'이들이 비록 신하이긴 하나 국가에 대한 공로가 크므로 전각(殿閣)[5]에 오를 때 칼을 차고 신을 신은 채 오를 수 있게 하고 찬배(贊拜)[6] 시에는 호명하지 않도록 하라'고 특전을 부여했던 것이다.

이는 이성계에 대한 파격적인 대우였다. 이색이 국가의 원로재상이고 이림이 임금의 외조부이므로 명분을 내세워 일견 같이 예우를 한다는 형식을 갖추긴 했으나 이들은 어디까지나 이성계의 위상을 높이는 데 이용된 들러리일 뿐이었고 실상은 이성계에 대한 특별한 예우였다. 임금은 더 이상 이성계를 신하로 하대(下待)할 수가 없었다.

이성계의 힘은 이제 임금의 자리조차도 위협할 수 있을 정도로 막강해져 있기에 임금은 자신의 생존을 위해 어쩔 수 없이 그에게 힘에 걸맞은 예우를 해주면서 공존하고자 하는 생각에서 취한 부득이 한 조치였다. 이러한 조치는 개혁파 인사들이 정몽주를 앞세워 임금에게 고해 이루어지게 된 것이었다.

일이 이러한 형국에 이르러 있었기에 그동안 천하의 권세를 쥐고 휘둘렀던 권문세가라 하더라도 정도전에 대해 벌을 주라고 드러내놓고 나서는 사람이 없었다. 기껏 정도전이 별 볼 일 없는 가문 출신임을 들어내서 '가풍(家風)과 파계(派系)가 분명치 않은 자가 높은 벼슬에 올라 조정을 혼란스럽게 하고 있다'고 뒤에서 흉을 보는 것이 고작이었다.

"나라의 근본은 백성이다."
"민심을 얻으면 민은 군주에게 복종하지만 민심을 잃는다면 민은 군주를 버린다."

---

5) 임금이 거처하는 곳.
6) 임금을 배알하는 예식.

"민이 인군에게 복종하고 버리는 데는 털끝만큼 밖에 차이가 없다."

　임금 또한 정도전의 말에 문제가 많음을 알고 있었지만 모른 체하고 지나갈 수밖에 없었다. 종래에는 이쯤 되면 대역죄로 다스렸겠지만, 지금은 자칫 이성계 세력에게 밉보이기라도 한다면 왕위에서 쫓겨날 수도 있는 판이니 어쩔 수가 없는 노릇이었다. 오히려 임금이 그들의 눈치를 보았다.

　임금에게 지금 가장 절실한 것은 명나라 황제에게서 '고려왕으로 인정한다'는 직첩을 받아내는 일이었다. 명나라로부터 직첩을 받는다는 것은 황제의 신하가 되는 일이기에 이성계가 아무리 기고만장하더라도 황제를 거역하려 하지 않는 이상 왕을 함부로 쫓아내지 못할 것이라고 기대를 하고 있었기에 임금과 이색을 비롯한 구신들은 하루빨리 고명사절로 간 일행들이 돌아와 주기를 고대했다.

16장

폐가입진

• 1

명나라로 갔던 고명사절단은 끝내 황제로부터 책인(冊印)[7]을 받지 못하고 돌아왔다.

사절단은 황제를 배알하여 고려 조정의 어려운 사정을 고하고 충성을 다지는 맹세를 올리고자 간곡히 청을 넣었으나 황제는 만나주지도 않았고 고명도 내려주지 않았다. 대신 명나라 예부에서 '황제의 명'이라 전하라면서 고려 조정의 도평의사사로 보내는 공문을 내려주었다. 공문을 받아본 정사 윤승순은 깜짝 놀랐다.

"이를 어찌하면 좋겠소? 왕실에서는 고명을 받아오기를 학수고대하고 있을 터인데……."

정사 윤승순은 부사 권근에게 공문을 보이며 심각하게 말했다.

> "고려에서는 왕씨(王氏)가 시해를 당하고 난 이후 후손이
> 끊기는 바람에 다른 성씨[辛氏]가 왕위를 이어받았는데 이
> 는 삼한(三韓)이 대대로 지켜온 좋은 전통이 아니다. 옛날

7) 중국이 제후국 왕의 지위를 인정해서 내리는 문서와 인장.

에도 임금의 악행이 너무 심하여 그 때문에 임금을 시해하는 역신이 있었지만, 그중에는 어진 이도 있어 백성을 평안히 하여 하늘의 뜻을 바꾼 이도 있었다. 만일 지금 역모로 권력을 잡은 신하가 있다면 이는 옛일에서 배운 것일 것이니 누구를 탓하겠는가? 현명하고 지혜로운 신하가 있어 임금과 신하의 명분을 바로잡고 백성을 평안히 다스린다면 수십 년을 입조하지 아니하여도 된다. 또 고려의 어린 왕에게는 대국의 수도로 올 필요가 없다고 전하라."

"아니, 이것은 황제가 우리의 임금을 왕씨로 인정하지 않는다는 말이 아니오?"

공문을 잃어본 권근도 놀라서 눈을 동그랗게 뜨며 말했다.

"그런 셈이지요. 그리고 지금 이성계가 전왕의 폭정을 몰아내고 권력을 잡은 것을 인정한다는 것이고."

"게다가 임금을 어리다고 하면서 입조할 필요가 없다고 한 것을 보면 지금의 주상을 상대하지 않겠다는 뜻인데 이를 어찌하면 좋겠소?"

"황실과 조정에서는 일각(一刻)이 여삼추(如三秋)와 같은 심정으로 우리 사절단을 기다리고 있을 터인데 책인을 받기는커녕 오히려 화를 불러서 가는 꼴이 되었으니 참으로 큰일이 아니오?"

"이렇게 넋을 놓고 있을 일이 아닌 것 같소. 속히 돌아가서 문하시중 대감과 의논을 하는 것이 좋을 듯하오."

사절단 일행은 즉시 행장을 꾸려서 귀국길에 올랐다.

정사 윤승순과 부사 권근은 이색과 자리를 마주하고 앉았다. 사안이 중대하므로 임금과 조정에 보고하기 전에 도평의사사의 수장인 문하시중을 먼저 만난 것이었다.

"……"

공문을 몇 번이나 읽어본 이색은 눈을 감고 아무 말도 하지 않았다. 그 모습이 너무나 무거워서 곁에 앉은 윤승순과 권근은 아무 말도 못 하고 지켜보고만 있었다. 뭐라고 한마디 해주었으면 했으나 도무지 내색하지 않고 깊은 생각에만 잠겨 있었다.

"대감……."

기다리다 못해 윤승순이 낮은 목소리로 불렀다.

"어찌하면 좋겠습니까? 이대로 도평사에 보고하기도 그렇고."

이번에는 권근이 이색의 안색을 살피며 조용히 물었다.

"휴—" 하고 이색은 한숨을 길게 내쉬었다.

"내 아무리 생각해도 묘안이 생각나지 않는구려. 조정에 보고가 되면 그렇지 않아도 주상의 혈통을 문제 삼으려는 이성계의 무리들이 당장이라도 임금의 자리를 내놓으라고 아우성을 칠 텐데 그리하면 조정인들 무슨 대책이 있겠소?

고려는 이제 저들의 손으로 넘어가서 그들의 입맛대로 주물릴 것이 뻔한데……, 차라리 고명사절을 보내지 않는 것이 좋을 뻔했소."

"그래도 사절단이 다녀왔으니 내용은 알려야 할 것이 아닙니까?"

"나로서는 대안이 없는 일이고……, 공문을 이림 대감에게 가져다주고 의논을 해보시오. 아무래도 왕실의 일이니 종친 어른인 이 대감의 답을 받아보는 것이 상책일 것 같소."

이색은 묘안이 떠오르지 않으니 임금의 외조부인 이림과 상의해보라고 하면서 자신은 뒤로 빠졌다. 이 일로 인해서 뭔가 큰일이 일어날 것만 같았다. 어쩌면 고려의 운명을 바꾸는 일이 일어날지도 모른다는 생각이 들었다. 뒷일을 생각해서 자신이 책임지는 일을 피하고 싶었다.

윤승순과 권근은 이림을 찾아갔다. 이림 또한 별다른 묘안이 있을 리가 없었다. 세 사람은 의논만 하다가 말았다.

공문은 일단 이림에게 전달하고 윤승순과 권근은 도평사에 '황제가 고명을 미루고 있다'고 얼버무리는 식으로 간단히 보고하고서 그들도 사절로서 소임을 다한 것으로 일을 마무리 짓고자 했다. 훗날 일이 밝혀지면 일의 파장으로 보아 크게 화를 당할 수 있는 일이므로 임금의 외조부인 이림에게 공을 던져놓고 일은 미봉인 채로 넘어가고자 얕은 술수를 쓴 것이었다. 그러나 개혁파의 기세로 봐서 황제의 고명을 받지 않은 채 왕위를 유지한다는 것은 매우 위태로운 일이었다.

개혁파 인사들은 반대파 인사를 더욱 옥죄었다. 이번에는 좌사의(左司議) 문익점을 탄핵했다. 문익점이 탄핵을 받은 것은 오사충, 이서 등 간관(諫官)이 사전(私田)의 폐단을 논할 때 문익점이 이색, 우현보, 이림 등 중신들과 친밀하게 지내왔기에 문서에 서명하지 않고 병을 핑계로 출근하지 않았기 때문이었다.

"삼우당(三憂堂, 문익점의 호)은 원래 시골에서 농사를 짓던 사람인데 그가 인품이 어질고 착하다는 천거가 있어 전하의 측근에 두고 훌륭히 정치를 하고자 간대부(諫大夫)로 임명하였던 것입니다. 그러나 소문과 달리 그는 진실된 충언과 치도(治道)에 대한 바른말은 하지 않은 채, 간쟁하는 일은 없고 비굴하게 남의 비위나 맞추고 몸을 낮추어 굽실거리면서 손발을 묶은 듯 순종하기만 하고 있습니다.

지난번 동료 관원인 오사충과 이서가 각기 소를 올려 시국의 문제(전제개혁)를 주청할 때 그는 직을 잃을까 눈치를 보며 한마디의 말도 없었습니다. 더하여 동료 관원들이 연명 상소를 하는데도 그는 병을 핑계로 출근도 하지 않으며 참여하지 않았습니다.

이는 위로는 전하께서 사람을 알아보시는 현명함에 누를 끼치는 일이고 아래로는 사림(士林)들이 기대하는 바를 저버리는 것이 되는 일이오니 그 관작을 삭탈하고 산야에 돌려보내어 말할 책임이 있는 자리에 있으면서도 말하지 않는 자에 대한 경계를 삼도록 하게 하소서."

문익점은 결국 조준이 올린 탄핵소로 파직되었다. 삼우당 문익점은 공민왕 시절 원나라에 사신으로 간 일이 있는데 이때 반출이 금지되어 있던 목화씨를 몰래 가지고 들어와 고향인 진주 강성현(지금의 경남 산청)에서 장인 정천익과 시배를 하여 성공을 거두었고 그 뒤 이를 전국에 걸쳐 보급함으로써 그때까지 삼베로 주로 의복을 지어 입던 백성의 의생활에 획기적인 변화를 가져오게 했다. 목화씨는 문익점이 들여왔으나 재배에 성공한 이는 그의 장인 정천익이었고 정천익은 재배뿐만 아니라 씨를 발라서 실을 뽑아내는 씨아와 물레도 발명하여 함께 보급했다.

• 2

우현보가 이색을 찾아왔다. 이번에는 임금의 외조부인 이림과 같이 온 것이다.

"목은 대감, 이대로 가만히 있다가는 정말로 큰일이 나겠소이다. 저자들이 구신(舊臣)들을 말려 죽일 작정을 하고 있는 것 같구려."

우현보는 흥분을 억누르지 못해 목소리가 떨렸다.

"이 일을 어찌하면 좋겠소이까? 이제는 터무니없는 이유를 달아 탄핵을 하고 있으니 말이오."

이림도 흥분하기는 마찬가지였다.

"삼우당이 탄핵당한 이유는 정말 말 같지 않은 이유이오이다. 세상에, 말하지 않았다는 이유로 탄핵을 받는다면 지난 세월 살아온 우리 중에 탄핵당하지 않을 사람이 어디 있겠소? 저들이 자신들의 정책에 동조를 않는다고 나라의 원로대신을 하나씩 죄인으로 몰아서 내칠 작정을 하고 있는 것이외다. 이게 다 삼봉 그자가 뒤에서 꾸미는 수작이지 뭐겠소?"

우현보는 앞으로 닥칠 보복이 자신에게도 미치지 않을까 크게 두려웠다.

"삼우당이 어질고 욕심이 없고 효심이 깊은 것은 다 아는 사실이지. 삼우당이 죄가 없음은 세상이 아는 일이지만 그 또한 현릉(공민왕)의 대에 과거에 급제하여 우왕 대를 거쳐 오늘에 이르기까지 재상 자리에 머무르며 나라의 은혜를 여러 가지로 입어왔고 특히 우리와 친히 지내면서 이성계의 세력에 협조를 않는다고 저들로부터 눈엣가시 같은 존재로 여겨져 오다가 이런 변을 당한 것이 아니겠소?"

이색은 자신이 재상의 최고 수장자리에 앉아 있으면서도 문익점의 억울함을 풀어주지 못하는 것이 못내 안타까워서 궁색하게 변명을 했다.

"그나저나 무슨 대책이 있어야 할 것이 아닙니까? 이대로 있다가는 우리 중에도 또 누군가가 터무니없는 모함을 당하여 변을 당하게 될지 모르는 일인데."

우현보는 조급증을 냈다. 세 사람 중에 당한다면 다음번에는 두 원로 대신보다도 자신이 먼저일 것이라 생각이 들었다.

"그래서 문하시중께 의논 차 이렇게 왔소이다."

이림의 심정도 마찬가지였다.

"무슨 뾰족한 수가 있겠소이까? 황제가 고명을 내려주지 않고 있는 터에."

"그래서 말인데 주상이 친히 입조를 하면 어떨까 해서요."

"주상께서 친히요?"

이색이 반문을 했다.

"그 일은 황제께서 우리 주상이 입조할 필요가 없다고 지난번 고명사절 편으로 공문으로 보내오지 않았소이까?"

"황제가 비록 어린 주상이 친조할 필요가 없다고 하였으나 그래도 주상이 직접 명나라에 입국하여 황제를 뵈옵기를 주청 드린다면 황제의 마음이 달라질 것이 아니오? 가만히 앉아서 당하느니 그렇게라도 해보는 것이 낫지 않겠소?"

이림은 황제의 고명을 받지 못하는 한 이성계의 무리들이 언제까지 창을 보위에 앉혀두지 않을 것이라는 염려가 들어 고육지책으로 지난번 우현보가 이색을 찾아와서 의논했던 말을 다시금 꺼낸 것이었다.

"그렇게라도 해봅시다. 그것이 주상을 보위하고 우리 모두가 살 수 있는 길이 아니오이까?"

우현보가 거들었다.

"주상께서 친조를 하시려면 대비마마의 허락이 있어야 할 터인데?"

"문하시중과 이림 대감이 함께 청을 넣어보시지요. 아무려면 부친이신 이림 대감까지 청을 넣는데 대비마마도 생각이 없으시겠습니까?"

"과연 대비마마가 승낙을 하실지……."

이색은 확신이 서지 않았지만 별다른 묘수가 없기에 의견에 따르기로 했다. 이색과 이림은 이내 대비전으로 찾아갔다. 그러나 대비의 생각은 달랐다.

"주상의 보령이 이제 겨우 아홉인데 어찌 그런 말씀을 하십니까?"

대비는 단호히 거절했다.

"황제가 계시는 남경까지는 지금 떠난다 해도 한겨울에 다다를 것이고 가는 길도 뱃길을 가야 하는 등 평탄치가 않아 태풍이라도 맞닥뜨린다면 옥체가 무사할 수 있을는지 장담조차 할 수 없는 일인데 어찌 주상을 보낸단 말이오?"

대비는 완강했다. 두 재상은 조급한 마음에서 청을 넣긴 했으나 대비 말에 무리가 있는 것은 아니었다. 또한 임금이 자리를 비운 사이에 기회만 노리고 있는 이성계 일파가 무슨 흉계를 꾸밀지도 모르는 일이었다. 어쩌면 반란을 일으켜 용상을 탈취하는 일이 벌어질 수도 있는 일이다.

임금이 친조하는 일은 결국 무산되었다. 대신 문하시중 이색이 가기로 결정했다. 이색은 사절단을 꾸리면서 자신이 없는 동안에 이성계 일파가 더 이상 계책을 부리지 못하도록 사절단에 이성계의 아들 이방원을 종 사관에 포함하여 데리고 들어가기로 했다.

이성계는 명나라로 가는 사절단에 다섯째 아들 방원을 포함시킨다는 말을 듣고서 받아들여야 할지 결정하지 못하고 있었다. 결정을 짓기 위해서 아들 방원과 정도전을 같이 불렀다.

"어찌하겠느냐? 시국이 어수선하니 아비도 너를 보내야 할지 선뜻 결정이 서지 않는구나. 너의 생각은 어떠하냐?"

먼저 방원에게 물었다. 방원은 잠시 생각하고 대답했다.

"지금 아버님 주변에서 일어나고 있는 일들이 심상치 않사옵니다. 이러한 때에 소자가 장기간 아버님 곁을 떠나 있어야 하는 것이 옳은 일인지 소자도 결정하기 어렵사옵니다. 그리고 아직은 황제의 의중을 모릅니다. 혹 황제께서 트집을 잡아 소자를 볼모로 잡아둔다면 아버님의 입지가 어려워지지 않겠사옵니까? 삼봉 대감의 의견도 들어보시는 것이 좋을 듯합니다."

"그래? 삼봉 대감의 의견은 어떠하시오?"

이성계는 삼봉에게 눈길을 주었다.

"시국이 어려운 때에 국사를 부친에게 미루고 원행 길을 떠나야 할 것인가를 놓고 대화를 나누시는 두 분 부자 사이에 제가 끼어들기 민망하오나 소신의 의견을 듣고자 하시기에 감히 말씀을 올리겠습니다. 저의 생각으로는 방원 공이 사절단으로 합류하는 것이 오히려 좋은 기회라고 봅니다."

정도전이 이성계를 대하는 태도는 어느새 이전과 달리 한결 공손해져 있었다.

"좋은 기회? 어째서요?"

좋은 기회라니? 이성계는 영문을 알지 못하여 물었다.

"그렇습니다. 좋은 기회입니다. 방원 공을 데려가겠다고 하는 것은 황제의 명이 있어서가 아니라 문하시중이 일방적으로 결정한 것입니다. 이것은 문하시중이 자리를 비운 사이에 주군께서 변란을 일으킬까 염려하여 일종의 볼모로서 데려가려 하는 것입니다.

그렇지만 이것은 우리 편에서 보면 황제의 의도를 엿볼 수 있는 절호의 기회인 셈이지요. 회군 이후 황제는 주군에 대해 우호적으로 보고 있는 듯합니다만 확실하게 지지는 보내지 않고 있습니다. 이 기회에 방원 공이 명나라로 들어가서 황제에게 눈도장도 확실히 찍고 의중도 정확히 알아보는 것이 좋을 듯합니다."

"황제의 의중을 확실히 알아본다?"

"그렇습니다. 앞으로 우리의 계획을 순조롭게 진행시키려면 명나라의 지지를 확실하게 받아두는 것이 매우 중요합니다. 권문세족들이 저토록 황제의 고명을 고대하는 것 또한 황제께 인정을 받게 되면 그들 나름대로 굳건한 지지기반이 되어 우리 측이 함부로 할 수 없을 것이라는 치밀한 계산하에서 하는 일입니다. 이것은 우리에게도 잘된 기회입니다."

"아버님. 삼봉 대감의 말씀이 옳은 것 같사옵니다. 소자 이 기회에 종사관으로 함께 들어가서 명나라의 분위기를 알아보는 것도 좋을 듯합니다."

"또 하나 방원이 종사관으로 가는 것을 거부한다면 저들에게 왕명을 거부했다고 공격을 하는 빌미를 제공하는 것이 됩니다. 비록 지금은 저들이 형세가 불리하여 잠시 밀리는 듯하나 저들의 세는 누대에 걸쳐서 조정 곳곳과 전국에 걸쳐서 그 뿌리를 내리고서 맹위를 떨쳐왔습니다. 저들은 명분만 갖춘다면 언제든지 우리를 내치려 할 것입니다. 또한 저들은 임금을 등에 업고 있습니다. 왕명을 빙자한다면 얼마든지 우리를 공격할 수 있습니다."

"듣고 보니 그럴듯하오. 방원이의 뜻도 그러하니 보내도록 합시다."

마침내 이색을 정사로 하고 이색의 애제자 이숭인을 부사(副使)로 한 사절단이 꾸려졌다.

이방원을 종사관으로 포함시킨 의도는 이색 쪽과 이성계 쪽이 사뭇 달랐다. 이색의 편에서는 원행 길을 다녀오는 동안 이성계 쪽에서 준동하지 못하도록 이방원을 볼모로 잡고서 발목을 묶어놓겠다는 의도였으나 이성계의 편에서는 이 기회에 황제의 진심을 알아보고 가능하면 지지를 확보하고자 하는 의도였으므로 양쪽은 서로 동상이몽을 꾸고 있었다.

• 3

황제가 머물고 있는 남경(南京)은 신흥제국의 수도답게 활기가 넘쳐났다. 거리는 토목과 건축공사로 나날이 새로 단장되고 있었고 저잣거리에는 전국의 물산들이 새벽부터 밤늦게까지 왁자하니 거래되고 있었다. 인근의 제후국에서는 제국의 조정과 관계를 맺기 위해 사신과 그 일행들이 연일 출입하고 머무르면서 행사를 하느라 번창했다.

이색 일행은 그 속에 섞여서 새로운 세상을 구경하게 되었으나 마음은 여유롭지가 못했다. 벌써 여러 날을 기다리고 있었으나 황제로부터 아무런 기별을 받지 못했기 때문이었다.

이색은 과거 원나라 시절 한림원에서 같이 지냈던 인사들을 찾아다니면서 황제의 배알을 청했으나 기다리라는 말밖에 듣지 못했다. 고국에서는 임금 이하 하루하루 황제의 고명에 명을 매고 있는 신하가 한둘이 아닌데 과연 황제는 주청을 들어주기나 할 것인가?

이색은 입이 마르고 애가 탔다. 이숭인은 남경에 머무르는 동안 일행들이 소요하는 경비를 마련해야 했다. 공식으로 꾸린 사신단만 해도 30

여 명이다. 여기에 그들을 따라온 종자까지 합하면 하루 사용하는 경비가 만만치 않았다. 국내 재정도 부족한 판에 사절단의 여비가 충분할 리가 없었다. 거기에다가 명나라 조정에 힘 있는 관리를 만나 청탁을 넣으려면 뇌물은 필수적이었다.

이숭인은 현지에서 사용되는 경비 조달을 위해 밀무역에 손을 댔다. 이는 이숭인뿐만 아니라 역대 모든 사신들이 부족한 경비 마련을 위해 관행적으로 해오던 방법이었다.

인삼이나 호피 등은 중국에서 큰 인기가 있지만, 고려에서는 이를 금수품으로 지정하여 국외 반출을 금지하거나 수량을 엄격히 제한하고 있었다. 사신 일행에게는 반출품 검열을 하지 않는 제도를 이용하여 이를 가져다 팔아 큰 이문을 남겨 경비를 충당해 왔던 것이다. 이숭인도 이 방법을 이용했는데 이 일로 그는 훗날 크게 곤욕을 치르게 된다.

드디어 황실로부터 입궐하라는 허락이 떨어졌다. 사신 일행은 긴장을 한 채 황제의 앞으로 나아갔다.

"신 고려국 문하시중 이색, 황제 폐하를 뵈옵기를 고대하였는데 이렇듯 용안을 뵈오니 영광이옵니다."

이색은 감히 황제의 얼굴을 올려다보지도 못하고 아뢰었다.

"고려국 문하시중이라, 그 나라의 왕은 어린아이라지?"

황제는 시큰둥하여 물었다. 황제는 일부러 일국의 임금을 어린아이라 칭하면서 무시하려는 태도를 취했다.

"예. 보령은 아직 어리오나 본시 영민하신지라 국정을 다스리는 데는 어려움이 없사옵니다."

"국정을 다스리는 데 어려움이 없다고? 그것 다행한 일이구나. 내 지난번 교서에서 신하가 모시던 임금을 쫓아내고 그 아들인 어린아이로 하여금 대를 잇게 하고서 새 왕의 친조를 허락해 달라고 청하였을 때,

고려의 왕은 원래 왕씨였는데 왕씨 왕이 역신에게 갑자기 죽임을 당하여 그 후사가 끊기고 이성(異姓) 받이를 후계 왕으로 삼은 터라 이는 좋은 예법이 아니라 하면서도 고려는 지리적으로 바다와 산으로 막혀 있고 수천 리가 떨어져 있으므로 대국의 옛 법을 따르지 않더라도 국정을 안정시키고 인민을 잘 다스린다면 굳이 간섭을 않겠다고 하였거늘, 문하시중은 바쁜 국사를 놔두고 어찌 입조를 하였느냐?"

황제는 고려의 사정을 잘 알고 있는 듯했다. 황제의 말은 고려에서 저간에 일어나고 있는 일을 잘 알고 있지만 간섭하지 않고 지켜보고 있겠다는 뜻이었다.

황제의 말 속에는 우왕 대에 명나라의 눈치를 보면서 원나라와 계속 접근을 시도했던 일과 최영이 주도하여 요동 정벌을 감행하다가 이성계와 조민수의 회군으로 무산되어 임금이 바뀐 일 등을 책망하는 뜻이 담겨 있기도 했다. 그래서 황제는 일부러 고려왕을 어린아이라고 낮추어 부른 것이었다.

이에는 또한 새로이 권력자로 부상한 세력을 지지한다는 뜻도 포함되어 있었다. 이색은 황제의 그러한 뜻을 충분히 감지했다.

그래서 한결 몸을 낮추어 변명하려 애썼다.

"우리나라가 태산 같은 황제의 은혜를 입고 있으면서도 변방에 위치하여 미처 그 뜻을 헤아리지 못한 잘못이 많사옵니다. 황제 폐하께 노여움을 끼쳐드린 일이 있다면 이는 임금을 모시는 신하들이 불민하여 저질러진 일이오니 너그러운 마음으로 용서를 구합니다."

이색의 말은 역관을 통해서 황제에게 전해지고 있었다. 황제는 딴청을 부리면서 이색의 변명을 귀담아들으려 하지 않았다. 그러다가 불현듯 생각나는 일이 있다는 듯 이색의 말문을 막고는 뜬금없는 질문을 했다.

"그대는 일찍이 원나라에서 과거에 급제하고서 한림원 학사까지 지냈다지?"

황제는 말을 하면서 상대를 놀리기라도 하려는 듯 짓궂은 표정을 지었다.

"예 소신, 젊어 한때 그러한 적이 있었습니다."

이색은 황제의 의도를 모른 채 대답을 했다.

"그렇다면 중국말에 능통하겠구나. 이제부터 내가 바로 알아들을 수 있도록 통역을 거치지 말고 직접 하고 싶은 말을 해보거라."

"예. 그리하겠습니다."

이색은 유창하게 중국말로 아뢰었다.

"고려국은 지금 새로 국왕이 바뀐 지가 얼마 되지 않고 또 새 임금이 나이가 어린지라 아직은 국정이 안정되어 있지 않습니다. 저희 나라는 한때 간신들이 득세하여 임금의 눈과 귀를 막아 정치를 어지럽히고 상국의 노여움을 산 일이 있사오나 이제 나라를 어지럽혔던 간신들은 하늘의 뜻을 저버린 죄로 모두 처단된 지라 이에 새 임금께서 황제 폐하께 충성을 다하고자 친조를 주청하오니 윤허하여주시옵소서.

그에 앞서 황제 폐하의 신하됨을 인정하는 고명을 받고자 소신을 보냈사온데, 자고로 작은 나라가 존속하기 위해서는 큰 나라를 섬겨야 하는 것이 법도이거늘, 부디 변방의 작은 나라가 폐하의 밝으신 교화를 받을 수 있도록 신하로 받아들이시어 감국(監國)[8]하게 하여주시옵기를 간곡히 청하옵니다."

이색이 말하는 것은 황제가 고려왕을 신하로 임명하여 황제를 대신하여 나라를 다스리게 해달라는 것이었다. 이는 대국과의 관계에서 전에 없었던, 자진해서 올리는 굴욕(屈辱)하는 예(禮)이긴 하지만 그리해야만 왕의 자리를 보존할 수 있겠기에 정성을 다해서 하는 읍소였다. 그러나

---

8) 황제의 대행으로 일시적으로 신하가 나라를 다스리도록 하는 것.

이를 듣고 있는 황제의 반응은 냉담했다. 황제는 이색이 아뢰는 동안 듣는 둥 마는 둥 하다가 귀찮다는 듯 말문을 막았다.

"내 고려의 신하가 중국말에 능통하다 하여 직접 그 뜻을 듣고자 하였으나 그가 하는 말을 도통 못 알아듣겠구나. 그가 비록 원나라에서 한림원 학사까지 지내며 높은 벼슬을 하였다고는 하나 중국말은 신통치 않구나. 꼭 나하추가 말하는 것과 같구나."

나하추는 원나라 승상으로서 요동 땅을 다스리며 명나라에 강하게 저항하다가 항복하여 명나라에서 재상을 지내고 있는 사람이었다. 그는 본시 몽골 사람이므로 중국말이 서툴러 때로는 명나라 관리들로부터 놀림을 당하곤 했는데 황제가 이색이 말하는 것을 보고 나하추에 빗댄 것은 말하는 의도를 무시하겠다는 뜻이었다.

"그대는 그만 돌아가라. 짐의 뜻은 이미 그대의 조정에 공문으로 전하였거늘 그대로 시행하라. 그리고 내 듣자하니 그대의 나라에 최영이라는 자가 10만 병졸을 양성하여 짐의 땅 요동을 정벌하려 하자 이씨 성을 가진 자가 그것이 부당하다 하여 한순간 최영을 체포하고 임금조차도 바꾸었다고 하는데 이는 잘한 일이라고 본다.

그는 대국을 어떻게 모셔야 하는지 그 법도를 아는 자이니 그대 나라 백성들은 그 은혜에 보답하여야 할 것이다."

황제는 처음부터 이색의 주청을 들어줄 의향이 없었다. 그리하여 이색의 의도와는 달리 오히려 이성계를 격려하는 말을 하는 것이었다. 이색은 크게 실망을 했고 사절단은 어쩔 수 없이 빈손으로 돌아와야만 했다. 그러나 서장관으로 참여한 이방원은 이 말을 듣고서 크게 기뻐했다.

'황제는 아버님을 지지하시는구나! 황제의 입에서 아버님을 칭찬하는 말을 듣게 되다니!'

이방원은 정도전의 건의로 종사관으로 따라오게 된 것을 참으로 다행이다고 생각하면서 그가 마련한 계책이 '어쩜 이렇게 기가 막히게 딱 맞아 떨어질 수 있을까!'하고 다시금 감탄했다.

이색은 빈손으로 돌아가는 것이 민망했다. 고려의 대학자이며 원나라에서 과거에 우수한 성적으로 급제를 하고 한림원 학사까지 지낸 그로서는 크게 자존심을 구겼다. 그는 돌아가는 길에 일행들과 의논하면서 다음과 같이 변명을 하며 황제를 비난했다.

"황제는 그 마음을 종잡을 수가 없는 사람이다. 나는 황제가 반드시 물을 일에 대해서 준비를 하였는데 황제는 엉뚱한 말만 물었다. 황제가 물었던 것은 모두 내가 생각해두었던 것이 아니었다."

• 4

이성계에 맞서는 세력은 이색과 이림, 우현보처럼 임금을 옹위하면서 자신들의 지위를 지켜나가다가 역공의 기회를 잡고자 하는, 소극적으로 저항하는 세력이 있는가 하면 보다 적극적인 행동에 나서 이성계를 직접 제거하고자 하는 인사들도 있었다.

전 대호군 김저와 전 부령 정득후는 그러한 사람이었다. 김저는 최영의 생질이었고 정득후 또한 최영과는 인척 관계로 이들은 최영의 배려로 권세를 누려왔는데 이성계에 의해 하루아침에 역적을 추종하는 세력으로 몰려서 벼슬에서 쫓겨나고 가산이 박살 났으니 원한이 없을 수 없었다. 김저와 정득후는 은밀히 만나서 이성계를 제거할 방법을 의논했다.

"저 역적놈들을 갈아먹어도 시원치 않은데 저놈들이 저토록 득세하고 있으니 어찌하면 이 원한을 갚을 수가 있겠소?"

김저는 손을 허공에다 휘두르며 분함을 토로했다.

"누가 아니라오. 그러나 우리에게 힘이 없으니 어떡하겠소? 돌아가신 최영 장군께서도 지하에서 저놈들이 설쳐대는 꼴을 보고 계신다면 통곡을 하실 것이외다."

분하고 억울하기는 정득후도 마찬가지였다.

"방법이 없겠소이까? 내 살아생전에 장군의 원한을 갚고 죽어도 죽어야지 이대로는 도저히 죽을 수가 없소이다."

김저는 주먹을 꽉 쥔 채 부르르 떨었다.

"방법을 한번 찾아봅시다. 우선 우리 둘만의 힘으로는 부족하니 우리와 뜻을 같이해줄 사람을 찾아봅시다."

"뜻을 같이해줄 사람이야 많지만 저놈들의 눈이 무서워 누가 선뜻 나서겠소이까? 목숨까지도 내놓아야 할지 모르는 일인데."

"조정에는 아직도 전 임금께서 재위하실 때 은혜를 입은 사람들이 다수 자리를 지키고 있고 그들 또한 이성계 일당들이 벌이는 개혁인가 뭔가 하는 일에 불만을 많이 가지고 있으니 그분들과 손을 잡으면 혹 무슨 수가 있을지 모를 일이오."

"문하시중 이색 대감이 명나라를 다녀오신 것도 천자의 고명을 받아 저들을 견제하고자 한 일이 아니겠소. 이색 대감뿐 아니라 우현보, 이림, 변안열, 왕안덕 이런 분들은 다 그에 동조하는 분들이니 뜻을 전해봅시다."

두 사람은 이색을 찾았다. 이색은 마침 명나라에서 돌아와 강화도에서 황려부(경기도 여주)로 거처를 옮긴 우왕에게 인사차 출타 중이었다.

나라에서는 우가 비록 왕위에서 축출되긴 했지만 임금인 창의 아비인지라 언제까지 홀대할 수가 없어서 상왕으로 봉하고 섬에서 나와 육지에서 살 수 있도록 배려를 해주었던 것이다. 김저와 정득후는 이색과는 만나지 못했지만 우왕에게 인사차 들른 것으로 보아 자신들이 도모하는 일과 무관하지 않으리라 짐작하고 내심 득의에 찼다. 그리하여 변안열을 비롯한 자신들을 지지해줄 인사들을 은밀히 만나고 다녔다.

변안열은 홍건적이 개경을 침략했을 때 안우와 함께 활약하며 이름을 날렸고 제주도 목호의 난 때는 최영을 도와 이를 진압했다. 이성계와 함께 황산 대첩에도 참여하여 왜구를 일망타진하는 데 혁혁한 공을 세웠다. 그러한 공으로 그는 나라로부터 공신 작호를 받았고 백성들로부터도 당대에 활약한 여느 장수 못지않게 크게 존경을 받았다. 그는 또한 위화도 회군 때에 조민수의 휘하에 있으면서 이성계를 도와 회군의 대열에도 참여했다. 그러나 이성계 일파가 득세하면서 전제 개혁을 주도하자 그 역시 대대로 혜택을 누려온 권신가문 출신이라 기득권을 뺏기는 것에 대해 불만이 컸으므로 이색, 이림, 우현보와 함께 반대편으로 돌아섰던 것이다.

김저와 정득후를 만난 변안열은 그렇지 않아도 은밀히 동지를 규합하는 중이라며 반갑게 맞았다. 그리고 당부를 했다.

"이 일은 섣불리 나서서는 안 되고 반드시 상왕 전하를 찾아뵙고 말씀을 전한 후에 추진을 하는 것이 좋겠네."

"알겠습니다. 은밀히 찾아뵙겠습니다. 거사 후의 일 처리는 대감께 맡기고 우리는 행동에 옮기겠습니다."

김저와 정득후는 행여 누가 볼세라 은밀히 변안열의 집을 빠져나왔다.

한편 이색이 명나라에 가서도 임금의 고명을 받지 못하고 돌아왔다는 사실이 도평의사사[都堂]에 알려지자 구신들이 적잖게 실망해서 동요했다. 그나마 황제의 칙령이라도 받아왔다면 보위를 보존할 수 있고 자신들도 가문을 지킬 수 있을 것인데 일이 점점 불리해져 가고 있는 것이었다. 반면 이성계를 추종하는 개혁파 인사들은 그러한 분위기에 고무되었다.

간관 오사충은 개혁에 동참하지 않는 인사들의 약점거리를 찾고 있던 중에 이색을 따라갔던 사절단에게서 탄핵할 구실을 찾아냈다. 바로 사절단의 부사로 갔던 이숭인이 밀무역을 했다는 제보를 받았던 것이다. 그러나 오사충은 바로 탄핵하지 않았다. 이숭인이 비록 현재는 정치적인 뜻이 달라서 정도전과 사이가 멀어져 있는 사이이긴 하지만 과거 이색의 문하에서 동문수학한 사이이고 서로 호형호제하며 지냈던 것을 알기에 우선 정도전의 의중을 알아보고자 했다.

"도은이 한 일은 과거에도 관행적으로 해왔던 일이긴 한데……."

오사충의 고자질을 들은 정도전은 잠시 생각했다. 이 일로 과거 친하게 지냈던 동문을 내친다는 것은 남들로부터 의리가 없는 사람으로 손가락질을 당할 비난도 생각하지 않을 수가 없었다.

지난날 우를 몰아내고 새 임금을 세우고자 했을 때 이색이 창의 옹립에 결정적인 역할을 해서 정도전은 이색을 찾아가 그 부당함을 따지고 대든 일이 있었다. 그로 인해 여러 사람, 가까이 지내던 정몽주까지도 스승에 대해 할 짓이 아니라고 비난을 했다. 그러나 정도전은 모든 것을 백성을 위하고 썩어 빠진 나라를 바로 세운다는 대의에 찬 행동이었기에 그 비난을 감수했다.

이번에 또 도은을 탄핵한다면? 여러 사람들이 또다시 자신을 매몰차고 의리가 없는 놈이라고 욕을 해댈 것이 뻔했다.

밀무역은 사절단에 소요되는 부족한 경비 마련을 위해 관행적으로 해오던 일이어서 부사인 이숭인에게 책임을 지울 일이 아니었다. 잘못을 묻는다면 그것을 문제로 만든, 정사로 갔던 이색이 책임져야 할 일이었다. 그러나 이색은 벼슬로 보나 학식으로 보나 함부로 할 수가 없기에 수하로 데려간 이숭인에게 먼저 책임을 묻고서 이색에게도 간접적으로 책임을 지우려는 한다는 것을, 정도전은 오사충의 설명을 다 듣지 않고도 알 수가 있었다.

"이숭인을 탄핵한다면 문하시중 대감이 어떤 반응을 보일지 궁금합니다. 자신이 책임질 일을 아끼는 제자가 맡아지게 되었으니 가만있지는 않을 것입니다. 좋은 기회입니다."

오사충은 의기양양해서 말했다.

정도전은 오사충의 말을 들으면서 생각했다.

이번 일로 사람들은 자신에 대해 또다시 비난할 것이다. 스승에 대한 무례에 이어서 이번에는 동문수학한 절친에 대한 의리까지도 무참히 저버린 자라 욕을 해댈 것이다.

대의와 의리 중에 어느 쪽을 택할 것인가? 정도전은 냉정하게 생각했다.

'개인적인 정리는 작은 일이고 백성을 생각하는 것은 내가 생각하는 대의이다. 목은과 이숭인은 지금 우리가 추구하는 대의에 크나큰 장애물이다. 이미 목은 스승은 우의 아들 창을 옹립하는 데 앞장서서 우리와는 다른 길을 가고 있다. 그들이 계속 조정 내에 머무른다면 대의를 그르칠 것이다. 장차 칼로서 서로의 목숨을 겨누어야 할지도 모르는데 이 일로 망설이는 것은 대의를 망치는 것이다.'

정도전은 결정을 내렸다. 오사충은 정도전의 의중을 간파하고 탄핵소를 올렸다.

"이숭인은 성품이 간사하고 탐욕스러우며 언행이 사악하고 아첨을 잘하는 자이옵니다. 또한 나라를 경영할 재주가 없고 사려가 깊지 못함에도 하찮은 글재주로 출세하여 오랫동안 요직을 차지했습니다.

그는 산기상시(散騎常侍)의 직에 있을 때 모친상을 당해 삼년상을 치르지 않아 조복(朝服)을 입고는 과거를 주관할 수 없어 시관(試官)이 될 수 없는데도 관례를 깨고 스스로 관직을 상시(常侍)에서 상호군(上護軍)으로 낮추어 그해 과거를 주관했습니다. 그가 비록 일곱 걸음에 시 한 수를 짓고 입으로는 요순(堯舜)의 말을 읊어 댈지라도 행실은 개와 돼지만도 못하니 이는 참으로 소인배 유생입니다.

근자에 이르러 흉악한 무리들이 탐욕을 부려서 상국(上國, 명나라)의 미움을 받아 나라의 어려움이 있는지라 시중(侍中) 이색이 천하에 명망이 있다 하여 황제의 신하되기를 주청하러 명나라에 입조했습니다. 그때 이숭인은 종사관으로 수행했는데 그때도 탐욕스런 본심을 감추지 못하고 장사치처럼 몸소 물건을 파는 등 염치없는 짓을 하여 사절단의 길을 더럽혔고 명나라 관리들로 하여금 우리나라 사대부에게 침을 뱉도록 했습니다. 이러한 자가 전하를 곁에서 모신다는 것은 심히 불경스러운 일이니 벌을 주어 변방으로 쫓아내어 전하의 기강을 보이시옵소서.”

상소문은 온갖 험담으로 이숭인의 비행을 탄핵하고 있었으나 실상 그 비위 내용은 빈약했다. 다만 선비로서 사신 길에 장사에 손을 대 사대부의 명예를 훼손했다는 것이고 나머지는 모함하는 내용이었다. 임금도 그 비위 내용이 빈약하므로 당장 벌을 주기보다는 조정 대신 사이에 의논을 붙였다.

“이런 억울한 노릇이 있나? 도은을 벌주려면 차라리 내가 그 벌을 받겠다.”

이숭인을 벌주자는 데 제일 반발하고 나선 이는 이색이었다. 이색은 사직 상소까지 내면서 이숭인의 탄핵을 극렬 저지했다. 뒤이어서 권근도 이숭인을 구원하기 위해 소를 올렸다.

“이숭인의 죄는 지극히 가벼운 것입니다. 그가 모친의 삼년상을 치르지 않고 시관이 되어 과거를 주관한 것은 이숭인의 부친이 늙고 병이 들어 몸져누워 있으면서 죽기 전에 아들이 과거를 주관하는 영예를 한번 보고 죽고 싶다고 애처로이 부탁하므로 나라에서 이숭인의 재능을 아끼고 또 죽어가는 그 아비를 불쌍히 여겨 그에게 시켜서 한 일이었습니다.

지금 조정에 벼슬하고 있는 자 가운데에도 부모 모두가 사망하여 3년이 지나지 않았는데도 높은 관직으로 승진한 자가 있고 그 높은 관직을

이용하여 다른 사람에게 형벌을 가하거나 심지어는 목숨을 빼앗으면서
도 전혀 부끄럽게 여기지 않는 사람도 있습니다. 이숭인이 사신으로 가
서 사사로이 장사했다는 것은 중국에 사신으로 가보지도 못한 자가 사
신단의 사정은 모르고 다만 그를 헐뜯고자 함에서 탄핵을 하는 것입니
다. 통촉하여주시옵소서."

권근의 상소를 받아든 임금은 이숭인의 죄를 도평의사사에서 논해보
라 했는데 도평의사사에서는 이를 문하부로 넘겼고 거기에서는 또 헌부
로 넘겨서 처리를 했다. 이는 이숭인에 대한 탄핵이 중죄를 줄 만한 것
이 아니라는 것을 알고 있지만, 이성계를 비롯한 개혁파의 눈치를 봐야
하는 것이 임금 이하 중신들의 입장이었으므로 서로 미루고 있는 것이
었다.

권근이 올린 상소 또한 문제가 되었다. 특히, 그 내용은 조준을 크게
자극했다.

"이런 괘씸한 자를 보았나?"

조준은 불같이 화를 내면서 정도전을 찾아갔다.

"삼봉 대감! 권근 이자가 지금 큰일 날 소리를 하고 있어요. 이자가 이
숭인을 변명한답시고 상소를 올린 것을 보니 참으로 괘씸하기 짝이 없는
내용이 포함되어 있소이다."

조준이 화를 내는 까닭은 상소의 내용 중 '부모 모두가 죽은 뒤 3년이
지나지 않았는데도 높은 관직으로 승진하였다'는 것이었다.

이는 조준이 상중이었는데도 대사헌으로 임명되었음 말하는 것이고
또한 높은 관직을 이용해서 다른 사람에게 형벌을 주고 목숨을 빼앗았
다 함은 위화도 회군 이후 많은 조정 중신들이 죽고 유배를 간 것을 지
칭한 것인데 이는 개혁파 인사들을 비난하는 것이었다.

"저들이 우리를 모해하려고 하는 것 같구려."

정도전도 조준과 같은 생각이었다.

"저들의 안중에는 이미 백성은 없는 것이고 그들끼리 서로 연대하여 잘못을 감싸주려고 일을 꾸미는 같소. 그들은 모두 목은의 당여(黨與)들이지 않소이까?"

정도전이 당여라고 지칭한 것은 이색의 문하에서 이숭인, 권근이 같이 수학한 것을 두고 한 말이었다. 정도전 자신도 그들과 함께 이색 문하에서 공부했으나 그의 마음에서는 이미 그들과 멀어져 있었다.

"안 되겠소이다. 자칫 우리가 대단치 않은 일로 반대세력을 모해한다는 오해를 받을 소지가 있으니 이숭인의 죄를 철저히 탄핵해야지요. 그리고 권근도 탄핵해야 합니다."

정도전은 단호하게 말했다. 조준은 정도전의 말을 듣고 낭사(郎舍)[9]에서 재차 삼차 상소를 올리게 했다. 여러 논란을 거친 끝에 임금은 어정쩡한 결론을 내려주었다.

"이숭인에 대하여 비록 큰 죄는 아니라고 하더라도 이를 그냥 넘어간다는 것은 아름다운 전통을 해하는 것이니 그 죄를 주는 것이 마땅하다. 그러나 중죄가 아니니 매를 치지 말고 유배를 보내는 것으로 하고 이색은 이미 사직 소를 올렸으니 그리하게 하라. 권근은 다만 붕우를 생각하여 한 아름다운 변명이라 하나 그 속에 남들이 오해할 수 있는 내용이 들어 있어 이를 가볍게 넘어갈 수가 없는 일이니 삭탈관직하는 것이 옳다."

임금은 일을 부드럽게 마무리 지었으나 이색이 사직한 것에 대해서는 너무나 가슴 아팠다. 이색은 조정대신뿐 아니라 백성들로부터도 크게 존경을 받는 대학자이고 원로대신이다. 어린 임금에게는 사부(師傅)로서 할아버지와 같은 존재였다.

'그가 있어서 무너져가는 왕권이 그나마 간신히 지탱할 수 있었는데

---

9) 중서문하성의 정3품 이하의 관원을 통칭하는 말.

이제 그가 떠나버렸으니 앞으로 닥칠 비바람을 누가 몸을 던져 막아줄 것인가?'

임금은 너무나 애석한 마음에서 이색이 칩거하고 있는 장단현의 별업(別業, 별장)으로 여러 차례 환관을 보내어 안부를 물었다. 또 위로의 술을 보내며 돌아오기를 간곡히 청했으나 이색은 끝내 벼슬을 고사했다.

이색은 장단현의 별업 외에도 한산(韓山, 충남 서천군 한산면), 면주(沔州, 충남 당진군 면천면), 이천(伊川, 강원도 이천군), 여흥(驪興, 경기도 여흥), 광주(廣州, 경기도 광주), 덕수(德水, 개성 개풍군), 개경(開京), 유포(柳浦), 적제촌(赤堤村) 등지에 수많은 토지와 함께 별업을 소유하고 있었다. 특히 개경과 가까운 전장(田莊)[10]에서 생산된 곡식은 수개월 분의 식량이었다.[11]

이렇듯 많은 부동산을 소유한 이색은 자신의 재산을 충실히 지키기 위해서라도 정도전의 전제 개혁에 맞서 싸워야 했다.

• 5

어디인지 사방을 분간할 수 없는 곳이었다. 밤인지 낮인지도 분간이 가지 않았다. 우는 그곳에서 아까부터 무엇에 급하게 쫓기고 있었다. 그를 쫓는 것은 호랑이 같기도 하고 생전 보지도 듣지도 못했던 거대한 괴물의 형상이기도 했다.

헐레벌떡 우는 방향을 찾지 못하고 우왕좌왕하면서 점점 깊은 산 속으로 쫓겨 들어갔다. 입고 있는 곤룡포는 찢어지고 조각이 떨어져 나가서 너덜거렸다. 반쯤 헐벗은 모습이지만 그는 그런 옷자락을 꼭 부여잡

---

10) 개인이 소유한 논밭.

11) 홍승기, 『고려귀족사회와 노비』, 일조각, 212쪽.

고서 뛰고 또 뛰었다. 신발은 벗겨져서 맨발이었고, 팔뚝이며 발이며 얼굴은 성한 데를 찾아보기가 힘들 정도로 생채기가 심했다. 머리는 산발을 한 채로 마치 실성한 사람과 같은 몰골을 하고서 계속 뛰었다. 괴물은 가까이 쫓아와 날카로운 이빨을 드러내며 덤비다가는 어느새 종적을 감추어 버리기도 했다. 그러나 언제 어느 곳에서 또 갑자기 나타날지 알수가 없었다.

잠시 눈을 들어 앞을 보니 최영이 보인다. 이인임이 보이기도 하고 임견미와 염흥방의 얼굴도 보였다. 그들도 괴물에 쫓기고 있는지 험한 모습을 하고 달렸다. 그러면서 뒤처져 있는 우에게 자기들이 있는 곳으로 빨리 오라고 손짓을 했다. 우는 그들에게 다가가려고 무진 애를 썼으나 도통 거리가 좁혀지지 않았다.

어느덧 괴물에게 쫓겨서 천길 벼랑 끝까지 왔다. 이제 더 이상 도망갈 곳이 없다. 여기서 떨어지면 죽는 길밖에 없다. 우는 쫓겨 오던 방향으로 돌아섰다. 죽기를 각오하고 괴물에게 덤벼볼 요량으로 사방을 노려보았다. 그때 갑자기 괴물이 어디서 나타났는지 와락 덤벼들었다. 괴물은 호랑이였다. 덤벼드는 순간 괴물은 이성계의 얼굴로 변했다.

"으악!" 우는 단말마의 비명을 지르며 벼랑에서 떨어졌다.

"전하, 전하! 진정하시옵소서."

우는 영비가 흔드는 바람에 꿈에서 퍼뜩 깨어났다.

"으음……."

우는 꿈이 하도 험악해서 아직도 깨어났다는 실감을 느끼지 못하고 몸을 부르르 떨었다.

"전하 악몽을 꾸셨사옵니까?"

영비는 여전히 얼이 빠진 채 멍해 있는 우왕을 측은한 듯 바라보며 물었다. 우의 몸은 온통 식은땀으로 범벅되어 있었다.

"이성계 그놈이, 그놈이 꿈속에서도 나를 쫓아와서 괴물의 형상을 해가지고 나를 죽이려 했소."

"전하, 몸이 너무 허약해지셔서 그런 악몽을 꾼 것입니다. 부디 옥체를 보존하시옵소서. 그래야 이성계 그놈에게 원수도 갚을 수 있나이다."

우왕은 강화도를 나와서 여흥부(황려부, 경기도 여주)로 옮겨왔고 또 폐왕에서 상왕으로 작호를 올려 받았지만 유폐된 생활을 하기는 마찬가지였다. 여흥부의 군사를 숙소 주변에 경계 배치를 해놓고는 울타리 밖으로 나가지 못하도록 감시를 하는 것은 여전했다.

조금 나아진 형편이라면 개경 가까이에 위치하여 아직도 사모하는 정을 잊지 않고 있는 옛 신하가 가끔 찾아와서 문안을 여쭙는 것이었다. 저들이 그것까지는 막지 않아서 그나마 다행이었다. 문안객을 통해 세상 돌아가는 사정을 들었지만 모두가 울화가 터지는 일이었다. 조정의 일은 점점 이성계 일파의 손에서 놀아나고 자신은 옛 신하와 백성들의 마음에서 점점 멀어지는 것 같아서 답답하기만 했다.

'이 모든 사단은 이성계로부터 일어난 일이다!'

이성계에 대한 복수심이 나날이 쌓여 갔고 그럴수록 복위에 대한 열망이 더 간절했다.

"까악- 까악-."

울타리 너머 정자나무 가지에 까치가 날아와 홰를 치며 울어댔다. 매일 밤 악몽에 시달리며 잠을 이루지 못하다가 새벽녘에 잠시 눈을 붙이곤 했는데 오늘은 까치 소리에 잠을 깼다.

까치가 찾아와서 짖는 것을 보니 오늘은 누가 찾아오려는 것인가? 얼마 전 이색이 찾아왔을 때 너무나 반가운 나머지 신도 신지 않은 채 마당까지 쫓아 내려와 맞았다. 우왕은 이색에게 심중을 털어놓고 설움에 겨워서 체통도 내려놓고 엉엉 울었다.

이색은 '이성계가 점점 더 득세하여 이제 세상을 제 입맛대로 요리하려고 든다'고 전했다. 명나라에서는 새 임금이 친조하여 신하의 작호를 받겠다는데도 거절을 하고 있다 하니 그나마 어린 아들로 이어진 보위조차도 유지하기가 어려울 것 아닌가 하는 생각마저 들었다. 이색은 걱정되는 이야기만 늘어놓고 돌아갔다.

'오늘은 아침부터 까치가 저렇게 짖어대니 행여 좋은 소식을 갖고 누가 오려나?'

우왕은 기대에 차서 종일을 사립문 밖의 기척을 살폈다. 저녁나절이 다 되어서 건장한 사내 둘이 찾아왔다.

"상왕 마마. 소인들 이제야 찾아뵙고 인사를 여쭙습니다."

두 사람은 넙죽 큰절을 올리고는 통곡을 했다.

"귀하신 몸께서 이런 궁벽한 시골구석에 계시니 얼마나 답답하시옵니까?"

두 사람은 자신들을 소개했다. 한 사람은 이름이 김저이고, 또 한 사람은 정득후라 했다.

"소신은 전 문하시중 최영의 족질되는 사람으로 최영 장군의 밑에서 대호군을 지냈고, 이 사람은 역시 최영 장군의 밑에서 부령을 지냈습니다."

"어서 오시게나. 최 문하시중이 살아 있었다면 내가 오늘날 이런 수모를 당하지 않을 터인데 새삼 최시중이 그립구나."

우왕은 마치 피붙이를 만난 양, 반가움에 두 사람의 손을 꼭 잡았다.

"정말 억울하게 목숨을 잃으신 분이십니다. 이성계가 그분의 음덕을 입었음에도 은혜를 모르고 결국 목숨마저도 거두었으니 그 죗값을 어떻게 치러주어야 할지 모르겠사옵니다."

"이성계 그놈! 내가 죽여서 간을 내먹어도 시원치 않다. 내가 요즘도 밤마다 그놈의 꿈을 꾸느라 잠을 이루지 못하고 있다. 나라에 충신, 지사가 많다고 하나 어느 누구도 나의 원한을 갚아주려는 자가 없구나. 참으로 슬픈 일이다."

김저와 정득후는 우왕의 속마음을 확인하고 찾아온 용건을 말했다.

우왕 또한 자신이 속내를 드러내자 두 사람이 적극적으로 호응하는 것을 보고 고무되었다. 세 사람은 보다 내밀한 이야기를 나누면서 일을 꾸몄다.

"조정에는 아직도 전하를 지지하는 사람들이 많이 남아 있습니다. 저희들은 이곳으로 오기 전 변안열 장군을 만나보고 왔습니다. 변안열 장군은 나름대로 상왕 전하를 복위시키려고 동지를 규합하겠다고 하였습니다. 전하의 결심만 서시면 됩니다."

"그렇구나. 아직도 짐의 은혜를 잊지 않고 있는 신하가 있다니 여간 고마운 일이 아니구나. 목은 대감과 왕안덕도 여기를 다녀갔다. 일이 성사되기만 한다면 짐의 옛 신하들이 그대들을 도울 것이다. 정말 너희들이 나의 뜻대로 해주겠느냐?"

"예. 명을 내려주십시오."

"많은 사람은 필요 없다. 힘쓰는 자 한두 명만을 구해서 이성계의 목숨만 끊어놓으면 된다. 곽충보를 찾아보거라. 그는 내가 보위에 있을 때 여러 가지로 보살펴주어 아직도 그 은혜를 잊지 않고 있을 것이다."

그러면서 칼 한 자루를 내어주었다.

"곽충보에게 이 칼을 전해주고 이성계의 목숨을 도모하라고 전하라. 그리고 거사일은 팔관일로 하는 것이 좋겠다."

우왕은 날짜까지 정해주었다.

"거사가 성공하면 내 왕비의 여동생을 너희 집안과 혼사를 시키겠다. 우리 함께 친족의 연을 맺어 대대로 같이 영화를 누리며 살자꾸나."

두 사람에게 달콤한 미끼도 던져주었다.

두 사람은 칼을 들고 곽충보를 찾아갔다. 우왕의 뜻을 전해 들은 곽충보는 깜짝 놀랐다. 자신은 이미 이성계의 사람인데 우왕이 자신더러 이성계를 도모하라고 칼까지 내려주다니!

우왕이 한때 왜구를 물리친 그의 공을 인정해주는 등 아껴준 것은 사실이지만 자신은 이성계 장군과 뜻을 같이하여 회군에 동참했고 최영을 축출하는 데 앞장을 섰던 사람이다. 최영이 회군파에 쫓겨서 왕이 있는 팔각전으로 도망쳤을 때 자신이 최영을 끌어냈고 임금도 그 모습을 똑똑히 보지 않았던가?

그러함에도 우왕은 자기편이라고 칼까지 내려주며 이성계를 죽이라 하니, 어리석어도 이러한 노릇이 없었다. 그러나 일단은 두 사람의 뜻에 수긍하는 체했다.

속내를 감추고서 두 사람의 이야기를 들어주었다. 공손히 무릎을 꿇는 예를 갖추어 칼도 받았고 구체적인 계획도 나누면서 두 사람을 안심시켰다.

"그런데 어떻게 행동을 해야 하겠소? 이성계가 병권을 장악하고 있으니 군사를 동원하기는 어려울 테고."

"그것은 아니 되오. 믿을 수 있는 수하 몇 명만을 데리고 일을 도모해야 하오."

"그렇다면 자객을 보내야 할 것이 아니오?"

"우리가 직접 이성계의 집으로 잠입해 들어가서 놈을 죽입시다."

"음─"

곽충보는 내색은 감추고 있었지만 의논할수록 숨이 탁탁 막히는 두려움이 느껴졌다. 등골에는 식은땀이 주르르 흘러내렸다.

"팔관일에 일을 도모하라는 상왕 전하의 명이니 그날 밤에 쳐들어갑시다."

세 사람은 굳게 손을 잡고 결의를 다졌다.

두 사람이 돌아간 뒤 곽충보는 밤새 생각했다.

'이것은 아무리 생각해도 성공할 수 없는 일이야. 이성계의 곁에는 항상 사람이 들끓고 있는데 어떻게 접근을 할 수가 있단 말인가? 그의 집

에도 경호병들이 철통같이 경계를 서고 있을 텐데……'

곽충보는 겁이 나서 견딜 수가 없었다. 잘못하면 온 집안이 박살 나는 일이었다.

'상왕이 판단을 잘못하는 것이야. 이성계 일파가 정권을 잡고 왕위까지 위협하고 있는 판에 다시 보위에 앉겠다는 것은 망상일 뿐이야.'

곽충보는 괜히 망설이며 어정거리다가 나중에 큰일을 당하기보다는 이성계 편에 이를 빨리 알리는 것이 살길이라고 생각했다. 잘하면 공도 세울 수 있는 기회이기도 했다. 곽충보는 날이 채 새기도 전에 이성계의 실세인 정도전의 집으로 말을 몰아 달려갔다. 정도전은 아직 기침도 하기 전이었다.

"대감 큰일이 있어서 이렇게 날이 밝기 전인데도 찾았나이다."

정도전은 때가 때인지라 무슨 급변이 일어날지 몰라 항상 긴장하고 있었다. 옷 매무시도 제대로 고치지 못하고 겉옷만 급하게 걸치고 곽충보를 맞았다.

"무슨 일이오?"

"이 시중의 신변에 중대한 문제가 생길 것 같아서 급히 대감께 달려온 것입니다."

"뭣이라? 이 시중의 신변에 변고가 생겨?"

정도전은 깜짝 놀랐다.

"아직은 일이 벌어진 것이 아니고 이러한 조짐이 있기에 고하려고 합니다."

"아직은 벌어지지 않았단 말이지?"

정도전은 진정하고 곽충보의 고변을 들었다. 곽충보는 밤사이 김저와 정득후가 찾아와서 나누었던 이야기를 상세히 고했다.

"당장 저들을 잡아들여서 문초하셔야 합니다."

이야기를 마친 곽충보는 자신은 이 일과 무관하다는 것을 강조하기 위하여 듣고 있는 정도전보다 더 흥분하고 서둘렀다. 이야기를 들으면서 정도전은 오히려 차분해져 가고 있었다. 일의 해결책을 생각하고 있었던 것이다. 그는 신중히 생각하다 입을 열었다.

"계획대로 하시오."

정도전은 무겁게 입을 떼었다.

"예? 그게 무슨 말씀이오?"

"모른 척하고 계획했던 대로 추진을 하란 말이오. 그들과 행동을 같이 하면서 동향을 살피고 또 동조세력이 누군가도 파악을 해주시오. 나머지는 우리가 알아서 할 테니. 여기에 왔던 것을 누구도 눈치채지 못하게 하시오."

중대하고 다급한 것으로 보아서는 정도전도 곧바로 연루자들을 붙잡아 들여서 문초를 하고 싶었지만 일의 성질로 보아 서두를 일이 아니었다. 이것은 기득권을 지키려고 안간힘을 쓰고 있는 권문세가들을 일대 타격을 가할 수 있는 절호의 기회였다.

폐위된 우왕이 직접 독려를 한 것이니 그도 중죄로 처단해야 한다고 생각했다. 그러나 사건이 중대한 만큼 저들의 반발도 격할 것을 예상해야 했다. 어쩌면 이쪽에서 조작한 것이라고 역공을 펼칠 수도 있는 일이다. 꼼짝 못 할 증거를 잡아야 했다. 그러기 위해서는 저들이 행동으로 나서기를 기다렸다가 현장을 붙잡을 필요가 있었다.

'이보다 더 확실한 증거는 없다!'

정도전은 저들이 걸려들 그물을 쳐놓고 기다리고자 했다. 정도전은 곽충보를 보내놓고 이후에 일어날 일을 머릿속에 그리면서 서둘러서 정장을 차려입고 이성계의 집으로 달려갔다.

"어찌하면 좋겠소?"

이성계가 아무리 전쟁터를 누비고 다닌 맹장이라 해도 자신의 목숨을 노리는 일이라 긴장하지 않을 수가 없었다. 두려운 기색을 애써 감추며 물었다.

"우가 아버님의 목숨을 노리고 직접 행동에 나선 것이 이번이 두 번째입니다. 이번에는 아무리 그가 상왕이라 해도 목숨을 거두어야 합니다."

이성계의 곁에 앉아 있는 이방원이 이마에 핏대를 세워가며 흥분해서 말했다.

"상왕의 목숨을 거두는 일은 그리 쉽게 결정할 일이 아니네."

중대한 일을 결정해야 함에도 정도전은 의외로 차분히 말했다. 그는 이곳으로 오는 동안 여러 번 곱씹어 생각했다.

"아니, 아버님의 목숨을 노린 일인데 그것도 두 번씩이나 벌이는 일인데 그대로 살려두잔 말입니까?"

이방원은 정도전에게 대들 듯 했다.

"내 말은 우를 마냥 살려두자는 것이 아니네. 그가 살아 있다면 이런 일이 또 벌어질 수 있으니 그 목숨을 거두는 것은 당연지사네."

"그런데 어찌 두고 보자는 것입니까?"

"지금 임금이 누구인가? 우의 아들이 보위에 앉아 있는데 그 아들이 어리다고는 하지만 제 아비를 죽이라고 명을 내리겠는가? 또 지난 세월 동안 우를 옹위하면서 온갖 영화를 누렸던 구신들 또한 상왕의 목숨을 거두는 일에 팔을 걷어붙이고 반대를 할 것인데 우리가 상왕을 죽이자고 하면 가만히 있겠는가?"

"……?"

이방원은 무슨 다른 복안이 있는가 하고 흥분을 가라앉히고 정도전의 말을 경청했다.

"그럼 살려두자는 말이오?"

이성계는 자신이 나서서 이래저래 의견을 주도하는 성격이 아니었다. 상대의 말을 듣고 있다가 꼭 필요한 말만 간단히 했다.

"우리에게는 이것이 구세력을 내칠 수 있는 기회입니다. 줄탁동기(碎啄同機)! 병아리가 알을 깨고 나오려고 할 때 어미 닭이 계란의 껍질을 쪼아서 새끼가 쉽게 세상 밖으로 나오도록 돕는 것을 말합니다. 우리가 이루고자 하는 일을 지금 저들이 도와주고 있는 셈이지요."

정도전은 의미심장한 표정을 지었다.

"줄탁동기, 언젠가 스승님이 말씀하셨듯이 기다리던 때가 왔다는 말씀이군요."

정도전은 언젠가 이방원에게 때를 기다리라는 뜻으로 그렇게 말한 적이 있었다.

"그런 뜻으로도 말했지만 뜻을 이루고자 하면 반드시 무언가가 나타나서 일을 성취하도록 도와준다는 뜻이기도 하지. 우리는 대업을 이루고자 일을 만들어가는 중일세. 그러한 중에 저들이 일을 꾸미고 있는 것이 발각이 났으니 우리 일이 훨씬 수월해진 셈이지. 이것이야말로 저들이 스스로 우리 일을 돕는 격이지 않은가?

주군, 우리가 대업을 이루고자 하는 데 언제까지 고려의 권문세족을 자처하는 자들에게 발목 잡혀서야 되겠습니까. 이 기회를 빌어 우리가 저들의 발목을 잡아놓아야 합니다. 우리 일에 방해를 놓는 자를 철저히 가려내어 걸림돌을 제거해놓아야 앞으로의 일이 수월해집니다. 그런 연후에 상왕의 목숨을 거두어도 된다는 말입니다."

정도전은 이성계와 이방원의 얼굴을 번갈아 보면서 동의를 구하듯 말했다.

"……"

"주군께서는 팔관 일에 병을 핑계로 사찰에 가지 마십시오. 집에서 요양을 한다고 말을 퍼뜨리십시오. 그리고 저들을 기다리기만 하시면 됩니다."

"내 그리하리다."

이성계가 군말 없이 정도전의 말을 따르겠다고 한 것은 그에 대한 무한한 신뢰가 있었기 때문이었다. 이로써 정도전에 의해서 자신은 두 번이나 암살을 모면하게 되는 셈이었다. 또한 앞으로 어떤 위기가 더 닥칠지 모르는데 앞일에 대해서도 정도전의 활약이 기대되는 바였다. 이방원은 이성계를 경호하는 일을 자처하고 나섰다.

정도전은 앞으로 만들어갈 정국을 구상하면서 이성계의 집을 나섰다.

• 7

권근은 요즘 통 잠을 이룰 수가 없었다. 이숭인을 변호해준 일로 벼슬자리가 떨어졌으니 앞일이 불안하기 짝이 없었다. 더군다나 힘이 되어주던 목은 스승님마저 벼슬을 내던지고 초야로 들어가 버렸으니 이제는 비빌 언덕조차도 없어졌다.

며칠을 고민하던 권근은 하륜을 찾아갔다. 하륜은 꾀가 많은 사람이니 도움을 받을 수 있을 것이라 기대를 하고 찾은 것이었다.

하륜은 귀양살이는 풀렸으나 처 백부인 이인임의 위세를 업고 승승장구했던 지난 세월의 흠이 여전히 남아 있었기에 벼슬에는 복귀하지 못하고 집에서 한가히 쉬고 있던 참이었다. 세월을 관망하며 지내던 차에 권근의 방문을 받으니 반가웠다.

"어서 오시오. 양촌."

"그간 잘 계셨소이까, 사형!"

두 사람은 동문수학 시부터 호형호제하며 지냈으며 하륜이 다섯 살 많았다.

"날씨가 꽤 추워졌으이. 자 이리로 오시게."

동짓달 초입에 들어선 날씨가 혹한으로 변했다. 하륜은 안방 가운데 피워놓은 화롯가로 권근을 안내했다.

"바깥 날씨가 갑자기 추워졌습니다. 사형께서는 벌써 화롯불을 놓으시고……."

"날씨도 춥고, 마음도 추워서 몸이라도 데울 요량으로……."

하륜은 자신의 신세가 어렵다는 속내를 드러내 보이며 헛헛하게 인사를 받았다.

"사형의 신세나 저의 신세나, 요즘은 개밥에 도토리 꼴이 된 것 같습니다."

"그러게나 말이오. 세상 돌아가는 것이 꼭 바깥 날씨같이 매섭구먼. 추위 타고 돌아다니다 무슨 봉변을 당하지 않을까 무섭고, 하여 이렇게 집 안에서 화롯불을 끼고 앉았소."

두 사람은 최근 급변하게 돌아가는 정국의 불안한 여파가 자신들에게까지 미쳐서 신세가 처량해져 버린 것에 동병상련의 심정을 앓고 있었다. 그런 속마음을 날씨에 빗대어 우회적으로 들어내며 인사를 나누었다.

"그래 한동안 격조했는데 갑자기 이렇게 방문을 해주다니 뭔 일이 있소이까? 도은(이숭인)을 변호해주다가 큰 변고를 당하였다는 소식을 내 전해 들어 알고는 있지요."

"사형께서 제 방문의 뜻을 먼저 알고 계시니 말씀드리기가 편합니다."

권근은 상대에게 속마음을 들켜서 좀은 겸연쩍었다.

"말씀을 해보시오. 같은 입장이 아니겠소?"

"실은 도은으로 인하여 벌어진 일 때문에 의논을 해보고자 왔습니다."

"도은의 일이 유배를 당할 만큼 큰일이 아니라는 것은 세상이 다 아는 일이 아닙니까?"

"그렇지. 참으로 허무맹랑한 일로 탄핵을 당했소. 그것이 지금 정국을 주도하며 개혁을 주장하는 자들이 자신들에게 반대하는 인사들을 찍어 내기 위하여 벌이는 트집이라는 것을 아는 사람들은 다 아는 사실이지요. 그 일로 인하여 스승님은 시중 자리를 내던지고 장단으로 귀촌해 버리셨고, 양촌도 파직을 당하여 이 고생을 하고 있으니 참으로 안타까운 일이오."

하륜은 혀까지 차며 권근을 동정했다.

"하여서 말입니다. 저들은 그에 그치지 않고 또 다른 무언가 트집을 잡아낼 것이 분명합니다. 더군다나 제가 상소한 내용 중에는 조준도 상중에 승진을 하였다는 불순한 내용이 들어 있어 조 대감이 저에 대해서 화를 냈다는 말도 전해 들었습니다."

권근은 원래 소심하고 겁이 많은 사람이었다. 누구를 탄핵하거나 비방하지를 못했다. 일찍이 그의 글재주를 알아본 사람이 인생의 낙이 무엇이냐고 그에게 물어보자 '따뜻한 온돌에서 화로를 끼고 앉아 미인을 앞혀놓고 책을 읽는 것'이라고 말한 적이 있었다.

이렇듯 그는 글의 이치를 탐독하여 어렵고 험난한 세파에 대해 고민하며 헤쳐나가려고 하기보다는 타고난 재주를 부려서 자신의 인생을 편하게 살고자 하는 낙천적이고 유약한 사람이었다.

"제가 그 일로 인하여 무슨 트집이 잡혀 해를 입을까, 요즘 잠을 제대로 이루지 못하고 있습니다."

권근은 한숨까지 내쉬며 자신의 심정을 털어놓았다.

"왜? 그들에게 또 무슨 책이라도 잡힐 문제가 있소이까?"

"…… 그게 좀…… 실은 문제가 되는 일이 있습니다."

권근은 망설이다가 머뭇거리며 말했다.

"무슨 일인가 한 번 들어나 봅시다."

"일의 발단은 지난번 성절사로 갔을 때 벌어진 일입니다."

"그래, 나도 알고 있소. 전하의 고명을 받으러 윤승순을 따라서 양촌이 부사로 따라간 일을 말하는 것이지요? 그때 고명을 받지 못하고 빈손으로 돌아온 것도 아는 사실이고."

"사실은 빈손으로 돌아온 정도가 아니고 큰일 날 일이 있었는데 여태껏 감추고 있었습니다."

"큰일 날일? 그게 무엇이오?"

하륜은 권근이 하는 투로 보아 심각한 내용이라 생각하고 귀를 쫑긋 세웠다. 권근은 성절사로 갔던 자초지종을 들려주었다.

"그렇다면 그 내용으로 봐서 전하의 왕통을 인정하지 않는다는 내용이 아니오? 그러하기에 어린아이 운운하며 친조를 하지 말라는 것이고."

"예. 왕씨가 시해를 당하고 난 이후 후손이 끊겼는데 다른 성받이가 왕씨를 가장해서 왕위에 올랐다고 하였습니다."

"또한 신하가 악행을 일삼는 임금을 쫓아내고 역모로 권력을 얻었더라도 이는 전대에서 그러한 풍조를 가르쳤기에 원망할 일만은 아니라고 한 것은 회군으로 권력을 획득하고 임금을 갈아 치운 것에 대하여 시비를 가리지 않겠다는 뜻이 아니오?"

"그렇지요. 그래서…… 그래서, 일의 파장을 생각하여 도평사에 바로 보고를 못 하고 문하시중인 스승님과 의논을 하였는데……."

"그래서 스승님과는 어찌 의논이 되었소?"

하륜은 권근이 말하는 내용이 예사롭게 넘길 일이 아니라는 생각에서 채 다 듣기도 전에 다그쳐 물었다.

"스승님께서는 전하의 장인이신 이림 대감에게 문서를 갖다 주라고 하였습니다."

권근은 하륜의 반문에 마치 잘못을 추궁당하는 어린아이처럼 우물쭈물하며 대답했다.

"이림 대감이 이를 여태껏 숨기고 있다는 말이군요. 그렇지요?"

"그래서 어찌해야 할지 사형께 의논 차 이렇게 왔습니다. 일이 되어가는 차로 보아서는 이성계 쪽의 기세가 쉬이 꺾일 것 같지가 않고 또 이일은 명나라를 왕래하는 신하들을 통해서 언젠가는 알려질 일이라 참으로 걱정이 됩니다."

"잠시 생각해봅시다. 참으로 어려운 일이오."

"……."

권근은 그런 하륜의 눈치를 보고 있었다.

하륜은 한참을 생각하다가 부젓가락으로 화롯불을 헤치면서 말했다.

"이리 가까이 오시오. 불 가까이로."

바깥 날씨가 차가워서 불기가 잦아들고 있었는데 속불을 헤치니 다시 벌겋게 되살아났다. 열기가 후끈 올라왔다.

"권력과 항상 가까이 있으시오. 권력에 맞서려 하지 말고."

"예? 갑자기 왜 그런 말씀을……?"

권근은 하륜의 뜬금없는 말이 선뜻 이해가 가지 않았다.

"내 말뜻을 이해하지 못하겠소이까? 바깥 날씨가 추운데 화롯불을 가까이하고 있어야지 불가에서 떨어져 있으면 춥다는 말이오."

"……?"

"권력의 끈을 잡고 지내라는 뜻이오. 나도 한때 신돈과 맞서서 그 무리의 탐학을 탄핵한 적이 있었지. 그런데 권력의 견고함은 내 정도가 던진 돌멩이를 맞고 부스러지지 않더군요. 나만 되려 권력에 맞섰다고 모함을 받고 파직이 되었지요. 그 뒤에 처 백부인 이인임 대감이 득세를 할 때 그편에 서보니 세상일이 그처럼 수월할 수가 없더군요.

그런데 이인임 대감이 권력을 잃고 나니까 나도 하루아침에 비에 젖은 낙엽 신세가 되어 버린 것이오. 역도의 무리가 되어 유배지를 전전하고,

지금도 그 멍에를 지고 제대로 된 벼슬도 못 받고 이렇게 한가하게 세월만 축내며 지내고 있으니 어찌 권력과 가까이 하고픈 생각이 생기지 않겠소?"

하륜은 권근에게 조언하면서 불운한 자신의 신세타령도 함께했다.

"……."

"내 말뜻은 권력에 맞서지 말고 시류에 편승하여 지내면서 편하게 살라는 것이오."

"그렇다면 이성계의 편을 들라는 말씀입니까?"

"지금 세상에는 그렇게 사는 것이 신상에 이로운 것이 아니겠소? 삼봉을 찾아보시오. 그리고 성절사로 갔을 때 있었던 일을 낱낱이 고하시오. 이를 빌미로 이성계의 편에서는 구신들을 척결할 수 있는……. 아니 그보다도 더 큰일을 벌일 것이니 양촌은 오히려 공을 세우는 셈이고."

하륜은 좋은 생각이지 않느냐는 듯 히죽이 웃었다.

"사형은 앞으로의 정국 변화를 꿰뚫어보고 말씀을 하시는군요."

권근도 하륜의 생각에 동조하는 뜻으로 입가에 미소를 띠며 말했다.

"그렇지요. 나는 이제 또 다른 세상이 열리리라고 보고 있소. 이럴 때 말을 잽싸게 갈아타야만 살아남고 출세를 할 수 있지 않겠소?"

"그리 말씀하시는 사형은 어찌하여 관망만 하고 계십니까?"

"나? 허허 관망이라…… 하긴 그렇게 보일 수도 있겠지……."

하륜은 그렇게 보이는 자신의 처지가 민망한지 헛웃음을 쳤다.

"달리 생각하는 바가 있습니까? 사형이야말로 옛날부터 삼봉 대감과 친히 지내지 않았습니까?"

"삼봉과 나, 옛날에는 그리 지냈지. 의기투합하여 우리가 만들고자 하는 새 세상을 같이 그려보기도 하고 불의를 보고 분노를 토로하기도 하고……. 하나 지금은 모두가 지난 일이오. 지금은 삼봉도, 포은도 숭인이도 각자 갈 길을 갈 뿐이지. 그 와중에 도은(이숭인)은 처신이 시류와 어굿나서 변을 당했고 포은은 자신이 가야 할 길을 모색하는 듯 아직은 정중동하고 있고 나는 보시다시피 이런 꼴이고, 삼봉만 신이 나 있지요.

지금은 삼봉의 세상이오. 삼봉은 권력을 움켜쥐고 자기가 마음속에 품어왔던 세상을 만들려고, 그것을 위해 삼봉은 거침없이 권력을 휘두르면서 방해하는 자는 누구도 용서치 않을 것이오. 그 앞에는 친구 간의 의리도 사제간의 도리도 아무 소용이 없소. 나도 한때는 그와 친분을 나누었으나 내 처 백부되는 이인임이 역적이 된 마당에 그 그늘에서 덕을 보았던 나를 삼봉이 곱게 볼 리가 있겠소? 하여서 나도 이렇게 몸이나 사리고 지내는 처지가 되어 있지 않소.

절대 권력 앞에서는 오로지 협조하고 굴복하는 자만이 살아남고 또 출세를 할 수 있어요. 양촌도 출세를 하려면 그런 끈을 찾아야 하오."

'권력의 끈을 잡고 지내라, 권력에 맞서지 말고 권력의 편에 서라, 이성계가 새로운 세상을 열 것이니 잽싸게 말을 갈아타야 살아남고 출세를 할 수 있다.'

권근은 하륜의 집에서 나와 돌아가면서 그에게서 들었던 말을 몇 번이나 생각했다. 지금의 주상이 황제의 신하가 되기를 자청하며 고명을 학수고대하고 있는데 황제는 그에는 관심이 없고 오히려 회군을 주도하고 새로 권력자로 부상한 이성계를 지지한다고 공문을 보냈고 그것을 받아 본 임금의 장인 이림이 이를 숨겨두고 있다는 사실이 밝혀진다면 정국은 또 한 번 크게 요동을 칠 것이다.

그 소용돌이 속에서 자신은 어떻게 처신해야 하는가? 또 고변한다면 과연 군신 간, 사제 간의 도리는 어찌할 것인가?

권근은 편치 않은 마음을 추스르면서 발걸음을 재촉했다.

• 8

칠흑 같은 밤이다. 멀리 남산에서 간간이 짖어대던 산짐승 울음소리도 그쳤다. 동네 개들도 한잠이 들었는지 기척이 없다. 사방이 고요했다.

이성계의 집으로 들어가는 한길 가. 어둠 속에서 날렵하게 몸을 움직이며 한 떼의 괴한들이 모여들었다. 그들은 소리 없이 몸짓으로만 서로 의사를 통했다. 그 무리를 향해 다가오는 또 한 사람은 곽충보였다. 현장에 모인 사람은 김저와 정득후 그리고 그들을 따르는 종자들이었다.

"이성계의 집을 둘러보고 오는 길이오. 집 안에는 불이 훤히 켜져 있으나 뒷담 쪽은 어둑하고 경계가 허술해 보이더이다."

곽충보는 방금 이성계의 집안을 염탐하고 오는 길이라는 것을 알려주었다. 그의 손에는 우왕으로부터 하사받은 검이 들려 있었다.

"그럼 곽 장군이 앞장을 서시오. 우리는 준비가 다 되어 있으니."

김저가 옆구리에 차고 있는 검을 단단히 움켜쥐고는 낮은 음성으로 말했다. 일행은 곽충보가 이끄는 대로 소리 없이 신속하게 움직였다. 칠흑의 어둠은 그들의 움직임을 완벽하게 감싸주었다.

이성계의 집 뒤 담장.

불이 훤히 밝혀져 있는 다른 곳과는 달리 어둑하고 경계가 허술했다. 괴한들은 곽충보의 지시를 받고 한 사람씩 담장을 넘었다. 괴한들은 모두 담장을 넘었으나 곽충보는 넘지 않았다.

그의 임무는 여기까지였다. 그는 유인책으로 김저가 이끄는 괴한들을 여기까지 데려와서 함정에 빠뜨리는 것으로 임무를 다한 것이었다. 잔뜩 긴장한 나머지 그의 얼굴에는 겨울인데도 땀이 맺혔다. 그는 한 손으로 얼굴을 문질렀다.

그때였다. 담장 안에 갑자기 불이 훤하게 켜졌다. 소란스러운 소리가 들렸다.

"속았다", "도망쳐라!" 하는 소리가 들렸다. 쨍그랑거리는 쇳소리는 칼이 부딪치는 소리였다. 비명소리도 들리고, "곽충보! 이놈 어딨느냐!"는 욕지거리도 들려왔다. 곽충보는 그런 소리를 들으면서 현장을 신속히 벗어났다.

담장 안에서는 이방원의 지휘 하에 병사들이 정원 곳곳에 숨어서 대기하고 있었다. 이방원은 곽충보의 연락을 받고 뒤 담장 쪽의 경계를 허술히 해두고 괴한들이 침입하기를 기다리며 경계 병사들과 함께 매복하고 있었던 것이다. 이윽고 괴한들의 침범이 다 끝났다고 보았을 때 사방에서 불을 밝혔다.

김저 일행은 갑자기 사방에 불이 켜지자 놀라서 어리둥절했으나 이내 곧 속았음을 눈치챘다. 그제야 곽충보를 찾았으나 그는 담장을 넘지 않았기에 보이지가 않았다. 완벽하게 곽충보의 꾐에 넘어간 것을 알았지만 이미 엎질러진 물이었다.

대항을 하고 도망을 치고자 했지만, 포위되었고 중과부적이었다. 이내 일망타진이 되었다. 정득후는 사세가 막다르다는 생각에 이르자 스스로 목을 찔러 자결을 해버렸다. 김저와 그를 따르던 종자들은 현장에서 사로잡히고 말았다.

김저에 대한 혹독한 고문이 계속되었다.

"이놈! 전모를 대거라. 그렇지 않으면 더 가혹하게 다룰 것이다."

심문관은 표독스럽게 추궁을 해댔다.

"그대들이 알고 있는 그대로다. 우리는 상왕 전하께 은혜를 입었던 사람이다. 사람으로 살아가면서 어찌 은혜를 저버릴 수가 있겠느냐? 은혜를 모르고 사는 것은 금수와 다름이 없다. 유배나 다름없이 지내시는 상왕 전하께 안부를 여쭈러 가서 보니 초라하게 지내시는 모습이 너무 안 돼 보였고 이 모든 일의 사단이 이성계로부터 비롯된 것이라는 생각이 들어서 이성계를 죽이기로 작정하였던 것이다."

"이놈이 거짓말을 하는구나! 주리를 더 틀어야겠다."

김저는 이미 사람의 형상이 아니었다. 온몸은 피투성이였다. 말을 하는 것을 보아 사람이라 할 수 있을 뿐이지 도살장의 가축처럼 살점이 짓무르고 발라진 흉물스런 몰골이었다.

좀처럼 실토를 받아내기가 어려웠다. 좀 더 가혹한 고문이 가해졌다. 발바닥을 찢어내고 단근질을 해댔다. 드디어 고문에 못이긴 김저의 입에서 관련자들에 대한 진술이 실토 되었다.

"변안열과 만나서 모의를 했다. 이성계를 죽이면 그가 재상들을 규합해서 상왕 전하를 복위시키자고 했다. 곽충보에 관하여는 너희가 잘 알지 않느냐? 그자는 배은망덕한 놈이다. 그자의 배신으로 일이 이렇게 되고 말았다. 금수보다 못한 놈! 내 죽어서도 그놈을 잊지 않을 것이다."

"저 죽일 놈이, 아직도 자기의 죄상을 모른단 말이냐? 저놈을 더 단근질 하라! 변안열은 누구와 모의를 했다더냐? 연루된 자를 모두 실토하거라!"

이미 실성을 해서 다 죽어가는 김저에게 찬물이 부어졌다. 얼음과도 같은 물을 맞고 겨우 정신을 차리는 김저의 허벅지에 벌겋게 달군 인두를 다시 갖다 댔다.

뿌지직. 살이 타는 소리와 함께 누린내가 사방으로 퍼져나갔다. 심문관은 코를 막으며 심문을 계속 해댔다.

"이색과 왕안덕이 상왕을 만났다고 하던데 그들과도 모의를 하였던 것이 아니냐?"

"그에 대해서는 잘 모른다. 다만 상왕 전하께서 그들이 찾아주었다고 말씀하신 것을 들었을 뿐이다."

"변안열이 누구누구를 만나서 의논을 한다고 하질 않더냐? 바른대로 말해라!"

"변안열이 말하기를 이림, 우현보, 우인열, 왕안덕, 우홍수가 자신들의 편이라 하였다."

김저를 심문한 내용은 수시로 그때그때 이성계의 진영에 보고되었다. 그리고 김저의 입에 오르내린 자는 모조리 체포되어 옥에 갇혔다. 연루자가 매일같이 늘어났다.

한편 이성계의 집에서는 정국을 주도하는 회의가 연일 분주하게 열렸다. 회의를 주도하는 사람은 이성계를 좌장으로 하여 정도전, 조준, 조인옥, 남은, 윤소종, 배극렴과 이방원 형제들이었다.

여기에서 조정에서 논해져야 할 중요한 일들이 먼저 논해졌다. 조정의 눈치 빠른 관리 중에는 도평사에 보고하여 논할 일을 이곳으로 찾아와 보고하는 약삭빠름을 보이는 자도 있었다.

이성계의 사저는 이제 과거 무인시대의 권력자 최충헌이 정방을 차려 놓고 정무를 보았던 것이나 이인임이 권세를 부릴 때 도당에서 정무를 논하기에 앞서 사저에서 임견미, 염흥방 등과 함께 사사로이 일을 꾸몄던 때처럼 변해가고 있었다.

회의에 앞서 정도전은 마음속으로 회심의 미소를 짓고 있었다. 오늘 논해지는 일로 인해서 풍전등화와 같은 고려의 운명이 또 한 번 기로에 서게 될 것이므로 이로써 자신들이 이룰 대업을 달성할 기회가 한 발짝 더 가까이 왔다는 생각을 했다.

윤승순과 권근이 명나라 고명사절로 갔을 때 고려왕에게 보냈던 공문의 내용에 대해서는 이미 이성계와 충분히 이야기를 나눈 터였고 때마침 발각된 상왕 복위 미수 사건과 연계하여 앞으로 전개될 정국에 대해서도 계획이 섰기에 그 실천에 관해 의논하고자 핵심 인사들을 모았다.

"지난번 성절사로 갔을 때 황제는 지금의 어린 왕에게 고명을 내려주지 않았소이다. 그때 도당으로 보낸 황제의 공문에는 우가 이미 타성받이인데도 이인임 등 간신들이 승하하신 공민왕이 후사가 없자 왕씨로 가탁(假託)하여 임금의 자리에 앉혔다 하여 그의 아들인 지금의 창이 왕위를 물려받는 것을 인정하지 않는다고 하였소.

또 회군에 가담한 신하들에게 백성을 잘 다스리라고 당부를 하였소이다. 그런데 그 공문은 도당에 보고도 되지 않고서 창의 장인 되는 이림이 지금껏 숨겨두고 있소. 이는 지금의 어린 왕을 옹위하고 있는 이림을 비롯한 인사들이 그들 스스로가 고려왕의 정통성에 문제가 있음을 인정하고 이를 감추려고 한 짓이오.

때맞추어 여흥부의 상왕이 복위를 꾀하며 과거의 충복을 동원하여 칼까지 내려주면서 이 시중을 살해하도록 음모를 꾸몄소이다. 이는 도저히 있을 수 없는 일이오. 만시지탄의 일이지만 이제라도 이인임 이후 난신적자들에 의하여 저질러진 일을 바로 세우는 것이 중요하오."

정도전은 황제의 공문 은폐 사실을 우가 저지른 이성계 살해 기도 사건과 연계하여 폐가입진(廢假立眞)[12]을 주장하고 나섰다.

정도전의 설명을 들으면서 측근들은 웅성거렸다. 그러나 정도전의 주장에 다른 말을 할 수 없었다. 그들은 이미 임금을 바꿀 수 있을 만큼 힘이 있었고, 또 우왕이 살아 있고 그의 아들이 임금의 대를 잇고 있는 한 전전긍긍하며 지낼 수밖에 없는 일이라 늘 고심을 하고 있던 차였다.

"갈아치워야 합니다."

"가짜 왕을 폐하고 왕통을 바로 세워야 합니다."

---

12) 가왕(假王)을 몰아내고 진왕(眞王)을 세운다는 말로, 고려 말 이성계 등이 창왕(昌王)을 폐위하고 공양왕(恭讓王)을 옹립한 사건.

이구동성으로 왕을 갈아치우자고 주장했다.

"이 기회에 이 시중께서 보위에 오르셔야 합니다."

배극렴은 아예 이성계를 임금으로 추대하자고 했다. 배극렴의 말이 나오자 일행들은 이성계의 반응을 살폈다. 이성계는 뜻밖에 배극렴의 제안을 듣자 당황했다. 그리고는 정색하며 배극렴을 나무랐다.

"아니 문하평리(종2품 벼슬)께서는 말씀이 지나치시오. 이 자리에서 임금을 바꾸자 하는 것은 그동안 잘못 이어져 왔던 고려의 왕통을 바로 세우고자 함이지 내가 역심을 품어서 하는 것이 아니오. 말을 가려서 하시오."

이성계는 자신에게 욕심이 없다는 것을 내보이기라도 하듯 말을 꺼낸 배극렴을 엄격히 나무랐다. 배극렴은 머쓱해졌고 일순 분위기는 냉랭하게 변했다.

그러나 이 순간 정도전은 생각을 달리했다. 정도전의 속마음도 배극렴과 다름없었다. 당장에라도 이성계를 보위에 올리고 새로운 나라를 창업하고 싶은 마음이었으나 이는 좀 더 시간이 필요한 일이라고 생각했다.

지금 고려는 나라를 더 이상 지탱해가기 어려운 지경에 이르러 있다. 나라의 기강은 무너져서 가야 할 방향을 잃고 우왕좌왕하고 있는데 권문세가들은 자신들이 누리는 영화와 기득권을 지키는 데만 혈안이 되어 있다. 그들이 탐욕을 버리지 않는 한 백성의 고통은 계속될 것인데 그들은 자기들끼리 세를 만들어 온갖 술수와 핑계를 대가며 개혁을 방해하려고만 하고 있다.

썩어빠질 대로 썩어 빠진 이 나라를 중신들에게 장래를 더 이상 맡겨둔다는 것은 무의미한 일이다. 중신들이 쓰러져 가는 고려를 부여잡고 안타까이 여기는 것은 나라와 백성을 위해서가 아니라 자신들이 누려온 가문의 영화를 지켜내기 위해 몸부림치는 것일 뿐이다. 그러나 그들의 저항 또한 만만하게 볼 수 없는 일이었다.

수십 년 이래로 권력을 휘둘러온 그들의 세력은 조정과 지방 곳곳에 뿌리 깊게 내리고 있기에 그들을 이편으로 끌어들이든지 아니면 더 이상 방해를 하지 못하도록 일대 타격을 가해서 힘을 쓰지 못하도록 할 필요가 있었다.

정도전은 이 기회를 빌려서 저항 세력에 대해서 일대 타격을 가하는 한편, 우호적인 인사들을 선별해서 회유책을 같이 펴는 것이 보다 합리적인 일의 순서고 이성계를 보위에 올리는 일은 다음으로 미루는 것이 좋겠다고 설명을 했다. 그리고 이성계의 뜻에 따라 모두에게 입조심을 하도록 당부를 덧붙였다.

국문장에서는 혹독한 심문이 계속되었다. 김저의 입에 오르내렸던 자들은 물론이고 직접 토설하지 않았다 하더라도 그들과 가까이 지내거나 평소 이성계의 집권에 불만을 토로하던 자들이 모두 붙잡혀와서 고문을 당했다.

김저는 변안열만을 직접 접촉했다 했으나 어느 틈에 붙잡혀 온 자 대부분이 김저를 직접 만났거나 격려의 말을 전한 자로 둔갑이 되어 심문을 받았다. 그러나 그들은 모두 상왕 복위 사건에 연루된 자들은 아니었다. 정국(政局)은 온통 옥에 갇혀 있는 김저의 입에 쏠린 형국이 되어버렸다. 조정 대신들의 관심은 행여 김저의 입에서 자신들의 이름이 오르지나 않을까 불안해서 모든 귀가 심문장으로 향해 있었다.

그런데 심문을 받던 김저가 갑자기 옥에서 죽어버렸다. 김저의 갑작스러운 죽음으로 사건은 더 확대되지 못했다. 하나 그 연루자는 무려 스물일곱 명으로 불어나 있었다.

이성계가 편전에서 연루된 인사들의 죄상을 보고했다. 임금은 대경실색했다. 임금 뒤에 발을 치고 앉아 있는 대비도 놀라기는 마찬가지였다.

그럴 수밖에 없는 것이 거명되는 인사 중에는 아무리 임금이라 해도 함부로 할 수 없는 인물이 상당수 포함되어 있었기 때문이었다. 거명된 인사 중 이림은 외조부이고 이색과 우현보는 아버지인 우왕 대부터 나라의 원로대신 대우를 받으며 조정과 재야로부터 존경을 받고 있는 중신이다. 변안열은 홍건적과 왜구의 침략에 대적해서 여러 번 공을 세워 공신의 반열에 올라 있는 인물이었다.

무엇보다도 그들로 인해 지금 자신의 왕위가 그나마 유지되고 있는데 그들을 모조리 내치고 벌을 주라 하니 이를 어찌 받아들이란 말인가? 또한 연루된 주동자 중에는 상왕도 포함되어 있는데 아비의 죄가 아무리 크다 한들 아들 된 자의 입으로 어찌 벌주라 할 수 있단 말인가?

아무리 임금이 나이가 어리다고 해도 그런 분간을 하지 못할 정도는 아니었다. 도저히 그에 따를 수가 없는 일이었다. 임금은 용상 뒤에 앉아 있는 대비의 눈치를 살폈으나 난감하기는 대비도 마찬가지였다. 암담한 심정으로 눈물만 흘리고 있을 뿐이었다.

누구라도 임금의 편을 들어서 충언이라도 해주었으면 좋으련만 지금 이 순간 임금의 곁에는 그러한 인사가 아무도 없었다. 임금의 편에서 여러 가지 간언을 하며 보호를 해주던 기라성 같은 신하들이 모두 사건에 연루되어 조사를 받는 처지가 되어 버렸으니 임금은 그야말로 고립무원의 상태에 놓인 것이다.

임금의 앞에는 이성계만이 버티고 섰다. 부리부리한 눈매를 치뜨고서 한 치의 흐트러짐을 보이지 않는, 허리조차도 숙이지 않고 꼿꼿이 서 있는 그 모습에 어린 임금은 잔뜩 주눅이 들었다. 일찍이 임금은 이성계가 두려워 그가 전각(殿閣)에 나아갈 때는 신을 신고 칼을 차고 오를 수 있도록 특별한 예우를 허락한 일이 있었기에 그의 모습은 한층 위세가 등등했다.

그러나 아무리 어려도 임금은 임금이었다. 임금은 이성계의 눈길을 피하면서도 필요한 답은 내려주지 않았다. 임금도 자신의 말 한마디가 최후의 보루임을 잘 알고 있었다. 버티는 데까지 버텨보고자 했다.

"이들이 모두 가담한 것은 아니지 않소? 확실하게 증좌가 나온 것이 있나요?"

임금은 어린아이답지 않게 당차게 물었다. 아무리 이성계가 무서운 얼굴을 하고 서 있다 해도 그 뜻대로 따를 수 없다는 의지를 내비친 것이다.

"직접 가담한 자는 김저와 정득후인데 두 사람은 모두 죽었습니다. 그러나 거명된 자들은 모두 그에 가담한 것이 서로의 진술로 밝혀졌습니다. 벌을 받기에 충분합니다."

이성계도 강하게 밀어붙였다.

"과인의 생각으로는 모두 다 벌을 주기는 어렵다고 보오. 무엇보다도 증좌가 확실치 않으니 도평사에 의논을 붙여서 죄상을 가리는 게 좋겠소."

임금의 목소리는 떨리고 있었다. 그러나 자신의 측근들을 보호하려는 의지는 강했다. 이것은 이성계와 임금과의 기 싸움이기도 했다. 이성계는 결국 임금의 재가를 받지 못하고 편전을 물러 나왔다.

이성계는 정도전과 마주했다.

두 사람을 비추는 황촉불은 밝은 데 비해 그림자는 짙었다. 음침하고 둔중한 분위가 두 사람을 감싸고 돌았다. 두 사람은 편전에서 임금과 독대했던 이야기와 향후의 일을 의논하는 중이었다.

궁중에서 있었던 말을 마친 이성계는 앞에 놓인 찻잔을 들어 한 모금 마셨다. 찻물은 부어 놓은 지 오래되어 싸늘히 식어 있었다.

정도전도 같이 따라서 식은 찻물을 마셨다. 갈증에는 차라리 찬 맛이 좋았다. 타들어가듯 하던 입술에 단맛이 돌았다. 정도전은 무겁게 입을 떼었다.

"임금을 보위에서 내려야 합니다."

문틈으로 새어 들어온 바람에 황촉불이 '펄럭' 흔들렸다.

"기어이 역모를 꾀하란 말이오?"

이성계의 목소리도 똑같이 무거웠다.

"역모는 아닙니다. 왕통을 바로 세우자는 것입니다."

"……."

"지금의 임금이 보위에 앉아 있는 한은 우리의 뜻대로 일을 처리하지 못할 것입니다."

"저항이 만만치 않을 터인데……."

"포섭을 해야지요. 우리의 일에 관망하는 자들도 많으니 그들을 우리 편으로 끌어들이고 반대를 하는 자들은 가혹하게 다루어야 합니다. 우리에게는 힘이 있습니다."

"힘으로 밀어붙인다고 되는 일이 아니지 않소?"

"소신의 생각도 그렇습니다. 힘으로 임금을 쫓아내고 그 자리를 차지한다면 그것은 찬탈(簒奪)입니다. 그것은 필연코 피를 불러옵니다, 그렇게 되면 명분도 사라지고 백성의 지지도 받지 못하게 됩니다. 그것은 일이 성사되더라도 사상의 누각입니다.

주군께서는 선양(禪讓)을 받으셔야 합니다. 신라가 당나라의 힘을 빌려서 백제와 고려를 무력으로 멸망시켰을 때 백제의 백성은 중국으로, 왜로 유민이 되어 흘러들어갔고, 고구려는 발해라는 새로운 나라를 건국하여 끝없이 신라를 괴롭혔습니다.

그러나 그 500년 뒤 고구려의 뒤를 이은 고려가 신라를 복속시켰을 때에는 신라왕 김부(金傅)가 백성과 함께 스스로 고려의 신민이 되고자 하여 나라를 바쳤습니다. 김부의 선양으로 두 나라의 백성은 평화롭게 지낼 수가 있었습니다.

지금의 고려 왕조는 망해가는 중입니다. 이 왕조는 스스로 지탱할 능력을 잃어버리고 표류하고 있으며 이제 더 이상 존속할 가치가 없습니다. 백성은 나날이 고통 속에서 헤매는데 몇몇 권신들만이 자신들의 기득권을 뺏기지 않으려고 몸부림치며 버티고 있을 뿐입니다.

임금의 곁에 있는 이 간신의 무리만 제거한다면 임금은 자신의 능력에 한계를 느끼고 분명 선양할 것입니다. 우리는 그렇게 만들어가야 합니다. 지금의 왕은 역적의 후손임이 이미 밝혀졌기에 이를 폐해야 하는 것은 당연한 이치이고 새로 왕이 될 인물은 왕씨 중에서 고르되 욕심을 부리지 않고 잠시 보위에 앉았다가 때가 되면 선양을 할 수 있는 자가 되어야 할 것입니다. 주군께서는 그때까지 기다리셨다가 대임을 받으셔야 할 것입니다."

정도전은 마음속에 준비하고 있던 말들을 줄줄이 이어갔다. 이성계는 정도전의 말을 들으며 긴장이 더해갔다. 일찍이 정도전은 함주 막사로 찾아왔을 때도 선양으로 보위를 물려받아야 한다고 장황하게 설명을 했었다. 그의 말대로 때가 무르익기를 기다리는 것이 좋겠다는 생각이 들었다.

"우리의 뜻을 이해시키고 편으로 끌어들일 만한 인물을 어떤 자로 하면 좋겠소?"

이성계는 정도전이 말하는 것을 알아들었다는 뜻으로 물었다.

"포은 정몽주 같은 사람을 포섭하여야 합니다. 포은은 차세대를 대표하는 유종(儒宗)[13]이고 나라에 공로가 많은 대신입니다. '그의 말은 이치

---

13) 유학의 선비들이 존경하는 대학자.

에 맞지 않는 것이 없다'고 칭찬을 들을 만큼 유생들로부터 존경을 받고 있는 사람이므로 그를 우리 편으로 끌어안는다면 크게 득을 볼 수 있을 것입니다."

"그렇지! 포은이야말로 우리가 삼고초려 해서라도 모셔야 할 사람이지. 내 일찍부터 그 사람을 눈여겨 보아왔는데 참으로 학식이 풍부하고 굽힐 줄 모르는 소신을 가진 사람이란 것을 알고서 진작부터 그와 교우하였는데 어째서 그 사람은 여태껏 우리 일에 적극적인 지지를 않고 있는지 궁금하던 차였소."

"포은 나름대로 생각이 있겠지요. 제가 한번 만나보겠습니다."

"꼭 설득하여 우리 일에 동참하게 하시오."

정도전은 포은 외에도 정당문학 설장수(偰長壽)를 추천했다. 설장수는 원래 위구르 출신으로 고려에 귀화한 사람이었다.

그의 부친 설손(偰遜)은 원나라 조정에서 벼슬살이를 했는데 볼모로 있던 공민왕과 친하게 지냈다. 그러한 연분으로 원나라가 홍건적의 침공을 받았을 때 가족을 이끌고 고려로 피난 와서 귀화했고 공민왕으로부터 땅과 집을 받고 성씨를 하사받았다. 경주 설(偰)씨의 시조가 바로 설손이다.

그 아들인 설장수는 22세 때(공민왕 11년) 과거에 급제했고 고려말은 물론이고 중국어, 몽골어에도 능통해서 명나라와의 관계에서 탁월한 외교술을 발휘하며 난제들을 풀어내어 조정에서 중요한 인사로 대우를 받고 있었다. 또한 그는 성품이 곧아 함부로 처신하지 않아서 사대부들로부터도 좋은 평판을 받고 있었다.

그가 지은 「어옹(漁翁)」[14]에는 벼슬을 탐하며 시류에 휩쓸리지 않고 자

---

14) 고기잡이하는 노인.

연을 벗 삼아 안빈낙도(安貧樂道)하려는 그의 의지가 잘 담겨 있다.

불위부명역역망(不爲浮名役役忙)	헛된 이름 쫓아서 허덕허덕 바삐 다니지 않고
생애추축수운향(生涯追逐水雲鄕)	평생 물과 구름 찬 마을을 찾아 다녔네
평호춘난연천리(平湖春暖煙千里)	따스한 봄날 잔잔한 호수에 안개가 천 리에 끼었고
고안추고월일항(古岸秋高月一航)	맑은 가을날 옛 기슭엔 달이 배 한 척을 비추네
자맥홍진무몽매(紫陌紅塵無夢昧)	도성길(紫陌)의 붉은 먼지 꿈에도 바라지 않고
녹사청립공행장(綠簑靑笠共行藏)	초록 도롱이 푸른 삿갓과 함께 살아간다네
일성애내주중취(一聲欸乃舟中趣)[15]	배 저어 노래 한 곡 뽑으며 흥에 취하니
나선인간유옥당(那羨人間有玉堂)[16]	사람이 어찌 옥당에 있다고 부러워하리오

• 10

다음 날, 날이 밝자마자 정도전은 정몽주를 찾아갔다.
"형님 그동안 격조했소이다."
"어쩐 일인가? 바쁜 삼봉께서 말미가 있던가? 내 집을 다 찾아주시고?"
정몽주는 전에 같지 않게 정도전을 서먹하게 맞았다.
"허허, 요사이 형님을 찾아보지 않았다고 서운해 하시는 것 같군요."

---

15) 애내(欸乃)는 배를 저으며 부르는 노래.
16) 옥당(玉堂)은 '관청'을 가리키는 말.

"세상이 온통 삼봉 세상인데 나 같은 인사를 찾아서 무엇하겠나? 아무튼 안으로 들어가세."

정몽주는 정도전이 이른 아침에 찾아온 거로 봐서 긴한 이야기가 있을 줄 알고 주위의 사람을 물리쳤다. 정도전은 몇 마디 더 인사를 나누고는 찾아온 목적을 말했다.

"형님께서는 왜 이 시중을 지지하지 않으시는 겝니까?"

"왜 내가 꼭 이 시중을 지지해야 할 이유가 있는가? 이렇게 가만히 있으니 나도 어떻게 할 참이던가?"

정몽주의 말투가 곱지가 않았다.

"무슨 말씀을 그리하십니까?"

"일 처리하는 것을 보니 섭섭해서 그런 것이네. 이숭인의 일은 그리 처리해서는 아니 되네. 그리고 스승님을 대하는 태도도 그렇고."

"허허 형님 맘이 단단히 틀어지신 것 같소이다."

"삼봉이 이 시중을 끼고서 여러 개혁 조치를 취하는 것, 내 이해 못하는 바는 아니네. 그러나 일이 너무 성급하고 반대하는 세력을 너무 심하게 다루니 하는 말일세."

"개혁이라는 것이 원래 그런 것이 아닙니까? 시작과 함께 강하게 몰아붙이지 않으면 반대에 부딪혀 실패할지도 모르는 것이니 서두르는 것입니다. 스승님과 도은, 그분들은 우리와는 너무 멀리 떨어져 있습니다. 우리의 일에 앞장을 서서 반대를 하고 있으니 부득불 내치는 수밖에 없었습니다."

정도전은 정몽주를 만나면서 제일 마음에 쓰이는 일이 목은 스승과 대립하고 이숭인을 유배 보냈던 일이었기에 구차하게 변명을 했다.

"아무리 그렇더라도 일을 그리 처리해서는 안 되는 것이네. 우리는 목은 스승님 밑에서 도은과 함께 동문으로 수학을 한 사이이네. 스승은 부모와 다름이 없는 것인데 스승의 흠을 어찌 제자가 들추어내어 벌하라 할 수가 있는가? 도은 또한 형제나 다름없는데 어찌 작은 허물을 들추어내어서 크게 벌을 준다는 것인가?"

"물론 형님의 말씀은 옳습니다. 그러나 스승과 동문 간의 정은 작은 것입니다. 정은 개인적인 이(利)를 쫓아 하는 것이지만 대의는 여러 사람에게 이로운 공리(公利)를 추구하는 것을 말하는 것입니다. 대의를 이루고자 하는 자는 때로는 사사로운 것을 물리쳐야 하기에 저는 대의멸친(大義滅親)의 길을 택하고자 합니다."

"대의멸친이라……. 자네는 속에 큰 뜻을 품고 있다는 것이구만."

"그렇습니다. 언젠가 제 부모님의 상중에 형님이 다녀가시면서 주고 간 『맹자』를 저는 아직도 소중히 간직하고 있습니다. 맹자는 백성을 나라의 근본으로 여겼습니다. 백성이 있기에 나라도 있고 임금도 있다고 하였습니다. 임금은 백성을 제 몸과 같이 여기고 보살펴야 하는데 지금 이 나라에서 백성은 임금과 벼슬아치의 착취 대상이고 그들의 욕망을 채우는 데 소용되는 도구에 지나지 않습니다.

학정(虐政)에 시달린 백성의 원망이 하늘에 닿고 그들의 고통이 천지를 진동하는데 임금도 조정도 몰라라 하고 있습니다. 저는 그 백성들의 한을 풀어주는 정치를 하고 싶습니다. 백성이 제자리에서 열심히 일한 대가로 배불리 먹고 평안히 지낼 수 있는 그러한 세상을 만들고자 하는 것이 제가 생각하는 대의(大義)인 것입니다."

정도전은 가슴 속에서 뜨거운 것이 치솟아 올라와 목이 메어오는 것을 느꼈다. 앞에 놓인 찻잔을 들어 잠시 목을 식혔다.

"자네의 생각은 이상이 아닌가?"

듣고 있던 정몽주가 정도전이 말하는 것을 가로채어 말을 했다.

"백성의 아픔은 어느 시대에나 있어 온 것이 아닌가? 군주가 백성을 위하는 정치를 펼친다는 것은 한낱 허구에 불과할 뿐이고 실제는 군주를 둘러싼 몇몇 권신들이 세를 이루어 영합하고서 자신들의 욕심에 맞추어 세상을 꾸려가는 것이 현실의 정치가 아니던가? 삼봉이 생각하는 태평성대는 책 속에서나 이루어지는 이상일 뿐인데 현실에서 이루어질 수 있다고 보는가?"

"형님의 생각이 그리 하다면 지금의 조정이 이대로 굴러가도 상관이 없다는 말입니까? 형님의 귀에는 백성들의 원성이 들리지도 않습니까? 형님의 생각이 그러한데 제게 왜 『맹자』를 주고 갔습니까? 형님도 백성을 생각하고 나라를 생각하는 마음이 저랑 틀리지는 않을 것 아닙니까? 이 시중을 도와주십시오."

"내 생각도 삼봉과 다르지 않다네. 하나 나라를 바로 세우고자 하는 방법은 다를 수가 있네. 내 일찍이 이 장군과 교우 관계를 맺어왔고 여러 전쟁터에 조전원수로 참여하여서 그의 인품을 잘 알고 있네.

그분은 무인이면서도 겸손한 성품을 지녔고 전쟁터에서도 부하와 백성을 생각하는 마음이 지극하여 존경을 받아온 것도 잘 아네. 그러나 그분은 회군하고부터는 종전의 그가 아니었네. 이 장군이 많이 달라졌더군. 회군 이후에 그의 행보를 보면 욕심이 드러나는 것 같아서 그의 욕심이 어디까지 갈지 염려스럽고 두렵네.

임금도 마음대로 갈아치우고 자신과 뜻을 같이하지 않는 조정 중신을 유배 보내고 심지어 목숨을 빼앗는 것도 서슴지 않고 마치 어린 임금을 수중에 넣고서 권력을 전횡하던 이인임의 시대가 다시 반복되고 있다는 생각이 들어서 지지하지 않는 것이라네."

정몽주도 그동안 쌓여 있는 앙금이 많았다. 지금 하는 말은 이성계에 대한 불만이었으나 정도전이 이성계의 최측근이라는 사실은 세상이 다 아는 사실이고 모든 일이 정도전이 뒷받침해서 일어나고 있으므로 도전에게 하는 말이었다. 정도전도 정몽주가 자신에 대해서 서운함을 토로하고 있다는 것을 잘 알고 있었다.

정도전은 정몽주의 곁으로 다가앉으며 손을 덥석 잡았다.

"형님, 이 시중도, 저도, 형님도 백성을 생각하고 나라를 걱정하는 마음은 다 같은 것이 아닙니까? 다른 것은 놔두고 백성과 나라를 생각하는 마음으로 같이 갑시다. 오늘날 나라가 이 지경이 된 것은 임금의 자리를 간신배들이 도둑질하여 신씨로 하여금 왕통을 잇게 한 데서 비롯된 것이 아니오이까? 간신 이인임이 신씨를 왕씨로 둔갑시켜 임금의 자리를 빼앗아 국정을 농락한 지가 15년이었고 그것도 모자라 그 아들에게 대를 잇게 하고 있습니다. 이제 아홉 살배기를 앉혀놓고 임금이라 하고 있으니 세상은 나아진 것이 하나도 없습니다.

명나라 황제도 지금 고려의 왕통이 잘못 이어져 왔다고 인정하고 있습니다. 임금의 외조부라는 자는 이것이 밝혀지면 혼란이 올까 봐 공문을 숨겨두고 있다가 이번에 밝혀진 것입니다.

나라의 근본이 서 있지 않은데 어찌 나라가 부강해지기를 바랄 것이며 백성의 평안해지기를 바라겠습니까? 저들은 호시탐탐 권토중래 기회를 엿보고 있습니다. 이 시중 암살 사건 같은 것은 언제든 또 일어날 수 있습니다. 저들은 정적을 제거하기 위해서는 무슨 일이든 벌일 수 있는 무도한 자들입니다.

이번 기회가 수렁에 빠진 이 나라를 구할 수 있는 절호의 기회입니다. 형님 다른 생각일랑은 접어두고 오직 나라와 백성을 생각하는 마음으로 이 기회에 정통성 없는 임금을 갈아치우고 나라를 바로 세워서 우리가 꿈꾸었던 진정 백성이 근본인 나라를 세워봅시다."

정도전은 간곡한 마음으로 정몽주를 설득했다. 정도전이 이렇게까지 하는 이유는 자신이 만들고자 하는 세상에 정몽주와 같은 인재가 꼭 필요해서이기도 했지만, 만약 강직한 그의 성품으로 보아 거절을 한다면 스승과 이숭인, 하륜에 이어 또 한 명의 절친을 내치는 모진 짓을 해야

겠기에 이를 피하고 싶었기 때문이었다.

정도전이 설득하는 동안에 정몽주는 생각했다.

정도전의 말이 틀린 것은 아니었다. 다만 자신이 경계하는 것은 이성계의 야심이 어디까지인지 믿지 못해서였다. 권력이란 야수와 같은 것이어서 처음 출발할 때는 유약해서 겸손하더라도 그것에 세가 붙으면 걷잡을 수 없이 변하는 것이므로 권력을 잡은 이성계가 나중에 다른 마음을 먹지 않을까 하는 염려에서 그를 지지하지 않고 있는 것이었다.

그것은 이성계의 곁에서 그것을 부추기는 정도전에 대한 경계이기도 했다. 그러나 당장의 불의를 보고 나중의 일을 염려하는 것 또한 비겁한 일이라는 생각도 들었다.

'불의를 보고 논하지 않는 것은 군자의 할 짓이 아니다.'

마침내 정몽주는 이성계를 지지하기로 마음을 먹었다. 정몽주는 정도전의 손을 굳게 잡아주었다.

• 11

성안에 군졸들이 쫙 깔렸다. 사대문에서는 일상으로 오가는 사람들 외에는 출입을 금지했다. 궁궐 내에도 군사들의 순시가 배가되었고 대갓집 사병들의 움직임도 금지되었다. 백성들도 몇 사람만 모이면 여지없이 군사들이 나타나서 헤어지도록 종용받거나 관청으로 끌려가서 문초를 받았다.

경비 병사들이 흥국사에도 겹겹으로 배치되었다. 흥국사는 궁궐에서 벗어나 있는 송악산 기슭에 있는 사찰이다. 태조 때 창건되었고 190년 전 무신정권의 실력자 최충헌의 노복 만적이 난을 일으키고자 했을 때 본거지로 삼은 곳이기도 했다.

정도전은 은밀하게 포섭해둔 재상들을 이곳으로 모이게 했다. 이곳에서 폐가입진, 즉 신돈의 핏줄을 이은 창왕을 몰아내고 왕씨로 대를 잇기 위한 대책회의를 하기 위해서였다.

미리 연통을 해둔 참석자는 수문하시중 이성계, 판삼사사 심덕부, 찬성사 지용기, 정당문학 설장수, 평리 성석린, 지문하부사 조준, 판사 박위 그리고 정몽주, 정도전 아홉 사람이었다.

벌써 와 있던 사람들은 오늘의 회의 내용이 무엇인지 미리 눈치를 채고 있었기에 잔뜩 긴장해서 농담조차도 삼가고 말들이 없었다. 이윽고 이성계가 맨 마지막에 수십 명 사병의 호위를 받으며 도착했다. 기다리고 있던 재상들은 정도전의 주제로 회의를 시작했다.

"현릉께서 갑자기 승하하신 이후 간적 이인임이 간계를 부려 우를 왕위에 앉혔고 이제 그 아들 창이 보위를 이어받아서 16년의 세월이 지났소이다. 우와 창은 본시 신돈의 씨를 받고 태어났는데 어찌 왕실의 제사를 받들게 할 수 있겠습니까?

이제 와서 이를 논하는 것은 만시지탄의 일이나 때마침 황제로부터 온 공문에 현릉 이후 신씨가 왕씨로 가탁하여 왕위를 도적질했다고 지적한 사실이 밝혀졌으므로 더 이상 이를 바로잡지 않는다는 것은 신하된 도리가 아니라고 생각되오."

정도전은 모임의 목적을 설명했다.

"그렇지. 진작이 바로 세워졌어야 하는 일이오."

"우가 재위하는 동안에 저질러진 패악이 많았으므로 백성들로부터도 환영을 받을 일이오."

"신우가 폐되었을 때 왕통을 바로 세워야 하는 것인데 조민수가 이인임의 간계를 이어받아 자신이 권력을 움켜쥐려고 창을 왕으로 옹립한 것이 잘못된 일이오."

"신우는 자신이 지은 죄가 큰데도 이를 반성함이 없이 복위를 꿈꾸며 이 시중을 암살하려 하였소. 더는 두고 볼 수 없는 일이오."

모여 있는 재상들은 정도전의 말을 들으며 이구동성으로 창을 폐위시키는 데 찬성하는 의견을 내놓았다.

오늘 회의가 가짜 왕 신씨를 폐하고 왕씨의 나라로 복위시키고자 하는 데 목적을 두고 있었으므로 모두는 조정의 실권자이며 회의의 주제자인 이성계의 뜻에 맞는 말을 내놓았다. 그러나 폐위 이후 누구를 왕좌에 올리는가 하는 문제는 그리 간단치가 않았다.

자칫 함부로 말을 했다가는 나중에 무슨 고역을 당할지 모를 일이기에 신중을 기해야 했다. 아니 본인들의 뜻보다는 전적으로 이성계의 의중에 달렸으므로 눈치를 보지 않을 수가 없었다. 이 일의 결론은 아무래도 이성계가 쥐고 있으므로 그가 어떤 인물을 점찍고 있는지에 따라야 하는 일이었다.

"정창군 왕요(王瑤)가 어떨지요? 지난번 우가 폐위되었을 때 후사로 거론된 적이 있었는데 조민수가 간계를 부려 뜻을 이루지 못하였습니다만……."

정도전이 바람을 잡았다. 이는 사전에 이성계와 충분히 논의해 이미 정해진 일이란 것을 모여 있는 재상 중에 눈치채지 못하는 사람은 아무도 없었다. 모두는 이성계의 얼굴을 바라보았다. 그때까지 회의 진행 상황을 묵묵히 지켜보고 있던 이성계가 입을 열었다.

"정창군 요로 말할 것 같으면 고려 왕실에 몽골의 피가 섞이기 이전의 임금이신 신종의 7대손이오이다. 그의 혈통이 순수한 왕가의 혈통임이 명백하니 그를 새 임금으로 모신다면 왕실의 존엄이 크게 올라가리라 생각되오."

고려는 원나라의 지배를 받게 되면서 충렬왕 이후 임금은 모두 원나라 황실의 여인을 왕후로 맞아들였다. 따라서 그 후손인 왕들은 고려 왕실의 순수한 혈통이라 할 수 없고 몽골 혈통이 섞였다. 공민왕도 명덕태후 남양 홍씨의 소생이었으나 그 할아버지인 충선왕, 아버지인 충숙왕이 원나라 공주의 소생이었으므로 몽골 혈통을 이은 셈이었다. 그러한 면에서 순수한 고려 왕실의 혈통을 타고난 인물을 고려왕으로 앉히자는 주장은 충분히 명분이 있는 일이었다. 그러나 이성계가 왕요를 후사 임금으로 추천한 실제 이유는 따로 있었다.

왕요는 종친 중에서 권력에 대한 욕심이 없고 소심하고 줏대 없는 인사로 알려져 있었다. 그를 보위에 앉힌다면 이성계 자신이 마음대로 조정을 주무를 수 있으리라는 판단을 했기에 추천한 것이었다. 종친 중에 권력욕이 강하고 심지가 굳은 인물을 왕위에 올린다면 뜻대로 할 수가 없을 뿐 아니라 왕위에 오른 뒤의 일도 기약할 수 없기에 정도전과 함께 진작부터 숙고해서 왕요를 점찍어 두었던 것이다.

여기서 이성계의 의견은 곧 결정이었다. 이설이 있을 수가 없었다.

회의에서 정창군 왕요가 만장일치로 새 임금으로 추대되었다. 결정된 내용은 곧바로 대비인 정비에게 보고되었다. 정비 안(安)씨는 승하한 공민왕의 후궁으로 명덕태후 이후 대비의 자리를 잇고 있었으므로 왕실의 제일 어른이었기에 형식적인 재가가 필요했던 것이다.

정비는 교지를 내려주었다.

> "우와 창은 본래 신씨인데 그동안 왕씨로 가탁하여 임금의 행세를 해왔다. 이제 뜻있는 충신들이 이를 문제 삼고 나서서 왕통을 바로잡고자 하니 우와 창을 폐하여 서인으로 삼고 새로운 임금 정창군 왕요에게 500년 대업을 잇게 하라."

이로써 고려 제33대 왕 '창'은 아홉 살에 생각지도 않게 임금의 자리 앉았다가 1년도 못되어 갑자기 쫓겨나버렸다.

대신들은 어보를 받들고서 정창군의 집을 찾았다. 정창군은 뜻밖의 일을 접하고서 깜짝 놀랐다.

"아니 이게 무슨 일이오? 나는, 나는 임금이 될 생각이 추호도 없는 사람인데 어찌하여 이런 일을 벌였단 말이오?"

정창군은 절을 올리고 있는 이성계에게 다가와 손을 맞잡으며 사양의 의사를 비쳤다.

"전하, 어서 어보를 받으시옵소서. 한 나라의 임금이 된다는 것은 하늘의 뜻이기도 합니다. 부디 용상에 오르셔서 성군이 되시옵소서."

이성계는 정창군의 무릎 앞에 엎드려 공손히 어보를 올렸다.

"나는 평생 먹을 것과 시중들 사람이 풍족하여 어려움이 없는 사람인데 무엇이 부족하여 임금의 자리를 탐하겠소? 이러한 중책은 나에게 가당치가 않소이다. 참으로 어찌할 바를 모르겠구려."

정창군은 거듭 사양을 했다. 정창군이 이렇듯 몸을 낮추는 이유는 진작이 역모 사건에 휘말려서 하마터면 목숨을 잃을 뻔한 일이 있었기 때문이었다.

우왕 8년에 있었던 일이었다. 이인임의 사위집에 역모를 고변하는 한 통의 서신이 날아들었다. 왕의 출생과 즉위 과정에 의혹이 있다는 것과 함께 소행이 도리에 어긋난다면서 임견미, 염흥방, 도길부 등이 합세해서 임금의 측근인 이인임과 최영을 제거하고 정창군 왕요를 왕위에 올리려 한다는 내용이었다.

이것은 이인임을 위시해서 임견미, 염흥방, 도길부 등이 패를 지어서 국정을 농단하는 것이 미워서 이들을 갈라놓기 위한 모함이었던 것인데 임견미 등은 자신들의 결백을 주장하려고 관련자를 붙잡아다가 혹독히 문초해서 사실이 아닌 것으로 밝혔던 것이다. 이로써 관련 사건은 일단락되었으나 정창군은 이 일로 인해서 유배를 갔던 것이다. 이후 그는 사람들을 꺼리며 은둔에 가까운 생활을 하며 지내 왔던 것이다. 그래서 지난번 창왕 옹립 때에도 자신의 이름이 오르내렸다는 말을 듣고서 가슴을 쓸어내리기도 했다.

그러나 이는 그가 아무리 사양한다 해도 뜻대로 되는 일이 아니었다. 그는 어쩔 수 없이 억지로 끌리다시피 하여 왕위에 오르게 되었다. 1389년 11월 기묘일 수창궁에서 즉위식을 가졌는데 이가 바로 고려의 마지막 왕 공양왕이다.

왕요는 왕으로 점지될 때부터 자신의 운명을 예견하고 있었을 것이다. 그러했기에 임금의 자리에 앉는 것을 극구 사양했던 것이 아니겠는가.

17장

대세를 거스르는 자들

• 1

공양왕은 즉위식은 무사히 치렀지만, 왕으로서 나라를 이끌어 나갈 자신과 능력이 없었다.

최영과 이성계가 주도하여 임견미, 염흥방 일당을 제거한 무진피화(戊辰被禍)와 그 후 이성계의 위화도 회군으로 촉발된 최영과의 대립과 격전, 그로 인한 우왕의 폐위와 복위 운동 등으로 피의 숙청이 반복되어 온 살벌한 정국을 보아왔기에, 그 결과로 자신에게까지 오게 된 임금의 자리이기에, 이를 지켜나갈 자신이 없었고 불안하기 짝이 없었다. 소용돌이치는 정변 속에서 자신 또한 언제든지 희생양이 될 수 있기에 불안하지 않을 수가 없었다.

공양왕은 우선은 이성계에게 모든 일을 의탁하고 그들이 시키는 대로 고분고분 한다면 자리는 유지할 수 있겠다는 생각을 했다. 그러나 이성계의 마음을 어디까지 믿어야 할지 알 수가 없었다.

그를 떠받들고 있는 사대부와 장수들은 이성계를 마치 왕을 대하듯 하고 있다. 이는 그가 언젠가는 임금의 자리도 넘볼 수 있다는 것이기도 했다. 그가 거느리고 있는 수하들을 보면 그럴 가능성이 충분했다.

그의 측근 중 윤소종이라는 자는 이성계가 회군을 했을 때 성 밖까지 나가서 『곽광전』을 바쳤다고 하지 않았던가?

『곽광전』이 어디 예사 책이던가? 한나라 무제가 죽자 혼란기에 정권을 장악한 신하 곽광이 '창읍왕 유하를 황제로 세웠다가 무도하고 음란하다는 이유로 즉위한 지 27일 만에 폐하고 다시 유순을 황제로 옹립했다는 내용을 담은 책'이 아닌가? 권신(權臣)이 제 마음에 들지 않으면 황제도 갈아치운다는, 등골에 소름이 오싹 끼치는 내용이다.

후한 말기에도 정권을 장악한 조조가 황제(헌제)를 제 마음대로 다루었는데, 결국 황제는 핍박을 견디지 못하고 조조의 뒤를 이은 그의 아들 비(曹丕)에게 자리를 물려주지 않았던가? 헌제는 조비에게 황제의 자리를 물려주어 그나마 목숨은 부지할 수 있었는데 자신은 그렇게라도 할 수 있을지 의문이고 걱정이었다.

무엇보다도 자신을 곁에서 충심으로 보좌하는 신하가 없다는 것이 그를 더욱 불안하게 만들었다. 공양왕은 노심초사 근심과 두려움으로 잠을 이루지 못하다가 이성계와 심덕부를 불렀다. 그리고 당부했다.

"내가 본래 덕이 없어서 왕이 되는 것이 두려워 재차 사양하였는데도 뜻대로 되지 못하고 대위(大位)에 오르게 되었소. 부디 경들이 욕되지 않게 일을 잘 도모해주기를 바라오."

임금은 스스로 용상에서 내려와 두 신하의 손을 부여잡고 눈물을 흘리면서 간곡히 부탁을 했다.

아울러 이성계를 포함한 자신을 보위에 오르게 한 아홉 재상에게 공신 작호를 내리고 포상을 했다.

이성계에게는 충성을 다해 난을 평정하고 나라를 바로잡게 한 공이 크다는 뜻의 '분충정난광복섭리좌명공신(奮忠定難匡復燮理佐命功臣)'이란 공신호(功臣號)와 고향인 함경도 화령군개국충의백(和寧郡開國忠義伯)'으로 임명한다는 작위를 내리고 포상으로 식읍 1,000호, 토지 200결, 노비 20명을 하사했다. 나머지 재상들에게도 충의백(忠義伯) 시호를 내려서 '중흥공신(中興功臣)'이라 칭하고 포상을 했다. 정도전도 공신호와 함께 공신전 100결과 노비 10명을 받았다. 또 임금은 아홉 공신과 함께 종묘에 가서 서약식을 치렀다.

> "이성계를 비롯한 아홉 공신의 공을 비석에 새기어 세세토록 선조의 묘에 간수할 것을 맹세합니다. 비록 아홉 공신의 자손이 왕가에 반역하는 죄를 범하여도 그 작록을 삭감하지 않고 후계자를 구하여 작위를 승계케 하고 제사를 받들어서 대를 잇게 함으로써 공에 보답하겠습니다."

공양왕은 '중흥공신'의 마음을 사려고 그들을 최상의 예로써 대우했다. 그러나 다른 한편으로 안심이 되지 않는 것이 또 있었다. 그것은 이성계 일파에 의해서 밀려난 권문세가, 구세력을 어떻게 다룰 것인가 하는 고민이었다.

우왕 부자가 왕가의 혈통이 아니라고 하여 자리에서 쫓겨나긴 했지만 지난 16년간은 이 나라는 그들의 나라였다. 이 나라의 고관대작들이 모두 우와 창의 은혜를 입어왔는데 하루아침에 그를 배신할 리가 없었다. 지금은 구세력들이 이성계의 세에 밀려서 잠시 힘을 잃고 있을 뿐이다. 이번 이성계 암살 사건도 구세력들이 이성계의 세력에 대항해서 벌인 일이 아니던가? 언제 또 이와 유사한 일이 벌어지지 않으리라고 장담할 수 없는 일이었다.

만약 그러한 일이 성공해서 구세력이 복귀하는 일이 벌어진다면 지금 우와 창이 겪고 있는 일을 자신도 겪지 않으리라고는 할 수 없는 일이었다. 소심하고 겁 많은 공양왕에게는 이성계에 대한 두려움 못지않게 구세력의 반발 또한 크나큰 걱정거리가 아닐 수 없었다.

공양왕은 구세력을 이끌고 있는 이색과 우현보를 껴안고 가기로 했다. 우현보의 가문은 단양 우씨, 뿌리 깊은 명문가여서 중앙은 물론이고 지방에까지 영향력이 컸다. 무엇보다도 공양왕은 우현보와는 사돈 간이 되는 사이였기에 그를 믿을 수가 있었다. 우현보의 손자 우성범이 바로 공양왕의 둘째 사위였던 것이다.

이색은 두말하기 어려운 이 나라 최고의 학자이며 유종으로 예우를 받고 있는 사람이다. 조정 관료와 백성들 중 많은 사람이 그를 존경하며 따르고 있다. 이성계 측의 젊은 사대부 중에도 그의 가르침을 받은 제자가 많고 이성계조차도 비록 정적이지만 그 명성을 존경하여 그에게 예를 갖추어 대하고 있다.

공양왕은 은밀히 이색이 칩거하고 있는 장단현으로 사람을 보내 궁궐로 들게 했다. 전갈을 받은 이색은 새 임금의 즉위를 축하한다는 명목으로 새 옷으로 갈아입고 입궐하여 임금을 배알했다.

"전하, 보위에 오르시게 된 것을 하례 드리옵니다."

이색의 얼굴에는 이미 쫓겨나간 우, 창 부자에 대한 미련이나 동정은 없었다. 이색은 고개를 푹 수그려 축하 인사를 올렸다.

"어서 오시오. 목은 대감. 초야에 묻혀 지내느라 얼마나 적적하였소. 내 그대를 기다리고 있었소이다."

임금은 반가이 맞았다.

"성은이 하해와 같사옵니다."

"과인이 늘 한가하게 지내다가 오늘날 뜻하지 않게 이 자리에 오르게 되었소. 과인에게 여러 가지 부족한 점이 많으니 경은 하루속히 관직에 복귀하여 나를 돕도록 하시오."

공양왕은 이성계에게 한 것처럼 이색에게도 간곡히 부탁했다. 이색은 이를 감읍하여 받아들였다.

공양왕은 이색을 재등용하기로 밀약한 후 개각을 단행했다. 개각을 단행하기에 앞서 임금은 먼저 이성계를 불러 관직의 최고 자리인 문하시중 자리를 제의하면서 개각에 포함시킬 인사들 명단을 추천하게 했다.

이성계는 자신의 자리는 기꺼이 사양했다. 문하시중 자리에는 심덕부를 추천했고 또 다른 자리에는 공양왕 옹립에 앞장을 섰던 인사들을 추천했다. 정몽주, 설장수, 성석린, 지용기, 박위, 조준 등의 인사를 추천했고 정도전은 삼사우사(三司右使)[17]로 옮기게 했다. 그러나 그 자신은 여전히 수문하시중으로 머물기를 원했다. 이성계는 조정의 권력이 이미 손 안에 들어와 있는 마당에 구태여 벼슬자리까지 높여서 남들의 눈총을 받고 싶지가 않았다.

임금은 이성계가 추천한 인사들을 모두 앉혔다.

하지만 임금은 이성계가 예상치 못한 인사도 개각 명단에 포함시켜서 교지를 발표했다.

이색을 판문하부사로, 변안열을 영삼사사로, 왕안덕을 판삼사사로 그리고 사돈인 우현보를 삼사좌사로 포함하여 발표한 것이었다. 이들이 개각 인사에 포함된 것은 대단히 파격적인 것이었다.

공양왕이 이들을 중용한 것은 이성계 측 인사들의 독주를 막기 위한 조치였는데 이성계 측에서는 이들 인사가 개각에 포함되리라고는 전혀 예상하지 못한 일이었다.

이성계를 지원하는 신진사대부들은 고려 사회의 주류 계층에서 소외된 인사들이 대부분이었는데 이들은 고려가 겪고 있는 여러 문제가 주류 인사들이 누리는 기득권 때문이라 생각하고 이를 개혁하고자 하는 반면, 명문가 출신이 대종을 이루고 있는 구세력은 그동안 정치, 경제,

---

17) 국가의 재정을 담당하는 정2품 벼슬.

사회적으로 안정적인 혜택을 누려온 계층이었으므로 자신들이 향유하는 기득권을 빼앗기지 않으려면 필사적으로 개혁 세력에 맞서야 했기에 서로 간의 충돌은 피할 수 없게 되어 있었다. 구세력을 대표하는 인사들이 바로 이색, 우현보, 왕안덕, 이림 등이었다.

조정 내에 기반이 없는 공양왕으로서는 이 두 세력을 조정에 섞어놓고 상호 대립하게 하여 자신은 유리한 쪽의 편을 든다면 임금의 자리도 보존할 수 있고 또 입지도 강화할 수 있으리라고 생각했기에 묘수를 짠 것이었다. 어느 편도 자신에게는 부담이 되는 세력이었으므로 부득이 양쪽을 다 안고 가고자 하는 고육지책인 셈이기도 했다.

공양왕은 인사 개편과 함께 우와 창을 유배 보냈다. 창은 강화부로 유배를 보냈고 우는 황려부(여주)에서 강릉으로 이배했다.

그리고 황제가 고려 조정에 보낸 공문에 '우와 창이 왕씨가 아니다'라고 했는데도 이를 숨기고 공표를 하지 않은 이림에게도 책임을 물어서 함께 귀양을 보냈다. 이로써 공양왕은 '가짜 왕 신씨'의 일을 일단락 지었다.

• 2

공양왕의 개각 인사에 이색 등 구세력 인사들이 중용된 것은 당연히 이성계 진영에 불만을 가져왔다. 개각 교서가 발표되자 임금에 대한 비난의 목소리가 높았다.

"흥, 전하께서 뭔가 착각하고 있는 모양이야. 우리가 밀어서 임금의 자리에 앉게 된 것을 모를 리가 없을 텐데……."

"임금 자리에 오르더니 마음이 바뀌었나 보지? 은혜도 모르고."

"이색과 변안열, 우현보 이자들은 벌을 받아 파직되어 근신하는 자들인데 불러서 벼슬을 주다니, 전하가 지금 누구 편을 드는 것인지 모르겠네? 세상이 또 한 번 바뀌어야 하는가?"

임금에 대해 할 소리들이 아니었다. 이성계의 측근들은 위세를 믿고 함부로 말을 해댔다. 그만큼 인사로 인해 임금에게 섭섭한 마음이 컸던 것이다.

유약하고 줏대가 없다고 생각해서 허울뿐인 왕으로 앉혀놓고 이쪽의 뜻대로 정사를 주무르려 했는데 정작 왕위에 앉아서 인사를 하는 것을 보니 그렇지가 않은 것이었다.

개각 소식은 이방원도 전해 들었다. 그는 격한 성격을 참지 못하고 씩씩거리면서 단걸음에 아버지 이성계의 집으로 달려갔다.

"삼봉 대감과 함께 말씀을 나누고 계십니다."

집 안을 들어서자 종자가 일러주었다. 안방으로 들어서니 이성계가 정도전과 이야기를 나누고 있었다.

"아버님, 이게 말이 되는 인사이옵니까? 전하께서 무슨 마음으로 신씨의 신하를 내치지 않고 저렇듯 중용을 하시는 것입니까?"

"그렇지 않아도 그 일 때문에 내가 아버님과 의논 중이네. 방원 공도 여기 앉아서 이야기를 들어보게나."

정도전이 이성계를 대신해서 말을 받아주며 자신의 옆자리를 내어주었다.

"이 일은 절대 그냥 넘어가서는 아니 됩니다. 저들은 우왕을 복위시키려 하면서 시중 대감의 목숨을 노렸던 사건에 연루되었던 자들인데 벌을 받기는커녕 오히려 조정의 중신으로 재기용되었으니 잘못되어도 크게 잘못된 인사입니다."

"임금을 잘못 앉혔습니다. 우리가 생각했던 것처럼 녹녹치가 않습니다."

이방원이 흥분을 가라앉히지 못하고 참견했다.

"우리는 당초 정창군이 유약하여 자기 앞가림도 제대로 못할 것이라고 여겨서 왕위에 앉혔습니다. 그러나 생각보다 그는 자기 계산이 빠른 사람입니다."

정도전이 다시 말을 이었다.

"자기 계산이 빠르다고?"

듣고 있던 이성계가 반문했다.

"정창군은 우리와 구세력 사이에서 눈치를 보는 것입니다. 그는 자리 유지가 급급한 사람입니다. 조정에 우리와 구세력 인사를 같이 기용함으로써 서로를 견제하게 하고 자신은 양다리를 걸치고서 어느 편을 들어야 유리한지를 계산하면서 왕의 자리를 지켜나가고자 하는 것입니다."

"우리는 개혁을 하자는 편이고 저쪽은 구법을 지키자는 편인데 그렇다면 대립이 불가피한 것이 아니오?"

"개혁과 보수 양측을 섞어놓아 서로 견제를 시키겠다는 생각이겠지요. 그것은 우리에게 대단히 위험한 일입니다. 이는 결과적으로 임금이 자신의 권한을 강화하겠다는 속셈입니다. 정창군은 성품으로 보아 원래 개혁을 반대하는 쪽입니다. 만약 임금이 구세력과 손을 잡게 놔둔다면 언젠가는 기회를 엿보아 우리를 내칠 수도 있습니다."

"그렇다면 저대로 두고 보아서는 안 되는 것이 아닙니까? 손을 잡기 전에 무슨 대처를 해야 하지 않겠습니까? 임금을 자리에서 끌어내리고 차라리 아버님이……."

이방원이 급한 성격을 참지 못했다.

"그건 아니 되네."

정도전이 이방원의 말을 잘라 말했다.

"그리하면 크나큰 저항을 받게 될 것일세. 아직 시간이 필요하네. 우리는 백성을 위한 정책을 펴면서 민심이 우리 편으로 기울기를 기다려야 하는데 지금은 우리가 잠시 득세를 하였다 뿐이지 무엇 하나 백성을 위한 것을 해주지 못하고 있네.

백성의 먹고사는 문제인 전제 개혁도 지지부진한데 지금 이 시중께서 보위에 오르시면 찬탈을 했다고 민심이 등을 돌릴 것이 뻔한 일이지 않는가? 그뿐만 아니라 아직은 구세력의 저항도 만만치 않네.

수나라 양제는 아버지와 형을 살해하고 황제의 자리를 빼앗았으나 그 포악한 성품에 민심이 등을 돌려 각처에서 민란이 일어나 결국은 30년 만에 폐망하고 말았네. 수나라의 뒤를 이은 당나라도 황제의 자리를 놓고 형제간에 골육상쟁을 벌이다 둘째 이세민이 형과 아우를 죽이고 황제의 자리를 차지했지. 다행히 이세민은 민심이 무서운 줄 알아서 백성을 다독이고 신하의 의견을 존중하는 등 선정을 베풀어 황위를 지속할 수 있었지만 말이야. 결국 민심을 얻지 못한다면 천하를 얻어도 사상누각이 되어 얼마 가지 못한다는 것을 역사는 증명하고 있는 것이지.”

이방원은 정도전의 입에서 이세민이라는 이름이 나오자 눈을 반짝이며 그 이름을 입속으로 되뇌었다.

‘이세민’.

이방원은 당나라 태종 이세민이란 인물에게 일찍부터 관심을 가지고 있었다. 이세민은 당나라를 세운 고조 이연의 둘째 아들이었는데 수나라와 치른 수차례의 전투에서 승리를 거두어, 수나라를 멸망시키고 당나라를 세우는 데 일등공신 역할을 했다.

그러나 아버지가 첫째 이건성을 태자로 앉히자 형제들과 피의 투쟁을 벌여 결국 태자의 자리를 빼앗아 황제의 자리에까지 오른 골육상잔(骨肉相殘)의 인물이기도 했다.

한편 그는 황제로 오르는 과정에서는 형제의 목숨을 빼앗고 아버지를 연금하는 등 거친 행보를 거쳤지만 정작 황제의 자리에 올라서는 어진 신하의 간언을 받아들이고 백성의 어려움을 해결하는 선정을 베풀고 이

웃 이민족을 복속시켜 국방을 튼튼히 하는 등 부국강병의 정책을 펴서 나라를 안정시키고 태평성대를 이루어 역사상 최고의 업적을 남긴 황제로 추앙을 받고 있기도 했다.

그는 황제의 자리에 앉아 있으면서도 사치와 방종에 빠지지 않고 근검절약하는 모범을 보였으며 "천하는 한 사람을 위한 것이 아니라 만인의 것이다"는 말을 하며 항상 백성을 위했고 신하에게서는 칭찬하는 말보다는 잘못을 지적하는 간언을 들으려 했다.

이러한 이세민 시대의 통치를 후세 사람들은 '정관의 치(貞觀 治)'라 해서 높이 기리고 있으며, 『정관정요(貞觀政要)』는 그의 정치 철학이 담긴 책이다. 이방원은 이러한 이세민에 대해 많은 흥미를 가졌으며 그에 관한 책을 탐독하기도 했다.

"개혁을 반대하는 자들은 모두 신씨의 그늘에서 은혜를 입어왔던 자들입니다. 그들이 다시 복원한 왕씨의 정권에서 요직을 차지한다는 것은 말이 되지 않습니다."

정도전은 이성계를 쳐다보고 말했다.

"이색, 우현보, 변안열, 왕안덕 모두 그러한 자들이지요……."

이성계도 정도전에 동조한다는 뜻으로 답해주었다.

"그자들은 겉으로는 두 왕을 섬기지 않는다 하면서도 우가 현릉의 친아들이 아님에도 이인임의 눈치를 보며 우를 왕으로 앉히고 그에 붙어서 호사를 누렸고, 또 회군 이후 우를 폐하고 신왕을 세우고자 할 때도 그전의 잘못에 대한 뉘우침도 없이 조민수와 더불어 우의 아들 창으로 하여금 후사를 잇게 하였습니다.

그런데 이번에 지난날의 잘못을 고치고 새 임금으로 왕씨로 맞이한 마당에 그들은 낯빛 하나 변하지 않고 새 임금에게서 벼슬을 받고 신하되기를 자청하고 있습니다. 그들의 행적은 왕씨에서 보나 신씨에서 보나 모두 역적이온데 어찌 이들과 조정 일을 함께 논한단 말입니까?

저들은 입으로는 그럴듯하게 말을 하고 있으나 마음속으로는 두 마음을 먹고 있는 사악한 자들입니다. 더군다나 이들은 이 시중의 목숨을 노렸던 김저의 입에 오르내렸던 자들입니다. 비록 김저의 일당이 죽어서 더 이상 추궁하기 어려워 벼슬을 그만두게 하는 데 그쳤지만 이들을 심문하여 죄상을 낱낱이 밝혀야 하는 자들입니다."

정도전의 말은 거침이 없었고 말을 하면서 점점 더 흥분했다.

"삼봉은 목은의 제자가 아니었소?"

이야기를 듣고 있던 이성계가 정도전의 말을 잠시 끊으며 정도전이 이색의 문하에서 배웠던 인연을 상기시켰다. 이성계는 제자인 삼봉의 입장에서 아무리 정적으로 갈라서긴 했지만 스승인데 감히 벌을 주자고 말할 용기가 있느냐는 뜻으로 물은 것이었다. 그것은 이색을 탄핵해도 원망이 없겠느냐는 다짐이기도 했다.

"대의멸친입니다. 스승과 제자였던 인연으로 봐서는 할 수 없는 일이긴 하나 나라와 백성을 구하려는 마음에서는 어쩔 수 없는 일입니다. 목은 스승님은 학문으로는 큰 존경을 받는 분입니다. 그러나 그분은 학문의 깊은 뜻을 실천에 옮기지 않고 자신의 이득을 위하여 이용하고 있습니다. 그분은 학문을 이용하여 높은 벼슬에 올랐으나 그 명성을 자신의 자리를 유지하려는 데 이용하고 있습니다.

조정의 원로대신의 자리에 앉았으면서도 나라와 백성을 보살피는 정치를 펴기보다는 일신의 영달을 보전하려는 마음이 더 큽니다.

관리가 마땅히 해야 할 일을 하지 않고 자신의 이익되는 일을 돌보는 것은 재물을 탐하여 국사를 그르치는 탐관오리와 다를 바가 없습니다. 전제 개혁이 부진한 것도 목은과 같은 구신들이 자신들이 가지고 있는 재산을 잃을까 봐 반대하기 때문입니다. 또한 신씨와 왕씨 사이를 오가면서 벼슬을 하여 스승님은 이미 정도를 잃은 행동을 보였습니다. 그분에게서는 대의를 찾을 수가 없습니다. 소신은 대의멸친(大義滅親), 대의를 위하여 과감히 스승과의 인연을 끊으려 합니다."

정도전의 말은 당당했다. 이성계는 정도전의 태도로 보아 그의 마음은 이미 굳어 있다고 생각했다.

"대의멸친이라!"

이성계는 정도전의 말을 의미심장하게 여겼다.

• 3

이색을 탄핵하는 상소가 올라왔다. 간관 오사충, 조박이 상소문을 지어 올렸으나 이들은 정도전의 지시를 받았던 것이었다.

> "판문하부사 이색은 현릉(공민왕)을 섬기는 동안 유학의 종주로서 재상의 지위에까지 올랐습니다. 현릉이 후사를 두지 못하고 갑자기 승하하시자 간신 이인임이 탐욕에 눈이 어두워 어린 신돈의 자식을 현릉의 자식이라 속여 왕으로 세우고 권력을 농단하였는데 이때 이색은 이인임의 편에 붙어서 온갖 호사를 누려왔고 그 세월이 15년이나 흘렀습니다. 이색이 다른 마음이 없었다면 어찌 오백 년 가까이 이어온 왕통을 저버리고 신씨에게 충성을 하였겠습니까?
> 회군 이후 장수들이 앞서서 신우를 폐하고 다시 왕씨의 나라로 되돌리려 하자 이번에는 난적 조민수에게 붙어서 신우의 아들 창에게 왕위를 물려주는 것이 정당하다고 하였습니다.
> 이제 뜻있는 신하들이 우와 창이 신씨라는 것을 밝혀내고 전하께서 즉위하시게 되자 그는 공공연히 나타나서 판문하부사라는 높은 벼슬을 받고는 전날의 죄에 대하여는 한 점도 부끄러워하지 않고 있습니다. 또 이색의 아들 이종학은

'아비의 공으로 창이 왕의 자리를 승계할 수 있었다'고 자랑하고 다녔으며, 조민수는 전날 창이 왕위를 이을 때 이색의 지원을 받아서 일을 주도하였으므로 이들 모두의 죄는 같은 것입니다. 이들 모두를 엄히 벌하시어 후세에 신하의 몸으로 불충을 하려는 자에게 훈계가 되게 하옵소서."

상소에 대해서 임금은 아무런 답을 내려주지 않았다. 이성계 진영에서는 이 일로 대책회의를 열었다.

"전하께서 상소를 받고도 아무런 조치를 취하지 않고 있는 것은 문제가 있소."

"이색은 왕씨의 나라를 배반하고 거짓 혀를 놀려서 신씨가 왕이 되는 것을 도운 자요."

"현릉 이후 신씨에게 도둑맞았던 왕위를 바로 세운다는 명분으로 지금의 임금을 맞았는데 전하가 신씨 시대의 구신들을 감싼다는 것은 말이 되지 않소이다. 아무리 전하께서 나라의 원로라고 함부로 대할 수가 없다고 하는 일이지만 이는 명분이 서지 않는 일이오."

또다시 이색을 비롯한 우와 창을 지지했던 신하들에 대한 성토와 임금에 대한 불만이 들끓었다. 상소를 계속하기로 했다. 이색뿐만이 아니라 우현보, 변안열, 왕안덕 등 '김저 사건'과 관련해서 이름이 오르내렸던 인사를 모두 탄핵하자는 데 의견이 모아졌다.

"한데 한 가지 짚고 넘어가야 될 일이 있소이다."

회의 내 진행을 말없이 듣고만 있던 이성계가 마칠 즈음에 말을 덧붙였다.

"우리가 일을 하고자 하는 것은 그동안의 잘못을 바로잡고 새 시대를 열고자 하는 대의에서 하는 일인데 조그만 정에 얽매여 일을 그르치려는 사람이 있소."

이성계의 목소리는 언성은 낮았으나 화가 묻어 있었다.

"……?"

모두 이성계의 말에 다소 의아해했으나 이내 그 뜻을 알아차렸다. 모두의 시선이 윤소종에게로 쏠렸다.

윤소종은 이성계가 자신을 염두에 두고 한 말이라는 것을 알아차리고 고개를 푹 수그리고 시선을 피했다. 이성계가 윤소종을 탓하는 것은 오사충과 조반이 이색을 탄핵하는 상소문을 지었을 때 윤소종이 대간(大諫)으로 있으면서 서명을 하지 않았기 때문이었다. 윤소종이 서명을 하지 않은 이유는 그가 이색의 문생(門生)이었기에 차마 스승을 벌주자고 할 수가 없어서였다.

윤소종은 '강개(慷慨)하고 뜻이 커서 항상 임금의 마음을 바로잡고 풍속을 바르게 하는 일을 자신의 본분으로 삼는다'는 칭송을 들을 정도로 불의한 일을 못 참는 사람이었다. 그는 일찍이 우왕이 포악한 정치를 펼치며 사람을 함부로 죽이자 조준 등과 함께 '우는 왕씨가 아니다'며 은밀히 제거하려는 음모를 꾸밀 정도로 우왕을 미워했다.

그러한 그도 이색의 밑에서 공부를 했고 또 이색이 주관한 과거에서 장원으로 급제했던 사정(私情)을 떨치지 못해 스승을 벌주자는 데는 서명하지 않았던 것이었다.

윤소종이 서명을 하지 않았다는 보고를 받은 이성계는 진노했고 여러 사람들이 모인 자리에서 이를 지적한 것은 자신의 수하에 이렇듯 우, 창 시대에 득세했던 자들과 이런저런 사유로 친분을 유지하고 있는 인사들이 많이 있기에 이를 방치했다가는 자칫 일을 그르칠 우려가 있었으므로 분위기를 다잡고자 한 것이었다.

오사충이 이색에 대해서 다시 탄핵을 했다. 공양왕은 그제야 이색 부자를 파직했다. 그러나 이성계의 개혁파 인사들은 그에 만족하지 않고 계속 극형에 처하라고 탄원하는 한편 변안열, 우현보, 왕안덕에 대해서도 탄핵 상소문을 올렸다.

"김저의 사건이 났을 때 우현보와 변안열, 왕안덕의 이름도 토설이 되었는데 어찌 이들에 대해서는 아무런 말씀이 없으시옵니까? 이색 부자에 대해서도 벌이 부족합니다. 조민수 또한 신창을 옹립한 죄가 크니 함께 벌하소서."

낭사(郎舍)의 간원이 대궐 문 앞에까지 가서 엎드려 왕의 답을 구했다. 임금은 어쩔 수 없이 환관을 시켜서 비답을 내려보냈다.

> "이색과 조민수가 협력해서 역적의 아들 창을 임금으로 앉힌 죄가 크고 이색의 아들 이종학은 아버지가 한 일에 대해서 자랑을 하고 다녔으므로 그 죄 또한 묻지 않을 수 없다. 이색은 장단현으로, 그 아들 이종학은 순천으로 유배 조치하고 조민수 또한 사면을 거두고 창녕으로 유배를 보내도록 하라. 변안열 또한 김저가 살아있을 때 '변안열과 만나서 우의 복위를 논하였다'고 토설한 바 있으니 한양으로 유배하라. 그러나 우현보와 왕안덕에 대해서는 김저가 이미 죽었고 별다른 증좌가 없으므로 더 이상 죄를 묻지 않는 것이 좋을 듯하다."

공양왕은 이색 부자의 문제를 파직하는 선에서 수습하고 일을 덮고자 했으나 어쩔 수가 없었다. 이색 부자를 귀양 보내는 것과 같이 탄핵에 거명된 자들도 귀양을 보냈다. 조민수에 대해서도 창왕이 그의 덕에 임금의 자리에 앉을 수 있었기에 사면해주었는데 탄핵의 소가 빗발치므로 다시 유배를 보내지 않을 수가 없었다.

변안열은 한양으로 유배된 지 얼마 되지 않아 국문을 받다가 죽었다. 그러나 공양왕은 우현보와 왕안덕에 대해서는 끝내 벌을 주지 않고 감싸고돌았다.

이를 두고 이성계 측에서는 그 정도로 벌을 주는 것으로는 부족하다고 불평을 털어놓았다. 그중에서도 정도전이 가장 불만이 많았다. 그가 불만이 큰 것은 우현보가 벌을 받지 않은 데에 대한 것이었다.

"김저의 토설에 우현보와 우홍수의 이름도 같이 나왔거늘 같은 죄를 지었는데도 전하께서는 왜 그들에 대하여는 벌하지 않는 것인가? 우현보의 손자가 전하의 사위라고 그냥 넘어가시려 하는 것인가?"

정도전에게는 담양 우씨 가문에 양녀로 들어간 모친이 종의 피를 받았다고 우현보의 가문으로부터 멸시를 받아온 것을 생각하면 우현보 가문에 대한 미움은 끝이 없을 정도였다. 그들에게서 받은 설움은 부친 정운경이 벼슬길에 들어와서도 그치지 않았고 자신에게까지 대를 이어 왔기에 그 미움의 정도는 원한에 가까웠다. 그런데도 극형을 받을 역모죄를 저지른 그들 부자가 임금과의 인척인 관계 때문에 벌을 피해나간다고 생각하니 정도전은 분해서 미칠 지경이었다.

'우현보, 홍수 부자는 오늘의 일을 다행이라 생각 말라. 내 생전에 너희가 내 앞에서 살려달라고 애걸하는 모습을 기어이 보고 말 것이다.'

정도전은 치밀어 오르는 화를 가까스로 참아냈다.

이번에는 좌상시 윤소종이 상소를 올렸다.

"우현보, 왕안덕, 홍영통, 우인열, 정희계가 신우를 맞아 다시 왕으로 세우기로 한 것이 김저의 진술로 이미 드러난 일인데 어찌 이들의 죄를 묻지 않으시는지요? 이들은 왕씨의 신하들과는 불공대천의 원수들이옵니다. 이들도 극형으로 다스리고 가산을 적몰하소서."

임금이 답이 없자 윤소종은 간관들과 함께 궐문 앞에 엎드려서 시위를 했다. 임금은 견디다 못해 이성계를 불렀다.

"지금 저들이 나의 비답을 듣고자 저렇듯 떼쓰듯이 하고 있으니 이것을 어떻게 해야 좋을지 모르겠소."

임금은 신하인 이성계를 앞혀놓고 답답한 마음을 토로하며 사정하듯 말했다.

"그 답은 전하께서 쥐고 계시는 것이 아니옵니까? 무릇 상벌은 공평해야 하는 법입니다. 공이 있는 자는 비록 벼슬이 가볍다 해도 그 공에 합당하게 상을 내려야 하며 벌을 주어야 할 자는 아무리 벼슬이 높다 해도 죄에 상응하는 값을 치르게 해야 하는데 지금 전하께서는 죄 있는 자에 대하여 사사로운 정에 얽매어 그 죄를 덮고자 하시니 대간들이 저렇듯 야단을 떠는 것입니다. 신하들의 마음이 대간들과 틀리지 않고 죄인들의 역모는 이 나라 사람이라면 모르는 이가 없는데 어찌 전하께서는 대간들만 심하다고 하시는지요?"

이성계는 임금의 사정을 들으려 하지 않았다. 오히려 임금의 탓으로 돌렸다.

"내 일찍이 부덕하여 임금의 자리를 사양하다가 경을 포함한 공신들의 권(勸)에 못 이겨 이 자리에 올랐소. 그런데 나에게 이런 시련을 주다니 참으로 내 부덕을 탓할 수밖에 없구려. 경은 부디 나를 좀 도와주시오."

이성계 앞에서 임금의 권위란 찾아볼 수가 없었다. 이성계에 의해 왕위에 앉은 임금으로서는 이성계가 오히려 두려운 존재인 것이다.

자신이 옛 신하들을 싸고도는 것은 그들이 이성계의 세력을 견제하고 그럼으로써 왕의 자리를 온전히 지켜나가리라는 생각을 해서였는데 역부족이라 하지 않을 수 없었다.

다음 날 임금은 어전회의에서 교지를 발표했다.

"가짜 왕 신씨 일파에 의하여 저질러진 신우 복위 사건은 이 나라가 왕씨의 나라라는 것을 망각한 역신들이 저지른 소행임이 여러 신하들의 간쟁으로 밝혀졌다. 이에 죄인 홍영통, 우인열, 왕안덕, 정희계에 대하여 삭탈관직하고 유배형에 처하도록 하라. 그리고 이와 같은 일의 정점에는 우, 창 부자가 있다. 이들은 현재 강화와 강릉에 각 유배되어 있으나 이것으로 그 죗값을 치르게 하기는 부족하다. 이들이 살아 있는 한 이러한 일은 또다시 일어날 수 있는 일이므로 이들 부자에 대해서도 참수를 명하노라."

교지는 어제 임금과 이성계가 합의한 것과 사뭇 다른 내용이었다. 이성계는 당초 우왕 복위를 논의한 역신들에 대해 중죄를 주자고 했는데 임금이 우, 창 부자가 일의 근원이라고 주장하면서 합의한 내용에다 두 부자를 죽여야 한다고 덧붙였던 것이다.

공양왕이 우와 창 부자를 이참에 죽이고자 한 것은 그들이 살아 있으면 우, 창 시대에 은혜를 입은 무리들이 그들을 등에 업고 언제 또 다른 역모를 꾸밀지도 모른다는 우려에서였다. 우와 창이 왕씨가 아닌 신씨라는 주장은 이성계를 지지하는 세력들이 회군 이후 자신들이 권력을 거머쥐기 위해 내세운 명분에 불과한 것이고 이성계를 반대하는 인사들은 우와 창이 여전히 공민왕의 자식이라 믿고 지지하고 있다는 것을 공양왕이 모를 리가 없었다.

이색은 조민수가 누구를 왕으로 세우는 것이 좋겠냐고 물었을 때 의당 물러나는 왕의 아들을 세워야 한다고 하면서 '현릉(공민왕)이 우를 자신의 아들로 인정하고 궁궐로 데려와 키웠으니 이를 어찌 왕씨라 하지 않을 수 있겠느냐' 했고 길재(吉再)와 같은 대가 곧은 젊은 선비도 공양왕이 즉위하자마자 곧바로 벼슬을 버리고 낙향해버린 것은 다 같은 맥락이었다.

그들의 눈으로 보면 공양왕이 비록 이성계 세력에 의해서 떠밀려서 왕위에 오르게 되었다 하더라도 그것은 임금의 자리를 찬탈한 것이고 역적이 되는 것이었다. 공양왕으로서는 이성계의 세도 겁이 났지만 우와 창을 동정하는 세력 또한 무시할 수 없는 위협적인 존재였으므로 이참에 우환거리로 남아 있는 우, 창을 죽임으로써 그 근원을 없애고자 한 것이었다. 이성계는 공양왕이 우, 창 부자를 죽이고자 했을 때 반대를 했다.

"이미 우를 강릉 땅으로 유배를 하였고 명나라에도 고했는데 어찌 말을 바꾸겠습니까? 또한 신들이 있는데 우가 반란을 일으키려 한들 무엇이 걱정이겠습니까?"

"아니요. 우는 재위 시절 학정을 저질러 백성으로부터 많은 원성을 샀고 또 무고한 사람들을 많이 죽였으니 그 죗값을 받아야 하오. 그 아들 또한 역적의 자식이니 같이 죽여서 우환을 없애야 하오."

왕은 이성계의 말을 듣지 않았다. 기어이 두 사람을 죽여야 한다고 고집을 꺾지 않았다. 공양왕은 정당문학 서균형을 '우'가 유배된 강릉으로 보내고 예문관대제학 유구를 '창'이 안치되어 있는 강화로 보내서 이들을 참수했다.

• 4

신우 복위 사건은 우와 창 부자가 참수되고 관련된 신하들이 숙청됨으로써 일단락되었다. 한 시대를 풍미하던 내로라하던 인사들이 힘 한 번 써보지 못하고 제거된 것이었다.

불과 1년여 전까지만 해도 세상은 그들의 것이었고 그들의 권세는 영원할 것 같았다. 그러나 회군을 계기로 이들은 급격하게 나락으로 떨어져 버렸다. 지난 세월 이들과 관계를 맺어온 인척과 패거리가 전국 도처에 뿌리를 내리고 세상을 주물렀으나 이제는 간담을 쓸어내리면서 숨도 제대로 쉬지 못하는 세상으로 변해버린 것이었다.

이들이 제거됨으로써 개혁은 급물살을 탔다. 그동안 반대 세력의 강력한 저항에 부딪혀 불씨가 죽어가던 전제 개혁부터 활기를 띠었다.

외적의 잦은 침입으로 백성이 살기가 어려운 북방과 해안 지방을 제외한 6도에 대한 양전(量田) 사업이 본격적으로 실시되었다.

양전사업이란 소유가 불분명하거나 지주들이 탈점하고 있던 토지를 환수해서 국유대장에 등록하는 토지조사 사업이었다. 이로써 토지는 국가 소유임을 명확히 할 수 있었고 또 이를 전민에게 나누어줄 수 있게 되었다.

정도전에 의해서 추진되는 개혁은 토지제도뿐만 아니라 정책 전반에 걸쳐서 시행이 되었다. 개혁의 일환으로 경연(經筵) 제도를 부활시켰다.

경연은 임금과 신하가 함께 참석해서 경서를 읽고 강론하면서 정치적 소양을 쌓고 또 중요한 정책을 결정하는 제도인데 중국 한나라 시대부터 유래했다. 고려 시대에는 학문을 좋아했던 예종이 궁중에 청연각(淸讌閣)을 설치해놓고 아침저녁으로 선비들과 경서를 토론하기 시작하면서 제도화되어 이어져 왔는데 우왕 대에 들어서 왕이 주색과 놀이에 빠지면서 신하들의 소리를 귀찮아하여 이를 그만두게 했던 것이다.

공양왕은 건의를 받아들여서 경연관(經筵官)[18]을 두게 하고 심덕부와 이성계를 영경연사(領經筵事)[19] 정몽주와 정도전을 지경연사(知經筵事)[20]로 삼았다. 경연에서는 여러 가지 문제가 토의되었다.

임금이 경연자리에서 정몽주에게 『정관정요』의 서문을 강독하도록 명하자 강독관 윤소종이 나서서 이의를 걸었다.

"전하께서는 중흥(中興)하셨으니 이제삼왕(二帝三王)의 법을 따라야지 당 태종을 배워서는 아니 되옵니다. 대학연의를 읽으시어 제왕의 도리를 넓히셔야 하옵니다."

이제(二帝)는 요순 두 황제를 말하고 삼왕(三王)은 은나라 탕왕과 주나

---

18) 경연에 참여하는 벼슬. 주로 학문과 덕망이 높은 문관이 겸임한다.

19) 경연의 으뜸 벼슬.

20) 영경연사의 바로 아래 벼슬.

라 문·무왕 부자를 뜻한다.

윤소종은 태평성대를 이룬 이제와 폭군을 몰아내고 왕에 올라 덕으로 어진 정치를 펼친 삼왕을 배워야지, 혈육 간에 피의 투쟁을 벌여 황제의 자리를 탈취하고 주변 국가를 힘으로 제압하는 등 폭군의 정치를 펼친 당 태종을 배워서는 안 된다는 뜻으로 말한 것이었다.

대학연의(大學衍義)는 옛 성현의 말씀을 따르고 어진 정치를 펼치는 임금의 덕목을 기록한 송나라 대학자 진덕수가 저술한 책을 말하며 수신제가(修身齊家)와 치국(治國)의 도(道)를 내용으로 하고 있다.

호랑이를 잡아 임금에게 바치는 자가 있었는데, 이일이 경연 자리에서 논해졌다. 정도전이 나서서 말했다.

"각 도에서 나라에 바치는 공물은 정해져 있는데, 이것이 아니면 마땅히 물리쳐야 합니다. 그렇게 못한다면 유사(有司)[21]에 넘겨서 나라의 경비로 쓰게 해야 합니다. 큰 호랑이라면 수십 명이 메고 오는 번거로운 폐단이 있사오니 제사상에도 오르지 못할 고기를 뭘 하러 받으시려는지요? 물리치오소서."

임금은 어쩔 수 없이 뜻을 받아들여 호랑이를 유사에 넘기게 했다. 또 임금이 불교에 빠져서 승려 찬영을 왕사로 맞아들이려 했는데 정몽주는 임금이 경연에 참석하자 이에 대해서도 진언을 했다.

"유자(儒者)의 도(道)는 음식을 먹고 남녀가 같이 생활하는 것과 같이 일상적인 것에서 이치를 찾는 것이며 요순의 도 또한 거기에서 벗어나지 않습니다. 그러나 불씨[佛]의 교(敎)는 남녀 사이의 혼인을 끊고 부모와 자식을 버리고 출가를 해야 도를 얻는다고 하니 이를 어찌 보통의 도라 하겠습니까?"

---

21) 공무를 보는 기관.

경연 자리에서 임금이 뜻하는 바는 모두 제동이 걸려 제대로 반영되는 것이 없었다. 그러나 개혁 의제에 대해서는 방해를 놓던 구신들이 제거되었으므로 뜻한 바대로 일사천리였다. 임금은 경연을 거듭할수록 무력감을 느꼈다.

'저들이 정녕 나를 꼭두각시로 만들어놓고 자신들의 뜻한 바대로 국정을 주무르려 하는구나.'

'저들이 하는 것을 보면 임금인 나는 안중에도 없고 이성계에게만 온통 관심이 쏠려 있으니 이 일을 어이해야 할꼬?'

소심한 임금은 이대로 가다가는 언젠가 임금의 자리를 이성계에게 빼앗길지도 모른다는 생각이 들어 불안했다. 특히 이성계의 복심을 자처하는 정도전이 우왕 복위 사건에 대해 우현보와 우홍수의 죄를 묻지 않은 이유에 대해서 묻고 따질 때는 진땀이 날 지경이었다.

'아, 정말로 임금의 자리를 유지한다는 것이 이렇듯 힘이 든단 말인가? 이럴 때 이색과 같은 명재상이 있었으면 저들이 저토록 제 세상 만난 듯 설치지는 못할 텐데……'

공양왕은 자신의 주변에 믿을 만한 신하가 없음을 한탄했다. 이대로 가다가는 목숨조차도 부지하기가 어려울지 모른다는 위기감마저 들었다. 즉위 직후 첫째 사위 강희계의 아버지 강시가 궁중에 들러서 들려준 말이 새삼 생각이 났다.

"전하, 중흥공신을 믿지 마시옵소서. 여러 장상(將相)들이 전하를 세운 것은 자기들의 화를 모면하기 위하여 한 것이지 결코 왕씨를 위해서 한 것이 아닙니다. 전하께서는 저들을 믿지 마시고 스스로 보전할 길을 생각하시옵소서."

이즈음 와서 공신들이 하는 짓을 보니 강시의 말이 틀린 것이 아니라고 느껴졌다. 임금은 무슨 방법이든 자신이 살 수 있는 길을 찾아야겠다고 생각을 했다.

정도전이 전제 개혁 못지않게 심혈을 기울인 것은 인사제도의 혁신이었다.

첨설직은 우왕 시대에 생긴 대표적인 문란한 인사 정책이었다.

우왕 때에 왜구 토벌에 공을 세운 군인들에 대해서 포상을 하고자 했으나 벼슬자리는 한정되어 있고 재정 또한 부족하여 별다른 방법이 없었기에 나라에서 편법으로 직책과 권한은 주지 않은 채 이름만 그럴싸하게 포장한 벼슬을 상으로 내려주었는데 이것을 첨설직이라 불렀다. 그런데 이러한 첨설직이 매관매직의 대상이 되어 사회적으로 큰 병폐가 되어있었다.

나라에서는 왜구의 침략이 잦자 부족한 군사를 보충하기 위해 지방 토호의 자제들에 대해서도 동원령을 내렸는데 이들은 가문의 배경을 믿고 근무를 소홀히 하거나 심지어 형식적으로 직만 걸어놓고서 근무는 않고 딴 짓을 하는 경우도 있어서 국방력에 손실을 가져오는 등 그 폐해가 컸던 것이다. 이들은 직은 있어도 일을 하지 않고 빈둥빈둥 놀고 지낸다는 뜻으로 한량관(閑良官)이라고도 불렸는데 이들에게 있어서 첨설직은 신분 세탁을 위한 좋은 구실이었다.

그들은 전쟁터에 나가지 않았으면서도 공을 조사하는 관리에게 재물을 주고서 공을 지어내어 첨설직을 받기도 하고, 어떤 자는 첨설직을 받을 자의 공을 직접 사서 신분 상승을 꾀하고자 했던 것이다. 첨설직에는 특별한 권한이나 직책은 따르지 않았지만 나라에서 공을 인정하여 내린 벼슬이었으므로 자신들에게 내려진 부역은 면할 수 있었고 나름대로 벼슬의 관명을 쓸 수 있어서 유용했다. 이러한 첨설직의 폐단은 이들의 책무가 고스란히 힘없는 백성의 몫으로 전가되어 원성을 크게 샀던 것이다.

정도전은 이러한 첨설직의 폐해를 지적하면서 폐지를 적극 주장했는데 그 일환으로 궁성숙위부를 설치하여 지방 토호의 자제들을 개경으로 불러 올려 궁중의 숙위 업무를 맡기고, 대신 개경의 군사를 일선으로 배치하여 부정을 줄이고 국방력의 강화를 꾀했던 것이다.

또한 뇌물과 청탁으로 문란해진 인사 정책을 쇄신하기 위해 인재를 교양(敎育), 선발(선거), 임명(전주(銓注)), 고과(성적평가) 승진과 면직(출척(黜陟)) 등 다섯 조목으로 나누어 관리하도록 대안을 제시했다.

전제 개혁과 군사조직 개편에 이어 인사 개혁까지 정도전이 주도하자 그에 대한 비난의 소리가 더 높아졌다. 심지어 개혁 세력 내에서도 정도전의 독주에 대해서 말들이 많았다. 그중에는 듣기에 거북한 인신공격성의 비난도 들렸다.

'천출이 당상관에까지 오르니 마치 세상을 다 얻은 듯이 설쳐대고 있다.'

그러나 정도전은 이에 개의치 않고 소신대로 개혁을 밀어붙였다.

• 5

한밤중이었다. 왕은 침전에 들어서도 잠을 이루지 못했다. 궁중은 사위가 조용했다. 간혹 숙위하는 군사들이 움직이는 동태가 어른거리긴 했으나 무척 조심스러웠다. 멀리 송악산에서 들려오는 산짐승의 소리만 간간이 들려올 뿐이었다.

공양왕의 귀는 조용한 기척과 아련히 들려오는 짐승의 소리에도 예민해서 잠이 깨곤 했다. 아니 잠이 깬 것이 아니라 그때까지 뒤척이면서 잠을 이루지 못했던 것이다.

"전하, 잠이 오지 않으시옵니까? 걱정이 많으신 듯하옵니다."

곁에서 잠을 청하던 순비(順妃) 노씨가 같이 잠이 깨어 근심스럽게 물었다.

"왕비가 나 때문에 잠을 깨었구려. 앞일이 근심되어 잠이 잘 오지가 않는구려."

"나라의 일이 원래 근심이 많은 법인데 전하께서 이렇듯 잠을 못 이루고 계시니 큰일이옵니다. 소첩이 들어서 혹 도움이라도 될 수 있을는지요?"

"허허 내가 공연히 왕비에게까지 걱정을 끼쳐드리는 것 같구려. 내 말할 바는 못 되나 실은 이 시중이 마음에 걸려서 이렇듯 잠을 못 이루고 있소이다."

왕은 자신이 마음에 담고 있던 것을 소상히 왕비에게 이야기했다. 임금의 이야기를 듣고 난 왕비는 잠시 생각했다. 그리고는 말했다.

"이 시중과 인척 관계를 맺어보는 것이 어떠실는지요?"

순비는 조심스럽게 물었다.

"이 시중과 인척을 맺어요?"

뜻밖의 제안이었으나 참으로 무릎을 칠 묘안이었다.

"태조 대왕께서는 각지의 호족과 혼맥을 맺어 국초에 나라를 안정시키지 않으셨습니까? 어려울 때 믿을 수 있는 사람이 피붙이밖에 더 있겠습니까? 이 시중과도 혼맥을 맺어두면 사돈 간이 되는데 어려울 때는 돕지 않겠나이까?"

"그렇지 그래, 좋은 생각을 하셨소. 그런데 이 시중은 자식들이 다 장성하였을 터인데?"

"제가 듣기로는 향처인 한씨 부인과 사이에 난 소생들은 이미 결혼을 했고 둘째 부인 강씨 소생이 아직 어리다는 말을 들었습니다."

"맞아, 거기서 난 두 아들이 아직은 어리다는 말을 들은 적이 있지, 그런데 우리가 이 시중 자제와 혼사시킬 여식이 없지 않소?"

"우리 슬하의 공주들은 모두 출가를 하였지만 귀의군에게 여식이 있지 않사옵니까?"

"그렇지! 귀의군에게 여식이 있지!"

귀의군은 임금의 동생 왕우를 말한다. 왕우의 여식을 이성계의 아들과 혼인시켜서 혼맥을 이어 둔다면 이성계를 한결 믿을 수 있겠다는 생각이 들었다. 이성계 아들과의 혼사는 왕비가 직접 나서서 부인 강씨를 만나 주선을 하기로 했다.

이성계의 부인 강씨는 기분이 좋았다. 비궁(妃宮)으로부터 입궐하라는 명을 받았을 때는 영문을 몰라 어리둥절했는데 이야기를 듣고 보니 기분이 으쓱하여 귀가하는 발걸음이 가벼웠다. 대감이 어서 퇴청하기를 기다렸다.

저녁 식사를 마치고 종자들을 물리고 난 후 내외가 모처럼 마주하고 앉았다. 생각해보면 무진년 정변을 계기로 개경으로 진출한 이후 하루도 편한 날이 없었다. 때로는 가족이 몰살을 당할 지경의 위험에 처할 만큼 살얼음판 같은 나날의 연속이었다. 부부간에 가정사에 대해서 이야기하는 것이 참으로 오랜만이었다.

강씨는 오늘 왕비 전에 들어가서 들었던 이야기를 이성계에게 전했다. 강씨의 이야기를 다 듣고 난 뒤 이성계는 피식 웃었다.

"우리 방번이가 어느새 장가를 들일 만큼 컸던가?"

방번의 나이 이제 겨우 열 살을 넘겼다. 아직 제 어미 품에서 떨어질 줄 모르는 아이로 여기고 있었건만 어느새 색시를 맞아들인다고 하니 웃음이 나기도 하고 대견하기도 했다.

"우리가 망설일 이유가 없지 않소? 날을 잡아서 혼례를 치릅시다."

왕가와 혼맥을 맺는다는 것은 가문의 지위가 그만큼 격상이 되었다는 것을 뜻하는 것이다.

이성계의 허락이 떨어졌다. 이성계는 각지의 전쟁터에서 공을 세우면서 영웅으로 추앙을 받았지만 자신이 동북면 변방 출신이었기에 권문세족이나 개경 출신에 비해 받는 홀대에 대해 늘 열등의식을 느껴왔다. 그는 이를 극복하기 위한 방편으로 중앙의 유력 가문과 혼맥을 맺어왔던 것이다.

우선 그 자신이 대표적인 권문세가인 신천 강씨 집안과 연을 맺어 부인을 맞아들였고 자제들 또한 충주 지씨, 경주 김씨, 철원 최씨, 성주 이씨 등 당대의 권문세족의 자제들과 혼사를 맺었다. 5남 이방원의 부인은 충선왕 대 이후 대표적 재상 가문인 여흥 민씨, 민제의 여식이다.

이제 이성계가 재상가를 넘어서 왕가와 혼맥을 맺는다면 이는 자신의 가문도 고려 사회를 쥐고 흔드는 여느 권문세가에 뒤지지 않는 최고의 명문 가문으로 인정받는 것이었다. 비록 지금은 임금이 힘을 잃어 신하가 이를 좌지우지하고 있긴 하지만 왕가는 이 나라 만백성이 우러러보는 가문이다. 그런 가문의 여식을 식구로 맞이한다는 것은 전례 없는 가문의 영광인 것이다.

이성계는 가족회의를 열어서 방번의 결혼 사실을 알리고자 했다. 둘째 방과부터 셋째 방간, 다섯째 방원까지 모였는데 첫째 방우가 오지 않았다. 기다리던 이성계가 재촉을 했다.

"방우는 아직 오지 않았느냐?"

집안의 큰일을 의논하려는데 장남이 참석하지 않았다는 것은 있을 수가 없는 일이었다.

"……."

형제들은 머뭇거렸다.

"무슨 일이 있는지 알아봤느냐?"

머뭇거리는 태도가 심상치 않자 이성계가 다그쳤다.

"저……, 형님은 오지 않을 것입니다."

둘째 방과가 대답했다.

"뭣이? 집안의 대사를 의논하고자 하는데 맏이가 오지 않다니 무슨 일이냐?"

이성계의 언성이 높아졌다. 곧 불호령이 떨어질 모양이었다.

"큰형님의 근황을 다 말씀드리세요. 아버님도 알고 계셔야 하는 일입니다."

마음이 순해서 아버지의 마음을 거스르지 못하고 머뭇거리고 있는 둘째 형이 답답하다는 듯 다섯째 방원이 재촉하고 나섰다.

"그래, 말해 보거라. 네 형에게 무슨 일이 있는지."

이성계는 마음을 가다듬으며 방우에 대한 이야기를 듣고자 했다. 심상치 않은 일이라는 짐작이 갔다.

"아버님께서 회군을 하고서 여러 일을 치르시는 동안 방우 형님은 타락한 모양으로 지내고 있습니다. 아버님을 보지 않겠다고도 합니다."

이성계는 장남 방우가 자신을 보지 않겠다고 하는 이유를 알고 있었다. 방우가 삐뚤어 나간 것은 이성계가 회군한 이후였다. 아버지가 임금의 명을 거역하고 회군을 하고서 임금조차도 갈아치운 대역죄를 저질렀다고 탓하면서 그 아들로서 살아가는 것이 부끄럽다고 벼슬을 버리고 집 안에 틀어박혀 지낸다는 이야기를 들은 적이 있었다.

그 이야기를 듣고서 이성계는 아이가 마음에 준비가 없이 큰일을 당해 일시 충격을 받았다고 대수롭지 않게 생각했다. 그런데 그 이후 연이어 벌어진 일로 이성계 자신이 경황이 없어 신경을 쓰지 못한 사이에 아들은 아비에 대해서 크게 실망을 했던 모양이었다.

"못난 녀석."

방과의 이야기를 들으면서 그 역시 아들에게 실망하기는 마찬가지다. 그때 방문이 버럭 열리면서 첫째 아들 방우가 들어왔다.

"아버님. 못난 아들 방우가 왔습니다."

몸을 비틀거리는 것이 술을 많이 마신 듯했다. 그는 이성계의 맞은편 자리에 쓰러지듯 펄썩 주저앉았다.

"아버님, 전하와 사돈을 맺게 되신다고요? 집안이 축하를 받을 일이옵니다."

방우의 혀 꼬부라진 소리에 모두가 눈살을 찌푸렸다.

"형님, 아버님 앞인데 이러시면 안 되지요. 자중하세요."

형의 추태를 못마땅하게 보고 있던 방원이 큰소리를 내었다.

"어, 그래 너 방원이로구나. 그래 모두가 아버님을 모시고 잘들 지내고 있구나. 나만 괴로워서 매일 같이 이렇게 술에 취하여 지내고 있고……."

방우의 말은 횡설수설이었다.

"형님 자중하세요. 우리는 방번이의 혼사를 앞두고 의논을 하려고 모였습니다."

방과와 다른 형제들도 방우의 술주정을 말렸다.

"놔두거라. 무슨 말을 하려는지 들어나 보자."

이성계가 노기를 간신히 누르고서 자리를 진정시켰다.

"아버님, 임금의 자리가 아버님 의중에서 나오는데 전하와 사돈을 맺는 것이 뭐에 그리 대단하다고 하십니까? 세상 사람들이 뭐라 하는지 알고 계십니까? 임금의 자리에 아버님이 앉을 것인데 세상의 눈이 무서워 그렇게는 못하고 허수아비 임금을 세워놓고 대신들을 시켜서 나라를 좌지우지하고 있다 합니다. 아버님께서 회군을 하신 이유가 정녕 무엇이었습니까?"

"방우는 아버님이 진노하시기 전에 말을 삼가는 것이 좋겠다. 아버님께서 하신 일은 이미 나라와 백성들을 위해서 한 일이라고 세상 사람들에게 다 알려져 있거늘 어찌 그런 말을 할 수 있다는 말이냐?"

이성계의 곁에서 듣고 있던 강씨가 이성계를 대신해서 서슬이 퍼렇게 나왔다.

"나라와 백성, 좋은 말입니다. 하지만 그 과정에서 일어난 일들은 어떻게 설명하실 것입니까? 임금의 명을 무시하고 멋대로 회군을 하여 최영과 같은 충신을 죽이고 임금을 갈아치우고 또 나라의 공신들을 유배를 보내고…… 나는 아버님께서 정도전과 같은 난신적자들과 어울려서 그러한 일을 벌인 것이 부끄러워서……."

"형님, 말씀을 삼가세요. 아무리 취중이라 해도 어떻게 아버님을 난신적자와 어울린다고 하십니까?"

다섯째 방원이가 칠 듯이 주먹을 부르르 떨며 큰소리를 쳤다.

"그럼 아니란 말이냐? 우리 집안은 이미 역적의 오명을 쓰고 있다. 권세는 한때지만 오명은 만세에 가는 것이다. 대대손손 우리의 가문은 역적의 집안으로 손가락질을 받을 것이다."

"그럼 형님은 집안이 온통 역적으로 손가락질을 받더라도 혼자서만 독야청청하시겠다는 것입니까? 저들을 죽이고 물리치지 않았으면 우리 집안은 이미 풍비박산이 났을 터인데 당하고 가만있으란 말입니까? 눈을 들어 세상을 똑바로 보세요. 이 나라의 형편이 온전한 것인지, 백성이 제대로 살 수가 있는 나라인지! 장남으로서 아버님을 도와서 집안을 지킬 생각은 않고 오히려 아버님을 난신적자에 비교하며 술타령이나 하다니."

방원은 눈을 부릅뜨고서 준엄히 맏형을 나무랐다.

"아서라."

이성계가 형제간의 다툼을 말리고 나섰다. 그리고는 방우에게 말했다.

"그래 아비를 난신적자라 말하는 너는 앞으로 어떻게 할 셈이냐? 한심한 놈 같으니라고."

이성계의 목소리는 한껏 참고 있었지만 노기가 잔뜩 묻어 있었다.

"저는 아버님이 힘으로 쟁취하신 권력이 싫습니다. 힘으로 빼앗은 권력은 그것을 쟁취하는 과정이 정당하지 못했으니 그것을 지켜내기 위해서 필시 많은 피 맛을 보아야 할 것이고, 그렇게 거머쥔 권력 또한 오래갈 리가 없습니다.

또한 누군가가 그 권력을 넘겨받게 되겠지요. 권력을 승계받는 자에게는 그 승계 받는 절차 또한 쟁취인 것입니다. 그 과정에서 또 얼마나 많은 피를 흘려야 할지 모르는 일입니다. 그 피는 형제간, 부자간에도 마다치 않습니다. 아버님을 뵈오니 옛날 최충헌이 생각나옵니다. 임금을 마음대로 바꾸고 나는 새도 떨어뜨리던 그 권력도 아들이 승계를 하면서 골육상잔으로 이어졌습니다. 소자는 훗날 그러한 일이 일어날까 두렵사옵니다."

"시끄럽다, 이놈!"

드디어 이성계의 분노가 폭발했다.

"뭣이 어쩌고 어째? 듣자하니 못하는 소리가 없구나! 온 가족의 목숨이 달려 있는 위기를 겪은 것이 한두 번이 아니거늘 장남이 되어서 아비의 근심을 도울 생각은 않고 한가한 소리나 지껄이고 있다니 참으로 한심하다. 아비를 따르지 못하겠다면, 집안을 지켜내지 못하겠다면 너는 대체 어찌할 요량이냐?"

식구들은 이성계의 대갈일성에 아연 긴장을 했다.

"소자 부끄럽게도 아버님의 기대에 부응할 수가 없을 것 같사옵니다. 소자는 제 갈 길을 가겠습니다. 죄인의 심정으로 초야로 가서 묻혀 살겠습니다. 권력을 쥐고서 세상을 호령하면서 사는 자의 눈에는 이름 없는 백성의 삶이 무의미하게 보이겠지요. 그러나 산속에 난 들풀도 그 나름대로 자라나는 의미가 있는 것 아니겠습니까? 저는 속죄하는 마음으로 그렇게 살렵니다."

방우는 그 자리에서 엎드려 절을 올리고 일어섰다.

"형님, 형님!"

"방우야!"

형제들과 강씨가 말렸으나 소용없었다. 이성계는 아들을 붙잡지 않았다. 아들은 아버지에게 참기 어려운 말을 남기고 떠난 것이다. 남이었다면 단칼에 참수했을 것인데 아들이기에 끓어오르는 분노를 억지로 참았다.

한편 아들이 뱉은 말에서 느끼는 바도 컸다. 아들은 자신을 과거 무인

시대의 최고의 권력자 최충헌에 비교했다. 결코 틀린 말은 아닌 것 같았다. 최충헌은 권력을 차지하기 위해 정적들을 무자비하게 숙청했다. 임금도 마음에 들지 않아 갈아치웠다. 하나 최충헌이 죽고 난 후 그 권력의 승계 과정이 어떠했던가? 아들 형제들 간에 골육상쟁을 거쳐서 권력이 이어지지 않았던가?

이성계 자신도 지금 최충헌이 겪었던 과정을 거치며 그에 못지않은 권력의 일인자가 되었다. 이후에 일어날 일들은 아직 장담할 수 없는 일이다. 자신의 아들들이라고 해서 최충헌의 아들과 다를 바가 무엇인가? 더군다나 나중에 대물림할 장남이 저렇듯 떠나버렸으니 나머지 아들놈들이 자신의 몫을 차지하기 위해서 무슨 일을 벌일지 생각하면 그 역시 걱정스러운 일이 아닐 수 없었다.

방우는 그 길로 아버지와의 대면을 끊고 지냈다. 훗날 조선이 건국되고 나서 그는 진안대군으로 책봉되었지만 그는 개경을 떠나 해주 땅 산속으로 들어가서 생을 마감했다는 것 외에는 기록으로 남아 있는 것이 없다. 하지만 자신이 말한 것처럼 들풀같이 살다간 생이지만 그 나름으로는 의미가 없지는 않았을 것이다.

• 6

공양왕 즉위 2년, 5월 정국은 또다시 소용돌이에 휘말렸다. 명나라로 갔던 조반 등 사신 일행이 돌아오면서 일이 벌어졌다.

조반은 우왕 13년 염흥방과 토지 소유를 놓고 다툼을 벌임으로써 무진피화의 단초를 제공한 인물이었는데 이 일의 결과로 임견미 등 이인임 세력이 척결되고 최영과 손을 잡은 이성계가 권력의 전면에 등장하게 된 것이었다.

조반은 명나라 예부(禮部)에서 고려 조정에 전하라는 말이라고 하면서 도평사(都評司)에 다음과 같은 보고를 했다.

파평군 윤이(尹彝)와 중랑장 이초(李初)라는 자가 황제를 알현하고서 '고려국 시중 이성계가 왕요를 임금으로 세웠는데 실은 왕요는 종친이 아니고 이 시중의 친척이 되는 사람이다. 왕요는 등극하고서 이 시중의 꾐에 빠져 병마를 동원하여 상국(명나라)을 침범하려 했는데 이때 재상 이색 등이 나서서 말리다가 이색과 함께 조민수, 변중열, 이림, 권중화, 이숭인, 권근, 이종학, 이귀생은 살해되었고 우현보, 우인열, 정지, 김종연, 윤유린, 홍인계 등은 멀리 귀양에 보내졌다. 자신들은 억울한 죄에 처해진 재상들의 밀명을 받고서 먼 길을 달려와서 고하는 것이니 황제께서는 군사를 동원하여 이들을 토벌해주기를 바란다'고 호소를 했다는 것이다.

그러나 황제께서는 그 내용이 허황되다고 생각하시고 이들을 가두고서 고려의 사신을 불러 왕과 이 시중에게 이 사실을 알려 거명된 자들을 문초해보라고 했다는 것이다. 조정은 조반의 말을 듣고 들끓었다.

"아니 이게 무슨 소리인가? 이 시중이 전하를 꾀어 명나라를 침범하려 하였다니? 이 시중은 요동 정벌을 반대하여 회군을 주도한 사람이 아닌가?"

"이색과 조민수가 살해당했다고? 그 사람들 두 눈이 퍼렇게 살아 있는데 무슨 소리인가?"

조반이 전한 말은 모두 얼토당토않은 것이었으므로 믿을 수 없다는 분위기였다. 그래서 진위를 확인하기 위해서 조반을 추궁했다.

"진정 그대가 한 말이 사실인가? 무엇으로 증명을 할 수 있겠는가?"

"저는 명나라 예부에서 들은 말을 그대로 전했을 뿐이옵니다."

조반은 억울하다는 듯 항변을 했다.

"예부에서 고려 조정에 전하라 하면 말로만 할 것이 아니라 공문이라도 있어야 할 것이 아닌가? 공문은 왜 주지 않던가?"

"그것은 모르옵니다. 다만 윤이, 이초가 황제께 올린 호소문이 사실이라고 하면서 이색, 조민수 등이 서명한 서문을 보여주었습니다."

조정에서는 조반의 말을 믿어야 할지 종잡을 수 없어서 공론이 분분했다. 그러나 그대로 묻어두고 넘어갈 수는 없는 일이었다. 그대로 놔둔다면 임금과 이 시중이 상국에 불충한 죄를 짓는 것이 되고, 사실이 아니라면 무고를 밝혀야 했다.

임금에게 보고를 했으나 임금 또한 그 내용이 너무 허무맹랑한 것인지라 아무런 증좌도 없이 사신이 전한 말 한마디만으로 대신들을 함부로 붙잡아다 추국하라고 명할 수 없어서 미루고 있었다.

그러나 정도전에게는 이것이 뿌리 깊이 박혀 있는 이색, 우현보를 대표하는 권신들의 세력을 척결할 수 있는 또 다른 절호의 기회였다.

"주군, 이는 하늘이 우리에게 준 기회입니다. 이 기회에 옛 임금에 동조하는 자들을 모조리 제거해야 합니다. 저들이 건재하는 한 우리가 이루고자 하는 대업은 결코 쉽지 않습니다. 거명이 된 자들을 엄중히 국문을 해야 합니다."

"내용이 하도 엉뚱하니 전하께서도 믿기지가 않아 망설이는 것 같은데……."

망설여지기는 이성계도 마찬가지였다.

"황제께서도 그 내용이 거짓임을 알고 거명된 자들을 문초해보고 그 진상을 보고하라 하였는데 뭘을 망설이십니까?"

정도전은 이성계를 채근했다.

임금과 이성계가 미적거리는 사이에 연루자로 지목된 장군 김종윤이 낌새를 알아채고 도주하는 일이 벌어졌다. 이 일을 계기로 간원들이 벌떼같이 들고 일어났다.

윤소종과 오사충이 앞장을 섰다.

"전하, 죄인을 문초하는 일을 미루시는 이유가 무엇인지요?"

"김종연이 도주한 것은 연루된 자들이 자신들의 죄를 인정한 것이옵니다."

"저들이 일시 도망을 하였다가 또 무슨 흉계를 꾸밀지 모르는 것이오니 속히 연루된 자들을 붙잡아다가 추국하라는 명을 내리소서."

임금은 더 이상 일을 미룰 수가 없었다. 저들을 추국지 않는 것은 '자칫 다른 마음이 있어 죄들을 옹호한다'고 이성계 측으로부터 오해를 살 수 있을 뿐 아니라 명나라로부터도 의심을 받을 우려가 있었기에 임금은 어쩔 수 없이 추국을 명했다. 임금의 명이 떨어지자 대기하고 있던 순군이 부리나케 움직였다.

일시에 귀양 가 있는 우현보를 위시하여 권중화, 경보, 장하, 최공철, 홍인계, 윤유린 등 거명된 자들을 붙잡아다가 국문을 했다.

"어이하여 그대들은 있지도 않은 사실을 황제께 고하여 군사를 동원해 달라고 요청을 하였단 말이냐?"

"우리들은 모르는 일이오. 그 내용을 보아도 그것이 허무맹랑하다는 것을 단박에 알 수 있는 일이 아니오? 참으로 억울한 일이오!"

붙잡혀온 자들은 엉덩이 살이 터지고 무릎뼈가 으스러지는 고문을 당하면서도 연루 사실을 부인했다.

"내가 이렇게 두 눈이 시퍼렇게 살아 있는데 어찌 죽었다고 지어내어 황제께 고하겠는가? 나뿐만 아니라 목은(이색) 대감도 그렇고 살아 있는 사람을 어찌 죽었다고 거짓으로 고하겠는가? 누군가가 우리를 모함하려고 일부러 꾸민 짓이네!"

우현보가 거론된 내용이 거짓임을 조목조목 반박하며 무고함을 주장했다. 이색 또한 무사치 못했다. 유배되어 있는 장단현에서 체포되어 청주까지 끌려와 옥에 갇혔다.

　이림, 우인열, 권근, 정지, 이종학, 이귀생 등도 유배지에서 혹은 집에 있다가 불시에 붙잡혀서 청주옥으로 압송되어 이색과 함께 국문을 당했다. 그러나 연루자들의 진술은 한결같았다. 아무리 숨이 끊어질 듯 고문을 받아도 자신들은 무고하다고 주장했다.

　윤유린이 고문을 이기지 못하고 옥중에서 숨을 거뒀다. 윤유린은 황제에게 호소문을 올렸다는 윤이가 그의 사촌 아우이므로 사전 내통이 있지 않았나 하여 더욱 심한 고문을 받았던 것이다. 윤유린의 목은 잘려서 저잣거리에 효수되었다.

　고문에 못 이겨 목숨을 버린 이들이 뒤따랐다. 최공철, 홍인계도 옥중에서 죽었다. 이들도 목이 잘려서 효수되었고 가산이 적몰되었다.

●7

　정몽주는 이러한 소식을 접할 때마다 가슴이 답답하고 마음이 아팠다.
　'영문도 모르고 모진 고문을 당하다가 억울하게 죽임을 당하는구나!'
　정몽주도 이 일은 누가 들어도 무고한 것이어서 처음부터 전모를 밝힐 수 없는 것인데도 무리하게 치죄를 한다는 생각을 하고 있었다.
　"여보게 삼봉!"
　도평사(都評司) 회의를 마치고 나오다가 정몽주는 정도전을 불러 세웠다.
　"도대체 얼마나 많은 사람이 죽어 나가야 일을 그칠 것인가?"
　"……."
　정몽주가 무슨 뜻으로 하는 말인지 정도전은 알고 있었지만 대답하지 않았다.
　"정녕 자네의 귀에는 저렇듯 죽어 나가는 사람들의 고통 소리가 들리지 않는가? 아니면 듣고도 모른 체하는 것인가?"

정도전이 대답이 없자 정몽주가 재우쳤다.

"일의 전모를 밝혀야 하지 않겠습니까? 이 일은 저의 소관이 아닌데 어찌 저에게 추궁하듯이 합니까?"

정도전은 정몽주의 질문을 비켜가고자 했다.

"추국을 당하는 자들이 자신들은 음해를 당했다고 일관되게 주장하고 있지 않은가? 그런 그들을 추국하여 일의 전모를 밝힌다는 것은 처음부터 무모한 일이었네."

정몽주는 정도전이 발뺌하는 데 화가 나서 언성을 높였다.

"자네의 소관이 아니라고 발뺌을 하려는 생각일랑은 하지 말게. 이 일은 이 시중을 앞세워 자네가 주도하고 있다는 것을 세상이 다 아는 사실이네."

"허허 그렇습니까? 그렇다면 이 삼봉이 없는 일을 만들어내기라도 하고 있다는 말씀입니까? 저들은 지금 전하와 이 시중을 모함하고 황제께 거짓을 아뢰어 상국의 군사를 끌어들이려는 대역죄의 조사를 받고 있는 자들인데 형님께서는 어찌 조사도 마치기 전에 무고하다고만 하십니까?"

정도전은 정몽주의 말을 들으려고 하지 않았다. 정몽주는 정도전의 대답을 들으면서, 일은 진실 여부에 상관없이 삼봉이 정해놓은 수순대로 가고 말 것이라고 생각했다.

"자네의 생각이 나와는 다르니 더 내 이상 이야기해봐야 무슨 소용이 있겠나? 그러나 세상은 자네가 마음먹은 대로 움직이지 않을 것이네. 나는 지난 세월 신씨에 의해서 왜곡되어온 고려의 왕통을 바로세우기 위하여 자네에게 협조하였고 이 시중의 뜻을 따라 전하를 임금으로 옹립하는 데 앞장을 섰네. 하나 지금 일이 되어가는 모양을 보니 내가 생각했던 것과는 다른 길로 가고 있다는 것을 느끼게 되었네."

"다른 것이 무엇입니까?"

"그동안 정통성에 논란이 있는 어린 임금을 보위에 올려놓고 이인임 같은 노회한 신하가 정권을 잡고서 제 마음대로 나랏일을 좌지우지하였기에 나라꼴이 말이 아니라고 생각하고서, 이제 왕통을 바로 세워서 장성하신 새 임금을 모시고 어지러웠던 질서를 바로잡고 백성들이 염원하는 바른 나라를 세우고자 하였었는데, 자네나 이 시중은 그런 뜻이 아닌 것 같으니 하는 말일세."

"나라를 바로잡고자 하는 마음은 제 마음이나 형님의 마음이 같은 것이 아닙니까?"

"내가 보기에는 아닐세. 이 시중은 정권을 잡고서 개혁을 명분으로 구신들을 역신으로 몰아서 척결을 하고자 하네. 아니 개혁은 명분일 뿐이고 구신들을 숙청하고자 하는 것이 목적인 것 같네. '김저의 옥사' 때도 그랬고 이번 '윤이, 이초의 옥사'도 마찬가지고 구신들을 붙잡아다 고문을 하여 죄를 씌워 죽이고 귀양을 보내고 있으니 이를 어이 바른 일이라 할 수가 있겠는가?"

"형님은 그렇게 보십니까? 지금 고난을 당하는 인사들은 신우가 왕씨가 아님에도 그 정권에 붙어서 세도를 부렸던 자들입니다. 또 신우가 폐정을 저질러 왕위에서 쫓겨났는데도 아들 창으로 하여금 대를 잇게 하고서 자신들의 영화를 계속 누리고자 한 자들입니다.

이제 시대가 바뀌어 신씨가 대를 이어 이 나라의 왕위를 도둑질한 사실이 드러나서 쫓겨나고 새로이 왕씨 임금이 이 나라의 주상의 자리에 앉았으면 이들은 지난날의 잘못을 뉘우치고 부끄러워하여야 하는데 그들에게는 그러한 염치가 없습니다. 이들을 그대로 둔 채 새로운 질서를 잡아갈 수는 없습니다.

어찌 임금만 바뀌었다고 새로운 세상을 맞이했다고 할 수가 있겠습니까? 이들이 저지른 지난날의 잘못을 청산하고 새로운 시대를 맞아 여러 가지 병폐를 척결하고 개혁을 하려는 데 이들이 걸림돌로 작용하고 있습니다. 이들을 내치고자 하는 이유가 여기에 있습니다."

"내가 듣기로는 삼봉의 말이 무슨 수를 써서라도 저들의 약점을 캐내어 꼭 내치고 말겠다는 뜻으로 들리는군."

정몽주는 정도전 말을 받아 빈정거리는 투로 말했다.

"맹자는 패덕한 군주는 한낱 필부와 같아서 쫓아내도 상관이 없다고 하였습니다. 신우가 쫓겨난 것은 하늘의 이치입니다. 그러나 패덕한 군주 신우가 쫓겨났는데도 군주를 떠받들던 간신의 무리들은 여전히 자리를 지키며 옛 영화를 누리고자 하고 있습니다. 군주의 패덕은 중신(重臣)에게도 군주를 바르게 보필하지 못한 책임이 있거늘 어찌하여 그들이 무사하기를 바랄 수가 있겠습니까?"

'삼봉이 『맹자』를 열심히 읽었구나!'

정몽주는 지금 정도전이 하는 말은 역성혁명을 염두에 두고 하는 말이라고 생각했다.

'이자가 정녕 이성계를 앞세워 역성혁명을 꿈꾸고 있단 말인가!'

역성혁명이란 임금을 바꾸는 것과는 비교도 안 되는 큰일이다. 나라를 훔치겠다는 말이다. 정몽주는 정도전이 하는 말의 의중을 짐작하고서 고개를 가로저었다.

'자네가 정녕 무슨 일을 꾸미고 있다는 말인가! 역성혁명은 아니 되네!'

정몽주는 하마터면 소리를 지를 뻔했다. 정몽주는 정도전이 큰 착각을 하고 있다는 생각이 들어서 이를 경고해주어야겠다고 생각했다.

"권력은 때로는 사람을 우둔하게 만드는 법이네. 권력을 움켜쥐면 세상만사 뜻한 바대로 안 되는 일이 없다고 터무니없는 욕심을 부리게 되고, 때로는 하늘이 자신에게 특별한 권능을 준 것이라고 착각하게 만들기도 하는 것이네. 신하가 임금을 갈아치울 정도로 권력이 막강해지면 그다음은 무엇을 더 바라겠는가? 그다음은 임금의 자리가 탐나지 않겠는가? 자네의 생각이 어디까지인지 알 수가 없으나 부디 사려 깊이 행동해주기를 바라네."

정몽주는 정도전의 마음을 간파했으나 우회적으로 말했다. 그러나 정도전은 정몽주의 경고쯤은 개의치 않았다.

"형님, 오늘날 고려가 처한 상황을 직시하십시오. 이 나라 앞에 놓인 운명은 가혹합니다. 낡은 배로는 모진 풍파와 격랑을 헤쳐나갈 수가 없습니다. 새 배를 띄워야 합니다. 그것이 이 나라를 구하는 유일한 방법입니다."

"자네의 생각은 그러한가? 나는 달리 생각하네. 지금 우리가 타고 있는 배는 침몰하지 않았네. 아니, 결코 침몰하지 않을 것이야. 다만 배를 타고 있는 사람이 문제일 뿐이야. 풍랑이 치더라도 요동을 치지 말고 낡은 것은 수리하고 물이 새면 물을 퍼내고 합심하여 돛을 잡고 배를 저어 나간다면 좋은 세상을 맞게 되리라 생각하네."

정몽주는 그렇게 말하면서 마음 한편으로는 허허로움을 감출 수가 없었다. 40년 지기 우정이 이 순간부터 적이 되어 피를 보아야 할지도 모른다는 생각이 들어서 안타깝기도 했다.

"내 지금부터 삼봉이 가는 길을 예의 주시해서 보겠네."

정몽주는 마지막으로 우정 어린 충고 겸 경고를 해주고 정도전과 헤어졌다. 그와 헤어져 오는 내내 머릿속에는 삼봉의 얼굴과 함께 '역성혁명' 네 글자가 떠나지 않았다.

'삼봉! 역성혁명은 아니 되네. 내가 몸을 던져서라도 막을 것이네. 500년 고려의 사직을 지켜내기 위해서뿐만 아니라 요동벌판을 호령하며 찬란한 문화를 이루었던 1,500년 고구려의 유구한 역사의 맥이 끊어져서도 안 되는 일이기에, 내 역성혁명은 기어이 막을 것이네!'

연루자의 혐의는 처음부터 밝힐 수 없는 일이라는 것을 심문관들도 알고 있는 일이었다. 조사는 지지부진했다. 진상이 밝혀지지 않자 조정 내 여론이 들끓었다.

때마침 청주 지방에 천둥 번개가 치고 큰비가 내렸다. 청주성 앞 내가 범람해서 남문을 무너뜨렸고 성내의 물길은 한길이 넘어서 관청과 민가가 거의 떠내려가거나 물에 잠겨버렸다. 죽은 사람도 수백 명을 헤아렸다. 높은 나무에 올라가서 겨우 생명을 구한 사람도 여럿 있었다. 옥에 갇힌 자들도 옥관이 급히 문을 열어주어 지붕에 올라가 겨우 목숨을 건졌다.

수재를 당한 청주지방에서는 '마을이 생긴 이래로 이 같은 일을 당한 일이 일찍이 없었다'며 탄식이 빗발쳤다.

"죄 없는 사람을 잡아다가 치죄를 하니 하늘이 노하였다."

하늘에 대한 원망은 이내 치국자에 대한 원망으로 바뀌었다.

'이 일은 이성계와 삼봉이 무리수를 둔 것이야. 나라의 원로들에게 억울한 죄를 뒤집어씌우니 하늘이 노하고 민심이 요동을 하는 것이야.'

정몽주는 마침내 민심 수습 차원에서 임금에게 진언했다.

"윤이, 이초 사건은 처음부터 연루자들의 혐의가 명백하지 않은 것인데 어찌 국문을 계속하시려 하는지요. 마침내 하늘이 노하였고 이로 인해 백성의 피해가 극심하니 죄상이 명확지 않은 자들을 사면하소서."

공양왕은 자신도 처음부터 이 일에 대한 국문을 반대했기에 정몽주의 진언이 있자 이를 받아들이기로 했다. 그러나 심문을 바로 중단하기에는 공신들의 눈치가 보이므로 먼저 문하시중 심덕부와 수문하시중 이성계에게 동의를 구했다. 이성계와 심덕부도 여론이 들끓으니 어쩔 수 없이 사면하는 데 동의를 했다.

임금은 이조판서 조온을 청주로 파견하여 다음과 같은 조서를 내리고 치죄를 멈추게 했다.

"윤이, 이초와 연관된 자들의 일은 반역죄에 해당하므로 반드시 규명되어야 한다. 해서 연루된 자들에 대하여 철저히 국문한 결과 윤유린, 홍인계, 최공철이 이 일에 가담한 것이라고 자복을 하였고 김종연은 도주를 하였다. 죄를 인정한 자들은 목을 잘라 저잣거리에 효수를 하였고 김종연은 전국에 체포령을 내렸다.

그러나 나머지 사람들은 범죄의 정황이 명백하지 않으니 이를 고문하여 자백을 받게 된다면 억울한 누명을 쓰게 되는 자가 나올까 심히 우려되는 바이다. 하여서 자복을 한 자를 제외하고는 각처에 안치를 해두고서 뒤에 범죄의 정황이 드러나면 엄격히 치죄하고자 한다."

이로써 윤이, 이초 사건은 일단락되었다. 이 소식을 들은 백성들은 크게 기뻐했다.

● 8

황제의 생일을 맞아 성절사를 보내기로 했다. 여기에 정당문학으로 승진한 정도전이 자원했다. 축하 사절로 가는 길에 윤이, 이초 사건 처리를 황제께 보고하고 명나라의 분위기를 살펴보고자 한 것이다.

"윤이, 이초가 황제께 고한 사건은 무고로 밝혀졌습니다. 임금인 제가 의심을 받는 처지에 감히 잘못을 밝힐 수가 없기에 의심이 나시면 황제께서 직접 관리를 파견하여 철저히 조사한 연후에 제가 직접 상국의 수도로 황제를 찾아 뵙고 말씀을 드릴 기회를 주옵소서."

정도전은 공양왕이 보내는 건의문을 황제에게 올렸다. 그러나 명나라에서는 별다른 반응이 없었다. 듣는 둥 마는 둥 대수롭지 않게 취급하는 듯했다. 황제는 이 문제에 그다지 관심을 보이지 않았다.

중요한 일이었으면 직접 관리를 파견하여 진상을 파악하거나, 아니면 공문을 보내어 엄중히 경고했을 것인데 황제는 사신에게 그러한 정보를 전해주고 고려왕이 직접 힐문(詰問)해보라고만 했다. 황제는 무슨 의도로 그리한 것일까?

정도전은 황제의 속내를 알아볼 심산이었다. 명나라 황실과 조정에서 돌아가는 일은 월하의 동생 덕이가 잘 알고 있을 듯했다.

오랜만에 덕이를 만났다. 덕이는 그동안 많이 성장해 있었다. 왕 대인은 이제 나이가 많아서 거의 외부 활동을 하지 않고 그가 하던 일은 대부분 덕이가 대신 맡아서 했다.

덕이는 왕 대인이 했던 것처럼 황실과 조정을 무시로 드나들며 필요한 물건을 구해다 바치면서 때때로 대신들을 만나서 상담하기도 하여 황실과 조정에서 돌아가는 사정을 잘 알고 있었다.

"황제께서는 고려 조정을 시험해 보신 겝니다."

정도전의 이야기를 들은 덕이는 놀리듯이 가벼운 웃음까지 지어 보였다.

"시험을 하다니 그게 무슨 말인가?"

"고려에서는 황제에 대해서 잘 모르고 있는 것 같습니다. 여기서는 황제에 대해서 '성현과 호걸 그리고 도적이 합쳐진 인물'이라고 말하고 있습니다."

정도전은 덕이가 설명하는 것을 듣고 나서 참으로 적절한 표현이라고 생각했다.

주원장은 먹고살기 위해 절에 들어가 탁발승이 되어 구걸하다가 홍건적 패거리가 되었다. 이때 홍건적의 소두 곽자홍 밑에 있었는데 주원장은 수완을 발휘하여 곽자홍의 수양딸과 혼인하게 되었고 이를 계기로 곽자흥이 죽자 그 자리를 물려받게 되었는데 이후 차츰 세력을 확장하여 마침내 원나라를 몰아내고 중원의 패자가 되어 황제의 자리에까지 올랐다.

황제 자리에 오른 주원장은 스스로 근검한 생활을 하면서 백성에게는 너그러운 정치를 펼쳤으나 관리에 대해서는 법 적용을 철저히 하여 아무리 작은 부정이라도 용서하지 않았다. 신하들에 대해서는 엄격하게 다스렸다. 황제는 직속에 검교(檢校. 정보기관)를 두고서 관리들을 감시케 하고 무자비하게 숙청하여 공포의 대상이 되었던 것이다.

이는 자신이 민란을 일으켜 정권을 잡았기에 민심의 무서움을 알고 백성에게는 선정을 베풀고자 한 것이나 신하들에 대해서는 자신을 위협하는 세력으로 보아 의심의 눈길을 떼지 않았기 때문이다. 그는 즉위 후 약 3만 명의 신하를 척결했다. 신하뿐만 아니라 주변 제후국에 대해서도 끊임없이 의심하면서 충성을 확인하고자 했던 것이다.

"지난번 고려에 철령 이북을 내놓으라고 하며 군사를 동원하겠다고 위협한 것도 사실은 고려왕의 충성을 확인하고자 한 것일 뿐이고 실제는 군사를 동원할 계획이 없었는데 고려왕이 지레 겁을 먹고 군사를 동원, 요동 정벌에 나섰다가 스스로 무너졌던 것입니다."

정도전은 덕이의 이야기를 듣고 '아차' 했다.

듣고 보니 우왕과 최영이 황제의 계략에 넘어갔다는 생각이 들었다.

명나라와 고려의 분위기를 보면 충분히 그럴 수 있는 일이었다.

당시 고려는 중원의 패자로 새롭게 등장한 명나라와 비록 중원에서 밀려나긴 했지만 여전히 대국으로 행세하는 원나라와 사이에서 양다리를 걸치는 외교를 하고 있었다. 겉으로는 명나라를 따르는 체하면서 뒤로는 여전히 원나라와 내통하고 있었던 것이다. 이를 눈치챈 황제는 여러모로 고려에 압박을 가했다.

우왕의 책봉을 미루어 애를 말리기도 하고, 사신이 요동 땅에 입경하려는 것을 금지시키기도 하고, 때로는 군사기밀을 염탐한다고 무역도 제한된 지역에서만 허락하는가 하면 약속을 지키지 않는다고 고려의 사신을 매로 다스리고 붙잡아 가두기도 하면서 고려가 북원과 접촉하는 것을 막았다.

명나라가 철령 이북 옛 쌍성총관부 지배 지역을 내놓으라고 협박한 것도 그러한 취지에서 고려가 명나라와 접촉하지 못하도록 가한 압박 수단이었다. 그러나 군사를 동원하여 고려와 전쟁을 치를 수 있는 상황은 못 되었다. 만약 고려와 전쟁을 한다면 북원과 고려가 결속하여 대항할 것이어서 이를 염려한 나머지 마치 군사를 동원할 것처럼 허세를 부렸던 것이다.

"그렇다면 이번 '윤이, 이초의 고변'을 고려 사신에게 언질한 것도 황제가 고려왕의 마음을 떠보려고 한 것일 수도 있다는 말인가?"

"그렇지요. 황제는 의심이 많은 사람입니다. 그리고 영리한 사람입니다. 고려에 새로 들어선 정권의 충성심을 확인해보고 싶었을 것입니다. 그리하여 마침 윤이, 이초가 와서 고변한 것을 구실로 고려왕과 실권자를 시험해 보고자 한 것입니다. 아울러 충성심이 의심되었던 구세력을 몰아내어 고려에 명나라를 지지하는 세력을 확실하게 구축하려고 하였을 것입니다."

덕이의 이야기를 듣고 보니 황제의 의도를 확실하게 짐작할 수 있었다. 정도전은 황제가 참으로 교활하다는 생각이 들었다.

"참으로 간교한 늙은이로고."

정도전은 말은 그렇게 했지만 한편으로는 이 일로 인해서 이성계가 황제로부터 한결 신임을 받을 수도 있겠구나 하는 생각이 들어서 안심이 됐다. 황제는 여러 가지 정보로 고려의 국내 사정을 잘 알고 있는 듯했다. 그렇다면 고려의 왕은 허수아비일 뿐이고 실권자는 이성계라는 것도 잘 알고 있을 것이다.

"황제는 밑바닥에서 농민봉기로 시작하여 새로운 제국을 건설하였기에 새로운 정권이 고려에 들어선 것에 대하여도 지지하고 있을 것입니다."

덕이는 헤어지면서 정도전의 기분을 돋워주기라도 하려는 듯 웃으면서 말해주었다. 정도전은 덕이가 덕담처럼 해준 말이었는데도 크게 고무되었다.

황제의 말 한마디에 곤욕을 치러야 하는 고려의 현실을 생각하면 딱하고 서글픈 일이지만 그것은 고려가 처한 어쩔 수 없는 운명인데 어찌하랴? 어차피 대업을 달성하려면 대국의 지지를 받아야 하는데 황제의 마음이 이성계를 지지하는 쪽에 있다고 확인할 수 있었으니 일부러 대국을 찾아서 보고를 한 것은 역시 잘한 일이었다.

마침내 황제는 고려왕에게 전하라고 답을 내려주었다.
"윤이, 이초가 고한 것을 짐은 이미 믿지 않고 있었으나 너희 나라에서 이를 어찌 처리하는지 보고자 하였다. 이제 윤이, 이초를 붙잡아 처형하였으니 너희는 걱정하지 마라."

정도전은 큰 숙제를 풀고 가는 느낌이었다.

• 9

한편 고려 내에서는 정몽주가 윤이, 이초 사건에 억울한 점이 많다고 임금께 고해서 조사를 잠정 중단시켰지만 그에 대한 시비조차 사그러든 것은 아니었다. 조사를 지속하라는 상소가 헌부에서 계속 올라왔다.

'이자들은 삼봉의 수족처럼 움직이는 자들이다!'

정몽주는 이들 간원들을 교체해야겠다는 마음을 먹었다. 마침 삼봉이 명나라에 성절사로 가서 자리를 비웠기에 좋은 기회였다.

"전하! 윤소종, 오사충을 파직하소서. 이들은 간원으로서 바른말로 전하의 눈과 귀를 밝게 하는 것이 그들의 소임이나 근자에 이들은 함부로 남을 비방하는 소리를 하여 전하의 심기를 어지럽히고 있습니다. 그로 인해서 억울한 일을 당하고 있는 이가 한둘이 아니옵니다. 이들을 두고서 어찌 어질고 바른 정치를 할 수 있겠나이까."

정몽주의 상소를 받은 공양왕은 그렇지 않아도 이들이 김저와 윤이, 이초 사건에 대해서 중신들을 처벌하라고 틈만 나면 상소를 올리며 귀찮게 하고 부담을 주고 있어서 미운 감정이 많았는데 잘되었다 싶었다.

정도전을 대신해 개혁에 장애가 되는 구가 세력들을 앞장서서 비판해 왔던 두 사람은 즉각 파직을 당했다. 그 자리는 정몽주의 추천을 받은 김진양으로 교체했다.

김진양은 이색. 우현보 등 구가 세력들을 추종하는 인물로서 윤이, 이초 사건이 최초에 논해지던 시기에 '윤이, 이초의 고변은 세 살 먹은 아이가 들어도 조작되었다는 것을 알 수 있다. 거짓을 아뢴 조반을 벌주어야 한다'고 주장하다가 파직을 당했는데 그로부터 얼마 되지 않아 복직을 하게되었다.

정몽주는 이 기회에 이성계 세력에 의해 추진되고 있던 전제 개혁을 비롯하여 사병 혁파와 인사 개혁 등에 대해서도 제동을 걸어야겠다고 마음먹었다. 그러나 이는 정몽주 혼자만으로 될 일이 아니었다.

정몽주는 문하시중 심덕부를 찾아갔다. 심덕부는 충숙왕 복위년에 음직으로 출사하여 문무 여러 관직을 거친 사람이다. 그는 문관보다는 무관으로 더 이름을 떨쳤는데, 왜구가 진포에 대규모로 침입했을 때 서해

도원수로 있으면서 최무선과 함께 이를 격파함으로써 큰 공을 세웠다.

그는 또한 이성계가 요동 정벌의 부당함을 주장하며 회군을 할 당시 서북면 도원수로 있으면서 이를 도왔고 이후 우, 창왕을 쫓아내고 공양왕을 옹립하는 데 공을 세워 아홉 공신의 반열에 올랐다. 그러나 그는 이성계와 함께 행동했음에도 그의 집안은 청송 심씨, 알아주는 명문가였기에 이성계 측 인사들이 벌이고 있는 일련의 개혁 정책에 대해서는 여러 가지로 불편해하고 있었다. 특히 전제 개혁과 사병혁파에 대해서는 정도전, 조준과 여러 차례 대립을 했다. 정몽주는 심덕부와 함께 공양왕을 은밀히 만났다. 그러고 나서 왕은 별도로 이성계를 불렀다.

공양왕은 무리한 개혁으로 억울하게 피해를 입는 자가 생기고 재상들의 반발이 심하다는 심덕부와 정몽주의 건의를 받고서 이성계의 양해를 구하려 했다. 공양왕으로서는 개혁 주체의 수장인 이성계의 눈치를 보지 않을 수가 없었기에 양측의 주장을 듣고 절충을 하고자 한 것이었다.

결국 전제 개혁은 하되 내용이 완화되었다. 당초 정도전, 조준이 계획한 전제 개혁안은 세가에서 물려받은 조업전(祖業田)[22]과 취득 과정이 불명확한 사전 모두를 국가에서 거둬들여 일률적으로 전민에게 나누어주는 것을 골자로 했으나 조정안은 소유가 불명확한 토지에 대해서만 국가가 회수를 하여 이를 현직 관리나 왕자, 군인, 향리, 역을 지는 백성, 지방 수령 등 대상자를 선별해서 나누어주도록 수정한 내용이었다.

세도가에서 부리는 사병도 그 수를 제한하는 수준으로 완화했다. 그리고 귀양 가 있는 이색, 우현보, 이숭인, 우인열, 권근 등 인사들에 대해서도 사면을 단행했다.

비록 수정되긴 했지만 전제 개혁을 본격적으로 시행하는 행사를 가졌

---

22) 조상으로부터 물려받은 토지.

다. 임금과 신하들이 저잣거리로 나와 공사의 전적(田籍)을 쌓아놓고 불을 태웠다. 이를 지켜보는 구신들은 탄식과 눈물을 흘렸다. 임금 또한 원래부터 전제 개혁을 반대해왔던 터라 "조종(祖宗)께서 물려주신 사전의 법이 과인의 대에 와서 갑자기 개혁되었으니 참으로 애석한 일이로다" 하면서 눈물을 흘렸다. 그러나 이를 주도한 조준 등 개혁 인사들과 백성들은 기뻐 환호하면서 박수를 쳤다. 이러한 일들은 모두 정도전이 사절단으로 가 있는 동안에 벌어진 것이었다.

정도전은 인사차 이성계를 방문하고서 장차의 일을 의논했다.
"이러한 일은 모두가 포은이 주도한 것입니다. 우리는 또 다른 적을 맞게 된 것입니다."
정도전은 그동안 이색, 우현보 등 구가 세력과 맞서 온 것도 만만치 않았는데 포은이라는 또 다른 거목을 맞게 되어 여간 부담스럽지 않았다.
"포은 같은 사람이 내 곁에 있었으면 얼마나 좋았을까 참으로 아까운 사람이오."
이성계도 아쉬워하며 말했다.
"아무튼 포은은 신씨가 왕위에 있을 때 크게 세도를 부리지도 않았고 주변이 깨끗하여 흠 잡을 데가 없는 사람입니다. 또한 학문에 깊이가 있고 인품이 고매하고 충효의 절개가 굳어서 따르는 사람이 많사옵니다. 그가 우리를 적대하니 앞으로의 일이 크게 걱정이 되지 않을 수가 없습니다. 전하께서 포은을 곁에 두고 중용할듯하니 이 점 각별히 유념하셔야 합니다."
"허허, 그래야겠지요. 그러나 나에게는 장자방이 이렇듯 곁에 있지 않소?"
이성계는 정도전을 믿는다는 듯 너털웃음으로 여유를 보여주었다. 그때 방문이 열리고 이성계의 부인 강씨가 종자에게 술상을 들려서 들어왔다.

"두 분이서 오랜만에 자리를 같이하는 것 같아서 작으나마 술상을 봐왔습니다."

"아이구, 그래요. 마침 목이 컬컬하던 참인데. 그래, 술은 무슨 술을 준비했노?"

이성계가 반갑게 맞았다.

"대감께서 즐기시던 아락주입니다. 안주는 부침개 몇 조각으로 대신했습니다."

아락주는 몽골 병사들이 이 땅에 들어와 마시기 시작했던 술이다.

"삼봉, 우리 오랜만에 한번 취해봅시다. 나는 추운 지방 태생이라 그런지 도수가 높은 아락주가 좋더이다."

"너희들 이분께 절을 올리거라. 아버님과 형제처럼 지내시는 분이시니라."

강씨는 뒤따라 들어온 사내아이 둘과 그보다 조금 성숙해 보이는 여자아이에게 말했다. 사내아이 둘은 지난번 보았던 방번과 방석 형제였고 뒤에 서 있는 여자아이는 이번에 새로 며느리로 맞은 공양왕의 동생 귀의군의 딸이었다.

"이번에 방번이 장가들어 맞이한 며늘아기입니다. 아이가 어찌나 참한지 왕가의 규수답습니다."

강씨는 왕가의 딸을 며느리로 맞은 것을 자랑하고 싶어서 얼굴에 환한 미소를 지으며 소개를 덧붙였다.

"저는 삼봉 대감을 뵈올 때마다 부탁드리고 싶은 것이 있었습니다."

강씨는 언젠가 아이들의 스승이 되어 달라고 정도전에게 청했던 것을 말하려고 한 것이었다.

"무슨 부탁? 또 아이들의 스승이 되어 달라는 소리인가?"

이성계가 눈치채고 먼저 받아서 말했다. 그로 보아 부인이 이성계를 어지간히 졸랐던 것 같았다.

"아이들을 대할 때마다 대견해집니다. 내 틈을 내어 꼭 그리하겠습니다."

삼봉은 아이들의 얼굴을 번갈아 보면서 기꺼운 마음으로 대답을 해주었다. 작은 아이 방석이 초롱한 눈망울을 굴리다 눈길이 마주쳤다. 아이가 환하게 웃었다. 눈길이 총명했다. 얼굴이 티 없이 맑았다. 정도전은 아이가 무탈하게 잘 자라주기를 바랐다.

18장

가시덤불 모조리 베어내면
지란이 얼마나 무성할까?

• 1

　김종연의 거취가 확인되었다. 김종연은 윤이, 이초 사건의 고변이 있을 때 자신의 이름이 거명된 것을 눈치채고 도주하여 종적이 묘연했는데 서경에 잠입을 한 것이었다.

　서경의 천호(千戶) 윤구택을 찾아와서 "심덕부, 지용기 등과 함께 이성계를 제거하기로 했다"고 하면서 병력을 내어 동참할 것을 요청했는데, 윤구택이 중간에 겁을 먹고 마음이 변하여 이성계를 찾아와 고변을 했다.

　"모의한 자가 누구누구라고 하더냐?"

　"판사 조유와 모의하였고 문하시중 심덕부, 판삼사 지용기와 문하평리 박위, 전 판자혜부사 정희계, 한성부윤 이빈 등 조정의 전, 현직 재상들과 지방의 절제사(節制使) 여러 명이 군사를 동원하여 모의에 참가하기로 하였답니다. 김종연은 지금 개경에 숨어들어서 일을 꾸미고 있을 것이옵니다."

　이 중 정희계는 윤이 사건에 연루된 인물이고 절제사는 원수(元帥)로 불리기도 하는데 지방의 군사를 동원할 수 있는 군 고위 직책이다.

　이성계는 급히 측근들을 불러 모았다. 정도전, 조준, 남은, 이두란, 이화, 조영무 그리고 방과를 비롯해 방원, 방간 형제들이 달려왔다. 이성계로부터 일의 전모를 듣고는 모두 바짝 긴장했다.

"당장 저들을 붙잡아서 심문을 해야지요?"

남은이 서둘고 나섰다.

"이 일은 신중히 하여야 합니다. 문하시중 심덕부와 지용기 등 공신들도 관련되어 있다고 하고, 관련자들이 병사를 동원하여 저항을 한다면 자칫 내란으로 번질 우려도 있습니다."

정도전이 제지를 했다.

"어찌하면 좋겠소?"

이성계의 음성은 노기를 띠고 있었다.

"우선 고변 내용의 진위를 파악하여야 할 것입니다. 이 시중께서는 심덕부의 의중을 알아보십시오. 그는 명색이 문하시중, 임금의 다음 자리에 앉아 있으니 함부로 붙잡아 심문할 수 있는 일이 아니지 않습니까?"

"빨리 김종연을 잡아들여야 하지 않겠습니까?"

이방원이 나섰다.

"순군에 명하여 빨리 잡아들이도록 해야지요. 그 일은 방원 공이 맡아서 하면 되겠고, 우선은 지방의 병사들이 움직이지 못하도록 해야 합니다. 군사를 움직이려면 절제사의 인장(印章)이 있어야 하니 만약을 위하여 인장을 거둬들여 군사들의 움직임이 없도록 해야 할 것입니다."

정도전은 이성계를 대신해서 일사불란하게 지시했다.

"마지막으로 이 시중에 대한 경호를 철저히 해야 할 것입니다. 호시탐탐 이 시중의 목숨을 노리는 자들이 있으니 가택 경비는 물론 행차를 하실 때도 신변경호에 각별히 주의를 해야 합니다. 이 일은 방과 공이 맡고."

각자는 맡은 바 임무대로 신속히 움직였다.

이성계는 바로 임금을 찾아갔다. 공양왕은 이성계의 이야기를 듣고는 깜짝 놀랐다.

"그, 그래요? 또 이 시중의 목숨을 노리는 모, 모의가 있었다는 말이오? 이 일을 어찌하면 좋겠소?"

임금은 떨려서 말까지 더듬었다. 이성계가 암살되는 것은 자신의 보위와도 직접 관계되는 일이었다. 비록 이성계의 힘이 임금을 위협할 정도이기는 하나, 그래도 공양왕 자신을 임금의 자리로 올려놓은 사람이다. 그가 자리를 지키고 있기에 자신도 임금 자리를 유지할 수 있는 것인데, 다른 누가 이성계를 제거하고 그 자리를 차지한다면 자신도 무사하지 못할 것이라는 생각이 들었다. 자신도 임금이 된 후에 우와 창 부자를 죽이라는 명을 내린 일이 있었기에 그것은 더욱 두려운 일이었다.

"성문을 굳게 닫아걸고 방비를 철저히 해야겠습니다. 수도권 일원은 소신이 직접 관할하는 군사가 있어 문제가 없으나 지방의 절제사들이 군사를 움직이면 자칫 내란으로 확대될 우려가 있습니다."

"내란이라니, 내란이라니? 어찌하여야 하지요?"

그렇지 않아도 겁이 많은 임금이었는데 임금은 내란이라는 말에 혼겁을 먹고 허둥댔다.

"절제사가 병사를 움직이지 못하도록 소신이 인장을 회수하도록 하게 하여 주시오소서."

"그래요. 그렇게 하오. 그렇게 하오."

이성계는 임금에게 잔뜩 겁을 주어서 임시로 원수들의 인장을 회수하여 군을 통수할 수 있는 비상 권한을 부여받았다.

"그리고 또 한가지가 있사옵니다."

"무엇이오. 이 난국을 극복하기 위해 내, 이 시중이 원한다면 무엇인들 못 들어주겠소?"

"이 일에는 문하시중도 관련되어 있습니다. 이는 소신이 직접 처리하는 것보다 전하께서 이 자리에 불러서 직접 하문하시옵소서."

"그리하리다. 내 지금 당장 문하시중 심덕부를 불러다가 이 시중 암살에 관여하였는지를 직접 물어볼 것이오."

임금 앞에서 불려 온 심덕부는 펄펄 뛰었다.

"전하, 제가 어찌 이 시중을 죽이는 모의에 가담할 수가 있겠습니까? 저는 이 시중과 함께 일을 도모하여 신씨 부자를 폐하고 전하를 모신 사람입니다. 그 덕분에 문하시중의 자리에 올라 오늘날 영광을 누리고 있습니다. 무엇이 부족하여 이 시중을 죽이라 하겠습니까? 이는 누군가가 소신을 모함하려는 의도에서 지어낸 말이옵니다."

심덕부는 임금과 이성계를 번갈아 쳐다보며 변명을 늘어놓았다. 그 모습은 옆에서 보기에도 애가 써 보였다. 그리고 그 말에 의심이 느껴지지 않았다.

"전하, 심 시중의 말을 듣고 보니 일리가 있습니다. 저는 심 시중과 더불어 마음을 같이하여 전하를 받들었으며 원래부터 서로 시기와 의심이 없었습니다. 그의 말을 듣고 보니 누군가가 모함을 한 듯합니다. 문하시중까지 올라 있는 그가 무엇이 부족하여 소신의 목숨을 도모하고 변란을 꾀하는 일에 동조하겠습니까? 부디 저희 두 사람 정의(情誼)를 보전하여 전하를 시종하게 해주소서."

이성계는 심덕부를 안정시키기 위해 짐짓 변호를 해주었다. 심덕부는 과거 서북면 도원수를 지냈기에 그곳에 상당한 영향력을 미치는 사람이었다. 서북면은 이성계가 지키던 동북면 못지않게 군사적으로 중요시되는 지역이었다. 그곳의 토호들은 과거부터 중앙에 배타적이었고 주둔하는 군사력은 동북면에 맞설 수 있을 정도로 막강하여 섣불리 건드리기가 거북했다. 이성계는 이 점을 고려하여 심덕부에게 뚜렷한 혐의가 드러나지 않는 이상 자극하지 않는 것이 좋겠다는 생각이 들어 변명을 해주었다.

"전하, 소신이 이 시중을 해하는 변란에 가담하였다는 것은 조유의 말에서 비롯된 것입니다. 소신은 이 길로 스스로 순군옥을 찾아가겠나이다. 소신을 가두고서 조유를 심문하소서. 그런 연후에 죄가 밝혀진다면 달게 받겠나이다."

임금은 두 중신 사이에서 눈치를 보다가 심덕부가 극구 변명을 하고 이를 이성계가 알아들은 듯 변명을 하니 잘된 일이라 생각하고 "행동을 신중히 하라"는 주의 정도만 주고서 돌려보냈다.

그러나 심덕부는 궁궐에서 나오는 길로 바로 순군옥을 찾아갔다. 그리고는 스스로 옥에 갇혀서 전모를 밝혀달라고 소를 올렸다.

"전하, 조유를 심문하소서. 그리고 부디 소신의 억울함을 밝혀주소서. 그리하여 이 시중과의 정의를 보존케 해주소서."

● **2**

김종연이 곡주(황해도 곡산)의 산속에 숨어 있다가 붙잡혔다. 김종연은 곧바로 개경으로 압송이 되었는데, 동지섣달 추위에도 아랑곳하지 않고 주야 300리를 밥도 주지 않고 끌고 왔으므로 거의 죽은 목숨이었다.

그는 옥에 갇힌 지 하루 만에 죽어버렸다. 이를 두고 사람들은 누군가 일부러 그를 죽게 만들었다고 의심했다.

김종연은 죽기 전에 실토하기를 "평소 친히 지내던 판삼사 지용기가 윤이 사건에 자신의 이름이 오르내리고 있다고 전해주어 겁을 먹고 도주하여 한양에 사는 박가흥에게 의탁해 숨어 지냈는데, 일이 이 지경에 이른 것은 조준, 정몽주, 설창수, 정도전 등이 이 시중을 꾀어서 벌어진 일이라는 생각이 들어서 지용구, 윤구택를 찾아가 의논을 하였고, 이 시중과 정몽주를 죽이면 자신이 죽음을 면할 수 있을 것 같아서 한 일"이라고 했다.

토설한 내용에 따라 김종연이 의탁하여 지냈다는 박가흥을 붙잡아다 문초를 했다.

박가흥으로부터 "윤구택이 병사를 몰고 올 테니 그때까지 기다리면 된다는 말을 김종연으로부터 들었다"는 토설을 받아냈다.

또 윤구택이 "김종연이 최초 조유와 만나 모의하였다"고 고변을 하였으므로 윤구택과 조유에 대해서도 대질심문을 했다. 조유의 입에서 문하시중 심덕부와 모의 하였는지도 밝혀내야 하는 내용이었다.

조사에는 평리 박위가 대간들과 함께 참여했는데 박위가 윤구택을 먼저 추국하라고 지시를 내렸다.

이를 듣고 있던 집의 유정현이 박의의 지시에 반박을 했다. 이는 절차에 맞지 않는 일이었다.

"윤구택은 고발을 한 자인데 먼저 국문하려는 뜻이 무엇입니까?"

"……"

박위는 얼굴빛이 변하여 우물쭈물했다. 심문은 절차대로 조유를 먼저 고문하게 되었는데 이를 두고 박위가 수상하다는 말이 대간들 사이에서 오갔다.

조유는 심덕부와는 만난 사실은 없고 다만 심덕부의 수하 진무(鎭撫, 장수)로 있는 조언 등 몇 명과 만난 사실이 있다고 실토했다.

연루된 자들에 대한 처벌이 잇달았다. 김종연은 비록 옥중에서 죽었지만 그의 사지를 찢어서 여러 도(道)에 돌렸다. 조유도 목을 베 죽였다. 그리고 조유가 심덕부의 수하 진무로 있는 조언 등을 만났다고 토설했으므로 그들에 대해서도 장(杖)을 쳐서 귀양을 보냈다. 김종연을 숨겨준 박가흥도 사전에 모의를 알고 있으면서 고변을 하지 않았으므로 목을 베고 가산을 적몰했다.

그러나 윤구택과 조유의 말이 틀리고 김종연은 이미 죽었으므로 연루된 자들이 부인하는 마당에 더 이상 벌을 주는 것은 불가하다는 여론이 조정 내에 일었다.

임금도 더 이상 벌을 주는 것을 반대했다. 연루된 자 중에는 공양왕 옹립을 주도한 심덕부, 지용기, 박위 등 중흥공신도 다수 포함되어 있었다. 공양왕은 즉위 초 자신을 도운 아홉 공신과 함께 종묘에 나아가 "공신이 비록 반역죄를 짓더라도 후손들에게 공을 잇게 하겠다"고 맹약을 한 일이 있기에 그들을 처벌하는 것을 주저했다. 그러나 임금의 뜻을 전해 들은 정도전이 가만있지 않았다. 그 처리가 부당하다고 고했다.

> "이미 고변자가 그들의 이름을 실토하였고 그들의 행동에
> 서 수상한 점이 발견되었습니다. 지용기는 김종연을 도망
> 가게 도왔고 심덕부의 수하 조언 등이 조유를 만나 모의한
> 사실이 밝혀졌으며, 박위는 심문관이 되어서 대간들에게
> 납득할 수 없는 지시를 하였습니다. 유사한 일의 반복을 방
> 지하기 위해서라도 이들을 그대로 놔두어서는 안 됩니다."

정도전의 뜻을 전해들은 헌부에서 다시 상소를 올렸다.

"이 시중의 목숨을 노리고 나라의 변란을 꾀한 자들을 어찌 그냥 놔두시려 하십니까?"

"비록 김종연은 죽었다고 하나 연루자들이 하였던 행적에 수상함이 드러나 있습니다. 그들이 비록 공신이라 할지라도 벌을 내려 나라의 기강을 바로 세우소서."

대간들이 날마다 궁궐 앞에 나가 엎드려서 논핵(論劾)을 했다. 마침내

임금의 교지가 내려졌다.

> "공신이라 해도 더 높은 반열에 올라 있는 개국공신을 죽
> 이려 한 것은 반역죄나 마찬가지이므로 이는 용서할 수 없
> 는 죄를 지은 것이고 대간들이 밤낮으로 죄주기를 청하니
> 그에 따르기로 한다."

이성계는 나라를 구한 개국공신 충의백 작위에 올라 있고 다른 공신
들은 품계가 낮은 충의백이기에, 품계가 낮은 공신이 높은 공신을 해하
려 한 것은 임금을 해치려 한 것과 같다는 논리를 들어 벌을 주라고 한
것이었다. 이는 이제 이성계를 왕으로 대접한다는 것을 임금 스스로가
인정한다는 의미이기도 했다.

지용기를 삼척으로, 박위를 풍주에, 심덕부를 토산으로 귀양 보냈는데
지용기는 유배지에서 죽었다. 그러나 심덕부와 박위 두 사람은 줄곧 무
고함을 주장했고 더 이상 죄를 줄 명분이 없었으므로 얼마 되지 않아서
사면했다.

이들은 모두 이성계에 못지않은 무공을 세운, 군사적으로 기반이 든
든한 사람들이었다. 좌상이 명백하게 드러나지 않았는데도 벌을 주고 관
직을 삭탈한 것은 이들을 지지하는 군사적 기반을 무력화시키려는 조치
였다는 말들이 돌았다.

지용기는 전라, 경상, 양광도 원수를 지내면서 왜적과의 전투에서 많은
공을 세웠고, 박위는 군함 100척을 동원, 대마도를 정벌하면서 적선 300
척을 격파하는 등 전과를 올려 왜구의 간담을 서늘하게 했다. 심덕부는
서해도 도원수를 있을 때 도원수 나세와 화약을 만든 최무선과 함께 진
포에 침입한 왜선 500척을 격파하는 등 혁혁한 공을 세웠고, 또한 서북
면 도원수로 있으면서 회군하는 이성계를 도운 든든한 지지자였다. 하여

이들이 갖는 군사적 배경은 이성계에게는 부담이 아닐 수가 없었다.

비록 이성계에게 군사적 실권이 주어졌다고는 하나 아직은 불안했다. 이들은 언제나 위협적인 세력이었다. 더군다나 이들은 이성계의 측근과는 달리 개혁에 소극적이고 때로는 발목을 잡기도 했는데 특히 심덕부가 정몽주와 어울리면서 그러한 기색이 더 했다.

정도전은 자신이 주도하던 전제 개혁이 반쪽으로 졸아들고 사병혁파 등 개혁이 무산된 것이 자신이 명나라 사절단으로 간 사이에 심덕부 등 공신 중 반개혁 성향의 인사들이 정몽주와 손을 잡은 결과라고 생각했다. 정도전을 비롯한 개혁파 인사들은 이 기회를 빌려서 심덕부, 지용기, 박위를 제거하고 이성계가 병권을 확실히 거머쥐게 해야 한다는 생각에서 이들을 적극 벌하라고 주장했던 것이다.

김종연 사건은 윤이 사건과 궤를 같이하는 것이었다. 당초 윤이 사건이 허무맹랑한 것이었기에 거기에 연루된 인사들의 죄란 있을 수 없었다. 억울하게 이름이 오른 김종연으로서는 가만히 당할 수 없었기에 구명운동을 하러 다녔던 것이고, 김종연과 접촉한 사람들은 그가 억울하게 당하고 있다는 것을 알기에 동정해서 신고하지 않았는데 이것이 조사 과정에서 김종연이 난을 일으키려 했다고 와전되었고 정도전은 이를 이용한 것이었다.

한편 정몽주는 그러한 정도전의 속내를 훤히 꿰뚫고 있었다. 그러함에도 그가 윤이 사건 때처럼 적극적으로 부당함을 주장하고 나서지 않는 것은 김종윤의 입에서 자신의 이름이 나왔고 또 근래에 심덕부와 가까이 지냈기 때문에 오해를 받을까 하는 우려 때문이었다. 그러나 그 일로 인해 고통을 받는 자를 생각해보면 그냥 지나칠 수는 없는 일이었다.

'삼봉, 억울함을 당하는 사람이 또 여럿 생겼네, 자네의 그 욕심이 어디까지 가려는지 내 결코 가만히 두고 보지만은 않을 것일세.'

정몽주에게는 이제 40년 지기의 우정이란 남아 있지 않았다. 그에게 '정도전'이란 반드시 제거해야만 할 정적이었다.

공양왕은 서둘러 개각을 단행했다. 유배를 간 심덕부가 차지하고 있던 문하시중 자리에는 이성계가 임명되었다. 수문하시중에는 정몽주가 앉았다. 이 밖에 이성계의 측근인 배극렴, 설장수, 조준이 문하찬성사 등 요직의 자리를 차지했다. 개각에 이어서 곧바로 군사제도의 개편도 단행되었다.

헌부에서 아뢰었다.

"중앙과 지방 군사의 통솔은 모두 이 시중이 하게 하시옵소서."

군권 장악은 이성계가 대업을 이루기 위한 숙제였다. 정도전은 군부의 지지를 받고 있는 핵심 인사인 심덕부, 지용기, 박위를 숙청했음에도 여전히 뿌리를 내리고 있는 그들의 잔당 세력마저 모조리 제거하고자 헌부의 제청을 빌렸던 것이다. 동시에 중앙과 지방으로 나뉘어 있는 군 체제를 중앙군으로 통합하여 3군 체제로 만들었다. 이는 각도의 원수가 지휘하던 병권을 회수하여 중앙통제를 강화하도록 하는 편제였다.

최고 사령관인 도총제사에는 이성계가 앉고 중군 총제사에는 배극렴, 좌군 총제사에 조준, 우군 총제사에는 정도전이 앉았다.

이로써 이성계의 세력은 조정과 군권을 모두 장악한 셈이 되었다. 이제 이성계는 문하시중으로 조정의 일인자일 뿐 아니라 군통수권까지 거머쥐게 되어 명실상부 최고의 권력자가 되었다. 이는 임금도 마음대로 갈아치웠던 무신시대의 실권자 최충헌에 비견되는 막강한 권력이었다.

임금은 혼란한 정국을 수습하기 위해 신하들의 직언을 듣고자 했다. 이에 정몽주가 직언을 올렸다.

"지금 사람들은 중국의 고사(故事)는 알고 있으나 본조(本朝, 고려 왕조)에 대해서는 잘 알지 못합니다. 청컨대 편수관(編修官)을 두어 역사를 편찬하여 식자들에게 널리 읽히고 교양을 쌓도록 하심이 어떠하신지요?"

"그것 좋은 생각이오. 편수관은 누구로 하여야겠소?"

"이색과 이숭인은 학문이 깊고 행동거지가 반듯하여 중국에서도 그 명성이 자자합니다. 전하께서는 지난날 이들을 사면하셨으나 아직 직첩은 내려주지 않았사옵니다. 이는 죄를 사하여 준 것일 뿐 인재를 중하게 여기는 일은 아니 오니 이들에게 편수관 일을 맡겨 역사를 편찬하게 한다면 후세 사람들이 이를 열람하고 모두 전하의 덕으로 칭송할 것이옵니다."

"오 그래, 그것 참 잘된 일이오. 그리하도록 하오."

임금은 그 즉시 이색, 이숭인, 우현보에게 직첩을 내려주고 심덕부는 죄가 없다 하여 유배에서 풀어주고 공신록을 돌려주었다.

"또한 전하께서 보위에 오르신 지가 3년이 되었사온데 아직 상국으로부터 고신(告身)²³⁾을 받지 못했사옵니다. 빠른 시일 내에 우선 세자를 책봉하시고 황제의 생신을 맞아 세자를 사절로 보내시어 축하를 드리도록 하시옵소서."

고신을 받는다는 것은 황제의 신하가 된다는 뜻이다. 그리되면 보위도 한결 든든해지는 것이다. 그러한 뜻에서 우왕, 창왕도 황제에게 고신 받기를 그토록 원했던 것이다.

---

23) 관리에게 주는 임명장, 즉 명 황제로부터 고려왕을 제후로 인정한다는 사령장을 말한다.

공양왕은 정몽주의 건의를 받아들였다. 그리하여 신하로부터 위협을 받는 자신의 자리를 한결 튼튼히 하고자 한 것이다. 서둘러 아들 석(王奭)의 세자 책봉식도 거행했다.

"삼봉 형님, 이게 말이 되는 일이오이까? 역적들을 사면한 것도 부족하여 이제는 그들에게 벼슬길까지 열어주다니 이게 어떻게 된 일입니까?"

이색, 우현보, 이숭인에게 직첩을 내린다는 교지가 내려지자 남은이 흥분을 해서 정도전을 찾아왔다.

"나도 그에 대해서 생각하고 있었네. 가만히 두고 볼일은 아닐세."

정도전도 그에 대해서 깊이 생각하고 있었던 듯 표정이 어두웠다.

"이 일을 주도한 자는 포은 대감이외다. 포은이 드디어 우리와 맞서자고 작정을 하고 나오는군요. 역적들에게 벼슬을 내려주도록 한 것은 저들과 손을 잡고 우리를 내칠 생각에서 벌이는 일이 아니겠소?"

"포은도 각오를 하고 벌이는 일이겠지. 나는 이미 포은과 일전을 각오하고 있네."

"만만치 않은 일이외다. 포은은 지난 세월 비방을 받을 만한 일은 한 적이 없고 또 젊은 사대부 중에 따르는 이가 많으니 그를 탄핵하기가 쉬운 일이 아닐 터인데……."

"그렇다고 이대로 두고 볼 수도 없는 일이지 않은가? 소나무를 재목으로 쓰려면 가시덩굴을 모두 제거해야 하는 것이네."

정도전의 얼굴에는 이성계를 받들어 기어이 새 시대를 열고야 말겠다는 결연한 의지가 서렸다. 그러기 위해서는 넝쿨과 같은 존재들은 반드시 베어내야 하는 것이다. 그런 연후에야 비로소 진정 평생 한처럼 가슴속에 품어왔던 '백성을 위하는 세상'이 이루어질 것이다.

휘영청 떠오른 달빛이 뜰 안에 가득했다. 달이 이리도 밝은 걸 보니 보름이 가까운 모양이다. 이성계는 달의 모양새를 보고 날짜를 어림잡아 보았다. 바쁜 일상을 보내느라 세월이 가는 것조차 잊고 있었다. 이성계는 오랜만에 달빛에 취해서 뜰 안을 거닐며 이런저런 상념에 젖었다.

'정녕 포은이 나와 척을 질 것인가?'

무엇보다도 포은과의 일을 생각하니 마음이 무거웠다. 포은과 인연을 맺어온 지가 어언 20년 세월이다. 처음 만났던 곳이 강원도던가……? 경상도 어디였던가……?

이성계가 왜구를 토벌하러 출정하는 곳에 정몽주는 여러 번 조전원수로 참여했었다. 전쟁을 치르는 동안 여러 날을 함께 묵으면서 두 사람은 서로 깊은 애정과 신뢰를 쌓았다. 이성계는 정몽주의 학식과 능력 그리고 고고한 인품을 흠모했었다.

정몽주 또한 이성계가 조정에 진출했을 때에 지지를 해주었다. 회군해서 최영과 일전을 치르고 우왕을 쫓아낼 때도 그랬고 여러 번 정변을 거치면서 조정 내에 발판을 굳힐 때도 그렇고, 정몽주는 그때는 적어도 드러내놓고 이성계를 반대하지는 않았다. 신씨 임금을 몰아내고 지금의 임금을 세우고자 할 때도 정몽주는 이성계의 편이었다.

'그런데 최근 일련의 일들을 보면…… 그는 나에게서 등을 돌린 것이 분명하다.'

포은이 무슨 마음을 먹고 이색과 우현보를 편들고 나선 것일까? 이성계는 정몽주가 이들에게 직첩을 내려주도록 건의하여 임금이 이들을 재등용한 것에 대해서 깊이 생각해보았다.

이색과 우현보는 구세력을 대표하는 인물로서 자신의 목숨을 노리는 일에 여러 번 가담했던 인사들이 아니었던가? 이성계 자신도 측근을 시켜서 그들에게 중죄를 주라고 여러 번에 걸쳐서 참소했었다. 그들과는 이미 돌아올 수 없는 다리를 건넌 사이인데 포은이 그들을 감싸고 돌다니…….

야속하기 그지없는 일이었다. 이성계는 밝은 달을 다시 한 번 쳐다보았다.

'내 고향 화령 땅에도 저 달이 비치겠지?'

그러나 이성계가 지금 맞고 있는 달빛은 고향 땅에서 맞았던 그 달이 아니다. 고향 땅의 달빛에는 따사로운 온기가 서려 있었다. 비치는 밝음도 더했다. 지금 개경 땅에서 맞는 달빛은 어떤가? 같은 달인 데도 사뭇 달랐다. 차가운 냉기가 감돌고 으스스한 살기마저 느끼게 하는 음산한 달빛이었다.

고향 땅 함흥에서는 모두가 한 가족처럼 끈끈한 유대를 맺었고 자신을 어버이처럼 섬기며 영웅으로 떠받들었다. 그때는 반목도 없었고 자신이 명을 내리면 모든 일이 무난했다. 그러나 지금은 동북면 변방 장수에서 그토록 열망하던 개경으로 진출하여 임금조차도 감히 어쩌지 못하는 최고의 권좌에까지 올랐건만 어깨에는 짐을 가득 얹어놓은 듯 가슴이 무겁기만 하다.

권력을 차지하면서 겪은 일들이 너무나 험난했다. 그 권력을 쟁취하는 과정에서 무수한 죄 없는 사람들이 죽어 나갔고 고통을 받았다. 전쟁터에서 마주친 적군의 목숨을 빼앗는 것은 내 강토를 지켜내고자 하는 일념에서 하는 일이고, 원수를 처벌해야 한다는 복수심에서 하는 일이어서 당당할 수 있었는데 권력 투쟁에서 일어난 참혹한 일들은 그와는 달랐다. 비록 정치적 견해가 달라 어쩔 수 없었다고는 하지만 당한 자들의 입장에서는 원한이 하늘에 닿는 일이고 그것은 대대손손 만세에 이어져 가는 일이지 않은가.

그러한 일을 당한 사람 중에는 최영과 조민수 장군 같은 이도 있다. 그들은 한때 목숨을 같이한 동지였고 여러 가지로 은혜를 베풀어준 대

선배이기도 했다. 이색 또한 그의 훌륭한 학식을 존경하여 한때는 가르침을 받고자 흠모했던 사람이다. 그들은 이제 이성계를 불공대천의 원수로 생각할 것이다. 그중에서 무엇보다도 애석한 것은 장남 방우가 아비를 보지 않겠다고 종적을 감추어 버린 일이었다.

그런데 이제 또 벗이던 정몽주가 등을 돌리고 적으로 맞서려 하고 있다니……. 삼봉이 찾아와서 이색과 우현보를 죽여야 한다는 말을 하고 갔다. 때에 따라서는 포은도 죽여야 한다는 말을 했다.

'또 한 번 원치 않는 피를 이 손에 묻혀야 하는가? 언제까지 이런 일이 반복되어야 하는가. 진정 대업은 달성할 수 있기나 할 것인가? 지금이라도 멈출 수는 없는 일인가?'

이런저런 생각에 일순(一瞬), 회의(懷疑)하는 마음이 들기도 했다.

'아, 오늘 밤은 저 크고 둥근 달이 유난히 슬프게 보이는구나!'

이성계는 문득 고향으로 돌아가고픈 생각이 들었다. 부질없는 모든 일을 내던지고 시기와 질투가 없고 생목숨을 잡는 억울함이 없는 고향 땅으로 돌아가서 진정 자신을 믿고 따르는 사람들과 함께 마음 편하게 지내고 싶다는 생각이 들었다.

• 4

정도전은 정몽주가 직언했던 일을 정면으로 반박하고 나섰다. 성균 대사성 김자수를 시켜 우선 세자 책봉의 부당함을 지적했다.

황제가 생일을 맞아 사절을 접견하여 세자의 인사를 받는다는 것은 고려왕을 제후로 인정한다는 것이 되어, 추후 대업을 일으키는 데 지장을 주는 일이므로 이를 막고자 한 것이었다.

"전하께서는 아직 황제의 선명(宣命, 조칙)을 받지 않았사온데 세자를 먼저 책봉하는 일은 예가 아니옵니다. 황제께서 아직 전하를 고려의 왕으로 인정하지 않고 있는데 어찌 아들인 세자의 축하 인사를 먼저 받겠사옵니까?

또 전하께서는 세자 책봉에 앞서 왕대비마마를 섬기셔야 하옵니다. 전하의 오늘 일은 모두 현릉대비(공민왕의 후비인 정비 안씨)의 명에 의해서 된 일이 온대 그 은혜를 잊지 마옵소서. 남의 후사를 잇는 것은 그 아들이 되는 것이옵니다. 비록 왕대비께서 전하를 생육하지는 않았으나 승통(承統)을 하게 했으니 마땅히 부모의 예로서 모셔야 합니다. 전하께서는 보위에 오르신 이후 한 번도 문안 인사가 없었는데 이는 도리가 아니옵니다."

정도전은 이어서 상소를 올렸다.

> 사람을 임용하는 데나 상벌을 내리는 데에는 사적인 감정이 개입하여서는 아니 되는 법입니다. 전하께옵서는 사사로운 정에 얽매여 벼슬과 상벌을 내리고 있으니 이는 정도(正道)가 아닙니다. 신원필은 전하를 보위에 올린 데 아무런 공도 없는 사람인데 어찌하여 가까이 두고 그의 이야기를 귀담아들으시는지요. 그는 이단사설(異端邪說)에 능한 사람입니다. 그는 나라에서 일어나는 지진과 홍수 등 재난이 모두 불심이 약하여 일어나는 일이라 하고, 지난날에 조반이 염흥방과 토지 문제로 다투다가 역적으로 몰렸던 일에 대하여 '조반이 목숨을 구한 것은 진작부터 부처를 섬겼기 때문'이라고 요설을 떠들고 다니기도 하였습니다.

"재난이 일어나는 것은 인간과 하늘의 이치가 어긋나서 일어나는 일이고 조반이 목숨을 구한 것은 염흥방이 이인임과 한편이 되어서 부정한 일을 저질러왔기에 이를 바로잡으려 한 이 시중의 분연한 결단으로 이루어진 것인데 어찌 불씨에 빌어서 된 일이라 하겠사옵니까? 전하께서는 어찌 이런 사람의 말을 들으시고 궁중에 불전을 마련하여 재난이 있을 때나 아침저녁으로 절을 하며 흥복을 비시는지요? 그는 또한 헌부에서 우현보, 홍수 부자를 벌주고자 논핵을 하면 전하께 거짓을 아뢰어서 성심을 어지럽게 하는 자입니다. 이러한 자를 멀리하시옵소서."

신원필은 한미한 집안 출신으로 우왕 대에 과거에 급제했다가 부정한 일에 연루되어 파직을 당한 사람인데, 이때 공양왕의 사저를 드나들며 왕가의 자손으로 한가한 세월을 보내던 공양왕(정충군)과 벗으로 친하게 지냈다.

공양왕은 그때 친했던 연고로 왕이 되자 곧 그를 흥복도감 판관 벼슬에 임명하여 가까이 두었는데, 그는 환관들과 어울려 간사한 짓을 벌이고 아첨을 잘해서 임금의 환심을 샀고 특히 불심이 돈독한 임금을 꼬드겨서 연복사 중흥에 많은 재정을 지원하도록 하여 재정 파탄을 가져와 사대부들의 지탄 대상이었다.

정도전은 불교의 폐해가 나라를 망치고 있다고 주장하는 배불론자(排佛論者)이기에 그를 쫓아내라고 간한 것이었다. 더군다나 그는 임금의 측근으로서 우현보를 감싸는 말을 자주했기에 더 미움을 받았다. 그는 결국 정도전의 참소를 받고 우현보의 일당으로 몰려 유배형을 받았다.

정도전에 이어서 밀직부사 남은이 상소했다.

"지난날 신우 복위 사건에 연루된 자 중에는 어떤 자는 죽음에 이르는 벌을 받았는가 하면 어떤 이는 벼슬에 복귀하여 한 점 부끄러움 없이 개경 저잣거리를 활보하고 있습니다. 이들은 또한 윤이, 이초 사건에도 연루되었고 이로 인하여 나라가 큰 변고를 받을 지경에 이르기도 했습니다. 다행히 조반 등 사신이 이를 상국의 예부로부터 전해 듣고 조정에 알림으로써 일은 잘 처리가 되었습니다만, 전하께서는 벌을 주어야 할 자들에 대해서 망설이고 계십니다. 이색과 우현보는 사건의 배후라는 것이 밝혀졌는데 어찌하여 벌을 주지 않으시는지요? 극형에 처하여도 마땅한 자들인데 어찌하여 벼슬을 내려주어 궁중으로 불러들이시는지요?"

임금은 빗발치는 상소를 궁중에 묵혀 둔 채 아무런 비답을 주지 않았다. 소심한 성정이기에 후유증을 생각하여 즉답을 피하며 혼자서 속앓이를 하고 있었다.

정도전이 이번에는 도당에다 글을 올려 이색과 우현보의 목을 벨 것을 청했다. 헌부에서도 정도전의 지시를 받고 이색, 우현보, 이종학, 이을진, 왕안덕, 이경도에 대해 다시 치죄할 것을 건의했다. 그러나 왕은 여전히 아무런 답을 주지 않았다.

"이색, 우현보는 만난의 근원입니다. 그들이 살아 있는 한
윤이, 이초의 변과 같은 일이 언제 또다시 생길지 모르는
일입니다."

대간에서도 번갈아 가며 상소했다. 정도전은 이색과 우현보를 두고서는 절대로 대업을 이룰 수가 없다고 보았기에 반드시 두 사람을 제거해야겠다는 마음이었다. 그러나 공양왕의 입장에서는 달랐다. 이색과 우현보가 비록 우·창왕 대의 중신이었다고는 하나 그들이 사라지면 조정은 온통 이성계 천지가 되어 자신도 언제 보위에서 쫓겨날지 모를 일이기에 어떡하든지 그들을 붙잡아 두려는 마음이었다. 더군다나 우현보는 왕실의 외척이니 그러한 마음이 더했다.

정도전은 자신의 뜻을 관철시키기 위해서 다른 방법으로 시위를 했다.

병을 핑계로 입궐을 하지 않았다. 임금은 정도전이 입궐하지 않자 마음이 졸아들었다. 대언(代言) 안원을 보내 정도전을 달래 입궐시켰다.

임금과 정도전이 독대를 하고 앉았다. 정도전은 임금의 마음을 상하게 했기에 불충죄로 벌을 받을 수도 있었다. 그러나 전혀 주눅이 들지 않았다. 임금이 오히려 답답하여 사정을 하고 싶은 마음이었다.

"이색과 우현보의 죄는 덮어두기로 한 지가 이미 오래되었는데 지금에 와서 새삼 죄를 묻고자 하는 상소가 빗발치는 이유는 경이 뒤에서 부추기고 있기 때문이 아닌가? 또 병을 핑계 대어 과인을 보지 않겠다는 것도 그런 뜻이 아닌가?"

"전하께서 말씀하시는 것이 틀리지 않사옵니다."

정도전은 부인하지 않았다. 벌을 줄 테면 줘보라는 듯 당당하게 대답했다.

"그들의 죄가 무엇인가?"

"두 사람은 신우가 임금으로 있을 때 중신을 지냈던 사람입니다. 우는 재위 시절에 포악한 성정으로 죄 없는 많은 사람을 죽였고 백성을 돌보지 않아 원성을 사 왔는데 어리석게도 최영의 꼬임에 빠져 요동 정벌을 추진하다가 보위에서 쫓겨났던 것입니다. 이에 이 시중을 비롯해 뜻있는 장수들이 왕씨로 왕통을 계승하고자 의논하였으나 역적 조민수가 욕심을 부려 우의 아들 창으로 하여금 대를 잇게 만들었습니다. 이때 이색은 우의 아들 창이 후사 임금이 되어야 한다고 주장했던 사람입니다. 전하의 입장에서는 크나큰 역적질을 한 사람입니다."

정도전은 막힘없이 이색의 죄를 주장했다.

"이색은 두 하늘을 머리에 이고 살고자 하는 사람입니다. 신씨로 하여금 보위를 잇게 하여 왕씨 왕통에 대역죄를 지었는데, 전하의 신하로서 벼슬살이를 한다면 일찍이 모셨던 우, 창에 대한 배신입니다.

그는 입으로는 향기로운 말을 하고 있으나 실제는 자신의 이익만을 좇아 사는 사람입니다. 그런데도 전하께서는 벌을 주지 아니하고 오히려 벼슬을 내려서 중히 쓰시려 하니 부당하다 지적하지 않을 수가 없습니다. 우현보 또한 이색에 비하여 그 죄가 가볍지 않으니 두 사람을 같이 중죄로 다스려야 마땅합니다."

"경의 말대로 하더라도 이색의 죄는 명백하나 우현보에 대해서는 죄상이 드러나지 않았다. 이를 어찌 같이 놓고 죄를 물을 수 있다는 말인가?"

"이색의 죄는 조민수가 창을 왕으로 옹립할 때 동의를 하였고 신우가 복위를 노리고 김저 사건을 부추겼을 때 여흥부로 찾아가서 신우를 만난 사실이 있는 등 그 죄상이 드러났으므로 극형에 처하여 불충한 자들에게 본보기로 삼아야 할 것이고, 우현보는 죄상이 명백하지 않다고는 하나 대간들이 죄를 주어야 한다고 하므로 유배를 보내시어 선한 자와 악한 자를 분리하여 두시는 것이 마땅하다고 생각되옵니다."

정도전도 우현보의 죄상이 명백하지 않다는 것을 알고 있었다. 그러나 그로부터 받은 상처가 부모의 대부터 너무 깊이 남아 있었기에 어떻게 하든지 이 기회를 빌려서 벌을 주어 오랫동안 품어왔던 원한을 풀고자 한 것이었다.

정도전은 당당했다. 임금의 기색에도 조금도 흔들림이 없었다. 공양왕은 정도전을 설득하여 뜻을 무마시키고 또 임금의 권위로 그의 의지를 꺾어 보려고 불러들인 것이었지만 그러한 의도는 전혀 먹혀들지 않았다. 그러한 정도전의 태도는 임금을 오히려 질리게 만들었다. 두렵기 조차했다.

공양왕은 끝내 정도전의 뜻을 꺾지 못했다. 마침내 공양왕은 마지못해 이색 등을 벌주라는 명을 내렸다. 이색을 함창(경상북도 상주시 함창면)으로 유배를 보냈고 아들 이종학과 이을진, 이경도를 먼 지방으로 유배를 보냈다. 그러나 우현보에 대해서는 여전히 아무런 조치를 하지 않았다.

공양왕은 정에 약한 사람이었다. 우현보를 끝까지 지켜주고자 하는 것은 딸 내외가 매일 찾아와 울면서 하소연을 하기에 죄상도 불분명하지만, 핏줄의 정에 못 이겨서 그리한 것이었다.

이색은 유배를 떠나는 심경을 한 줄의 시로 읊었다.

"어지러운 천하 진나라가 몇 번이나 지나갔던가"[24]

이 시는 송나라대 개혁적 정치가이자 문장가인 왕안석(王安石)이 지은 「도원행(桃源行)」의 시구, 순임금이 한번 가버리니 다시 얻을 수 있을 것인가, 어지러운 천하 진나라가 몇 번이나 지나갔던가[25]에서 따온 것이었다.

왕안석은 유교적 이상 정치를 실현하려다 모함을 받고 유배 생활을 하면서 '순임금의 태평성대는 한번 지난 후 다시 오지 않고 진나라 대와 같은 어지러운 세상이 거듭되고 있는 것을 탓하며' 난세를 피해 이상향[桃源]을 찾아서 부처도 찾고 옛 벗과 함께 술잔을 마주하여 풍류도 나누며 세상을 잊은 듯이 지내고는 있으나 한편으로는 쫓겨 들어온 처량한 신세와 언제 끝날지 모를 난세에 대한 답답한 심경을 읊었던 것인데, 이색은 어지러운 세상을 만나 거듭되는 모함을 받아 유배를 당하는 자신의 불운한 처지가 왕안석과 같은 마음이기에 그의 시 한 줄을 따서 읊은 것이었다.

• 5

'삼봉이 마치 제 세상을 만난 듯 하는구나. 삼봉, 네가 모시는 임금이 진정 누구더냐? 네 눈에는 이성계밖에 보이지 않는단 말이냐? 아직은

24) 천하분분과기진(天下紛紛過幾秦).

25) 원문은 "중화일거녕복득(重華一去寧復得) 천하분분경기진(天下紛紛經幾秦)"이다. 여기서 중화(重華)는 순임금, 즉 태평성대를 뜻한다.

이 나라가 왕씨의 나라인 것을 정녕 네가 모르고 있다는 말이더냐!'

정몽주는 이 모든 일이 정도전이 임금과 독대하여 일어난 일이라는 것을 전해 듣고서 몹시 화가 났다. 임금이 사정하다시피 했는데도 요지부동으로 듣지 않고 기어이 이색, 우현보 등을 참형하라고 고집을 부리다니…….

"삼봉이 전하께 하는 어투는 불손하기 이를 데가 없어서 감히 신하로서 임금에게 예를 갖추었다고 말하기가 어려운 지경이었습니다."

환관이 당시의 상황을 전하면서 임금이 불쌍하다는 듯 눈물을 글썽였다. 정몽주는 두 주먹을 불끈 쥐었다.

'내 정녕코 너를 더 이상 이대로 두고 보지는 않을 것이다.'

정몽주는 자신을 지지하는 인사들을 불러 모았다.

대간 김진양을 비롯해 강회백, 정희, 서견, 왕당, 유백순 등이 그들이었다.

"삼봉이 설쳐대는 꼴을 더 이상 볼 수가 없소이다."

"세자를 세우는 일은 종실의 일이고 세자를 세웠으면 의당히 황제께 문안을 여쭙는 것이 당연한 일이거늘 어찌하여 그까지도 문제를 삼는다는 말이오."

"대비마마를 소홀히 한다고 전하께 면박을 주었다 하지 않소. 대비마마의 교지로 전하가 보위에 오르긴 하였지만 이 말은 곧 대비마마의 눈에 벗어난다면 임금을 바꿀 수 있다는 협박이기도 한 것이오."

"직언을 올린 대사성 김자수가 제정신이 아니었던 모양이오."

"이색과 우현보, 이을진, 정회계 등은 윤이, 이초 사건에서 혐의가 없다고 모두 풀려났던 사람들인데 왜 새삼 벌을 주어야 하는지 헌부에서 소를 올린 자들도 모두 마찬가지가 아니겠소? 밀직부사 남은은 또 어떻고요? 혐의도 뚜렷지 않은데 극형에 처하라니, 이게 말이나 될법한 일이오?"

모두는 같은 뜻으로 부당함을 성토했다.

"이 모두는 여러 입을 거쳐서 나온 것이지만 실은 삼봉의 입에서 나온 것이 아니겠소? 모두가 삼봉의 비위를 맞추느라 올린 상소이니 삼봉이 문제인 것이오."

일행들의 성토를 듣고 있던 정몽주가 분노 가득한 목소리로 말했다.

"삼봉 그자가 미천한 곳에서부터 시작하여 재상의 반열에 오르니 마치 세상을 다 가진 듯이 기고만장하고 있소이다. 앞으로 이 나라가 어디로 갈는지가 걱정이오."

김진양이 맞장구를 쳤다.

"삼봉을 탄핵합시다."

"합시다."

정도전을 탄핵하자는 소리가 기다렸다는 듯이 터져 나왔다.

"삼봉이 저렇게 설치는 것은 뒤에 이 시중이 받치고 있기 때문이지 않소이까. 이 기회에 이시중도 함께 탄핵합시다."

성균사예 유백순이 말했다. 하나 정몽주가 이를 말렸다.

"이 시중에게는 아직 탄핵할 만한 죄가 없소. 그를 직접 탄핵하는 것은 전하께 불충하는 짓이오. 이 시중이 요동 정벌을 반대한 것은 상국에 대한 도리를 지키느라 한 일이고 우, 창을 쫓아낸 것은 신씨에게 빼앗긴 왕위를 되찾고자 한 일로 그로 인하여 전하께서 보위에 오르게 되었으니 오히려 상을 받을 일이오. 이색과 우현보 등 구신들을 벌주고자 하는 데에 그의 속내가 포함되어 있다고 볼 수도 있으나 그는 직접 탄핵하지 않았고 측근들이 알아서 한 일이니 어쩔 도리가 없는 일이 아니겠소?"

"포은 대감, 지금 시중에 떠돌고 있는 소리를 못 들어 보셨소이까? 참으로 듣기가 민망한 소리가 회자되고 있답니다."

"나도 들은 바가 있소. 목자득국(木子得國)은 이미 오래전부터 회자됐던 말이 아니오. 그것은 이 시중이 전쟁터에서 연전연승을 하니 백성들이 기대감에 차서 하는 소리겠지요. 또 목자(木子)가 이 시중을 꼭 지칭하였다고 볼 수도 없는 일이고……."

"이런 일도 있다고 들었소이다."

"또 다른 무슨 일이……?"

"의주에서는 말라 죽었던 고목이 살아나는 것을 보고 이 시중이 임금이 될 것이라는 소문이 퍼져 있다고 합니다."

정몽주는 유백순의 말을 일응 부인했으나 수긍이 가지 않는 바도 아니어서 고개를 끄덕였다. 이성계는 지금 신하로서 최고의 권력을 휘두르는 자리에 올라 있다. 그 권력은 임금조차도 어쩌지 못하는 무소불위한 것이다. 과거에도 신하가 임금 이상의 권력을 휘두른 때가 없지는 않았다. 또 그 권력을 이용하여 그 이상이 되려고 한 예도 있었다.

예종, 인종 때의 권력자 이자겸은 둘째 딸을 예종의 비로 바친 데 이어 셋째, 넷째 딸까지 예종의 아들인 인종의 비로 들여서 외척으로서 크나큰 권력을 행사했다. 이자겸에게 인종은 외손자인 동시에 사위가 되므로 왕실에 대한 예도 바치지 않았고 스스로 지국국사(知軍國事)[26]라 칭하면서 국정을 농단한 것도 모자라 인종을 암살하고 스스로 왕이 되고자 난을 일으켰다.

이자겸이 임금이 되고자 한 것은 『도선비기(道詵秘記)』에 전해 내려오는 십팔자득국설(十八子得國說)을 믿었기 때문이다. 十八子는 李의 파자(破字)이므로 이는 곧 이씨가 왕이 된다는 말이다. 이는 중국에서 전해 내려온 당나라의 건국을 예언했다는 풍설로 일종의 정치적 조작설인데 이를 도선비기에 옮겨놓았고, 권력을 움켜쥔 자가 이를 퍼뜨려 자신의 권력의 정당성을 인정받고자 이용한 것이었다.

이런 수법은 오늘날에도 정치적인 의도로 '지라시'라는 형태로 만들어

---

26) 나라의 모든 일을 맡고 있음을 뜻하는 관명.

져서 여전히 이용되고 있어서 실소를 하게 만든다.

'십팔자득국…… 목자득국이라…… 결국 이씨가 왕이 될 것이라는 말인데 이자겸의 꿈은 허황한 것으로 끝났지만, 지금의 이성계는 정녕 그 꿈을 실현시키기 위하여 이를 퍼트리고 있는 것인가?'

정몽주는 유백순의 이야기를 들으면서 이성계에 대한 의혹이 점점 커졌다.

"이 시중은 지금 군권을 쥐고서 군사를 사병 부리듯 제 마음대로 휘두르고 있고 군사에 쓸 물자를 자신의 사용(私用)으로 쓰고 있다는 말도 있답니다."

순녕군 왕담이 거들고 나섰다.

"이 시중과 장수들이 무진년 요동을 치라는 왕명을 거역하고 회군을 한 것은 공이 아닌데도 그 일로 여러 사람들이 상을 받았고 삼봉 등이 이성계를 떠받들고 권력을 마음대로 부리니 이는 지난날 무신정권 때의 일이 다시 되풀이되는 듯합니다……."

"이성계를 두고서 삼봉만을 제거하는 것은 뿌리는 놔둔 채 풀만 베는 것이 되니 뿌리까지 뽑아서 아예 근원을 없애야 합니다."

왕담과 유백순이 주거니 받거니 이성계를 험담했다.

"……그러나 이 시중과 그 일당을 한꺼번에 몰아내기는 아직 우리의 힘이 약하니……."

생각이 깊어 별말을 하지 않고 있던 정몽주가 이야기의 끝판을 정리했다.

"이 시중은 지금 문하시중에다 삼군도총제사를 맡아 조정 권력과 군권을 같이 쥐고 있어 이에 맞대응하기에는 우리의 힘이 너무 부족하오이다. 삼봉이 이 시중의 중요한 책사 노릇을 하고 있으니 삼봉과 함께 조준 등 측근 인사 몇몇을 제거한다면 이 시중의 세도 꺾일 것이니 그때 가서 이 시중도 도모한다면 일이 수월해질 것이오이다."

"그게 좋을 듯합니다. 그렇다면 삼봉을 탄핵하는 일은 제가 맡아서 하겠습니다."

김진양이 대간의 직책을 맡고 있으니 삼봉을 논핵하겠다고 자청하고 나섰다.

• 6

'우현보를 벌 받게 하지 않으면 내 이 일을 추진하지 않음만 못하다!'

정도전은 스승인 이색조차도 극형에 처하라고 상소를 올리고 유배를 가게 만든 마당에 우현보가 이번에도 벌에서 빠졌으니 그를 감싸고도는 공양왕에게 여간 서운한 감정이 아니었다.

정도전은 우현보에 대해 어렸을 때부터 품었던 원한이 골수에 사무친 듯 깊었는데 번번이 벌을 피해 나가는 것을 보니 분하지 않을 수가 없었다. 비록 우현보의 손자 우성범이 임금이 예뻐하는 사위라 하더라도 용서할 수가 없었다. 기어이 벌을 주고 말 것이라고 속으로 이를 갈았다.

임금이 더 이상 비호하지 못하도록 우현보에 대한 죄상을 낱낱이 조사해서 다시 소를 올렸다. 그 일에는 형조와 헌부에서 일하는 자파의 세력을 모두 동원했다.

상소는 거의 매일 계속되었다. 임금은 쌓이는 상소문을 앞에다 놓고 한숨을 쉬었다.

'정말로 끈질긴 자로고……'

상소가 더해갈수록 임금의 정도전에 대한 미움도 더해갔다. 그러나 정도전 뒤에 이성계라는 막강한 인물이 철벽처럼 받치고 있으니 행동으로 미움을 표시할 수가 없었다. 생각다 못해 묘안을 내었다. 우대언으로 있는 이방원을 조용히 불렀다.

"내, 그대에게 한가지 청이 있어 이렇게 불렀노라."

"……?"

"정당문학 정도전이 헌부를 동원하여 연일 우현보의 죄상을 들춰내어 벌을 주라고 주청하는 것이 도를 넘어 과인이 정무를 볼 수가 없을 지경에 이르러 있다. 그대가 가친에게 가서 상소를 멈추도록 간청을 해보라."

정도전이 상소한 것은 죄인을 벌주라는 것이었다. 죄를 주고 안 주고는 임금 자신이 결정할 문제였으나 공양왕은 이를 이성계의 사주에 의한 정쟁이라고 판단했기에 이성계의 눈치를 보며 무마하려고 한 것이다.

이성계는 아들에게서 임금의 뜻을 전해 들었다.

"전하께서 어찌하여 나에게 직접 하교하지 않고 너를 통해서 말을 하였느냐?"

"그 뜻은 분명치 않으나 아버님께서 뒤에서 일을 주선하고 있다고 보는 것 같았사옵니다. 전하는 아버님을 의심하고 계시는 것 같았사옵니다."

"음…!"

이성계는 임금이 자신을 삼봉의 배후라고 지목하고 있는 것이 개운치 않았다. 임금이 왕위에 오른 것은 자신의 주도로 된 일인데 이제 와서 자신의 의도를 의심하고 의혹 어린 시선으로 보고 있으니 그에 대한 실망이 컸다. 또 임금에게 속내를 다 내보인 것 같아서 체면을 구겨버린 민망함도 들었다. 자칫 빌미가 잡혀서 공격을 당할 우려도 걱정하지 않을 수 없었다.

그렇지 않아도 자신에 대해 이러쿵저러쿵 뒤에서 비방하는 소리를 듣고도 못 들은 척해왔는데 임금조차도 자신을 불신하고 있으니 이대로 있어서는 안 되겠다는 생각이 들었다.

"너의 생각은 어떻게 하는 것이 좋으냐?"

"이는 삼봉 대감의 생각입니다. 전하께서 우현보를 싸고도는 정도가

지나치십니다. 아버님께서는 모른 척 두고 보십시오."
"그리 생각하느냐?"

 임금은 한동안 이성계의 눈치를 보고 있었으나 이성계는 아무런 표를 내지 않았다. 이 사이에도 우현보를 벌주라는 상소는 계속되었다.
 임금은 어쩔 수 없이 우현보에 대해 조치를 취했다. 우현보를 철원 땅으로 귀양 보내고 도평사에 명을 내렸다.

> "윤이, 이초의 일로 한동안 어수선하여 정무를 볼 수 없었
> 는데 이로써 죄인을 벌하였으니 더 이상 이 일에 대해서
> 논쟁을 하지 마라."

 그러나 이 일은 정도전을 비롯한 이성계 일파가 역풍을 맞는 계기를 만들었다. 위기를 느낀 구세력들이 다시 뭉쳐서 이성계 일파를 공격하기 시작했다.
 이색과 우현보, 구세력의 중심인물이 제거된 마당이라 정몽주가 새로운 인물로 부상하여 일을 추진했다. 정몽주는 이제 이성계의 속내가 무엇인지도 확실히 눈치를 챘다.
 '고려를 위하여!'
 정몽주는 아무리 어지럽고 구실을 못하는 나라이긴 하지만 고려라는 나라가 없어진다는 것은 상상할 수가 없었다. 신하가 임금을 배신하고 왕위를 찬탈한다 함은 있을 수 없는 일이었다. 자신은 고려의 신하로 남아 나라를 바로 세우는 일을 택하고자 결심한 것이었다.
 '이 내 몸이 죽어서 백골이 진토가 되어서라도 내 기어이 고려를 지켜 내리라!'
 정몽주는 이성계를 부추기는 인물로 정도전과 조준, 남은을 꼽았다.

그들만 제거한다면 윤소종과 오사충 등 그를 따르는 무리들은 쉬운 상대이고, 그렇게 된다면 이성계의 꿈은 저절로 무산될 것이고, 고려도 무사할 것이라고 계산을 했다.

대간 김진양이 정도전을 탄핵하는 상소를 올렸다.

> "삼봉은 가풍이 바르지 못하고 족보가 밝혀지지 않은 한미한 가문 출신인데 과분하게도 큰 벼슬을 받고서 조정을 어지럽히고 있나이다. 이색과 우현보는 삼봉과는 사제간이며 척(戚) 간이 되는데 삼봉은 인륜의 도를 무시하고 두 사람에 대하여 죄상도 분명치 않은 것을 들추어내어서 중죄를 주라고 여러 차례 간하였습니다. 이는 유자(儒者)의 도리가 아니어서 백성들이 본받을까 두려운 일이 오니 중벌을 주어서 만백성으로 하여금 경계하게 하옵소서."

이 내용은 정도전에게도 전해졌다.

'비열한 놈들!'

정도전은 탄핵 내용에 출생에 대한 험담이 들어 있다는 것을 듣고는 당장에라도 달려가서 물고를 내고 싶은 마음이었으나 치밀어 오르는 분노를 가까스로 참았다. 가문이 한미하고 족보가 밝혀지지 않았다는 것은 치부를 들추어내어 창피를 주자는 것이 아닌가? 모친이 종의 여식이었다는 사실은 그에게는 천형과 같은 것이었다. 자신에게뿐 아니라 그것은 부친에게도 큰 짐이었기에 부자는 그에 대한 아픔이 유달리 컸다.

오늘날 우현보를 그리 줄기차게 극형에 처하라고 주장하는 이유도 우현보 부자가 아버지 정운경과 정도전 자신 보기를 벌레 보듯 하며 미워했기에 그를 되갚아 주고자 하는 응어리가 컸기 때문이었다. 이제 그 아픈 상처를 정몽주조차도 건드리고 있는 것이었다.

'그래 이놈들, 종의 자식으로 태어나고 싶은 사람이 어디 있고 명문의 자손으로 태어나고 싶지 않은 사람이 어디 있더냐? 내 반드시 네놈들이 내 앞에서 무릎을 꿇는 날을 만들고야 말 것이다. 왕후장상의 씨가 어디 다르다더냐.'

임금은 정도전을 탄핵하는 상소를 앞에 놓고 망설였다. 생각 같아서는 참소가 있음을 핑계로 정도전을 내치고 싶은 마음이었으나 그 뒤에 서 있는 이성계를 생각지 않을 수가 없었다. 또 올라온 상소 내용을 보면 정도전의 죄라는 것은 실상이 없는 것이었다.

가풍이 바르지 못한 자가 높은 벼슬에 올랐다고? 스승과 집안의 어른을 모함했다고? 이는 다 그 나름의 이유가 있었던 일이고 임금 자신과 관계되는 일이 아닌가?

죄로 논하기에는 유치한 일이었다. 만약에 죄도 명확치 않은데 벌을 준다면 그의 편들이 벌떼같이 일어날 터인데……, 먼저 이성계부터 눈을 부라리고 덤벼들 터인데……. 임금은 그런 일을 당해내기가 쉽지 않겠다는 생각을 했다. 임금은 아무런 조치를 못 하고 눈치만 보며 어물쩍거렸다.

정도전은 자신이 받은 탄핵에 대해 구구절절 변명하기를 원하지 않았다. 그는 임금의 조처가 있기 전에 먼저 사직원을 내버렸다. '자신은 부당한 일을 하지 않았다. 하니 죄를 줄 테면 주어보라'고 당당히 맞선 것이었다. 정도전은 그간에 추진해온 일에 대해서도 여러 소리를 들어왔다. 이번 기회에 그러한 뒷소리까지도 끄집어내 공론화시켜서 평가를 받는 당당한 모습을 보여주고 싶었다.

> "소신이 전제 개혁을 하고자 건의한 것은 원래 토지 소유는 국유인지라 이를 모두 전민에게 경작게 하고 거기서 나오는 조세를 거두어 국가 재정을 확보하고 군량미도 넉넉히 하며 사대부의 녹도 주어 나라의 근심도 없게 하려는 것입니다.

또 사병을 없애고 한량관을 개경으로 불러 궁정 숙위를 맡게 한 것은 장수들이 사사로이 군사를 거느리는 것을 막아 모두 전하의 군사로 편입시켜 국방을 튼튼히 하고자 함이고 구가 세력에 의하여 군역을 기피하는 수단으로 이용되는 한량관 제도는 오래전부터 백성의 원망을 받아왔으므로 이를 바로잡고자 한 것입니다. 소신이 전제 개혁을 하고자 하니 구신들이 옛 제도를 함부로 뜯어고친다고 비난하고 좌군 총제사가 되니 군사제도를 제멋대로 한다고 비난을 하였습니다.

이제 소인배들이 작당하여 소신을 비천한 가문 출신이 높은 벼슬에 올라서 유자의 선배를 함부로 대한다고 비난을 하고 있습니다. 청컨대 소신의 사직을 허락하여 주시옵소서."

정도전은 자신이 비난을 받아야 할 이유가 없는데 모함을 받고 있다고 항변하면서 차라리 사직하겠노라 배짱을 부렸다. 결국 임금은 정도전의 탄핵을 묻어두고 말았다. 그리고 사직원을 반려했다.

• 7

정도전에 대한 탄핵 건이 마무리되고 얼마 되지 않아서 임금에게 익명의 투서가 올라왔다. 이를 받아 본 임금은 깜짝 놀랐다.

"무진년에 요동을 치라는 임금의 명을 거역하고 회군을 한 일은 장수들이 상을 받을 일이 아니 온대 그 일로 상을 받았고 또 신우를 몰아냈을 때 그 아들 창으로 하여금 대를 잇게 한 것은 당연한 일인데도 창을 세운 대신들이 옥에 갇히는 등 벌을 받았습니다.

이는 지난날 의종 때에 난을 일으킨 무인들이 정권을 획득

하기 위하여 문신들을 탄압하는 등 법에도 없는 일을 저질
러 나라를 어지럽힌 일과 다르지 않사옵니다. 난신적자들
이 나랏일을 제멋대로 하고 있으니 이는 지난날 무신정권
때와 다름이 없는 일이라 여겨져서 나랏일이 심히 위태롭
사옵니다."

투서의 내용은 이성계의 이름을 직접 명시하지 않았으나 이성계를 비
롯하여 회군에 동조했던 장수들과 측근들을 비난하는 것이었다.

임금이 당황한 이유는 보위에 오른 이후 여태껏 여러 번의 상소를 받
았지만 이처럼 노골적으로 이성계를 비난하는 내용이 없었기 때문이었
다. 오늘날 임금이 보위에 오르게 된 것은 이성계의 주도로 된 일이기에
그를 비난하는 일은 곧 임금을 욕하는 것이 되어 누구도 이성계를 직접
대놓고 비난하지는 못했다. 뒤에서 수군거리며 일을 꾸민 일은 있었지만
적어도 상소문을 올려서 비난한 일은 없었다.

임금은 상소문을 읽고서 한동안 망설였다. 어떻게 처리해야 할지 난감
했던 것이다. 얼마 전 정도전이 사직원을 냈을 때도 이성계의 눈치를 보
느라 이를 처리하지 못하고 반려했는데 이제는 그보다 더해 이성계를 직
접 비난하는 상소를 접했으니 어떻게 처리해야 할지 판단이 서지 않았
다. 비록 익명으로 올린 상소이기는 해도 누군가가 일의 추이를 내밀히
살피고 있을 터이니 묻어두고 있을 수도 없는 일이었다. 그렇다고 이성
계를 문초하라는 명을 내릴 수는 더욱 없는 일이었다. 임금은 생각다 못
해 도평사에 상소를 내려보내 의논을 해보라 했다.

도평사에서도 시끄러웠다. 내용이 도평사의 최고 수장인 이성계와 회
군 이후 정국의 주도권을 쥐고 있는 장수들에 대한 비난이었으니 뜨겁
기는 마찬가지였다. 도평사에서는 '내용이 익명으로 된 것이라 모함을
하려는 짓에 불과하다고 하여 익명의 투서자를 조사해야 한다'고 결론을
내렸다.

투서는 순녕군 왕담과 성균관서예 유백순이 모의하여 저지른 일로 밝혀졌다. 형조에서 두 사람을 붙잡아다 문초하고 도평사에서 상소를 올렸다.

> "무릇 국가의 이해에 관계되는 일이나 군사 기무에 관한 중대한 일을 논하는 것과 간당(奸黨)의 죄상을 고발하는 것은 일월을 분명히 명시하고 죄상을 확실히 지적하여 진술하여야 하는데 몰래 익명서를 투서하거나 말을 조작하여 비방하는 일은 국정을 교란케 한 것이므로 죄인이 비록 종친이나 귀척(貴戚)이라 하더라도 직첩을 회수하고 엄벌로 다스려야 할 것이 옵니다."

임금은 아룀을 듣고서 고개를 숙이고 한참을 머뭇거리다가 마침내 허락을 내렸다. 왕담은 왕실 족보에서 삭제하고 견주로 귀양을 보내고 유백순은 곤장을 쳐서 귀주로 귀양을 보내 일을 마무리 지었다.

일은 마무리되었지만 이성계의 마음은 편치 않았다. 이성계는 자신에 대한 비난이 노골적으로 거세지고 또한 임금이 불신하는 눈치이니 언젠가는 그 화가 자신에게 미칠지도 모른다는 생각을 했다.

이성계는 수많은 전쟁터를 누벼왔고 또 무진년 이후 간적을 물리치고 위화도 회군으로 정권의 핵심이 되어 임금조차도 갈아치우는 대범한 일을 한 것은 오로지 나라와 백성을 위한다는 대의에서 한 일이라고 자부해왔다. 그러나 세상인심이 자신을 그렇게 보지 않고 있었다.

세상인심은 자신을 무인시대에 권력을 탐했던 정상배 수준으로 보고 온갖 음해를 하고 있으니 참으로 견뎌내기가 어려웠다. 차라리 작지만 동북면을 지키며 영웅으로 지냈던 그 시절이 그립다는 생각이 들었다.

고금의 역사에 등장하는 수많은 권력자들이 천하에 군림하며 세를 부렸지만 영원하지가 않았다. 권력이란 가볍고 간사한 것이어서 자칫 소홀히 다루면 언제 곁을 떠나가 버릴지 모르는 것이다. 권력은 허울과 같은 것이어서 그것이 벗겨지면 한낱 허망함만 남는 것인데……. 이성계는 문득 고향 땅 화령으로 돌아가고픈 생각이 들었다.

이성계는 측근들을 모아놓고 심경을 밝혔다.

"내가 그대들과 함께 왕실을 위해 힘을 다해왔는데 헐뜯는 말이 끊이지 않으니 가슴이 아파 견딜 수가 없소이다. 내가 이쯤에서 물러난다면 나를 더 이상 비난하지는 않을 것이고 내 스스로 물러났으니 나중의 화를 면할 수도 있을 것이 아니오. 나는 이제 다 내려놓고 고향 땅 화령으로 가서 편히 여생을 보내고자 하오."

"예?"

"갑자기 그게 무슨 말씀이시옵니까?"

갑작스러운 부름을 받고 모여든 정도전, 조전, 남은, 조인옥, 배극렴 등 측근들은 뜻하지 않은 이성계의 말을 듣고 기겁을 했다.

"왜, 갑자기 그런 말씀을 하시는지요? 소신들이 들으니 놀라워서 입이 다물어지지 않사옵니다."

"전국시대 연나라 사람 채택은 어렵게 재상의 자리에 올랐지만 '일 년 사계절이 바뀌듯이 성공한 자는 그 자리를 떠나야 한다'며 미련을 두지 않고 떠났소. 나도 변방을 지키던 장수에서 문하시중의 자리에까지 올랐으니 이제 그만 미련을 접고 떠나려는 것이오."

정도전도 기가 막히고 황당한 일이라 눈을 똥그랗게 치뜨며 물었다.

"무슨 그런 허망한 말씀을 하시옵니까? 우리가 시중 대감과 함께 이루고자 하는 일은 나라는 있되 나라 구실을 못하고, 백성은 있되 사람 취급을 못 받는 이 나라를 바로 세워서 만세에 물려주고자 함이 아니었습니까? 시중 대감의 귀에는 저 불쌍한 백성들의 비명소리가 들리지 않으시옵니까? 채택은 재상 자리에 올라 성공했다 하여 물러난 것이지만 시중께서는 아직 성공도 하지 않으셨는데 어찌 지금 물러나시려 하십니까?"

"허허, 동북면의 시골뜨기가 문하시중까지 올랐으면 성공한 것이 아니오? 나에게 성공이란 대체 무엇을 뜻한다는 말이오?"

"시중께서 이루시는 성공은 저 불쌍한 백성들이 희망을 갖는 나라를 만드시는 것입니다. 그때까지는 성공하였다고 할 수가 없습니다. 물러나신다는 말씀을 거두어 주소서."

"나라를 바로 세운다? 백성을 구한다? 나도 그런 일념으로 수많은 전쟁터를 누볐고, 임금의 명령조차도 어기고 말머리를 돌려 회군하여 신우와 창 부자를 쫓아내고 왕씨로 하여금 임금의 대를 잇게 하였소. 그러나 너무 힘이 드오. 나 자신은 사심이 없는데, 뒤에서 헐뜯는 소리가 너무 심하오.

나를 마치 옛날 무인정권 시대에 정권을 찬탈한 난신적자에 비유하는 것도 그렇고, 내 손으로 앉힌 전하마저도 나를 불신하고 있으니 이 어찌 견딜 노릇이겠소. 한나라를 세운 공신 장량(張良)은 나라를 세우고 난 뒤 신선을 따라가겠다고 낙향을 하였소. 그러한 장량을 유방은 한신과 영포, 팽월 등 여러 공신들을 죽이면서도 목숨은 살려 주었소. 그 이유가 무엇이겠소? 장량이 더 이상 자신의 역할이 없음을 알고 벼슬에서 물러나는 겸양을 부렸기 때문이 아니겠소.

나도 이쯤에서 고향으로 물러나 여생을 보내고자 한다면 나를 헐뜯는 사람도 없을 것이고 또한 죄도 뒤집어씌우지 않을 것이 아니오. 나는 고향으로 내려가 여생을 편하게 지내고 싶소."

"아니오이다. 그렇게 할 수는 없는 일이옵니다. 지금 종묘사직과 백성의 운명이 오직 시중 대감 한몸에 달려 있는데 어찌 가고 말고 하는 것을 경솔히 정할 수가 있습니까? 머물러 있으면서 왕실을 돕는 것이 좋습니다. 한구석에 물러나 있게 되면 헐뜯는 말이 더욱 거세어져서 종국에는 '다른 마음을 먹고 있다'고 무고도 할 것이고 그때 당하게 되는 화야말로 측량하기가 어려우니 생각을 바꾸어주소서."

정도전은 간곡히 설득했다. 모여 있는 일행 모두도 정도전과 같은 심정으로 이성계를 설득했다. 그러나 이성계는 이미 결심을 굳힌 듯 흔들리는 기색이 없었다. 같은 이야기가 결론을 내리지 못하고 밤이 이슥해지도록 되풀이되었다. 간간이 고성이 들리기도 하고 간절히 읍소하는 소리도 들렸다.

• 8

이성계의 갑작스러운 사직 소동으로 정국은 일대 소용돌이를 쳤다. 이성계의 측근들은 큰 위기를 맞이하여 대책 마련에 부심한 반면에 이는 정몽주 측에서 맞는 뜻밖의 호기였다.

공양왕에게도 혼란스러운 일이었다. 공양왕은 이성계의 저의가 어디에 있는지 살피느라 사직원을 처리하지 못하고 눈치를 살폈다. 이성계는 사직원을 제출했지만, 그의 측근들은 사직원을 반려하라고 궁궐 앞에서 연일 연좌 농성을 벌이고 정몽주는 은밀히 찾아와서 사직을 수락하라고 부추기고 돌아갔다. 이런 와중인데도 이성계는 이렇다 저렇다 말도 없이 입궐하지 않고 있으니 답답하기 짝이 없는 노릇이었다.

마음이 유약한 임금은 어떠한 결정도 못 내리고 있는데 정도전을 비롯해 조준, 남은, 배극렴 등이 뵙기를 요청했다.

"이 시중의 사직을 윤허하시면 아니 되옵니다. 지금 이 시중이 사직한다면 회군 이후 사직(社稷)을 바로 하고자 한 여러 조치들이 무위로 끝나는 것이옵니다. 이 시중은 신씨에게 도둑맞았던 이 나라의 왕위를 되찾아온 나라의 큰 공신입니다. 이 시중의 결단이 없었으면 아직도 이 나라는 여전히 신씨의 나라일 것입니다. 아직도 신씨의 신하들이 옛 임금에 대한 미련을 버리지 못하고 있는 가운데 이 시중이 사직을 한다면 나라가 또다시 크나큰 위기에 빠질 것입니다."

"이 시중은 전하를 보위에 올린 데 일등 공신입니다. 이 시중이 사직을 한다면 전하의 보위는 누가 지켜줄 것인지를 생각하소서."

정도전은 이성계가 물러나면 임금의 자리도 무사하지 못할 것이라고 아예 협박을 했다. 이들 이성계의 측근들이 물러가고 난 뒤에 이번에는 정몽주가 찾아왔다.

"지금 이 시중을 쫓아내지 않으면 나중에 큰 화를 당할 수 있습니다. 이 시중은 지금 임금보다도 더한 권세를 누리고 있습니다. 이는 과거에 무신정권 때나 있었던 일입니다. 이 시중의 사직을 윤허하여 주시옵소서."

"이 시중은 신씨 왕을 폐하고 과인을 보위에 올린 사람이 아니오? 그런 공신인데 어찌 그 공을 모른 척할 수가 있겠소?"

"이 시중은 다른 마음을 먹고 있는 사람입니다. 겉으로는 전하의 신하인 척하지만 그는 조정과 군부의 권세를 한 손에 쥐고서 나랏일을 마음대로 휘두르고 있습니다. 정도전과 조준, 남은 등은 이 시중의 세를 등에 업고 자신들에 반대하는 사람은 모두 적으로 여겨 죄를 덧씌워 조정에서 쫓아내고 있습니다. 소신은 이들이 장차 무슨 일을 도모할지 크게 의심스럽습니다. 이들은 나라의 큰 근심거리 오니 이참에 이 시중을 사직게 하고 그 패거리를 정리하여 이 나라를 전하의 나라로 반석 위에 올리셔야 하옵니다."

"이 시중의 사직을 받아준다면 그 후의 일은 어떻게 할 것이오?"

"그 자리에는 심덕부를 앉히십시오. 심덕부는 지난번 김종연의 역모에 가담하지 않았는데도 무리하게 죄를 씌워서 귀양을 보냈습니다. 지금도 그는 죄가 없다고 떳떳하게 주장을 하고 있습니다. 그를 문하시중으로 앉히시고 장차 이색, 우현보 등 이 시중으로부터 탄압을 받았던 사람들을 궁궐로 다시 불러들이셔서 그들로 하여금 전하를 가까이서 보필하게 한다면 저들이 전하의 권위를 함부로 넘보지 못할 것이옵니다."

"그 사람들을 다시 불러들인다면 정도전 등 이 시중 측근들이 벌떼같이 일어날 터인데 그것은 또 어쩌고?"

"삼봉이 제일 문제입니다. 삼봉을 지방으로 내려보내소서. 먼저 삼봉을 개경에서 멀리 떨어져 있게 한 후 다른 사람들도 내치시면 전하의 입지는 반석에 올려놓은 듯 튼튼해질 것이옵니다."

정몽주는 이성계가 사직하면 구신들과 손을 잡고서 임금을 받들 것이라고 구구절절 건의하고 돌아갔다.

공양왕은 정몽주를 돌려보내고 깊이 생각했다. 정몽주의 말대로 이성계의 사직을 허락할 것인가. 하지만 그것은 역시 쉽지 않은 일이었다. 어쨌든 이 시중은 자신을 왕으로 앉힌 일등 공신이다. 그런 의리를 생각한다면 이성계의 사직소를 기다렸다는 듯이 윤허할 수 없는 일이었다. 그러나 한편으로는 이 기회에 사직을 받아주어 그를 따르는 패거리들의 세를 꺾어 놓아야겠다는 생각도 들었다.

이성계는 지금 조정 내에서 최고의 권력을 누리고 있다. 삼봉 등 그를 따르는 무리들은 임금은 안중에도 없고 이성계의 의중만을 좇고서, 마치 이성계를 임금 떠받들 듯이 하고 있다. 이성계 또한 군권까지 움켜쥐고서 자신을 반대하는 세력들을 겁박하고 있다.

임금 자신도 그 세에 눌려서 뜻을 펼치지 못하고 눈치를 보아야 하는 처지이니 이 기회에 이성계의 사직을 허락하고 정몽주의 말대로 이색 우현보 등 원로인사들을 불러들여 조정을 꾸려나가는 것이 옳다는 생각도 들었다. 그러나 그것도 어려운 일이었다. 이색은 지난날 조민수가 신우를 폐하고 그 아들 창으로 하여금 대를 잇고자 할 때 그에 적극 동조한 사람이고 우현보 또한 사돈 간이긴 하지만 창을 지지했고 우왕 복위 사건에 연루된 사람이다. 그들은 우, 창 전왕의 신하여서 그들의 눈으로 보면 지금 임금 자리를 차지하고 있는 자신은 역적인 셈인데 그들을 중용하면서 임금 자리를 유지한다는 것은 명분이 서지 않는 일이었다.

또한 구세력을 재기용한다는 것은 필연적으로 이성계 일파의 반발을 불러오는 일인데 그들이 이를 핑계 삼아 어떤 일을 저지를지도 알 수가 없는 일이었다. 이성계는 문하시중 자리는 내놓는다고 하면서도 삼군도 총제사, 군권에 대해서는 아무 말이 없다. 자칫 빌미를 주어서 임금의 자리까지도 위태롭게 하는 일이 벌어질 수도 있는 일이다.

임금은 이런저런 고민을 하다가 마침내 이성계에게 사직을 허락하지 않는다는 비답을 내렸다.

> "경의 갑작스러운 사직소에 과인은 놀라운 마음을 금치 못하오. 경은 남이 하는 뒷말을 근심하여 사직을 하고자 하나 이는 이유가 합당치 않소. 높은 지위에 있으면서 조심하는 것은 경의 처신으로 옳은 일이나 경이 떠나면 나는 누구를 믿고 정사를 돌볼 것이오. 부디 나의 기대를 저버리지 마오."

그리고는 인사를 단행했다. 이성계가 문하시중을 사직했기에 그 자리에는 유배를 갔던 심덕부를 앉히고 대신 이성계는 판문하부사로 자리를 옮겼다.

정도전에 대해서는 일전의 탄핵 상소가 있었음을 이유로 평양부윤으로 발령을 냈다. 이는 이성계에게 명분을 주어 궁궐에 남게 하는 대신 더 이상 세력이 발호하지 못하도록 견제하고자 하는 정몽주의 계책을 받아들인 것이었다.

정도전은 평양으로 떠나기 전 이성계를 찾아갔다.

"소신이 불민하여 제대로 모시지 못하고 먼 곳으로 떠나게 되었습니다. 부디 옥체를 보존하시옵소서."

"삼봉을 이렇게 보내게 되다니 내가 오히려 민망하오이다."

정도전이 함흥 땅 이성계의 군막을 찾아와 두 사람이 처음 만난 지가 엊그제 같은데 벌써 10년이란 세월이 흘렀다.

세태는 그때와는 천양지차로 변했다. 당시 초라하기 그지없는 행색을 하고 나타난 정도전이 세상을 바꾸자는 둥 엉뚱한 소리를 했을 때 이성계는 그를 이상에 치우친 젊은 선비가 일시적으로 혈기가 북받쳐 하는 소리 정도로 가볍게 보았었다. 그러나 뜻하지 않게 무진정변에 가담하게 되어 조정으로 진출했고 이후 수많은 고비를 맞이할 때마다 정도전이 지근으로 있으면서 수완을 발휘하여 위기를 넘겼고 오늘의 자리까지 오게 되었다.

그런데 이제 본의 아니게 헤어져야 하다니 여간 섭섭한 일이 아니었다. 이성계에게 정도전은 핵심 참모일 뿐 아니라 같은 핏줄이 흐르는 형제고 끈끈한 정이 통하는 친구와도 같은 존재였다.

"이렇게 헤어지는 세월이 어디 오래야 가겠소? 얼마간 바람이나 쐰다고 생각하고 가 있으시오. 이곳 일일랑은 걱정을 말고."

두 사람은 목이 메어 한동안 말을 못하고 손만 맞잡은 채 있다가 이성계가 위로의 말을 이었다. 그러나 정도전은 이성계의 말처럼 앞날을 낙관하지 않았다.

"주군, 포은을 가볍게 생각하시면 아니 됩니다. 포은은 우리를 적으로 생각하고 있습니다. 그로 인해서 우리가 큰 위기를 맞게 될지도 모릅니다."

정도전은 앞으로 닥칠 시련을 예견하기라도 하듯 정몽주를 경계해야 한다고 당부를 하고 헤어졌다.

청수당채초(請叟當採樵)　여보쇼 나무를 하려거든
막작청송지(莫斫靑松枝)　푸른 솔가지는 찍지 마오
청수고만장(靑樹高萬丈)　소나무 높이 커 만 길이 되면
지오대하위(枝梧大廈危)　넘어지는 큰 집을 받칠 수 있다오
청수당채초(請叟當採樵)　여보쇼 나무를 하려거든
형극재삼이(荊棘在茲夷)　가시덩굴 모조리 베어내야 하오
형극재삼진(荊棘在茲盡)　가시덩굴 모조리 베어내는 날
지란하의의(芝蘭何猗猗)　지란이 얼마나 무성하겠소

　정도전은 평양부윤으로 떠나면서 자신의 심경을 담은 시[27] 한 수를 남겼다. 자신을 가시덩굴에 싸인 청송에 비유하면서 나무가 잘 자라게 놔두면 장차 위기에 빠진 나라를 구하는 버팀목이 될 터인데 나무꾼이 그 심정을 모르고 청송의 가지를 찍어 상처를 주고 있으니 제발 가시덩굴이나 모조리 베어달라고 당부를 하는 것이었다. 가시덩굴이 걷히면 혼탁함이 사라지고 맑고 아름다운 세상이 될 것인데 이를 이루지 못하게 방해하는 세태에 대한 원망을 담은 내용이기도 했다.

　시련은 정도전이 평양부윤으로 부임하면서부터 시작되었다. 정도전이 조정을 떠나자마자 기다렸다는 듯이 탄핵하는 상소가 올라왔다.

　그 시작은 우현보의 아들 우홍득이 사헌부 집의(執義)로 발령을 받으면서부터 비롯됐다. 우홍득이 등청하는 날 사헌부의 관리들이 규정(糾正) 박자량의 주동으로 시위를 하며 예를 갖추어 우홍득을 맞기를 거부하는 일이 벌어진 것이다. 박자량이 우홍득을 예로써 맞기를 거부한 이유는 "우홍득은 신우 복위 사건에 연루되어 귀양 가 있는 우현보의 아들로서, 역적의 자식으로 마땅히 벌을 받아야 하는데도 그의 아들 우성범

---

27)　정도전의 자작시 「제초수도(題樵叟圖)」.

이 임금의 사위였기에 오히려 벼슬이 높아져 영전을 하였다"는 것이었다.

이 일은 의외의 반향(反響)을 일으키며 크게 번졌다. 박자량의 행동은 상사에 대해서 불손한 행동을 했다는 정도로 가볍게 벌하고 넘어갈 수도 있는 일이었으나 박자량이 정도전을 따르는 자라는 지목을 받으면서 정도전의 사주를 받아 일어난 일이라고 확대를 한 것이었다. 박자량은 국문을 당해서 곤장을 맞고 유배형에 처해졌고 정몽주 측은 이를 빌미로 하여 정도전을 다시 탄핵하기 시작했다.

> "지난날 신 등이 정도전의 죄를 간하였으나 전하께서 너그러운 마음으로 용서를 하셨습니다. 그런데도 정도전은 잘못을 깨닫지 못하고 있습니다. 미천한 출신이 조정의 높은 지위에 올라 함부로 권세를 휘두르며 조정을 혼란스럽게 하는 것도 부족하여 천한 뿌리를 감추려고 패거리를 사주하여 본주(本主)를 모함하고 있으니 이는 금수와도 같은 짓입니다. 이러한 자는 중벌로 다스려 다른 사람의 본보기로 삼아야 하는데도 전하께서는 침묵을 하고 계시니 신 등은 참으로 인륜의 도를 걱정하지 않을 수가 없습니다."

본주를 모함하고 있다 함은 정도전이 외가인 담양 우씨를 부정하여 우현보, 홍득 부자를 헐뜯고 있다는 것으로 정도전이 이를 자신의 패거리인 박자량을 시켜서 한 짓이라고 트집을 잡은 것이었다.

"정도전은 공신이니 그만한 일을 가지고 벌을 줄 수는 없다. 이미 그는 지방으로 좌천을 하였으니 그대로 두라."

임금은 정도전에게 벌주라고 하는 것을 거절했다. 임금도 정도전에 대해 미운 마음이 없지 않았으나 평양부윤으로 발령을 낸 지 얼마 되지 않아 뚜렷한 죄도 없는 일에 다시 벌을 준다는 것이 심하다는 생각이 들었고, 한편으로는 이 일로 이성계가 어떻게 반발할지 알 수 없는 일이기에 눈치를 살피느라 그렇게 한 것이었다.

그러나 헌부와 형조에서 벌을 주라는 상소가 계속 올라왔다. 헌부와 형조의 간원들은 한때 윤소종, 오사충이 윤이, 이초 사건에 연루된 이색 부자와 우현보, 이숭인 등을 탄핵할 때 정도전의 편에 섰던 자들이었으나 이성계가 물러나고 조정 내 세력을 정몽주가 장악하자 재빨리 정몽주의 편으로 돌아서서 정도전을 벌주고자 하는 데 앞장을 서고 나선 것이었다.

상소가 잇따르자 임금은 못이기는 척하며 벌주기를 허락했다. 정도전은 평양부윤으로 부임도 하기 전에 죄인의 신분으로 바뀌는 처지가 되었다. 그는 졸지에 죄인이 되어 봉화현으로 유배를 가게 되었다. 그러나 정몽주 편에서는 정도전을 유배 보내는 것으로는 부족했다. 이참에 아예 정도전을 죽여 없애자는 이야기까지 나왔다.

벼슬아치들이란 눈치가 빠른 자들이다. 소용돌이치는 정국에서 어느 편을 들어야 살아남는다는 것쯤은 동물적인 감각으로 알고 처신한다. 물길이 골을 따라 흐르듯 벼슬아치들도 권력의 세를 따르게 마련이다. 권력이 이성계에서 정몽주에게로 기우는 형국이 되자 엊그제까지도 이성계와 정도전의 눈치를 보던 이들이 급속히 정몽주 쪽으로 쏠렸다. 정몽주의 측근에게 잘 보이기 위해 너도나도 앞장서서 정도전을 헐뜯는 상소를 올렸다.

"삼봉의 죄는 유배를 보내는 것으로 부족하옵니다."

"과거 미천한 출신으로 큰 벼슬에 올라 권력을 농단하였던 괴승 신돈에 대하여는 그 죄를 물어서 사지를 찢어서 저잣거리에 내걸었습니다. 정도전의 죄가 그에 못지않으니 참수하소서!"

형조와 헌부에서 번갈아가면서 상소를 올렸다. 임금은 상소가 싸여갈수록 차츰 정도전에 대한 형을 높였다. 처음에는 죄를 주되 배려하는 차원에서 고향 땅 봉화로 유배를 보내는 데 그치려 했으나 상소가 거듭됨에 따라 점점 그 강도를 높여갔다.

봉화에 온 지 얼마 되지 않아 유배지를 나주로 옮겼다. 나주 땅은 20년 전 정도전이 처음으로 귀양 가서 청춘을 보냈던 곳이다. 그리고는 정도전에 대한 공신녹권을 박탈했다. 두 아들 진과 담(澹)에 대해서도 벼슬에서 내쫓고 신분을 서인으로 강등시켜버렸다.

공신녹권은 공신으로 책봉된 사람의 직함과 이름, 책봉된 경위와 그에 따른 제반 특권을 기록한 것으로 그 특혜는 자손에게도 전승되는 가문의 영예인 것이다. 정도전에 대한 벌은 정도전 자신에게만 한하지 않고 자손에게도 미치도록 해서 가문이 파산하는 지경까지 만들어버린 것이다.

정도전이 탄핵을 받는 것은 이성계의 참모들에게도 큰 위협이었다. 조준과 남은, 조인옥, 윤소종, 배극렴 등은 연일 이성계의 집으로 드나들면서 대책을 숙의했다.

"삼봉은 공신록을 박탈당할 만큼 큰 죄를 짓지 않았소. 그런데도 마치 역신을 다루듯이 하고 있으니 이는 정몽주 일파가 일을 그렇게 꾸미고 있는 것이오."

남은이 분노에 차서 말했다.

"그러게 말이오. 평양부윤으로 보냈다가 며칠도 지나지 않아 유배라니? 그것도 부족하여 공신록까지 삭제하다니 이는 분명 정몽주의 계략이오이다."

조준도 거들었다. 그러나 이성계는 이들의 불평을 들으면서도 아무런 계책을 주지 않았다.

"이는 이 시중에 대한 무언의 압력입니다. 무슨 조치가 있어야 하지 않겠소이까?"

배극렴도 함께 나섰다. 배극렴은 중군총제사로, 이성계의 다음 서열로 군권을 쥐고 있는 군부의 실권자이다.

"내가 스스로 시중 자리를 물러나 있는 마당에 무슨 말을 하겠소?"

이성계는 별 대책이 없다는 듯 말했다. 이는 배극렴이 말하는 뜻을 알고 있었기에 이에 반대를 한 것이기도 했다. 배극렴이 이성계에게 '무슨 조치가 있어야 한다'고 건의한 것은 다시 한 번 군사를 동원하여 조정을 싹쓸이하자는 것이었으므로 이는 받아들일 수 없다는 뜻이기도 했다.

"지금은 삼봉에 대한 죄를 논핵하지만 정몽주는 분명 그에 그치지를 않을 것입니다. 정몽주는 우리 모두를 겨냥하고 있습니다."

"이대로 당할 수는 없는 일이지요. 전하께서도 오늘이 있기까지 우리들이 해온 노력을 잊어서는 안 되는 것입니다."

모두 자신들의 앞날이 걱정되어 의견이 분분했지만 조정의 실권이 이미 정몽주 쪽으로 기울어져 있고 이성계마저도 문하시중 자리에서 물러난 마당에 뚜렷한 대책이 있을 수가 없었다.

이성계가 어떤 특단의 결심을 해주기만을 바랐으나 그도 아무런 답을 주지 않으니 대책 없이 의논만 하다가 헤어지기가 일쑤였다.

"삼봉을 저대로 두게 해서는 안 되는 일입니다. 우리 모두 삼봉과 같은 처지이거늘 삼봉을 벌을 받게 놔둔다는 것은 우리도 같이 죄인이라는 것을 인정하게 되는 것입니다."

남은은 의논에서 삼봉에 대한 구제책을 주장했으나 행동으로 나설 아무런 대책이 없자 홀로 정도전에 대한 무죄 상소를 올렸다.

> "삼봉은 죄가 없는데도 억울하게 유배를 갔습니다. 더하여
> 공신록에서 삭제를 하고 자식들을 벼슬에서 쫓아내고 서
> 인으로 강등시켰습니다. 이는 역적의 죄를 저지른 자에게

나 내리는 가혹한 형벌입니다. 삼봉은 충의공신이옵니다. 일찍이 전하께서 보위에 오르실 때 아홉 공신에 대해서는 그 공을 비석에 새기고 자손이 왕가에 반역하는 죄를 범하더라도 그 작록을 삭감하지 않고 후계자를 구하여 작위를 계승케 하고 제사를 받들어서 대가 끊김이 없도록 함으로써 공을 보답하겠다고 하였사옵니다. 하온데 지금 삼봉에 대한 칭송은 어디 가고 어찌 역적에 버금가는 벌을 주시려 하는지요?"

남은은 사직소를 올리고서 병을 핑계 대고 입궐을 하지 않았다.

19장

임 향한 일편단심이야
가실 줄이 있으랴

• 1

휘―

한 줄기 바람이 스치자 스르르 바람결에 떨고 있던 나뭇잎 몇 장이 낙엽이 되어 공중으로 흩날렸다. 그중 한 장이 이성계의 어깨 위를 맴돌다 발밑으로 뎅그러니 떨어졌다.

'가을이구나!'

이성계는 잎새가 떨어지는 것을 보고서야 비로소 가을이 깊었음을 느꼈다.

앞으로 어떻게 해야 할 것인가? 이성계는 깊은 생각에 잠겨서 정원을 거닐고 있었다. 임금은 몇 번에 걸쳐서 입궐을 종용했지만 이성계는 계속 거부하며 집안에 칩거하고 있었다.

삼봉이 핍박을 받고 조준과 남은, 윤소종 등 측근들이 탄핵의 대상이 된 마당인데 순순히 권유를 받아들일 수는 없었다. 자신의 뜻으로 사직원을 낸 것이었지만 측근들이 논핵을 당하는 것을 보고 있자니 마음이 편치 않아 항의 표시로 임금의 부름을 거부하고 있는 것이었다. 한때 모든 것을 내려놓고 동북면으로 돌아갈까도 생각해보았지만 지금 돌아가는 형편으로 보아서는 그도 생각한 것처럼 무탈치 못하리라는 생각이 들었다. 동북으로 돌아가고자 했을 때 삼봉이 극구 말리면서 했던 말이 생각났다.

'한구석에 물러나 있으면 헐뜯는 말이 더욱 난무하여 종국에는 다른 마음을 먹고 있다고 무고를 하여 그때 당할 화는 실로 측량하기가 어려울 것이 옵니다.'

어쩌면 삼봉의 말이 옳을지 모른다. 자신이 사직원을 내자마자 벌써 저렇듯 벌떼처럼 달려들고 있으니 앞으로의 일을 어떻게 감당을 해야 할지 대책이 서지 않았다.

조정에는 이미 자신의 측근들은 밀려나고 포은의 세력으로 들어찼다. 임금도 자신을 불신하고 포은에게 힘을 실어주고 있다. 조정에 다시 들어간들 허울만 쓰고 있는 모양새다.

배극렴의 말대로 무슨 조치를 해야 하는가? 그러나 자신이 쥐고 있는 군사적 실권을 이용한다면 일시 권력은 튼튼히 할 수 있을지라도 그것이 언제까지 이어질지는 모를 일이었다.

그 권력이 끝났을 때 난신적자로 찍혀서 손가락질을 당하며 역사에 길이 오명을 남기는 것이 두려웠다. 자신은 이미 두 명의 임금을 갈아치우지 않았던가…….

이성계는 계절을 재촉하는 늦가을 바람에 떨어지는 낙엽을 바라보면서 상념에서 빠져나오지 못하고 있었다. 가을바람에 흔들리다 땅바닥에 떨어진 낙엽은 누구나 밟고 지나게 마련이다. 계절이 바뀌면 한 때의 무성했던 푸르름도 낙엽으로 변하듯이 권력도 시간이 지나고 사람이 바뀌면 시들어지고 힘이 떨어진다. 그때는 뒹굴고 밟히는 낙엽의 신세와 무엇이 다르겠는가…….

이때 집사가 귀한 손님이 찾아왔다고 전갈을 해주어 이성계는 하염없이 잠겨 있던 상념에서 벗어날 수 있었다. 찾아온 손님은 무학대사였다.

"어서 오시오. 대사, 이게 얼마 만이오."

이성계는 대사에게 합장을 하고는 반가움에 다가가 손을 덥석 잡았다.

"나무관세음……. 소승이 미련하여 일찍 소식 전하지 못한 걸 용서하소서."

"이렇게 갑자기 찾아주니 반가움이 더하오이다. 그래 무탈하시고? 어떻게 지내시었소이까? 어디에 머물다가 오시는 길이오?"

이성계는 반갑고 궁금한 나머지 상대의 대답도 기다리지 않고 그동안의 안부를 연이어서 물었다.

이성계가 무학대사를 만난 곳은 함주 막사에 있을 때였다. 세월로 치면 벌써 10년이 지났다. 그때 무학대사는 이성계의 막사에 머물면서 고려의 여러 사정과 백성들의 참상을 이야기했다. 그는 여느 정치가 못지않게 고려가 처한 현실을 신랄히 비판하면서 이성계가 나서서 어지러운 세상을 바로잡아주기를 은근히 부추기고는, 어느 날 홀연히 사라졌다가 이렇게 갑자기 나타난 것이다.

무학대사는 일정한 곳에 머무름이 없이 묘향산부터 해서 금강산과 지리산, 가야산 등지 전국의 명산과 사찰을 두루 다녔다고 했다. 때로는 산사에서 묵을 때도 있었지만, 산중 토굴에서 이슬을 피하며 노숙도 했고 운이 좋을 때는 인심 좋은 사람을 만나 민가에서 보리밥 한 그릇까지 얻어먹고 따뜻한 잠을 얻어 자기도 했다고 했다. 그는 세상을 돌아다니면서 겪고 보았던 일들을 이성계에게 생생하게 들려주었다.

무학대사의 이야기를 듣는 동안 이성계는 세월이 지났으나 그때나 지금이나 '변한 게 없구나'라고 생각했다.

왜구의 침구는 여전해서 삼남 해안 지방에서는 사람을 찾아보기가 힘들고, 주인 떠난 김해와 반성, 김제의 넓은 뜰은 황폐한 채 버려져 있고, 관리들의 토색질 또한 여전했다.

세상을 바꿔 놓겠다고 회군을 했고 임금을 두 번씩이나 바꾸었지만 그것은 개경에서의 일이고 몇몇 벼슬아치 주변에서만 일어난 변화였지 백성들의 참담한 삶은 전혀 나아지지 않았다.

"내친김에 나라의 끝까지 둘러보고 왔습니다."

"어디를 다녀오셨는데 그러오?"

"멀리 남해섬도 다녀왔습니다."

"남해현까지? 그곳은 여기서 한참 먼 곳인데?"

"소승은 발길이 닿는 데로 옮겨 다닐 뿐입니다. 시작도 없고 끝도 없는 발길인데 먼 곳이 따로 있겠습니까?"

"그래. 그곳에서 무얼 보고 왔소이까?"

이성계는 무학이 말하는 것으로 보아 무언가 특별한 경험을 했을 것이라는 기대를 하면서 물었다.

"남해 그곳도 사람이 살지 못하기는 여느 지방과 다를 바 없지요. 남해 관아는 진주로 피신해버리고 주민들은 왜구의 눈에 띄지 않는 산속으로 도망해 있고……. 바다로 나가 생업을 해야 하는 백성이 산속으로 들어가 초근목피로 연명해야 하니 그곳이 어디 사람이 살 곳이겠습니까?"

남해섬의 백성들의 삶도 고단하기는 여느 곳과 마찬가지였다.

"남해의 백성들은 황산대첩과 관음포대첩에서 큰 승리 거둔 이 시중과 정지 장군을 영웅으로 받들고 있더이다. 황산과 관음포에서 왜구들이 대패하여 침략을 못 하였기에 한동안 살기가 편해졌다고 하면서 칭송이 자자합디다."

관음포는 지금의 남해군 고현면 앞바다를 말한다. 우왕 6년(1380년) 진포와 황산대첩에서 대패한 왜구들은 한동안 고려에 침략을 못 하고 있다가 패전에 대한 보복이라도 하듯 우왕 9년(1386년) 5월 선단 120척을 꾸려 대규모로 다시 남해안 일대를 침략했는데 정지는 해도원수로서 목포에 주둔하고 있다가 남해 해안지방을 관할하던 합포원수 유만수의 원병 요청을 받고 곧바로 관음포 앞바다로 출정하여 적을 물리치고 대승리를 거두었던 것이다. 이로써 남해 지역 백성들은 살기가 나아졌다고 황산대첩에서 승리한 이성계와 함께 정지 장군의 업적을 기렸다.

관음포 앞바다는 그 200년 뒤 임진왜란 때 조선을 침략했던 왜군이 이순신 장군에 의해서 또 한 번의 곤욕을 치른 곳인데 이순신 장군이 도주하는 왜군을 맞아 노량해전의 격전을 벌인 곳이 바로 이곳이며 이곳에서 장군은 장렬히 전사했다.

"남해 지방뿐 아니라 온 나라에 배꽃[李]이 피어 있는 것을 소승의 눈으로 확인하고 왔습니다."

무학은 농담처럼 이야기를 이었다.

"그게 무슨 소리요?"

이성계는 얼핏 못 알아듣고 물었다.

"소승이 전국을 돌아다니면서 숱한 백성들의 이야기를 듣자하니 이 나라와 임금에게서는 더 이상 희망이 보이지 않는다며 차라리 나라가 망하고 새로운 영웅이 나타나기를 바라는 마음이 간절한데 가는 곳마다 이 시중을 칭송하는 소리가 자자하여 드리는 말씀입니다."

"허허, 무슨 그런 농담의 말씀을……."

"농담이 아니오이다. 백성의 소리를 그대로 전해드리는 것입니다. 내 그리하여 남해의 보광사에 일부러 들렀습니다."

"보광사라? 그곳엔 왜요?"

"보광사는 신라 때 원효대사가 지은 절인 데, 그곳에서 소원을 빌면 뜻이 이루어진다 하기에 그곳에서 소원을 빌었습니다."

"……?"

"백성의 뜻을 이루어주시라고 이 시중을 위하여 기도를 올렸습니다. 그랬더니 밤에 부처님이 현몽하셔서 절이 터를 잡은 보광산을 비단으로 감싸면 소원이 이루어지리라 하시는 것이 아니겠습니까."

"허허, 점점 어려운 말씀을 하시는구려. 산을 어떻게 비단으로 감싼단 말인지? 그것은 말이 되지 않지요. 헛된 꿈을 꾸지 말라고 부처님께서 경고를 하는 것이 아닐는지요?"

"아닙니다. 부처님의 뜻은 백성의 염원을 들어주시고 이 시중이 백성을 위하여 뜻을 펼칠 수 있도록 소원을 들어주시겠다는 것입니다."

"부처님의 뜻은 그렇다 치고 무슨 수로 비단으로 산을 감을 것이오? 그것부터가 불가능하지 않소이까?"

"하하, 그렇게 들으셨습니까? 소승, 꿈에서 깨어나 잠시 생각을 하였는데 쉬운 방법이 생각이 났습니다."

"그래 어떤 방법이오이까?"

"보광산 산 이름을 비단산[錦山]으로 바꾸는 것입니다. 이 시중께서 금산(錦山)이라고 한자 적어주시면 소승이 다시 남해로 가서 그곳 산에다 붙여놓고 금산이라 바꾸어 부르겠습니다. 그러면 소원도 이루어질 것이고 부처님과의 약속도 지키는 것이 되지 않겠습니까?"

"하하하, 딴은 그런 방법도 있긴 있구려. 내 대사의 말을 농으로 알아듣지만 나쁘지 않은 일이기에 그렇게 믿겠소이다."

"농처럼 들렸다면 용서하십시오. 그러나 소승 분명히 부처님과 약속하였습니다. 산에다 비단을 입혀드리겠다고."

"허허, 알았소이다. 내 대사의 성의를 고맙게 생각하고 그리하리라."

이성계는 무학대사의 말을 농담처럼 들으면서도 지금의 마음이 갈피를 못 잡고 있기에 농으로 여기고 싶지 않았다.

그런 소원이 이루어지기나 할 것인가. 이성계는 잠시 생각하다가 자신이 겪고 있는 갈등을 대사와 의논해보기로 했다.

자신의 측근들이 수난을 받고 있는 마당에 무언가 대사에게서 위로의 말이라도 듣고 싶었다. 대사와는 흉금을 털어놓을 수 있을 정도였기에 생각하고 있는 바를 숨김없이 털어놓았다.

"내가 이 자리에 오르니 사람들이 예전 같지 않더이다. 앞에서는 아첨하는 소리를 하다가도 돌아서는 이러쿵저러쿵 헐뜯는 소리를 하고 내 손으로 보위에 앉힌 전하조차도 나를 불신하니 내 어찌 이 자리를 지탱할 수가 있겠소. 그래서 나는 내 할 바를 다 했다고 보고 고향으로 내려가고자 하였소. 그러나 그것도 어려운 일이더이다.

내가 사직소를 올리자마자 헐뜯는 소리는 더 심해지고 무엇보다도 나의 측근들이 난신적자인 양 음해를 받으니 이도 쉽게 결정을 내리지 못하고 있소이다. 대사는 지금 나를 보고 나라를 구하라고 하지만 나에게는 지금 그럴 여력이 없는 것 같소.

삼봉 같은 이는 아무 잘못도 없는데 나의 측근이었다는 이유로 '미천한 출신이 고위직에 올라 함부로 권세를 부렸다'는 죄 같지도 않은 죄를 씌워서 귀양을 보내버렸소. 그 외의 조준이나 남은 등 남아 있는 이들도 성치 못할 것 같소. 종래에는 나에게도 그 화가 미칠 것이 분명하오. 나는 어찌하는 것이 좋겠소?"

이성계는 말을 하면서 길게 한숨을 내쉬었다. 그 모습에서는 수많은 전쟁터를 누비며 맹위를 떨치던 전쟁 영웅의 모습은 찾아볼 수 없었다. 무학은 '이 사람도 자신의 안위와 작은 일에 고민을 하는 범부와 다를 바가 없구나' 하는 생각을 했다. 이성계의 이야기를 다 듣고 난 뒤 무학 대사는 무겁게 입을 열었다.

"천장강대임(天將降大任)이라는 말이 있지요. 하늘이 어떤 사람에게 큰일을 맡길 때는 반드시 역경과 시련을 주어서 시험에 들게 하고 단련을 시킨 연후에 능력을 발휘하게 한다는 뜻이지요. 시중 대감도 큰일을 맡기 전에 하늘이 시험에 들게 하신 것 같습니다."

"천장강…… 대임이라……."

이성계는 천천히 입속으로 읊조렸다.

"이 시중께서는 지난날 함주에서 꿈 이야기를 하신 적이 있습니다."

"있지요. 웬 동네에, 닭이 '꼬끼오'하고 울어대고 꽃 비가 내리는 곳인데 내가 등에 서까래 세 개를 지고 있는 꿈을 꾸었다고 대사에게 해몽을 부탁한 일이 있지요."

"등에 서까래 세 개를 짊어진 모습이 임금 왕(王) 자라 하여 장차 보위에 오르실 꿈이라 하였습니다. 서까래를 등에 진 모습이 임금 왕 자와 같다는 것은 임금의 자리가 그만큼 힘들다는 것이기도 합니다.

임금의 자리는 만인 위에 군림하거나 영화를 누리는 자리가 아니라 서까래를 등에 진 듯 나라의 안위와 만백성의 근심 걱정을 등에 지고 지내야 하는 자리인 것입니다. 장차 임금이 되실 분은 하루라도 편히 지내시기가 어렵고 시련과 역경에 끊임없이 시달리고 그것을 헤쳐나가야 하는데 지금 남이 헐뜯는 말에 무에 그리 마음을 쓰십니까?

장차의 일은 지금 어떻게 하느냐에 달려 있는 것이니 현재에 충실하신다면 장차에 걱정거리는 없을 것입니다. 지금에 일어나는 일들은 장차 큰일을 감당하는 능력을 키우는 시험이라 생각하시고 뜻한 바대로 하시옵소서."

무학은 설법을 하듯 차분하게 말을 이었다. 이성계는 대사의 이야기를 들으면서 마음의 갈피를 잡아나갔다. 조정에 들어가기로 마음먹었다. 우선 자신이 조정에 들어가야 자신을 따르든 측근들이 핍박에서 빠져나올 수 있고 그들이 있어야 자신이 뜻한 바를 펼칠 수 있을 것이라는 생각이 들었다.

무학대사는 며칠 머물다 가라는 이성계의 말을 물리치고 다시 길을 떠났다. 이성계로부터 금산(錦山)이라는 글씨를 받았으니 그의 발길은 남해섬 보광산으로 떠난 것이 분명했다. 그 얼마 후부터 남해섬의 보광산이란 이름은 사라지고 그곳이 금산이라고 불리게 되었다.

● 2

'미천한 출생이 고관에 올라 정사를 어지럽혔다고?'

나주로 유배 온 정도전은 억울하고 분한 마음을 추스를 수가 없었다.

'이놈들아! 누군들 금수저를 입에 물고 태어나고 싶지 않은 사람 있다더냐? 누군들 종의 자식으로 태어나고 싶었겠느냐? 사람이 태어나는 것이 제 의지가 아닌데 어찌 좋은 가문 태생과 미천한 출생을 구별하여 차별을 받아야 한다는 말인가? 미천한 출신이라 하여 생각하고 행동하는 것도 천박하다더냐?

네놈들은 나의 어머니가 종의 자식이라고 비웃지마는 명문가의 자손이라고 거들먹거리는 네놈들이 하는 짓거리는 겉으로는 점잖은 듯 행세하고 입으로 향내 나는 소리를 하면서도 뒤를 들춰보면 구린내가 펄펄나는 줄을 진정 모른단 말이냐? 네놈들이 누리는 영화가 모두 백성들의 수고에서 비롯된 것인데도 그 백성에 대해서는 조금도 미안한 마음은 없고 오히려 토색하는 것을 자랑으로 삼고서, 한가한 시간을 메우기 위하여 축첩을 하였던 것이 아니더냐?

여자를 갖는데 어디 신분의 고하를 가렸더냐? 종이고 과부고 여염집 처자들까지도 돈과 권세로써 취하고 심지어는 엊그제까지 동료였던 자의 불행을 이용하여 그 권속에게까지도 손을 뻗쳤던 것이 아니더냐? 네놈들이 천박하게 생각하는 자들이 바로 네놈들이 노게 삼아 데리고 놀던 여인과의 사이에서 난 자식들인데 어찌 부끄러움을 모른 채 업신여기려 든단 말이냐?

네놈들이 미천한 출생이라고 손가락질하는 나는 적어도 네놈들처럼 축재를 하거나 축첩은 하지 않았다!'

정도전은 자신의 죄가 '미천한 출생이 권력을 잡고서 조정의 권세를 함부로 휘둘렀다'는 모함에서 비롯되었다는 것과 그러한 음해 세력을 주동하는 자가 정몽주라는 사실에 크나큰 모멸감과 함께 참을 수 없는 분노를 느꼈다.

'포은이 진정 나에게 이럴 수가 있단 말인가!'

평양부윤으로 발령 난 후 임지에 부임하기도 전에 죄인의 덫을 씌워서 고향 땅 봉화에 유리 안치시켰다가 곧바로 나주로 이배를 시키고, 그것도 부족하여 직첩과 공신록을 회수하고 아들의 벼슬까지 삭탈관직하고 폐서인으로 만들어 집안을 거덜 낸 일련의 일들은 모두가 이성계가 사직원을 낸 직후부터 정몽주의 주도로 이루어진 일이라고 생각했다.

'포은, 우리의 40년 우정은 이제 끝이 났다. 우리는 이제 같은 하늘에서 숨을 쉴 수 없는 사이가 되어 버렸다.'

정도전은 억울하고 분한 생각과 함께 앞날에 대한 불안으로 자리에 누워 있어도 잠이 오지 않았다.

"대감마님, 주무시오? 저희들이 말벗이나 하고자 찾아왔습니다."

문밖에서 두런거리는 인기척이 들려왔다. 심란하고 수고스러울 때 자주 찾아주는 황현과 김성일이었다. 두 사람은 예전 나주로 귀양 왔을 때도 여러 가지로 불편을 겪는 것을 도와주고 고달픔을 달래주었는데 이번에도 여전했다. 두 사람은 정도전이 다시 죄인의 신분으로 나타났을 때 대성통곡을 했다.

"아이고, 대감마님! 다시는 이곳에서 보지 않아야 하는데 또 못할 일을 겪게 되시는구려!"

마치 제 피붙이가 당한 억울함이기라도 하듯 화를 내고 원망했다. 두 사람은 예전에 했던 것처럼 폐가를 수리해서 도전이 기거할 수 있도록 만들어주었고 또 간혹 방문하여 말벗이 되어주곤 했다.

황현의 손에는 어렵게 마련한 술병도 들려 있었다. 세 사람이 마주한 술상에는 안주가 없었다. 세상에 대한 울분과 정도전이 겪고 있는 시련에 대한 한풀이가 훌륭한 안줏감이 되어주었다.

"우리 같은 무지렁이들은 임금이 바뀌면 세상도 바뀌는 줄 알고 있습니다. 그런데 임금이 바뀌어도 세상은 여전하더군요. 해먹는 놈만 바뀔 뿐이지 백성들의 고달픈 삶은 변치 않으니⋯⋯."

"세상이 바뀌려면 가진 놈들이 내놓아야 하는 것인데 가진 놈이 움켜쥐고 내놓으려 하지 않으니 세상이 바뀔 리가 있나요."

"토지개혁을 한다 하여 만세를 불렀건만 실상은 제 놈들끼리 땅을 나눠 먹고 만 것이지 백성에게는 아무런 도움도 없어요."

"대감께서도 저놈들의 비위나 맞추고 지냈으면 배불리 잘 먹고 지냈을 것을 공연히 일을 만들어 이 고생을 하나 봅니다."

황 서방과 김 서방은 술기운을 빌어서 횡설수설하고 있지만 그것이 곧 백성이 품고 있는 진정한 속내인 것을 정도전이 모를 리가 없었다. 저들은 지금 임금을 바꾸는 정도로는 세상이 달라지지 않는다고 말하고 있다. 누군가가 나서서 세상을 통째로 바꿔주기를 간절히 바라고 있는 것이다.

그러나 자신은 지금 죄인의 신분이 되어 유배를 당한 처지이니 어쩌랴? 저들의 소리가 백성들의 피맺힌 원망인데 그 소리를 들으면서도 아무것도 해줄 수가 없는 것이 그저 안타깝고 분할 따름이었다.

백성에 대한 사랑과 나라에 대한 열정은 '미천한 출신이 나라를 어지

243

럽혔다는 모함을 받아' 한순간 죄인이 되어 모든 것을 포기하게 만들어 버렸다.

답답하고 무기력한 심정은 원망이 더하여 마음의 병으로 들어앉았다. 정도전은 애타는 심정을 말로는 다 표현을 못 하고 한 편의 시로 남겼다.

> 세상사는 시운을 쫓아 변해만 가고
> 인정은 세상사를 쫓아 옮겨만 가네
> 만나는 사람들이 나를 묻거든
> 병이 많아 시를 읊기조차도 폐했다 하오

• 3

이성계가 조정에 복귀했다. 이성계의 입궐로 조정은 다시 술렁거렸다. 제일 긴장한 사람들은 정몽주의 편을 들어 정도전 등 이성계의 측근 인사를 귀양 보내자고 탄핵하던 이들이었다. 공양왕도 예외가 아니었다. 이성계의 눈치를 살폈다.

"생각해 보니 삼봉을 나주로 유배 보낸 것이 너무 지나친 처사 같구려."

이성계와 마주했을 때 임금은 환심을 사려고 정도전에 대한 죄를 가볍게 해주겠다는 제안을 했다.

"삼봉이 비록 죄를 짓긴 하였지만, 나주로 보낼 것까지는 없었는데……"

공양왕은 이성계의 최측근인 정도전을 귀양 보낸 것이 마치 자신의 뜻이 아니었다는 것을 변명하기라도 하듯 미안해했다. 이성계가 복귀한 지 얼마 되지 않아 정도전은 귀양에서 풀려났다. 고향 땅 영주에서 거주하게 해주었다.

그러면서 임금은 이성계의 반응을 살폈다. 그렇지만 이성계는 아무런 내색을 하지 않았다. 임금은 반응이 없는 이성계의 태도가 더 불안했다. 이성계를 위로하기 위해 수창궁에서 백관들을 모아놓고 성대히 잔치를 베풀었다. 이성계의 체면을 세워주고 자신에 대한 오해를 풀고자 하는 뜻에서였다. 참석한 대신들은 이성계의 위상이 여전함을 느꼈다. 임금은 이성계가 다시 벼슬로 돌아온 것을 나라와 임금을 위해 지극히 다행한 일이라며 한껏 치켜세워줬다.

연회는 밤늦게까지 계속되었고 연회가 파할 즈음에는 모두가 술에 취해 있었다. 임금이 술에 취해 먼저 자리를 일어섰다. 그때 갑자기 밀직사 이염이 임금의 앞을 가로막으며 말했다.

"전하께서는 정창군 시절을 잊으셨는지요? 어찌하여 일부 간원의 말만 믿으시고 공신을 귀양을 보내셨는지요? 오늘 소신들은 전하의 덕으로 이렇게 맛난 음식을 먹으며 밤늦도록 흥에 취해 있는데 억울한 죄를 쓰고 이 자리에 참석지 못한 사람이 있습니다. 그 사람은 이 밤에도 억울함을 못 이겨 잠을 이루지 못하며 눈물을 흘리고 있을 것입니다."

이염은 공양왕이 임금에 오른 것이 이성계와 정도전 등 공신들의 추대에 의한 것인데도 정도전을 귀양을 보내는 등 홀대를 한 데 대해 불평을 한 것이었다.

"아니, 아니!"

"저 사람이?"

"이염이 술이 과했나?"

모두 갑작스럽게 벌어진 광경을 보고 놀라서 제지하고 나섰다. 이염은 제지를 뿌리치고 임금의 옷자락을 붙잡았다.

"전하! 은혜를 아셔야 하옵니다. 나랏일은 날로 그릇되어 가는데 왜 외면하시옵니까? 은혜를 잊으시면 아니 되옵니다."

갑작스럽게 벌어진 일에 임금은 일순간 당황하다가 화를 냈다.

"무엄하다. 누구의 안전에서 주사를 부리느냐? 목이 달아나고 싶은 게로구나?"

이염은 임금이 화가 나 있는데도 멈추지 않았다. 관모를 벗어서 임금 앞에 홱 내동댕이쳤다.

"원컨대 이 모자를 임금님께 돌려드립니다."

임금은 발 앞에 던져진 모자를 짓밟아버렸다.

"임금 앞에서 신하의 주사 부림이 이럴 수가 있느냐!"

이 일로 인해 이염은 순군옥에 갇히고 국문을 받게 되었다. 순군 만호 유만수가 국문을 했다. 이염은 국문을 받는 처지이면서도 오히려 유만수에 대해 비난을 하면서 큰소리를 쳤다.

"너 같은 자가 어찌 내게 죄를 물을 수가 있단 말인가! 너는 부모에게 불효하고 형제간에는 우애가 없다고 평판이 나 있는 자이다. 내가 전날 전하께 고하고자 한 것은 지금 세상에 너 같이 은혜를 모르는 자가 부끄럼도 없이 살아가는 것을 깨우치기 위함인데 술이 과하여 말을 지나치게 한 것 같다."

유만수는 노모를 봉양하지 않고 아우들의 전민을 빼앗았다 하여 탄핵을 받고 있기에 한 말이었다. 이는 동시에 임금이 자리에 앉혀준 공도 모르고 정도전을 귀양 보낸 것을 은혜를 모르는 짓이라고 빗대어 한 말이기도 했다. 이염의 죄는 임금에게 보고되었다.

"이염이 전하께 행한 불경한 죄는 목숨을 바쳐서라도 면하기 어려운 것입니다."

간관들이 임금의 불편한 심기에 아부하느라 극형에 처하라고 소를 올렸다.

이염은 말이 헛되고 행동이 가벼운 사람이었다. 또 술을 먹으면 주사가 심해서 실수가 잦았다. 대신들은 이염의 행동이 주사에서 비롯된 일이라는 것을 알고 있었음에도 임금이 화가 많이 나 있다는 것을 알기에 아무도 간하지 않았다.

이때 이성계가 간했다.

"이염의 불경스러움은 극형에 처하여야 마땅한 것이오나 그가 진심에서 한 말이 아니옵고 취중에서 한 주사이니 전하께서 너그러움을 보이소서."

이성계는 이염이 자신을 편들고자 한 말이었고, 또 자신을 위해 베풀어진 연회에서 벌어진 일이기에 뒷일이 시끄럽지 않게 마무리되기를 원했다.

이염의 죄는 아무리 취중에서 한 행동이었지만 임금을 면전에서 조롱하고 관모를 내동댕이치는 등 행패를 놓은 일로, 이로 인해 임금의 분노가 컸으므로 목숨을 부지하기 어려운 일이었지만 이성계의 간언으로 그는 목숨을 건질 수 있었다. 이성계의 한마디로 합포로 귀양 가는 것으로 그쳤다.

이 일로 이성계의 위상이 다시 돋보이게 되었다. 임금이 이성계를 두려워하여 그가 하는 말을 무시하지 못한다는 소문이 대신들 사이에서 돌았다. 정몽주를 비롯해 이성계를 뒤에서 헐뜯고 측근들을 탄핵하던 이들은 이러한 상황을 눈치채고 행동을 자제했다.

임진년(1392년) 정월의 추위는 예년보다 더 추운 것 같았다. 송악산에서 불어오는 칼바람이 살가죽을 벗기는 듯했다.

권근은 눈발이 그친 틈을 보고 나들이를 나섰다. 소식이 뜸한 하륜을 찾아 나선 것이다. 마침 하륜은 집에 있었다.

"이리, 이리 앉으시지요."

하륜은 여태껏 끼고 앉았던 화롯가로 자리를 권했다.

"바깥 날씨가 여간 아닙니다. 칼바람이 불고 있어요."

권근은 귓불을 쓰다듬으며 하륜이 권하는 자리에 앉았다.

"칼바람이 부는 곳이 어디 바깥 날씨뿐이겠소이까. 조정에도 같은 바람이 불고 있지요."

하륜은 의미 있는 말로 인사를 받았다.

"조정에서 부는 바람은 날씨 따라 부는 바깥바람보다 더 매섭지요."

"그렇지. 바깥에 칼바람이 불 때는 이렇게 화롯불을 끼고 앉았노라면 추위를 피할 수나 있지만, 조정에서 몰아치는 바람은 피할 데가 없으니 더 무섭지요."

두 사람은 자리에 앉자마자 시국 이야기를 이어갔다. 그러다가 자신들의 신변에 관한 이야기로 화제를 옮겼다.

"근데 사형께서는 언제까지 이렇게 칩거만 하고 있을 것이오? 지금은 송헌(이성계)과 포은(정몽주) 어느 쪽에든 사람이 필요한 때인데 자리를 찾아 나서 보시지요."

"양촌은 자신에게 해야 할 걱정을 내게 하는 것 같구려."

하륜은 피식 웃으면서 말을 받았다.

"송헌과 포은이 저렇게 맞서 있으니 어느 쪽을 택했다가 힘이 기울면 나중에 화를 당할 것이 뻔한데……."

하륜이 농을 하는 것과는 달리 권근은 진지하게 말했다.

"그러기에 잘 판단을 하고 줄을 서야 하는 것이 아니겠소이까."

"사형께서는 지금의 정국이 누구에게 유리할 것 같소이까? 전하는 포은의 편을 들어주는 눈치인데……."

"지금 당장은 포은 쪽이 유리해 보이지요. 삼봉도 유배를 갔고 조준, 남은, 조인옥 등 송헌의 측근들이 모조리 탄핵을 받고 있는 처지이니 송헌이 복귀한들 지략에 한계가 있을 것이 아니겠소?"

"그럼 포은이 계속 정국의 주도권을 잡아나간다는 말씀이군요?"

"딴은 그렇게도 보이겠지만 종국에는 송헌 쪽이 이기겠지……."

"그건 무슨 소립니까? 이성계가 불리하다면서 종국에는 포은이 질 것이라니?"

"그것은 포은이 시대의 변화를 모르고 대처를 하기 때문이지요."

"시대의 변화……?"

하륜의 말은 듣기에 애매모호했다. 권근은 정확한 의미를 알고자 다시 물었다.

"지금은 시대가 변화를 요구하고 있는 때가 아니오? 500년 묵은 왕조의 때를 벗겨내고 새로운 세상을 만들고자 하는 바람이 불고 있다는 생각이 들지 않소이까?"

하륜은 마치 세상 일어나는 일을 다 꿰고 있다는 듯한 표정을 지으며 말했다.

"지금 이 나라 곳곳에 썩은 냄새가 나지 않는 곳이 없고 성한 곳이 없다는 것 양촌도 느끼지 않소이까?"

"딴은 그렇지요. 누구라도 그렇게 생각하지요."

"포은은 그것을 읽지 못하고 있어요. 아니 알고 있으면서도 자신이 누려왔던 세상을 변화시켜 새로운 세상을 만드는 것을 두려워하는 것인지도 모르지. 문제가 많을지라도 기왕에 있는 것은 그대로 지키면서 부족한 것은 고쳐나가면 된다는 생각으로 말이오."

"그렇다면 송헌의 생각은?"

"이성계의 생각은 삼봉을 살펴보면 알 수 있지 않겠소이까?"

"삼봉을? 그 사람은 귀양 가 있는데 지금 무슨 힘이 있다고 그럽니까?"

"아니오이다. 송헌이 삼봉을 만나지 못하였다면 오늘이 있다고 생각하시오?"

"딴은 그렇기도 합니다만……."

"삼봉은 낡고 부패하고, 나라가 있어도 무능하여 구실을 못하는 이 나라를 통째로 바꾸어버리겠다는 생각을 하고 있는 사람이오."

"나라를 통째로 바꾸어요? 이미 두 번이나 임금을 바꾸지 않았습니까?"

하륜의 말을 들으며 권근은 점점 긴장했다.

"삼봉의 생각은 그 이상일 수 있어요."

하륜은 권근의 귀에다 입을 바짝 붙이고는 말했다.

"지금까지 없던 새로운 세상."

"예?"

권근은 화들짝 놀랐다. 지금까지 없던 새로운 세상이라니? 새로운 왕조, 새로운 나라를 만들겠다는 것이 아닌가!

"이해를 못 하시겠소이까?"

하륜은 말을 해놓고 자신도 긴장되는지 마른 침을 꼴깍 삼켰다. 그리고는 놀라는 얼굴을 하고 있는 권근의 얼굴을 빤히 보면서 말을 이었다.

"삼봉은 이성계를 앞세워 그러한 세상을 만들고자 하는 사람이오. 삼봉은 시대의 흐름을 알고 스스로 변화의 바람을 일으켜 제 뜻을 펼치고자 하는 사람인 반면 포은은 그렇지가 않소이다. 포은은 절조와 충효를 큰 자랑으로 여기는 사람으로 변화를 요구하는 시대의 대세를 외면하고 무너져가는 왕조일지라도 충성으로 지탱하고자 공을 들이는 사람이오."

"……"

"시대의 변화를 쫓아가지 못하는 사람은 결국은 실패를 하고 말 것이오. 나는 그러한 뜻에서 결국은 이성계가 이길 것이라고 한 말이오."

"딴은 사형의 말씀이 이해가 갑니다. 그럼 사형께서는 결국 송헌 쪽을 지지하시는군요?"

"허허, 그런 생각이 드오이까? 하긴 이기는 쪽이 정의가 아니오이까? 또 이제 세상은 변해야 할 때라고 생각하니 삼봉의 생각이 옳다는 것이지요."

"그럼 왜 송헌 쪽을 찾아가지 않으십니까?"

"아직은 아닌 것 같소이다. 비록 이성계가 시대의 요구를 내세워 변화를 대의명분으로 내세우고 있지만 500년을 이어온 고려가 한순간에 무너지지는 않을 것이오. 아직은 이색과 우현보, 정몽주 같은 고려의 충성파들이 여전히 세상에서 존경받고 있는 마당에 이성계가 뜻을 펼치기는 만만치가 않을 것이오.

양측은 서로 힘겨루기를 하며 부침을 계속할 것이오. 지금 이색, 우현보가 귀양 가고 삼봉이 귀양 가고, 정몽주가 득세하는 등 정국이 파동치고 있는 것은 그러한 것을 보여주고 있는 것이라 할 수 있지요. 결국은 이색, 정몽주 등 구세력이 크게 타격을 입고 이성계가 뜻을 이루겠지만 그 과정에서 여러 사람들이 다칠 것이오. 나는 그러한 것을 관망하고 있는 것이오."

"사형은 싸움에 참전하여 피를 흘리지는 않고 이긴 쪽의 손만 들어주겠다는 뜻이군요."

듣고 있던 권근은 하륜의 속내를 알아차렸다는 듯 빙긋 웃어주며 말했다. 그 웃음의 의미는 권근도 하륜의 뜻에 동조한다는 뜻이기도 했다.

"허허, 양촌도 한쪽 편을 들다가 귀양살이를 해보더니 세상 살아가는 법을 배웠군요."

권근이 이숭인을 비호해주다가 이성계의 측근 조준의 미움을 받아서 윤이, 이초의 변이 났을 때 귀양을 가는 등 곤욕을 치른 일을 두고 한 말이었다.

"하하, 그렇게 보입니까?"

하륜은 자신의 속내를 알아주는 권근이 한결 미더워졌다. 앞으로 자신에게 다가올 세상에서 좋은 동지가 될 것 같은 예감이 들었다. 두 사람은 오랜만에 속내를 털어놓으며 오래도록 이야기하다가 헤어졌다.

황제의 생일을 축하하러 갔던 세자 일행이 돌아온다는 소식이다. 통사(通事) 이현이 먼저 돌아와 아뢰었다.

"그래, 황제께서는 어찌 대접을 하더냐?"

공양왕은 아들이 길 떠난 지 반년여 만에 무사히 돌아온다는 것도 반가웠지만 황제로부터 어떤 대우를 받았는지가 더 궁금했다. 황제가 세자를 어찌 대우했는지는 공양왕 자신을 어떻게 보느냐는 것과 같은 것이다. 공양왕은 아직 황제로부터 고신을 받지 못하고 있었기에 더욱 신경이 쓰였다.

"황제께서는 특별히 은총을 더하시어 세자의 서열을 공후(公侯)의 다음에 두시고 내전에서 연회를 베푼 것이 무려 다섯 차례나 되옵니다. 그리고 또……."

"그리고 또 어찌하더냐?"

"신하에게 명하여 날마다 잔치를 베풀어 위로하게 하고 황금 2정(錠)과 백금 10정에 표리(表裏)[28] 100필을 하사하고 종관(從官) 이하에게도 은과 비단을 차등 있게 내려주셨습니다."

"오, 그랬단 말이냐? 황제께서 그렇게나 세자를 대접해주었단 말이지!"

임금은 통사가 전해주는 소식에 기쁨을 감추지 못했다. 즉시 도평사에다 세자를 성대히 맞을 준비를 하라고 일렀다. 도평사에서는 세자를 맞을 준비를 하는 한편 판문하부사 이성계에게 황주(黃州)로 나가서 세자를 영접하게 했다.

세자를 맞으러 황주로 가던 이성계 일행은 해주에 잠시 머물게 되었다.

---

28) 임금이 신하에게 내리는 옷의 겉감과 안감.

때는 3월. 겨울 추위에 움츠려 있던 온갖 사물들이 기지개를 켜는 때였다. 개경을 벗어난 이성계는 오랜만에 싱그러운 산야의 냄새를 맡고 보니 고향에서 말을 타고 활을 쏘며 사냥을 하던 그 시절이 생각났다. 복잡한 머리도 식힐 겸 한바탕 사냥놀이에 빠져보고자 했다. 말을 타고 신나게 달리면서 달아나는 사슴도 쏘아 맞히고 멧돼지도 잡았다. 그러나 너무 놀이에 심취했던 나머지 뜻하지 않은 사고를 당하게 됐다. 그만 달리던 말에서 떨어져 크게 다치는 사고가 일어난 것이었다.

이성계가 다쳤다는 소식은 곧바로 개경으로 전해졌다. 뜻하지 않은 이성계의 부상 소식에 조정이 술렁거렸다. 공양왕은 환관을 보내서 이성계를 위문했다. 소식을 들은 정몽주가 긴히 여쭐 것이 있다고 내전으로 임금을 찾아왔다.

"전하, 소신도 이성계가 낙마하여 많이 다쳤다는 소식을 들었사옵니다."

"그래요. 이것 큰일이 나지 않았소? 판부사가 다치면 국사에 막중한 차질이 있을 터인데……."

"걱정하실 일이 아닌 줄 아옵니다. 오히려 잘된 일이옵니다."

정몽주의 반응은 임금이 허둥대는 것과는 달리 매우 침착했다.

"수시중 그 무슨 말이오? 판부사가 크게 다쳤다는데 잘됐다니?"

"제 말을 들어보면 이해를 하실 것입니다."

"……?"

"듣자하니 판부사의 부상이 심하여 거동을 할 수 없고 목숨까지도 위태롭다는 말을 들었습니다."

"그러니 큰일이 아니오?"

"전하 제가 잘 된 일이라고 한 것은 바로 판부사가 당분간 조정 일에 관여하지 못하게 된 것이 잘됐다는 뜻입니다. 죽기라도 한다면 더욱 잘된 일이고."

"……?"

"전하, 판부사가 사직원을 냈다가 다시 복귀한 속내를 아셔야 할 것입니다. 판부사는 지금 다른 마음을 먹고 있습니다."

정몽주는 조심스럽게 말을 이었다.

"다른 마음을? 어떤 마음?"

"지금 시중에서는 '목자득국'이니 '고목나무에 배꽃이 피니 이성계가 왕이 될 조짐이다'라는 말들이 떠들고 있습니다."

"뭐라고? 왕인 내가 엄연히 살아 있는데 이성계가 왕이 되다니? 또 이 나라는 엄연히 왕씨의 나라인데 어찌 그런 기막힌 말이 떠돈단 말이오?"

"이는 필시 이성계를 왕으로 추대하기 위하여 퍼뜨리는 말이라고 보입니다."

"그렇다면 그런 자들을 잡아들여야 할 것 아니오?"

"하오나, 그 말은 은밀히 회자되고 있어서 말을 퍼뜨리는 자를 찾아내기가 쉽지 않은 일입니다."

"그렇다면 그대로 놔두어야 한단 말이오?"

임금은 정몽주의 이야기를 들을수록 점점 더 불안해졌다.

"그러나 짐작은 가는 데가 있습니다."

"그러면 그자를 붙잡아 추국을 하면 되지 않소. 대체 그들이 누구란 말이오?"

"바로 이성계를 추종하는 자들 아니겠사옵니까? 비록 이성계가 시키지는 않았다 하더라도 이성계의 측근에서 일을 성사시키기 위하여 퍼뜨린 것으로 짐작하기에 충분합니다. 그들이 바로 정도전을 비롯하여 조준, 조인옥, 남은, 남재, 윤소종, 오사충 등이 옵니다."

임금은 등골이 오싹했다. 그들은 바로 이성계와 함께 정국을 이끌고 있는 핵심들인데 다루기가 만만치 않겠다는 생각이 들었다.

"저들을 먼저 극형에 다스려야 할 것입니다. 날개가 꺾이면 이성계도 속수무책일 것입니다. 그때 가서 이성계도 역모죄로 다스려야 할 것입니다."

"그들이 가만히 있겠소? 이성계는 임금의 명도 어기고 마음대로 군사를 돌려서 임금조차도 제 마음대로 갈아치운 사람인데?"

"쉽지는 않사옵니다. 그러나 이대로 놔두면 사직이 위험합니다. 이성계가 저렇게 뜻하지 않은 큰 부상을 당한 것은 하늘이 사직과 전하를 살피시어 기회를 주신 것입니다."

"딴은……."

공양왕은 정몽주의 말을 듣고 보니 미루어서는 안 될 일이라는 생각이 들었다. 그동안 이성계가 자신에게 위협적인 존재라고 막연히 두려워하고는 있었지만, 이렇게 직접 그가 왕이 되리라는 말을 듣게 되니 그동안의 기우가 현실로 닥쳐온 것 같아 눈앞이 깜깜했다. 모골이 송연함을 느꼈다.

"전하, 소신을 믿으시고 소신의 뜻에 따라주옵소서."

정몽주는 간절한 눈빛으로 아뢰었다.

"그리하겠소. 내 그대의 충정을 믿겠소. 부디 수시중이 나를 도와주시오."

임금은 용상에서 내려와서 정몽주의 손을 부여잡으며 애절하게 말했다.

'포은은 본시 절조가 대쪽 같고 충성심이 강한 사람이다. 그는 양심에 바치는 일은 하지 않는 사람이다.'

임금은 이성계가 자신의 자리를 위협한다고 하니 정몽주를 믿고 일을 맡길 수밖에 없다는 생각을 했다.

"하오나 이 일은 소신 혼자의 힘만으로는 부족하옵니다."

"어떻게 할 작정이오?"

"이색과 우현보, 이숭인, 이종학 등 억울하게 유배를 가 있는 이들을 소환하여 관직에 복직시키시옵소서. 조정에는 아직도 이들을 따르는 이들이 적지 않거니와 재야의 인심 또한 이들을 존경하고 있으니 이 일을 도모하는 데 적지 않은 도움을 받을 수가 있습니다."

임금은 절박한 심정이 되어 정몽주의 건의를 받아들였다. 정몽주가 물러가자 즉시 문하시중 심덕부를 불러 의논했다. 그리고는 유배된 자들의 죄를 사면하고 권중화와 성석린을 삼사좌사, 삼사우사로 삼고, 안익을 판개성부사로, 조인경을 지밀직부사로, 강회백을 정당문학겸 대사헌으로 발탁하는 등 대대적인 인사를 단행했다. 권중화는 윤이, 이초 사건에 연루되어 귀양을 갔는데 이때 복직되었다.

인사에는 이성계 측으로부터 핍박을 받았던 사람들이 대거 등용되었다. 문하시중 심덕부 또한 윤이, 이초 사건에 연루된 김종윤의 모반에 관련이 있다 하여 귀양을 갔다가 복직을 한 사람이었다.

이색, 우현보, 이숭인, 우홍득, 이종학도 궁중에 불러들였다. 이색에게는 한산부원군, 우현보는 단천부원군의 작호를 내려 명예를 회복시켜 주었다.

• 5

정몽주는 별도로 일을 서둘렀다. 뜻을 같이하는 인사들을 불러 모았다. 대사헌 강회백, 사헌집의 정희, 사헌장령 서희, 대간 김진양 등 간관들이 모였다.

"지금이 이성계의 패당을 처단할 적기인 것 같소."

"하늘이 우리에게 기회를 준 것 같소. 두 번 다시 오기 어려운 기회이니 서두릅시다."

"먼저 정도전과 조준, 남은을 참형에 처하고 조박, 남재, 윤소종, 오사충을 탄핵한다면 이성계는 날개 떨어진 새가 되어 힘을 쓰지 못할 것이오. 그런 연후에 이성계를 쳐버립시다."

정몽주는 척결할 대상을 열거했다. 모두 굳은 결의를 다졌다. 목숨까지도 내놓으려는 듯 결연했다.

김진양이 즉시 탄핵상소를 올렸다.

> "정도전은 출생이 미천하고 파계가 불분명한 자인데 분수
> 없이 높은 벼슬에 올라 권력을 농단하고 참소하는 말을 함
> 부로 해서 여러 사람을 연좌하여 죄를 뒤집어씌워 벌을 받
> 게 한 큰 죄인인데도 아직도 목숨을 부지하고 있으며, 조
> 준과 남은 또한 정도전과 뜻을 같이하여 나라의 변란을 꾀
> 한 자들이옵니다. 이들을 살려둔다면 훗날 크나큰 화근이
> 될 것이오니 극형에 처하소서."

정도전에 대한 죄는 종전과 마찬가지로 '미천한 출신이 벼슬이 높아
함부로 나대며 여러 사람에게 죄를 뒤집어씌웠다'는 막연한 내용뿐이었
다. 조준이나 남은의 죄도 정도전에 동조했다는 내용의 반복이었다.

다른 간원들의 상소도 뒤따랐다. 정몽주는 일이 상소한 대로 처리될
것으로 믿고 정도전을 붙잡으러 형리를 미리 봉화로 보냈다. 그리고는
죄인을 예천의 감옥으로 압송하라 일렀다. 조준과 남은의 집에도 어명이
떨어지면 즉시 집행하도록 군사를 배치해두었다.

그러나 상소를 받아든 공양왕은 막상 이들을 죽이라는 데 선뜻 동의
하지 못하고 망설였다. 이성계가 비록 중태에 빠져 있다고는 하나 여전
히 살아 있는데 그 측근들을 모조리 도륙 낸다는 것이 부담스러웠던 것
이다. 마음 약한 임금은 겁을 먹고 상소를 궁내에 쌓아두고서 결정을 내
리지 못하고 있었다.

한편 영주에 머물고 있던 정도전도 사태가 심상치 않음을 눈치챘다.
이성계가 불의의 사고를 당했다는 소식과 유배를 갔던 구신들이 속속
벼슬에 복귀하고 있다는 소식이 들렸다.

'조준, 남은 등 측근의 인사들에게 곧 다시 화가 미치겠구나, 주군의 목숨도 위험하다!'

정도전은 바짝 긴장했다. 자신이 이성계의 곁을 지키지 못하고 있다는 사실이 더없이 안타까웠다.

'포은과도 이것으로 인연이 끝이다!'

자신도 이번에는 살아남기가 어렵다는 것을 느꼈다. 정도전은 사생결단으로 이들에 맞서기로 했다. 걱정되는 긴박한 상황을 이성계에게 빨리 알려서 대응하도록 해야겠다고 생각했다.

정도전은 이방원의 앞으로 서찰을 썼다.

> "속히 아버님을 개경으로 모셔야 하네. 아버님이 건재한 것을 알면 임금인들 함부로 못 할 것이고 저들의 모함도 잦아들 것일세. 일이 급박하게 생겼으니 서두르시게."

정도전은 말을 구해 종자 칠석이를 태워 급하게 보냈다.

개경의 정몽주도 애가 타기는 마찬가지였다.

한시가 급하게 서둘러야 하는 일인데 임금이 결단을 내리지 못하고 머뭇거리고 있으니 입술이 바짝바짝 타들어갔다. 밤에 잠이 오지가 않았다.

임금은 계속 이성계에게 환관을 보내서 용태를 살피고 있는 중이었다.

정몽주는 다시 김진양을 시켜서 상소를 올리도록 했다.

> "소신 등이 지난번 정도전 등의 죄를 묻도록 상신하였는데도 전하께서는 아무런 비답이 없으십니다. 정도전과 조준은 악의 뿌리요, 남은과 윤소종 등은 악의 뿌리를 돋우어서 덩굴을 자라게 하는 자들입니다. 이들을 살려두는 것은 크나큰 걱정거리 오니 거듭 청하옵건데 상신대로 윤허하여 주옵소서."

임금은 환관으로부터 이성계의 용태가 점점 차도가 있어 보인다는 보고를 받고 있었다. 사람도 알아보고 대화도 나눈다고 했다.

그러한데 그의 측근인 정도전과 조준을 참수해버린다는 것은 그 뒤에 닥쳐올 일을 생각해본다면 여간 부담스러운 일이 아니었다. 임금은 당초 정몽주와의 약속한 대로 하지 못하고 나중에 일어날 일이 걱정되어 처결을 계속 미적거렸다.

"나는 정도전과 조준을 죽이라고 하지 않았다. 먼저 남은 등을 국문하여 정도전과 조준의 죄와 관련이 있을 때 국문하여도 늦지 않다."

임금은 핑계를 대었다. 그러나 대간의 상소가 멈출 리가 없었다. 정몽주는 사흘 밤낮을 잠을 자지 않고 일에 매달렸다. 김진양은 기어이 임금의 비답을 받고자 궁궐 앞에서 농성을 했다. 임금은 어쩔 수 없이 조준 등을 우선 유배를 보내라고 허락했다.

한편 이방원은 모든 사태가 불리하게 돌아가는 것을 직감하고 정도전이 권한 대로 이성계를 빠른 시간 내에 개경으로 옮기는 일부터 서둘렀다. 이성계는 해주에서 벽란도로 옮겨 머물고 있었다.

이방원은 한달음에 아버지에게로 쫓아갔다. 이성계가 머무는 곳은 병사 서넛이 보초를 서고 있을 뿐 경계가 허술했다. 이성계를 치료하는 자는 임금이 보내준 어의였다.

"아버님의 차도가 어떠하냐?"

이방원은 숙소에 들어서자마자 대뜸 어의에게 물었다.

"정신이 돌아와서 사람은 알아보고 있습니다. 더 이상 악화는 되지 않고 있어 지켜보고 있나이다. 안정이 중요한 때이니 오랜 대화는 삼가는 것이 좋겠습니다."

이방원은 어의의 말을 믿을 수가 없었다. 임금이 보낸 자라 혹시 병을 더 돋우지나 않을까 염려스러웠다. 치료를 구실로 아버지 곁에 머무르면서 용태를 임금께 보고하는 첩자 노릇을 하지 않을까 하는 의심이 들었다.

"만약에 어떤 일이 벌어지면 내 용서치 않을 것이다. 최선을 다하라!"

이방원은 눈을 부라리면서 오금을 박듯이 엄격하게 다짐을 했다. 이성계의 신변에 더 이상 문제가 생긴다면 당장에라도 목을 베어 버리겠다는 듯 협박이었다.

이성계는 오줌과 똥을 받아내는 수발을 받으며 자리보전을 하고 있었으나 다행히 대화는 가능했다.

"아버님 이곳에서 머무르시기보다는 얼른 숭교리 집으로 가셔서 자리보전을 하셔야지요."

아들은 아버지에게 속히 개성의 집으로 가자고 채근을 했다.

"이 몸으로 더 먼 길 가는 것이 어렵겠다. 여기서 좀 정양을 하고 가는 것이 좋겠구나. 전하께서 여기서 치료를 받으라고 어의까지 보내지 않았느냐?"

"아버님, 지금 사태가 급하옵니다. 아버님의 부재로 여러 가지로 곤경에 몰리고 있습니다. 아버님께서 건재함을 보이셔야 합니다. 어의도 믿을 자가 못되옵니다. 정몽주는 지금 아버님의 측근들을 모조리 극형에 처하라고 아우성입니다. 임금은 아버님의 쾌차를 바라고 어의를 보낸 것이 아니고 아버님의 용태를 살피려고 보낸 것이옵니다. 해코지라도 하지 않을는지 염려되옵니다."

"아니다. 이 몸으로 더 움직이기가 어려우니 거동을 할 때까지만이라도 이곳에 있으련다. 너라도 그만 돌아가서 주위 단속을 하는 것이 좋겠다."

이성계는 고통에 지쳐 더 이상 말할 기력이 없다는 듯 손가락만 까딱이며 돌아가라고 했다. 이방원은 더 이상 졸라봐야 소용이 없겠다는 생각을 했다. 그렇다고 이성계의 부재로 한시가 급하게 돌아가고 있는 조정의 상황을 그대로 내버려둘 수도 없는 일이었다. 이곳에 머물다가는 무슨 일을 더 당할지 안심할 수가 없는 일이었다. 이방원은 자신의 독단으로 일을 추진하는 수밖에 없다고 생각했다.

이방원은 이성계 곁에서 물러나와 지시를 했다.

"이대로 이곳에 머무를 수가 없다. 즉시 개경으로 갈 준비를 차려라!"

이방원은 아래에다가 호령했다.

"이동 중에 아버님께서 불편하지 않도록 견여(肩輿, 들 것)를 단단히 만들어서 힘세고 걸음 빠른 놈들을 골라서 메게해라. 견여의 곁은 경계를 철저히 하여 잡인들의 근접을 금하라!"

이방원의 지시는 엄했다. 이곳에 더 머무르겠다는 이성계의 의사는 무시된 채 이방원의 지시대로 신속히 행장이 꾸려졌다. 장정 20여 명이 견여에 이성계를 태우고 발을 맞추어 달렸다. 견여 곁에는 상장군 황희석의 지휘 하에 겹겹이 둘러싼 호위병들이 함께 달렸다.

밤새워 개경까지 단숨에 달려왔다. 개경 백성들은 새벽을 찢는 군사들의 구령 소리에 무슨 일인가 하고 놀라 잠을 깨기도 했다. 이방원은 일부러 군사들에게 성내가 진동을 하도록 힘차게 구령을 붙이게 해서 이성계의 건재함을 알렸던 것이다.

• 6

숭교리 집에 도착한 이방원은 우선 집 주위 보안을 이중 삼중으로 하며 경계를 엄하게 했다. 출입하는 사람을 엄격히 통제하고 어의도 돌려보내고 다른 명의를 구해 아버지의 병구완을 하는 등 누구도 함부로 이성계의 근황을 염탐할 수 없도록 했다. 그러면서 이성계의 건강이 하루가 다르게 쾌차하고 있다는 소문을 내외에 퍼뜨렸다.

한편 바깥 사정도 급박하게 돌아가고 있었다. 이성계가 개경에 도착하기 하루 전에 조준과 남은은 유배지로 보내졌다.

임금이 정도전, 조준을 죽이지 말고 먼저 남은 등 여러 사람을 국문한 뒤에 연관이 있을 경우에 국문하도록 지시를 했음에도 정몽주는 이에 개의치 않았다. 정몽주는 심문관으로 자신의 심복인 김귀련과 이반을 차출했다. 그리고 그들을 따로 불러서 밀명을 내렸다.

"국문을 가혹하게 하라. 국문을 받다가 죽어도 좋다."

정몽주는 정도전, 조준, 남은을 반드시 죽여야 하는 인물로 지목했다. 이성계가 신병이 낫더라도 이들을 먼저 죽인다면 이성계는 날개 떨어진 매의 꼴이 되어 더 이상 뜻을 펼치지 못할 것이기에 임금의 의견도 무시한 채 서둘러 지시를 내린 것이었다. 이성계가 개경에 돌아오고 쾌차하고 있다 하니 마음이 더 급했다.

이에 맞물려 이성계의 집에서도 사태의 심각함을 알고 연일 대책을 숙의하느라 부산했다. 이방원은 아버지의 곁에 붙어서 수발을 들며 졸랐다.

"아버님, 정몽주가 지금 사람을 보내어 삼봉, 송당(조준), 남은 대감을 국문한다고 하니 이것은 우리 집안과 관계되는 일이옵니다. 장차 이 일을 어떻게 해야 하겠습니까?"

"어찌하겠느냐, 내가 운신을 할 수가 없으니 어쩔 도리가 없다."

"정몽주가 삼봉 대감 등을 죽인다는 소문이 파다합니다. 대감들을 죽인 다음 그 칼은 아버님의 목숨을 노릴 것입니다."

"죽고 사는 것은 천명에 달렸다. 천명을 어찌 거스르겠느냐? 받아들여야 할 수밖에……."

이성계는 모든 일을 천운에 맡긴다 했다. 죽음의 문턱까지 갔다가 다시 목숨을 잇게 된 것도 천운이고 또다시 죽음을 맞게 되는 것도 피할 수 없는 운명이라면 받아들이겠다는 나약하고 허무함이 가득 배어 있는 말투로 말했다.

방원은 모든 것을 포기한 듯한 아버지에게서 이미 내려진 왕명을 거스르며 어떤 일을 도모해줄 것을 기대한다는 것이 더 이상 불가능하다고 생각했다.

아버지에게서 물러나온 방원은 작은 아버지인 이화를 만나서 이두란과 둘째 형 방과, 매제 이제(李禔)를 모이게 하여 의논을 했다. 이화는 이성계의 이복동생이고 이두란은 이성계와 둘도 없이 지내는 의형제이며, 이제는 이성계의 사위이니 이방원과는 처남 매부 사이다.

"집안이 멸문지화를 당할 지경에 이르렀는데도 아버님께서는 어떤 단안도 내려주시지 않고 있습니다. 이대로 앉아서 당하고만 있을 수 없는 노릇입니다."

이방원은 가문의 일과 관계되는 것이므로 우선 집안 사람들끼리 의논하여 일을 도모하고자 했다. 그러나 아무도 선뜻 나서지 않았다. 모두 이성계의 명을 하늘같이 떠받들어 온 터에 명이 없으니 어떤 결단을 내리기가 어려웠다.

"정몽주를 죽여야 우리 집안이 살아남습니다. 정몽주는 삼봉 대감 등을 죽인 후에 우리 집안을 박살 내고자 할 것입니다. 아버님의 목숨이 위험합니다."

다들 이성계의 뜻만 바라보고 우물쭈물하고 있으니 이방원은 답답한 마음에서 채근했다. 그러나 정몽주는 임금이 아끼는 중신이다. 그는 지금 왕명을 받아서 모든 일을 추진하고 있다. 그런 그를 죽인다는 것은 반역하는 것이나 다름이 없는 일이다. 일은 성공을 해도 그렇고 실패를 해도 감당하지 못할 화를 불러오는 것이니 누구도 선뜻 나설 수가 없었다.

"이 일은 여사로 큰일이 아닌데 어찌 형님 몰래 일을 추진할 수가 있겠는가?"

이두란이 걱정이 가득해서 물었다.

"아버지의 승낙은 받아내지 못했지만 우리는 정몽주를 죽이지 않을 수가 없습니다. 뒷일은 내가 책임지겠습니다."

이방원은 단호하게 말했다.

"이씨가 왕실에 공로가 있다는 것은 온 나라 사람들이 다 알고 있는데 지금 소인들이 모함하고 있습니다. 제대로 해명도 하지 않고 고스란히 앉아서 당한다면 저 소인들이 반드시 흉악한 이름을 이씨에게 뒤집어씌울 것입니다. 이래도 나서지 않겠습니까?"

이방원은 아버지의 결단이 없지만 여기 모인 사람들이라도 나서서 '정몽주를 죽여야 하는 않겠는가!'고 역설했다. 그러나 누구도 선뜻 행동으로 나서려 하지 않았다.

이방원은 아무런 결정을 내리지 못하고 집으로 돌아왔다.

"아, 우리에게 많은 사람들이 있건만 이씨가 멸문지화를 당하게 생겼는데 집안 사람조차도 선뜻 나서지 않으려 하는구나. 참으로 안타깝다."

이방원이 장탄식을 하고 있는데 뜻밖에 광흥창사(廣興倉使)[29] 정탁(鄭擢)이 찾아왔다. 정탁은 이방원과는 같은 시기에 과거에 급제한 동류여서 서로 가까이 지내는 사이였다. 그는 과거에 급제한 지 10년이 넘었어도 여전히 하급관리로 머무는 것에 불만을 품어왔는데 때마침 정권 실세인 아버지를 둔 이방원과 가까이 지내고 있었으므로 이방원의 환심을 사서 출세할 기회를 엿보고 있었다. 그는 이방원이 무엇을 고민하고 있는지 알고 있기에 속내를 털어놓았다.

"이 공, 마음을 정하였으면 행동으로 나서지 뭘 그렇게 망설이시오."

"정 공이 내 속의 깊은 생각을 어떻게 알고서 그런 말을 하오?"

---

29) 관리의 녹봉에 관한 사무를 보는 곳의 정6품 관리.

"포은 대감이 무엇은 노리는지 아는 사람은 다 아는 일이오이다. 백성의 이해가 시각에 달린 일인데 어찌 소인배들이 나서서 난을 꾸미고 있는데도 가만히 두고만 보고 있습니까? 대의를 생각하십시오. 누구라도 나서야 한다면 그 일에 이 공이 앞장서십시오. 이참에 확 쓸어버리고 새 세상을 열어보십시오. 왕후장상의 씨가 따로 있답니까?"

정탁은 방원의 감정을 북돋우려는 듯 서슴없이 직설을 쏟아냈다.

"새 세상을 열어? 왕후장상의 씨가 따로 없다고?"

이방원은 정탁의 말을 듣고는 가야 할 길이 눈앞에 확 드러나는 기분이었다.

'누군가가 나서야 할 일이라면 내가 먼저 나서야 한다고? 좋다! 내가 나서겠다.'

마침내 이방원은 정탁의 말을 듣고서 뜻을 굳혔다.

'그렇다! 이 기회에 확 쓸어버리고 새 세상을 여는 것이다. 이씨라고 왕씨의 신하로만 지내라는 법은 없는 것이다.'

다른 사람이 나서주기를 기다릴 것이 아니라 스스로 나서서 정몽주의 목숨을 거두고 나아가서 그 아버지가 했던 것처럼 임금도 갈아 치워버려야겠다는 결심을 했다. 즉시 심복인 조영규를 불러서 말했다.

"지금 아버님의 목숨이 경각에 달려 있고 집안이 멸문지화를 당하게 생겼다. 아버님의 덕을 입은 장수가 한둘이 아닌데 위급한 때에 이씨를 위하여 나서줄 사람이 찾아보기가 힘들구나."

조영규는 방원의 말을 듣고 대뜸 언성을 높였다.

"어찌하여 공은 소장을 믿지 못하고 그리 급박한 일을 다른 사람과 의논하셨는지요? 소장, 지금껏 장군께 입은 은혜를 생각하면 불 속인들 마다하오리까? 명령만 내려주십시오!"

조영규는 가슴을 쾅쾅 치면서 무슨 일이라도 시키는 대로 하겠다고 충성을 다짐했다. 이방원은 조영규라면 험한 일을 믿고 일을 맡길 수 있겠기에 그를 부른 것이었다.

이방원은 큰소리치는 조영규에게 믿음의 표시로 어깨를 툭툭 치고는 자신이 하고자 하는 일을 은밀히 일러주었다. 그리고는 못을 박듯 지시를 했다.

"내가 명을 내리면 즉시 행동을 개시하여야 한다."

이방원은 이외에도 가병 중에서 자신을 따르는 조영무, 고여, 이부를 불러서 조영규를 도와서 일을 도모하도록 지시를 했다.

• 7

정몽주는 벌써 며칠째 밤잠을 설치고 있었다. 잠자리에 들면 이성계의 얼굴이 어른거리고, 그 모습은 거대한 괴물의 형상으로 변해서 자신에게 덤벼들어 목을 졸랐다. 고통에 겨워서 캑캑거리는데 이성계의 뒤에 한 무리가 나타나서 자신을 향해 조롱하듯 손가락질을 하며 통쾌하게 웃는 것이다. 그들의 무리는 정도전, 조준, 남은, 윤소종 등이었다.

"하, 하, 하."

"낄, 낄, 낄."

그들은 괴로워하는 자신의 모습을 보고 즐거운 듯, 놀리는 듯 웃고 있었다. 자세히 보니 모두 얼굴에 피 칠갑을 하고 있었다.

정도전이 충혈된 두 눈을 부릅뜨고 잡아먹을 듯이 입을 벌리고 확 달려들었다.

"악!"

정몽주는 가위에 눌려서 화들짝 잠이 깨었다. 깨어났는데도 꿈속의 일들이 생생히 남아 있었다. 등골에서는 땀이 축축하게 배어났다.

"후—"

마음을 진정시키느라 호흡을 가다듬었다. 벌써 며칠째 비슷한 꿈을 계속 꾸었다.

'국문하러 간 일은 잘되고 있는 것인가? 이성계가 회복하게 되면 어떻게 나오려나? 앞으로 어떻게 해야 할꼬?'

머리가 복잡했다.

"대감마님 주무시는지요?"

그때 밖에서 집사가 부르는 소리가 들렸다.

'몇 점이나 되었을꼬?'

새벽닭의 울음소리가 들리지 않았으니 아직은 한밤중인데 집사가 웬일로 잠을 깨우는 것일까? 불안한 생각이 들었다.

"흠, 흠."

가벼운 기침 소리를 내며 잠이 깨어 있음을 알렸다.

"손님이 찾아오셨기에……. 꼭 이 밤중에 드릴 말씀이 있다고 하시기에……."

"음, 누구라더냐?"

"변중량 대감이라고……."

'변중량이? 웬일로 이 밤에?'

변중량은 이성계의 이복형 이원계의 사위인데 지난해 정도전 등 이성계의 측근이 우현보를 탄핵해서 죽이려고 모의한다는 사실을 알고 사전에 임금에게 고해바침으로써 위기를 면하게 한 일이 있었다. 또 그는 정몽주의 문하에서 글을 배우고 벼슬길에 오른 문인이기도 했다. 정몽주는 제자가 한밤중에 찾아온 것으로 봐서 뭔가 대단히 중요한 일이라는 생각이 들었다.

"내 나가마, 기다리고 있으라 해라."

정몽주는 자리에서 일어나 간단히 옷매무시를 고치고 방을 나왔다. 변중량은 긴장이 가득한 얼굴로 정몽주를 기다리고 있었다.

"스승님께 긴히 드릴 말씀이 있어서 남의 눈을 피하여 이 밤중에 찾아 뵈었습니다."

"그래 무슨 일인가?"

"스승님의 신상에 큰 변고가 일어날 것 같아 알려 드리러 왔습니다."

"변고? 무슨 일이 일어나는가?"

정몽주는 잔뜩 긴장이 되어 물었다.

"스승님을 살해하고자 음모를 꾸미고 있다고 합니다. 이방원과 방과 형제, 이화, 이두란 등이 모여서 의논을 하였답니다."

변중량은 이방원 등이 모여서 의논했던 일을 가족을 통해 듣고서 스승의 신변을 염려하여 급히 찾아온 것이었다.

"음, 그러하냐."

정몽주는 이성계의 측근들이 자신을 위해 하려 한다고 항상 염려를 해왔으나 실제로 모여서 의논했다는 말을 전해 들으니 더 긴장되었다.

변중량이 돌아가고 정몽주는 잠시 생각했다. 이성계가 점점 나아지고 있다는 소문이 들리니 이를 눈으로 확인해 봐야겠다는 생각이 들었다. 그가 몸이 나아지면 측근들이 다시 그를 등에 업고 반격을 가할 것이니 대비를 해야 한다. 지금 그들이 임금의 명을 받드는 자신을 죽이려고 모의를 한다는 것은 바로 역모를 꾀하는 것이니 이성계의 용태를 보아서 이 기회를 빌려 모조리 처단해 버릴 수도 있는 일이다. 이성계까지도.

정몽주는 어쩔 수 없이 이성계와도 직접 일전을 벌여야겠다고 생각했다. 정몽주는 날이 밝으면 이성계의 집이 있는 숭교리를 찾아서 정탐을 해보고자 했다.

날이 밝자 정몽주는 말잡이 종자 한 명만 데리고 이성계의 집으로 향했다. 자신의 신변에 위험이 따르고 있다는 말을 들었음에도 그는 홀몸이다시피 하여 나선 것이었다. 여러 사람을 데리고 간다면 괜한 오해를 불러일으켜 경계할 것 같아서 일부러 병문안 가는 편안한 행색을 했다.

생각지도 못한 정몽주의 방문을 받고 이성계의 집안에는 긴장감이 감돌았다.

'정몽주가 온 것은 분명 집안의 동태를 살피러 온 것이리라!'

집안 사람들은 모두 경계를 늦추지 않았다. 이화가 방과와 함께 정몽주를 이성계에게 안내하고 이성계와 정몽주가 이야기를 나누는 것을 보고 슬며시 빠져나와 밖에서 대기하고 있는 방원을 찾아와 일렀다.

"몽주를 죽인다면 지금이 좋은 기회이긴 한데……."

여전히 망설이기는 마찬가지였다. 이방원은 방 안 분위기부터 우선 살피고자 했다.

"방 안에서는 어떠한지요?"

"형님과는 반가이 이야기를 나누고 계시네. 몽주도 그냥 문병을 온 모습 외에 별다른 낌새를 보이지 않고 있네."

이방원 잠시 생각했다. 제발로 찾아온 좋은 기회라고 생각되었다. 호랑이 굴로 제 발로 걸어 들어왔으니 계획한 대로 쳐 죽이면 그만인 것이다. 그러나 특별한 낌새도 보이지 않고, 말잡이 종자 외에 동행인도 없이 부친을 문병 왔는데, 그런 사람을 집안 내에서 개 잡듯 죽인다는 것은 모양새가 좋지 않았다.

이 일은 너무나 큰일이었다. 후세에 자신이 한 일에 대해 무슨 변명거리라도 만들어놓아야겠다는 생각도 들었다. 이방원은 별도로 정몽주와 단둘이 만나 속마음을 확인하고 싶었다. 그래서 이화에게 부탁했다.

"포은 대감이 돌아가시기 전에 제가 한번 뵀으면 합니다. 제가 먼저 사랑채에서 기다릴 터이니 숙부님께서 포은 대감을 좀 안내해주시지요."

두 사람은 찻상을 앞에다 두고 겨루듯이 마주앉았다. 이방원이 사냥 감을 앞에 둔 매처럼 사납고 매서운 기를 품어내고 있는 데 비해 정몽 주는 뿌리가 깊게 박힌 나무처럼 질기고 단단한 모습이었다. 방 안에는 두 사람이 겨루는 기가 충만하여 봄날인데도 냉기가 서렸다.

"이일 저일로 바쁘실 터인데도 이렇게 병문안까지 와주셔서 감사합니다."

이방원은 최근 자신들을 압박하고 있는 일들이 정몽주의 주도로 이루 어지고 있는 것을 비꼬아서 말했다. 정몽주의 얼굴을 쏘아보면서 날을 세운 인사를 했던 것이다.

"부친께서 그만하시기에 다행이네. 쾌차하시기를 바라네."

정몽주도 지지 않고 똑바로 바라보면서 속마음과는 다른 헛인사말로 답했다. 정몽주는 오래전 이성계의 부친 이자춘의 장례 때 함주에서 어 린 이방원을 본 적이 있었다. 그리고 열여섯, 아직 풋풋한 나이에 소년 급제하여 조정을 드나들면서 아버지를 돕는 모습을 보고 그 총명함에 대하여 칭찬을 아끼지 않는 등 친밀함을 보였었다.

그러나 오늘 이 자리에 마주하고 앉은 두 사람 사이에서는 이전에 느 꼈던 옛정은 사라지고 긴장감만이 흘렀다. 오로지 서로에게 겁박을 주 는 무겁고 차가운 바위와 같은 존재로 마주했다.

이방원은 품고 있던 종이를 정몽주에게 건네주었다.

"제가 시를 한 편 지었는데 대감께 평을 받아보고자 합니다."

종이에는 이방원이 직접 지은 시가 한 수 적혀 있었다. 정몽주는 그것 을 펼쳐보았다.

> 이런들 어떠하리 저런들 어떠하리
> 성황당 뒷담이 무너진들 어떠하리
> 우리도 이같이 하여 안 죽고 살면 어떠하리

잘 알려진 이른바 「하여가(何如歌)」였다. 그런데 우리가 익히 알고 있는 「하여가」는 『해동악부(海東樂府)』와 『포은집(圃隱集)』에 실려 있는 한시와는 사뭇 다르다.

『해동악부』 등에는 둘째 연 이하가 "성황당 뒷담이 무너진들 어떠하리……"로 한역되어 있으나 이 부분이 "만수산 드렁칡이 얽어진들 어떠하리 우리도 이같이 얽혀져 백 년까지 누리면 어떠하리"로 변하여 민간에 회자되어 오늘날까지 전해오고 있다.

이는 "성황당 뒷담……"을 고려를 상징하는 "만수산……"으로 바꿔 넣음으로써 정몽주를 격살한 이유가 이방원의 정권 찬탈 야욕에서 비롯된 것이라는 것을 강조하기 위해 누군가가 의도적으로 조작한 것이라고 추측된다.

정몽주는 이방원의 시를 한참이나 뚫어지라 쳐다보고 있다가 곁에 있는 지필묵을 집어 들고 답 시를 썼다. 그 답은 「단심가(丹心歌)」였다.

> 이 몸이 죽고 죽어 일백 번 고쳐 죽어
> 백골이 진토되어 넋이라도 있고 없고
> 임 향한 일편단심이야 가실 줄이 있으랴

이방원은 정몽주에게 자신의 편이 되지 않는다면 죽음도 각오하라고 협박을 한 것이었다. 이에 정몽주는 너희가 나를 죽여서 사지를 찢어 다시 죽인다 해도 일편단심 고려의 사직을 끝까지 지키겠다는 굳은 의지로 답을 한 것이다.

두 사람은 시를 주고받으면서 서로가 돌아올 수 없는 강을 건넜다는 마음을 확인하게 되었다. 이제 두 사람 간에는 굴복하지 않으면 죽음을 각오해야 하는 벼랑 끝 사생결단의 행동만이 남은 것이다. 문제는 언제

결행하느냐 하는 것만이 남았을 뿐이었다.

● 8

이방원은 정몽주를 보내고 나서 조영규를 불렀다.

"더 이상 지체할 것 없다. 지금 포은을 앞질러 가서 기다렸다가 격살하라. 선죽교가 가는 길목이고 한적한 곳이니 그곳이 좋겠다."

이방원은 장소까지 정해주며 단호하게 지시했다.

"예, 명대로 거행하겠습니다."

조영규는 즉시 조영무와 고여, 이부와 함께 지름길을 택해서 선죽교로 달렸다.

정몽주는 이성계를 문병하고 돌아오면서 지난밤 변중량이 밤중에 찾아와서 일러준 말이 틀리지 않았다고 생각했다. 특히 이방원의 눈빛에서 번뜩이는 살기를 느꼈다. 이제는 이성계까지도 함께 도모하지 않으면 자신의 목숨을 부지하기가 어렵겠다는 생각을 했다.

정몽주는 이런저런 생각을 하면서 길을 나선 김에 친분이 있는 개성부 판사 유원의 상가에 들러 술을 많이 마셨다.

'이성계를 죽여야 한다. 다른 누구보다도 이성계를 죽이면 모든 것이 끝나는 것이다.'

생각이 골똘해서인지 마신 술의 양에 비해 정신은 또렷했다. 정몽주가 상가를 나섰을 때는 주위에 어둠이 깔렸다.

"왜 이렇게 나타나질 않지?"

선죽교 밑에서는 낮부터 건장한 사내들 몇몇이 몸을 은신하고는 누군가를 초조하게 기다리고 있었다. 바로 이방원이 보낸 조영규, 조영무 등 자객들이었다. 기다리는 정몽주가 나타나지 않자 안달이 났다.

'혹시 눈치를 채고 다른 길로 돌아가지 않았나?'

궁리를 해보았지만 이곳을 지나치지 않으면 귀가할 길이 없다. 외길이었다. 날은 이제 사방을 분간하기 어려울 만큼 어두워졌다.

"휙, 휘익—"

보초를 서고 있던 이부가 다리 아래에다 대고 낮은 소리로 신호를 보냈다. 다리 밑에서 기다리던 사람들은 신호에 따라 날렵하게 스며들듯 다리 위로 올라왔다.

"따각, 따각."

말발굽 소리가 천천히 다가오고 있었다. 어둠 속이지만 말 위에 타고 있는 사람의 형체도 보였다. 종자인 듯한 자에게 말고삐를 잡히고 흔들거리며 오는 모습이 선비였고 낮에 봐두었던 영락없는 정몽주 일행이었다. 모두 긴장했다. 조영규는 철퇴의 손잡이를 바짝 움켜쥐었다. 조영무도 쇠절구공이를 쥔 손에 힘을 주며 마른 침을 삼켰다. 드디어 말 탄 일행이 다리로 들어섰다.

"멈추어라!"

기다리던 자객들은 정몽주가 다리에 들어서자 달려들어서 앞뒤를 에워쌌다.

"웬 놈들이냐? 이분이 수시중 대감이시니라. 무엄하다."

종자가 이들을 가로막고 나섰다. 잡고 있던 말이 고삐에 채여 히힝 하고 앞발을 높이 번쩍 쳐들다가 내려섰다.

"수시중 포은 대감이 맞으시지요?"

자객 중의 한 명이 정몽주임을 확인하고자 물었다.

"그렇다. 경을 치기 전에 썩 비키거라! 이놈들."

그때였다. 말 옆구리에 붙어섰던 조영규가 말 위에 앉아 있는 정몽주를 향해 철퇴를 날렸다. "휘-익." 철퇴가 빗나가 말의 옆구리에 맞았다. 말이 놀라서 요동을 치는 바람에 정몽주가 굴러 떨어졌다.

"이놈들 무슨 짓이냐!"

종자가 쓰러진 정몽주를 몸으로 막았다.

"비켜라! 이놈!"

조영무가 가로막고 있는 종자를 향해 사정없이 쇠몽둥이를 내리쳤다. 쇠몽둥이 한 방에 종자는 "악!" 하는 비명소리와 함께 나가떨어져 개구리처럼 바르르 떨다가 숨이 끊어져 버렸다. 즉사한 것이다. 말에서 떨어진 정몽주에게는 조영규가 철퇴를 날렸다.

정몽주는 정신이 혼미해짐을 느꼈다.

'방원이가 보낸 자객이구나.'

정몽주는 혼미해짐 속에서도 자객의 정체를 눈치챘다. 정몽주는 몸을 움직여보려 했으나 뜻대로 되지 않았다. 그냥 버둥댈 뿐이었다. 정몽주의 목숨이 끊어지지 않았음을 눈치챈 조영규는 다시 한 번 얼굴에다 철퇴를 가했다. 정몽주의 몸은 더는 움직이지 않았다. 자객들은 정몽주의 숨이 끊어지는 것을 말없이 지켜보았다. 어둠 속에서도 정몽주의 몸에서 뿜어져 나오는 액체가 다리를 흥건히 적시며 흘러내리는 것이 보였다. 피비린내가 코끝에 진동했다.

정몽주는 그렇게 무참하게 최후를 마쳤다. 그의 나이 56세였다. 정몽주가 살해된 현장인 선죽교에는 지금도 돌무늬가 피가 흐른 듯 선명히 붉은빛을 띠고 있다고 한다.[30] 이는 정몽주가 죽을 때 흘린 핏자국이라고 전해지는데, 누군가가 그의 죽음을 애석하게 여긴 나머지 후세 사람들이 그의 억울함을 기억하기를 바라는 마음에서 전설로 지어 전한 것이리라.

---

30) 필자는 현장을 확인해볼 그날을 기다린다.

『고려사』에 정몽주는 학문에 깊이가 있고 절조(節操, 절개와 지조)가 높은 인물로 평가하고 있다. 그는 이색의 문하에서 공부했으며, 공민왕 9년(1360년) 과거 3장(초장, 중장, 종장)에 내리 장원으로 합격한 재원으로 일찍부터 벼슬살이를 해서 출세가도를 달리면서 재정과 외교, 문무 가릴 것 없이 국가의 거의 모든 분야에서 많은 업적을 남겼다.

특히 외교 분야에서의 업적은 탁월했는데 당시 중원의 신흥대국 명나라가 고려에 여러 가지로 압박을 가해오는 것을 두 차례에 걸쳐 명나라 황제 주원장과 면담하여 공물을 삭감하고 명나라의 제도와 복식을 도입하는 등 두 나라 사이의 난제를 해결했고, 또 일본과의 관계에서도 사절로 가서 막부의 실력자들을 만나 왜구의 침략을 저지하고 포로로 잡혀 있던 백성 수백 명을 귀국시키는 등 괄목할 업적을 남겼다. 그러나 그는 명재상으로서, 대학자로서 여러 방면에 걸쳐서 많은 업적을 남겼음에도 정치인으로서는 실패한 사람으로 보인다.

흔히 정몽주를 절세의 충신으로 이야기하고 있다. 그러나 정몽주가 지키려 한 충절이 정치인으로서, 국가의 중요한 지위에 앉아있는 지도자의 판단으로서 옳았는가에 대해서는, 충절의 표상으로 무조건적으로 존경하기에 앞서 비판을 받아야 한다고 본다.

정몽주가 지키려 한 고려는 이미 모든 것이 한계점에 다다라서 더 이상 나라로서 지탱하기가 어려웠고 그 속에서 하루하루를 고단하게 살아가는 백성들의 원성이 하늘을 찔러 사회 곳곳에서 세상이 바뀌기를 열망하던 때였다. 세상이 그러함에도 정몽주는 시대의 변화를 수용하지 못하고 무모하게 왕조에 대한 의리만을 지키려 한 것이었다. 정몽주의 충성은 나라에 대한 것도, 백성을 위한 것도 아니었다.

정몽주가 만고의 충신으로 추앙받게 된 것은, 그가 비록 조선왕조 건립에 장애물이 되긴 했지만, 왕에게 무조건적인 충성을 요구하는 조선왕조의 국가 이데올로기가 그렇게 만든 것이 아니었을까?

그렇게 본다면 역사는 진실만을 추구하는 것이 아니라 필요에 의해서 만들어지는 것이라 할 수도 있을 것이다. 시대의 변화를 거스르려 한 정몽주의 무모한 충절은 이 시점에서 새로이 평가를 받아야 할 것이다.

• 9

정몽주를 격살했다는 보고를 받은 이방원은 즉시 아버지의 측근들을 불러 모았다. 이방원의 보고를 받은 모두는 놀라움을 감추지 못했다.

'기어이 일을 벌였구나! 방원이 혼자서!'

입을 딱 벌린 채 말을 못하고 있다가 둘째 방과가 걱정이 가득한 표정으로 물었다.

"아버님께 보고를 드려야 하지 않겠는가?"

"사세가 급하여 먼저 일을 저질렀습니다. 아버님께 사실을 고하겠습니다. 모든 일은 제가 책임을 지겠습니다. 그보다도 먼저 해주셔야 할 일이 있습니다."

이방원은 흥분을 가라앉히고 앞으로 해야 할 일을 침착히 지시했다. 마치 그 아버지가 군령을 내리는 것처럼.

개경으로 들어오는 성문에서는 검문이 삼엄했다. 궁궐로 들어오는 문은 닫았고 개경 시내에는 군사들을 요소요소에 배치했다. 문하시중 심덕부를 비롯한 조정 대신들의 집 앞에도 경비병을 세워서 외부와 접촉을 차단시켰다.

한편 아들 방원으로부터 정몽주를 격살했다는 보고를 받은 이성계도 놀라기는 마찬가지였다.

"네가 정말 일을 저질렀다는 말이냐? 어찌 그런 일을 상의도 없이, 전하의 허락도 없이 벌인단 말이냐?"

이성계는 자리보전을 하고 누운 병자답지 않게 벌떡 일어나면서 소리를 질렀다. 소리가 문밖까지 쩌렁쩌렁하게 울렸다.

방문 밖에서 강씨 부인을 비롯해 방번과 방석, 온 식구가 방 안의 기색을 살피다가 터져 나오는 큰 소리를 듣고 깜짝 놀랐다.

"너희들이 대신을 함부로 죽이니 나라 사람들이 이를 어떻게 생각하겠느냐? 나도 모르게 어찌 이런 큰일을 저지를 수 있단 말이냐? 우리 집안은 본래 충효로 소문이 나 있었는데 너 때문에 얼굴을 들 수가 없게 되었구나!"

이성계의 큰 소리는 계속 터져 나왔다.

"정몽주 등이 우리 집안을 몰락시키려 하는데 어찌 가만히 앉아서 당할 수가 있겠습니까? 아버님께서 허락만 하신다면 앞으로의 일은 제가 처리하겠습니다."

이성계의 노함에 방원도 굴하지 않고 꼿꼿한 목소리로 답했다.

"시끄럽다. 이놈!"

고함과 함께 '쿵' 하고 무엇인가 던지는 소리가 났다. 강씨 부인은 더 이상 밖에서 동정만 살피고 있을 수가 없었다.

방 안으로 들어갔다. 목침이 방원의 옆으로 떨어져 있었다. 이성계가 화가 나서 조금 전에 방원을 향해 던졌던 것으로 짐작이 갔다.

"대감, 진정하세요! 사태가 이러한데 방원인들 생각이 없이 한 일이었겠습니까? 방원이가 일을 저지르지 않았으면 지금쯤은 우리 집안이 도륙이 났을지 모를 일입니다. 너무 책망만 하실 일이 아닙니다."

강씨 부인이 방원을 위해 변명을 하고 나섰다.

"방원이에게 일을 맡겨주세요. 보아하니 일이 시급한데 모두가 대감의 명이 없으니 답답해합니다."

방원을 대신해서 남편을 설득했다.

'이미 엎질러진 물이 아닌가? 포은이 사태를 여기까지 몰고 온 것이 아닌가? 일이 이렇게 된 것이 어쩌면 잘된 일인지 모른다.'

아들에게 역정만 낼 일이 아니었다. 이성계는 생각을 바꾸었다. 이성계는 사세가 급한지라 억지로라도 거동을 해보려 했지만, 그것은 불가능했다. 대신 측근인 황희석에게 아들과 함께 대궐로 들어가서 임금에게 보고하도록 했다.

황희석은 이성계를 군사적으로 보좌하는 최측근 인물이다. 그는 함경도 단주 상만호로 있을 때 이두란과 함께 나하추의 군사와 전투를 벌여 격퇴시키는 등 공을 세워 이성계의 신임을 받았고, 이후 요동 정벌 때도 출전하여 이성계의 회군을 도와 회군 일등공신으로 책정되어 동지밀직사 벼슬에 올라 있는 자였다. 그는 이성계가 낙마했다는 보고를 받고 누구보다도 먼저 군사를 이끌고 가서 이성계의 신변을 보호했다. 황희석은 수하 장졸 200명을 끌고 급히 궁궐로 달렸다.

궐내는 조용했다. 바깥세상에서는 나라의 재상이 살해되어 경천동지하는 일이 벌어지고 있는데도 궐내는 고즈넉한 평온을 유지하고 있었다.

임금은 정원에 만개한 봄꽃을 구경하다가 늦게 잠자리에 들었으나 철 이르게 나타난 모기 때문에 쉽게 잠이 들지 못하고 있었다. 긁적긁적, 모기에 물린 목덜미를 긁고 있는데 침소 밖에서 내관의 목소리가 들려왔다.

"전하, 급히 아뢸 말씀이 있다고 판문하부사가 사람을 보내왔나이다."

'뭐라고? 이성계가 이 밤에?'

임금은 궐 밖에서 일어난 끔찍한 일은 상상도 못 하고 혹시 이성계의 신변에 이상이라도 생겼나 짐작했다.

"알았노라. 잠시 기다리거라."

임금은 이방원의 보고를 받고는 아연실색을 했다.

"뭐, 뭐라고? 지신사는 방금 한 말을 다시 해보라."

임금은 이방원이 한 보고가 믿기지 않아서 되물었다.

"예, 수시중이 외람되이 대간(大諫)을 꾀어 신하를 모함하는 일이 지나쳐 억울함을 당하는 이가 날로 늘어나고 원망이 하늘을 찌를 듯하였습니다. 더 이상 두고 본다는 것은 전하께 누가 되는 일이라 부득이 그를 처단하였사온데 전하께서는 그의 죄를 묻는 명을 내려주시옵소서."

이방원은 조금도 주저함이 없이 머리를 꼿꼿이 쳐들고 당당하게 말했다. 곁에는 황희석이 칼을 찬 채 눈을 부릅뜨고 서 있었다. 이방원의 눈에서는 어둠 속에서도 살기가 펄펄했다.

임금은 그들과 눈을 마주치는 것조차 두려워서 눈길을 피했다. 과거 무신난이 일어났을 때 무인들이 무장을 하고 편전을 드나들며 용상을 겁박하고 귀에 거슬리는 말을 하는 재상에게 임금이 보는 앞일지라도 철퇴를 가하여 전각을 피로 물 들인 일이 있었다고 들었다. 이의민이라는 자는 유폐되어 있는 의종을 찾아가서 허리를 꺾어 죽였다고 하지 않았던가……?

공양왕은 지금 자신의 앞에서 고하는 자들이 그 옛날 무신난을 일으켰던 자들보다 그 흉악무도함이 조금도 덜하지 않다는 생각이 들었다. 겁이 나서 목이 메어 말도 잘 나오지 않으려 했다. 사지가 덜덜 떨렸다. 임금의 재가도 없이, 어떠한 논죄도 없이 나라의 재상을 제 마음대로 척살을 하다니……. 그래 놓고 죄를 묻는 명을 내려 달라니……. 그 뻔뻔함이 그저 놀랍고 무서웠다.

'아, 내가 이런 날이 올 것을 염려하여 이성계의 눈치를 보았건만 포은은 눈치도 없이 저들을 핍박하다가 기어이 이런 일을 당하였구나!'

임금은 그동안 정몽주를 믿고서 일을 벌여왔던 것이 후회스러웠다. 그러나 왕은 지금 형편으로 보아 전후 사정을 따질 개재가 되지 못했다.

저들은 작정을 하고 왔으므로 기어이 왕명을 받아내려 할 것이다.

그러나 아무리 사정은 그리되었다 해도, 겁이 많고 줏대가 없는 왕이라 할지라도 사태의 전말도 파악하지 않은 채 무턱대고 이들의 요구를 들어줄 수는 없었다. 임금의 마음에 갈등이 일었다. 임금으로서 일말의 체통이라도 세워보고자 했다.

'이놈들, 아직은 내가 이 나라의 임금이니라!'

임금은 마음속으로 외쳤다. 아무리 어리석다 해도, 당장 눈앞에서 눈을 부릅뜨고 겁을 준다 해도 저들의 말만 듣고 명을 내려준다는 것은 임금이 할 도리가 아니었다.

"심덕부, 문하시중 심덕부 대감을 부르, 부르시오. 내가……내가 좀 더 사태를 알아야 하지않겠소, 파악한 후에 명을 내리는 것 좋겠소."

마음과는 달리 임금의 목소리는 떨려나왔다. 떠듬거리기도 했다.

임금은 문하시중에게 일을 미루었다. 도평사의 수장인 문하시중을 불러서 사태파악을 좀 더 명확히 하고 그의 뜻을 물어 명을 내리겠다고 핑계를 댔다.

"시각을 다투는 일이옵니다. 속히 명을 내려주시옵소서."

이방원은 막무가내로 조르듯 했다. 그러나 임금은 호락호락하지 않았다. 문하시중을 데려오라고 버텼다. 어쩔 수 없이 문하시중을 데려와야 했다. 데리고 간 장졸들을 시켜서 심덕부를 모셔오게 했다.

두어 시각 뒤에 문하시중이 나타났다. 그는 초저녁 군사들이 몰려와 집을 에워싸는 통에 연금이 되어 있다가 부름을 받고 나타난 것이었다. 사실상은 한밤에 집으로 닥친 군사들에게 끌려온 것이나 다름이 없었다. 문하시중도 겁을 잔뜩 먹은 얼굴이었다.

"문하시중도 아는 일이오? 수시중 정몽주가 변고를 당하였다고 하는데."

임금이 초조해하며 물었다.

"예, 실은…… 자세히는 모르는 일이오나, 변고를 당한 것은 사실인 것 같고, 아무튼 큰일이 난 것만은 사실이옵니다."

문하시중 심덕부도 사태 파악이 안 되기는 임금과 마찬가지였다. 사태 파악이 안 됐으니 말을 떠듬거릴 수밖에 없었다. 그러나 이성계가 군사를 동원하여 변고를 일으킨 것만은 사실인 것 같고 그 와중에서 정몽주가 신상에 해를 입었으리라는 것은 감으로 알 수 있었다. 이 자리에 와서 정몽주가 격살 당했다는 말을 처음 듣는지라 그도 놀라기는 마찬가지였다.

"어찌하면 좋은가? 수시중이 일을 지나치게 하여 원성을 사서 그 죄를 물어야 한다기에 문하시중의 뜻을 물어보고 결정하겠다고 하였는데……."

임금은 여태껏 버티고 서 있는 이방원 쪽의 눈치를 보면서 말했다. 눈치를 보기는 심덕부도 마찬가지였다.

"……."

심덕부는 잠시 생각했다. 자신은 이성계가 위화도 회군을 할 때 서북면 도원수로 있으면서 이성계를 도왔다. 그 뒤 창왕을 폐하고 공양왕을 옹립하는 데 앞장을 서서, 아홉 공신으로 인정받아 충의백 작위를 받고 문하시중에 오르는 등 영광을 얻었다. 그러나 이성계 측근과 세력다툼을 벌이면서 윤이, 이초 사건에 연루된 김종연과 내통하여 역모를 꾸몄다는 모함을 받고 한동안 유배를 당하게 됐는데, 다행히 혐의가 풀리고 현재는 정몽주의 추천을 받아 문하시중 자리에 복귀하여 예전의 영예를 누리고 있다.

문하시중으로 복귀해서는 정도전, 조준 등 이성계의 측근을 탄핵하고 우, 창왕 대의 원로대신인 이색, 우현보, 강회백 등 구가세력을 복귀시키는 등 정몽주의 세력을 키워주는 데 한몫을 했다. 그러면서 자신의 자리를 굳혀왔던 것이다. 그러나 지금은 또 다른 선택을 해야 하는 순간이다. 이미 일은 이성계의 측근들이 저질러 놓았다. 이제 대세는 돌이킬 수 없다는 판단이 섰다. 심덕무는 이성계의 편에 서기로 결정했다.

"수시중의 죄도 물어야 하거니와 수시중을 도와 일을 도모한 자들도 엄격히 죄를 물어야 할 것이옵니다. 아울러서 억울하게 귀양을 간, 삼봉 등 여러 대신들을 신속히 사면하시는 것이 당연하옵니다."

심덕부는 임금에게 건의했다. 임금도 문하시중의 건의를 받고서 그에 따르는 모양새를 갖추어 명을 내렸다.

"수시중 정몽주의 죄가 크거늘 일당들을 잡아들여서 철저히 치죄를 하고 억울한 자는 신속히 방면하라."

• 10

밤사이에 군사들이 분주하게 움직였다. 간관 김진양을 위시해서 이확, 이내, 이감, 권흥, 유기등, 정도전과 조준, 남은 등 이성계의 측근 인사들을 핍박하는 데 앞장을 섰던 자들이 먼저 군사들에게 붙잡혀왔다. 국문관으로 배극렴과 문하평리 김주가 임명되어서 이들을 심문했다. 순군옥 뜰에 국청이 설치되고 붙잡혀 온 자들에 대해서 가혹한 고문이 시작되었다.

비명소리가 담장을 넘어서 밖으로까지 울려 퍼져나가 사람들이 지나가기를 꺼렸다. 귀를 막고 간신히 바쁜 걸음으로 지나치기도 했다.

이들의 입에서 이름이 불린 자들이 연이어서 붙잡혀왔다. 붙들려온 자들로 순군옥이 넘쳐났다. 김진양은 온몸이 피투성이가 된 채 초주검이 된 몰골로 입을 열었다.

"정몽주가 이색, 우현보와 모의를 하였고, 이숭인과 이종학, 조호를 신에게 보내어 말하기를 '지금 이성계 판문하가 말에서 떨어져 위독한 상태이다. 이 판문하의 공을 믿고 권력을 제멋대로 휘두른 자들이 있는데 정도전과 남은, 조준 등이 그들이다. 지금이 기회이니 이들을 먼저 제거하여야 한다'고 하였습니다."

김진양의 자백에 따라 이숭인과 이종학, 조호를 붙잡아 순군옥에 가두었다. 배극렴은 밝혀진 죄상을 임금에게 고했다.

"지금 김진양 등 간관들의 진술로 정몽주의 죄상이 밝혀졌습니다. 죄인 정몽주는 사태가 위급하여 먼저 척살을 하였으나 아직 그 죄를 묻지 않고 있으니, 죽은 자라 하여도 목을 베어서 저잣거리에 효시(梟示)[31]하시고 김진양과 이숭인, 이종학, 조호에 대하여서도 죄를 물으시옵소서."

정몽주의 머리가 효수되어서 저잣거리에 걸렸다. 그리고 그 옆에 커다란 글씨로 방을 붙였다.

'없는 사실을 그럴듯하게 만들어 대간을 꾀어내서 대신을 모해하고 나라를 혼란에 빠뜨린 자임'

이숭인과 이종학, 조호도 먼 곳으로 유배를 보냈다. 김진양에 대해서는 장 100대를 쳐서 유배를 보냈는데 후에 그는 후유증을 앓다가 유배지에서 죽었다.

이에 앞서 예천 감옥에서는 정도전에 대한 심문이 있었다. 정몽주로부터 가혹하게 심문을 하라는 밀명을 받고 온 김귀련과 이반은 정도전을 죽일 듯이 모질게 고문을 했다. 정도전은 몸이 갈래갈래 찢기는 고통을 당했다.

어제에 이어 오늘도 심문이 계속되었다. 형장에 끌려 나온 정도전은 형틀에 묶인 채 또다시 당해야 할 고문을 생각하며 몸서리를 쳤다. 주릿

---

31) 목을 베어 높은 곳에 매달아 놓아 뭇사람들이 보게 하는 것.

대를 들고 곁에 서 있는 형리는 마치 저승사자와도 같았다. 인두를 달구고 있는 시뻘건 화롯불은 지옥 불을 연상케 했다.

'오늘은 어제보다 더 가혹하게 고문을 하겠구나……. 나에게 무얼 더 묻는단 말인가. 이미 죄를 주기로 작정을 하였으면 더 이상 고통을 주지 말고 이대로 죽여라.'

정도전은 오늘 고문을 더 받으면 더 이상 목숨을 잇지 못할 것이라는 생각이 들었다. 과거 나주로 귀양을 갔을 때는 20대의 건장한 나이였다. 그때는 장을 맞더라도 젊었기에 참아낼 수 있었고 이내 회복이 되었다. 그러나 지금은 쉰 줄에 접어든 나이다. 이렇듯 모진 고문을 견딜 수 있는 몸이 아니다. 설혹 고문을 받아낸다 해도 그 후유증이 커서 죽든가 불구가 되기에 십상이다. 정도전은 모든 것을 포기하는 심정이 되어 심문관이 오면 차라리 죽여달라고 애걸을 해볼 참이었다.

심문관이 단상에 앉았다. 심문장 안은 아연 긴장이 감돌았다. 막 심문을 시작하려는 그때였다. 심문장 안으로 한 떼의 무리가 들이닥쳤다.

"멈춰라! 우리는 중앙에서 왔느니라."

대장인 듯한 자가 단상에 앉은 심문관을 향해 소리를 쳤다. 그의 곁에는 중앙의 순군 복장을 한 군사들과 예천부의 병졸들이 늘어섰다. 심문 준비를 하던 자들이 놀라서 하던 일을 멈췄다. 놀라기는 정도전도 마찬가지였다.

'죽이라는 어명이 떨어진 것인가……?'

순간 정도전은 허망하다는 생각이 들었다. 그러나 지긋지긋한 고문을 더 이상 견뎌낼 자신이 없었기에 죽이려고 작정한 것이라면 빨리 죽는 것이 낫다는 생각도 들었다.

"어명을 받잡고 왔느니라! 죄인을 방면하라!"

중앙에서 온 관리는 큰소리로 명했다. 모두는 뜻밖의 소리에 어리둥절했다. 같은 소리를 들은 정도전도 귀를 의심했다.

'내가 잘못 들었는가?'

눈을 들어 관리를 쳐다보았다.

"개경의 상황이 변하여 전하로부터 죄인을 방면하라는 명이 있었다. 속히 삼봉 대감의 오라를 풀어주고 예천부로 모셔서 치료한 후에 개경으로 모셔라. 그리고 김귀련과 이반, 이자들을 묶어서 감옥에 가두고 명을 기다리도록 하라!"

졸지에 상황이 바뀌어 버렸다. 죄인이었던 정도전은 정중히 모셔지고 추상같은 심문을 하던 김귀련과 이반은 죄인의 신세가 되어버렸다. 중앙의 관리를 모시고 온 예천부사는 행여 자신에게 불똥이 떨어지지나 않을까 염려하여 정도전을 태울 가마까지 준비해서 뒤따라왔다.

정도전이 감옥에서 풀려난 것과 때를 같이하여 유배를 갔던 조준, 남은, 남재, 조인옥, 윤소종, 오사충 등도 풀려나서 개경으로 돌아왔다.

개경은 세상이 바뀌어 있었다. 자신들을 벌주는 데 앞장을 섰던 정몽주는 죄인이 되어서 저잣거리에 효수되었다는 말은 방면될 때 익히 들은 바가 있었지만, 일의 전말은 아직도 끝이 나지 않아 연일 죄상을 다스리는 일로 살벌했다. 임금에게 벌을 주라는 상소가 매일 같이 올라왔다. 정몽주에 대해서도 효수된 것으로 벌이 끝나지 않았다.

"정몽주의 죄는 개국백을 죽이고자 한 것입니다. 이는 역적죄와도 같은 것이니 효수에 그칠 것이 아니라 재산도 적몰하여야 합니다. 또한 일당인 이숭인, 이종학, 조호, 김진양 등에 대해서도 유배에 그칠 것이 아니고 폐서인하게 하시옵소서."

"이색과 우현보는 죄인인데도 정몽주의 주청으로 사면이 되어 개경거리를 활보하고 있습니다. 김진양의 공술에 의하면 정몽주는 거짓으로 일을 꾸며 정도전, 조준 등을 모함할 때 이들과 의논했다고 하였습니다. 이들을 원래대로 유배에 처하소서."

"설장수는 정몽주의 당여이고 이무, 김이 등은 정몽주에게 아첨하느라 편당을 하여 충성스럽고 어진 사람들을 모함하였으니 그들도 죄를 물어야 합니다. 직첩을 거두고 멀리 귀양을 보내소서."

임금은 올라오는 상소에 대해서 이런저런 주장을 할 수 없었다. 임금 자신도 정몽주와 한편이 되어 정도전 등 이성계의 측근을 벌주는 데 한 몫을 했으므로 정몽주의 죄를 논하는 데에 자유로울 수가 없었다.

"그래, 그리하여라."

임금은 같이 죄인이 된 심정으로 올라오는 상소 그대로를 재가할 뿐이었다.

많은 재상들이 정몽주와 같은 패당으로 몰려서 귀양을 가거나 파직이 되어 조정은 텅 빈 것 같았다.

빈자리에 대한 인사가 단행되었다. 죽은 정몽주가 앉았던 수시중 자리는 배극렴이 차지했다. 조준과 남은은 경기 좌우도 절제사, 경상도 절제사로 임명하여 지방의 병마(兵馬)를 장악하게 했다.

그러나 정도전은 벼슬길에 나가지 않았다. 그는 개경으로 돌아오자 이성계부터 먼저 찾았다.

"어서 오시오, 삼봉. 얼굴이 많이 수척하였구려. 내가 불민한 탓이외다."

정도전을 맞은 이성계는 겨우 자리에서 일어나 앉아서 인사를 받았다. 아직도 고문 후유증으로 얼굴이며 손등에 피멍 자국이 남아 있는 것을 보고 안타까운 듯 위로의 말을 건넸다.

"아니옵니다. 소신 이렇게 주군을 다시 뵙게 된 것만이라도 다행입니다."

정도전은 이성계를 다시 만나게 된 반가움으로 눈물까지 흘렸다.

"소신이 죽을 뻔한 위기를 넘겼고, 주군의 건강이 회복되고 있다는 것은 우리에게 아직도 할 일이 남아서 그것을 완수하라는 하늘의 뜻이 아닐는지요?"

"딴은 그렇기도 하오. 포은이 죽은 것은 안타까운 일이나 우리가 아직도 이렇게 살아 있으니 할 일도 남아있는 게지요."

"그 할 일이란 게 무엇이겠사옵니까? 이제 주군이 원하시는 나라를 만드시는 것이 아니겠사옵니까? 이 나라는 이제 주군이 맡으셔서 백성들이 만세에 이르도록 태평성대를 누리도록 하는 것이 아니겠습니까?"

'새 나라를 세운다……. 내가 나라의 주인이 된다고?'

이성계는 정도전의 말을 들으면서도 실감이 나지 않았다. 그동안에 막연하게 고려를 무너뜨리고 새 나라의 주인이 된다는 생각을 안 해 본 것은 아니었지만 어떻게 해야 할 것인지 자신에게는 구체적인 청사진이 없었다.

10년 전 초라한 행색으로 함주 막사를 찾아온 정도전이 고려는 더 이상 희망이 없다고 이야기하고 새로운 영웅이 나타나서 나라를 바로 세워주길 원하면서 그 일을 자신이 해야 한다고 권했을 때 실없는 소리로 가볍게 치부했었다.

그러나 그와의 만남을 계속하면서 이성계의 위상은 몰라보게 변했다. 최영의 편을 들어 무진정변을 일으켜 조종의 실권자가 된 것은 그렇다 치고 위화도 회군을 비롯해 임금을 폐하고 지금의 왕을 임금으로 세우는 등 결정적인 순간을 맞는 때마다 정도전은 크나큰 역할을 해주었다. 이제 정도전은 또 한 번의 기회를 만들려는 것이다.

나를 왕으로 앉히고 500년 동안 계승한 고려를 무너뜨리고 전혀 새로운 나라를 만들 때라고, 나에게 그 역사의 주인공이 되라고 하는 것이다. 이성계는 믿어지지 않는 현실이었지만 정도전이 하자는 대로 맡기고 기대를 해보기로 했다.

"그러려면 할 일이 많은데 속히 벼슬로 복귀하여야 할 것이 아니오."

"아니옵니다. 소신에게 이제 고려 조정에서의 벼슬은 더 이상 의미가 없습니다. 저는 주군을 새 나라의 임금으로 세우고 새 나라에서 주군이 내려주시는 벼슬을 받겠습니다."

정도전은 앞으로의 계획을 이성계에게 자세히 일러주었다.

이성계가 왕위에 앉는 것은 지금의 임금이 더 이상 나라를 이끌어갈 능력이 없어서 덕이 있는 신하에게 나라를 부탁하는 선양(禪讓)의 절차에 의하여야 한다고, 오래전에 함주를 찾아갔을 때 한 말을 다시 주지시켰다.

"옛날 요임금은 자식에게 임금의 자리를 물려주지 않고 덕망 있는 신하인 순임금에게 물려주었습니다. 순임금은 이를 사양하여 행적을 감추기도 하였는데 요임금은 기어이 찾아가서 보위를 물려주었고, 순임금은 요임금을 본받아 우임금에게 다시 선양하여 나라가 태평성대를 이루었던 것입니다.

주군께서는 지금 힘으로도 임금을 죽이고 왕좌를 차지하기에 충분하옵니다. 그러나 그러한 방법은 백성으로부터 왕위를 빼앗았다는 비난을 면치 못할 것이고 또한 피바람을 몰고 와 무고한 인명이 다치게 됩니다. 따라서 지금의 무능한 임금이 자진해서 주군께 보위를 물려주고, 주군께서는 몇 번의 사양을 거듭하시다가 나라를 튼튼히 하고 백성을 평안히 하는 태평성대를 이루겠다는 맹세를 한 후에 보위에 오르시는 길을 택하셔야 할 것입니다. 소신은 비록 벼슬을 하지 않더라도 이를 위해 별도로 할 일을 하겠사옵니다."

정도전은 곧 이어서 단행된 대대적인 인사에서 조준, 남은, 조인옥 등 귀양에서 돌아온 인사들이 주요 보직에 재기용될 때 실로 아무런 자리도 차지하지 않았다. 다만 그는 명예회복을 위해 '봉화군충의군(奉化郡忠義君) 작위만 받았을 뿐이었다.

아, 태평연월이 꿈이런가 하노라

• 1

숙청 작업이 마무리되었다. 정몽주 일당을 비롯해 구세력으로서 개혁에 발목을 잡고 있던 이색, 우현보 등 권문세가들을 척결함으로써 이성계의 권력은 확고해졌다. 이성계의 권력을 방해하는 세력은 더 이상 힘을 쓸 수가 없게 되었다.

이제 이성계의 세상이 된 것이었다. 남은 것은 어떠한 절차를 거쳐 왕위를 물려받느냐 하는 것이다. 이제 임금이 스스로 물러나게 하는 일만이 남아 있었다.

또다시 대대적인 인사를 단행했다. 이성계가 문하시중으로 복귀했고 정몽주가 죽은 후 임시로 수시중 자리를 맡았던 배극렴을 제 자리에 앉혀서 이성계를 보좌하게 했다. 이성계가 여전히 와병 중이었으므로 배극렴의 역할은 막중했다. 조준이 판삼사사, 남은이 동지밀직사사, 이성계의 둘째 아들 이방과가 삼사우사가 되는 등 조정의 요직을 이성계의 측근들이 모두 차지했다. 문하시중 심덕보는 정몽주의 편이었으나 정몽주 사후처리에 협조적이었고 또 앞으로 써먹을 일이 남아 있었기에 그대로 벼슬길에 살려두었다. 그는 이성계가 앉았던 판문하부사로 자리를 옮겼다. 이성계가 문하시중 자리로 복귀하는 것을 계기로 도평의사사의 권한이 대폭 강화됐다.

조정의 모든 일은 도평사에서 결정하게 되었다. 바야흐로 이성계는 정권과 병권을 한꺼번에 거머쥐고서 임금이 하는 역할까지 도맡아서 하게 된 것이었다. 명실공히 막강한 권력자가 된 것이었다. 임금의 존재는 허울만 갖추었을 뿐이었다.

이성계의 커진 권력은 그렇지 않아도 유약한 임금을 더욱 두려움에 떨게 했다. 과거 이성계는 요동 정벌의 어명을 무시하고 마음대로 군대를 돌려서 문하시중인 최영을 죽이고 임금을 바꾸었고, 창왕을 폐하고 정창군인 자신을 왕위에 올리지 않았던가?

그가 저렇듯 막강한 권력 위에 군림하고 있는데 마음만 먹으면 또 언제 왕을 갈아치울지 알 수가 없는 일이다. 그것은 손바닥 뒤집는 것만큼이나 쉬운 일이다. 하물며 시중에는 '목자득국'이니 하는 불순한 말들이 떠돌고 있으니 만약 그가 왕위를 찬탈이라도 한다면 자신은 목숨조차도 부지하기 어렵겠다는 생각이 들었다.

임금은 이대로 가만히 있어서는 안 되겠다는 생각을 했다. 그동안 정몽주의 꼬임에 빠져서 측근들을 귀양 보낸 일들로 인해 이성계가 섭섭한 감정을 품고 있을 터이니 이를 풀어주고자 했다. 미리 이성계의 환심을 사두는 것이 좋겠다는 생각이었다.

"여봐라, 오늘 문하시중의 가택으로 가서 병문안을 하고 고생하는 가족과 측근들을 위하여 잔치를 베풀고자 하니 속히 서둘러라!"

임금은 내관에게 성대히 준비하라고 지시했다.

궁중의 악사와 무희들이 이성계의 집으로 동원되었다. 임금과 대소 신료들이 모두 참석하는 연회가 베풀어졌다.

이성계는 아픈 몸이었지만 임금이 일부러 집에까지 찾아와 병문안을 하며 잔치를 베풀어준다는 것을 거절할 수 없어 기꺼이 자리에서 일어나 참석했다.

이방원도 자리를 함께했다. 비록 아버지로부터 화를 불러와 꾸중을 듣긴 했지만, 오늘의 일이 자신이 정몽주를 척살함으로써 이루어진 일이기에 당당히 자부심을 느끼면서 잔치를 즐겼다. 그 한쪽으로는 정도전도 자리했다. 그는 이성계의 막료로서 이성계 바로 뒤에 자리를 하고 앉았다.

연회는 임금이 베푼 여느 잔치에 못지않게 성대했다.

"과인이 이 시중이 낙마하였다는 소식을 전해 듣고 가슴이 철렁하였는데 이렇듯 차도가 있어 얼마나 다행인 줄 모르오. 이 시중이 쾌차하는 것은 나라의 국운이 아직 팽창하고 있다는 것을 하늘이 보여주려 한 것이니 대소신료들과 함께 기뻐하지 않을 수가 없소이다. 내가 직접 이 시중에게 술을 한잔 올리리다."

임금의 뜻에 따라 환관이 술잔을 들고 다가왔다.

"아니다. 내가 직접 이 시중께 술을 따르겠다."

임금은 환관을 물리치고 직접 술병과 잔을 받아들고 이성계에게 다가갔다.

이성계는 엉거주춤 일어나려 했으나 고통으로 다시 자리에 주저앉았다. 옆에 앉은 신료들이 부축을 하려고 다가가자 임금이 말렸다.

"아니다. 그대로 앉아서 술잔을 받게 하라. 몸이 아픈데 어찌하겠느냐?"

이성계는 앉아서 술을 받고 임금은 서서 술을 따르는 궁중의 예법에 없는 일이 벌어졌다. 그러나 어느 누구도 이에 시비를 드러내는 사람은 없었다. 다만 그 모습이 민망해서 바로 쳐다보지 못할 뿐이었다.

대사헌 민개만이 송구하여 작은 소리로 읊조렸다.

"실로 옛 법에 없는 일이로다. 주상께서 손수 따라주는 술을 앉아서 받다니……."

민개가 혼잣말처럼 주절거리는 것을 곁에 섰던 남은이 듣고 면박을 주었다.

"그런 소리 지껄이지 마오. 주상의 심정이 얼마나 절박하면 신하들 앞에서 저런 꼴을 보이겠소."

임금의 민망한 행동은 거기서 멈추지 않았다.

"내가 이 시중의 쾌차를 위하여 춤을 출 터이니 악공들은 풍악을 울리거라."

임금은 체면을 내려놓고 춤을 덩실덩실 추었다. 잔치가 파할 무렵에 임금은 다시 한 번 이성계에게 술잔을 권하며 말했다.

"내가 일찍이 이 시중에게서 막중한 은혜를 입고 이 자리까지 왔는데 어찌 그 은혜를 모른 척할 수 있단 말이오. 보답은 못 하더라도 배은망덕한 일은 하지 않을 것이니 믿어주시오."

임금은 마치 맹세하듯 말하며 구걸하듯 눈물까지 흘리는 처량한 모습을 보였다. 그를 보고 있는 신료들은 딱하다는 듯 혀를 끌끌 찼다. 임금의 모습에서는 이제 더 이상 군왕으로서의 체통은 찾아볼 수가 없었다. 임금은 연회가 끝날 즈음에 준비해왔던 금(琴)과 슬(瑟), 거문고 한 벌을 내려주면서 "부디 악기를 듣고 부드러운 마음을 가지고 빨리 쾌차하기를 바라오."

당부를 한 후 연회를 마쳤다.

• 2

임금은 이성계의 환심을 사기 위해 위로연을 베풀어 비위를 맞추고 궁중에 돌아왔으나 여전히 불안했다. 정몽주가 죽은 이후 자신을 지지하는 신하는 더 이상 나타나지 않았다. 설혹 있다 하더라도 이성계의 위상에 눌려서 행동으로 드러내지 못했다.

궐내가 온통 이성계를 따르는 자들로 들어차 있다고 생각하니 장차 목숨도 보전하기 어렵겠다는 생각조차 들었다. 그나마 한가지 믿을 만한 것은 명나라로부터 직첩을 받는 일이었다.

'황제의 신하가 되면 아무리 이성계라 하더라도 함부로 하지 못하리라……. 지난번 세자가 황제를 배알했을 때 대우를 잘해주더라 하지 않았던가?'

임금은 다시 사신을 보내어 황제께 어려운 사정을 고해보고자 했다. 마침 명 황제의 생일을 축하하기 위한 사절단이 꾸려졌다. 문하평리 김주가 정사로 뽑혔다. 임금은 김주를 은밀히 불렀다.

"내가 창을 폐하고 보위에 오른 지가 4년이 되었는데 황제께서는 아직도 직첩을 내려주시지 않고 있다. 황제께서는 지난번 세자를 보내어 생일을 축하하게 하였을 때 세자의 자리를 제후들의 옆에 앉히는 등 융숭히 대하였는데 아직도 아무런 기별이 없구나. 아마 황제께서 업무가 바쁘시어 잊은 듯하니 공이 이번 사절로 가서는 간곡히 청하여다오."

임금은 김주에게 단단히 당부하고 내탕고에 보관된 금은보화를 내어주면서 황제의 나라 관리들에게 뇌물로 쓰라고 했다.

김주가 임금에게 은밀히 불려간 사실은 금방 이성계에게 보고되었고 그것은 곧 정도전에게도 전해졌다. 임금의 뜻대로 명나라에서 직첩을 내려주면 문제가 복잡해진다. 황제가 제후로 인정한 고려왕을 신하가 마음대로 바꾼다는 것은 황제의 명을 거스르는 일이 되어 나중에 후환을 불러올 수가 있는 일이다. 그렇다고 고명 사절을 취소시킬 수도 없는 노릇이었다.

"임금은 지금 꾀를 내고 있는 듯하옵니다. 더 이상 미룰 수가 없습니다."

정도전은 결행이 시기가 왔다는 것을 이성계에게 말했다.

"대관을 받을 준비를 해두십시오."

정도전의 눈빛은 날카로웠다. 오랫동안 기다려온 기회를 포착한 맹수가 먹이를 낚아채려는 순간에 발하는 눈빛이었다.

"……."

이성계는 아무 대답도 하지 않았다. 믿고 맡긴다는 뜻이었다.

정도전은 배극렴을 찾아갔다.

"사세가 급박하게 되었소이다. 수시중께서 일을 해내셔야겠습니다."

배극렴은 정도전으로부터 자초지종을 들었다.

'드디어 그날이 왔구나. 그 일을 내가 맡는구나!'

배극렴은 정도전의 말을 듣고 가슴 속에 형언할 수 없는 벅찬 기운을 느꼈다. 그것은 역사에 큰 획을 긋는 엄청난 일을 자신의 입으로 직접 말해야 하는 바위와 같은 부담감과 함께 새로운 역사의 장을 시작한다는 설렘에 찬 흥분이었다. 배극렴은 잔뜩 긴장해서 말을 못하고 정도전의 얼굴만 쳐다보았다.

"……?"

어떻게 해야 하느냐는 듯 눈으로 물었다.

"판문하 심덕부 대감과 수시중이 함께 전하께 가셔서 보위를 물려줄 때가 됐다고 설득을 하십시오."

"전하가 순순히 받아들일는지요?"

"뒷일은 또 달리 준비를 해놓았으니 수시중 대감이 먼저 전하 스스로 보위에서 내려오시도록 설득을 하십시오. 그것이 절차인 것 같습니다."

임금을 보위에서 내려오게 하는 것은 이제 별다른 저항이 있을 수 없었다. 다만 정도전이 계획해 놓은 순서대로 진행만 하면 끝나는 것이다. 심덕부도 사세 판단이 빠른 사람이다. 그는 한때 정도전과 조준, 남은 등을 핍박하는 데 동조했던 사람이다. 정몽주는 죽고 그와 패거리가 되어 함께 일을 도모했던 중신들이 모두 중죄인이 된 마당인데도 자신을 여전히 높은 버슬자리에 앉혀놓은 것은 달리 소용이 되기 때문이라는 것을 아는 사람이었다.

심덕부는 배극렴과 함께 공양왕을 찾아갔다.
"전하, 감히 드릴 말씀은 아니 오나 옛 요임금은 덕망 있는 신하 순임금에게 보위를 물려주신 후 후세에 길이 성군으로 남으셨습니다. 전하께옵서도 옛 성군의 길을 따르시옵소서."
"……."
임금은 참으로 어처구니가 없었다. 신하가 임금에게 찾아와서 보위를 물러나라니……. 참으로 천인공노할 일이었지만 임금인 자신이 힘이 없으니 어쩌랴? 지금으로써는 목숨이라도 구걸해야 할 판이었다. 임금은 두려움에 얼굴이 새파랗게 질려서 사지를 부들부들 떨었다.
"과인이…… 내, 내가 보위에서 물러나라는 말이오? 신하로서 그것이 할 말이오?"
임금의 목소리는 떨려 나왔다. 그러면서 설움과 분노가 북받쳐서 뚝뚝뚝 눈물을 흘렸다. 찾아간 두 신하도 달리 할 말을 잃고서 임금의 그런 처량한 모습을 바라만 보고 있을 뿐이었다.
"……."
한참을 울고 난 후 임금은 말을 이었다.
"내가 이 시중과 동맹을 맺어서, 나랏일은 이 시중에게 맡기고 나는 뒷전으로 물러나서 여생을 조용히 지내는 것이 어떻겠소? 나는 원래 보위에 욕심이 없던 사람이었는데 이 시중과 함께 여기 있는 두 공신이 권하여 억지로 보위에 앉은 사람이오. 나는 차라리 옛날로 돌아가고 싶소이다."

공양왕은 어떻게 하든지 명나라로 간 사신이 황제의 직첩을 받아올 때까지 시간을 벌어볼 속셈으로 여러 가지 핑계를 댔다. 심덕부와 배극렴은 끝내 임금을 설득하지 못하고 물러 나왔다.

정도전, 조준, 남은 등 이성계의 주요 측근들이 다시 만나서 임금의 거취 문제에 대해서 의논했다. 배극렴은 임금을 찾아갔던 일에 대해 보고를 하면서 자신에게 부여된 일을 다하지 못한 것이 송구하여 풀이 죽어 있었다.

"임금이 저렇듯 한사코 버티고 있으니 이제 어떻게 하면 되겠소이까?"

모두는 정도전이 어떤 결정을 내려주기를 바랐다.

"이제 별수 없소이다. 군사를 동원해서 붙잡아 가두고 억지로라도 물러나게 하든가 아니면 죽여버리든가 해야 할 것이오."

남은이 흥분해서 말했다.

"아니, 그것은 아니 되오. 이 일은 어디까지나 임금이 스스로 보위에서 내려오고, 물려받는 신하는 몇 번에 걸쳐서 사양하다가 명분에 못 이겨 이어받는, 선양의 방식이 되어야 하오. 그렇지 않으면 백성들로부터 왕위를 찬탈하였다는 비난을 받아서 민심이 이탈할 것이오이다. 민심의 지지를 받지 못한다면 비록 임금의 자리를 물려받는다 해도 그것은 사상누각이 되어 오래 못 갈 것이고 그리되면 우리는 결국 역적질을 했다는 오명을 쓰게 될 것이오."

"선양이라……? 좋은 방법이긴 하지만 임금이 저렇듯 완강하니……."

조준이 조용한 목소리로 말했다. 달리 방도가 있느냐는 물음이었다.

"대비전의 힘을 빌립시다."

정도전은 준비한 다른 비책을 제시했다.

"대비전의 힘을 빌려요?"

"그렇소이다. 우리가 가고자 하는 길은 고려와는 관계가 없는 새 나라로서, 보위를 물려받는 데 꼭 대비의 허락을 받을 필요는 없습니다. 하나 지금 임금이 한사코 자리에서 물러나지 않겠다고 버티고 있는데 이를 힘으로 쫓아낸다면 찬탈이라고 비난을 받을 것이오. 그런데 대비전의 명으로 지금 임금을 폐위시키고 이 시중에게 그 자리를 대리하게 한다면 이는 선양의 방식이 되는 것이오."

"오호라, 대비전의 명을 빌어 선위의 명분을 쌓자는 것이군요."

남은이 정도전의 뜻을 알아듣고 맞장구를 쳤다.

"오호!"

남은뿐만 아니라 모두는 정도전의 치밀한 계획에 감탄을 금치 못했다.

"수시중께서 다시 한 번 수고를 해주셔야겠습니다."

"......?"

"대비전에 뜻을 전하기 전에 먼저 도평사에서 중의를 모아야 할 것이외다."

조정 대신들이 먼저 결의를 하고 이를 대비전에 건의한다면 대비전에서도 따를 수밖에 없을 것이라는 판단이었다.

도평사의 수장은 문하시중 이성계였으나 그는 와병 중이었고 또 자신의 신상에 관한 일이므로 직접 나설 수가 없는 일이었다.

배극렴이 수시중으로서 문하시중의 역할을 대행하고 있으므로 그가 모든 일을 앞장서서 처리했다.

• 3

임금은 심덕부와 배극렴이 다녀간 뒤로 잠을 제대로 자지 못했다. '물러나라'는 저들의 건의를 거절하고 돌려보내긴 했으나 힘을 가진 자는 그들이다. 아무리 임금이 버티고자 한들 무슨 소용이 있겠는가?

저들이 마음먹기에 따른 일이었다. 수라에 독을 타거나 자는 사이에 자객을 보내 죽일 수도 있는 일이다. 명나라에 간 사신을 기다려보는 것이 한 가닥 기대이긴 하나 황제가 고명을 내려줄지도 의문이고 무엇보다도 몇 달은 족히 걸리는 일이기에 저들이 자신을 그때까지 가만 놓아두지 않을 것이었다.

임금은 걱정 끝에 이성계와 동맹을 맺으면 안위는 보장받지 않을까 하는 생각을 했다.

맹서의 글을 짓고자 성균사예 조용(趙庸)을 불러들였다.

"내가 이 시중과 대대손손 잘 지내도록 하는 맹세문을 만들어 동맹을 맺고자 한다. 글을 작성해오라."

임금의 명을 받은 조용은 어이가 없었다.

"전하, 그것은 아니 될 말씀이옵니다. 자고로 열국 간에 동맹은 있었어도 군신 간에 동맹을 맺은 예는 없었사옵니다."

조용은 고금의 예가 없음을 들어서 반대했다. 그러나 임금은 완강했다.

"정 그러하다면 경이 지신사 이방원과 의논하여 초안만이라도 작성을 해보라."

조용은 어쩔 수 없이 맹세문을 작성해서 올렸다.

> "경(卿)이 없었더라면 내가 어찌 이 자리에 앉았겠는가? 그러니 내가 어찌 경의 공을 잊으랴? 하늘이 위에 있고 땅이 곁에 있으니 자손 대대로 서로 해치는 일이 없을 것이로다. 내가 경을 저버리는 일이 있을 경우 이 맹세가 증거가 될 것이다."

맹세문에는 이성계로부터 폐위를 당할까 노심초사하는 임금의 마음이 간절히 담겨 있었다. 임금은 이방원을 불러서 맹약식을 할 날짜를 잡도록 아버지에게 전하라고 했다. 그러나 이를 전해 들은 이성계는 거절했다. 임금은 다시금 이성계의 집으로 환관을 보내 답을 받아오게 했다.

> "내가 경의 집으로 찾아가서 신료들을 모아놓고 함께 술을 마
> 시면서 맹약식을 거행하고자 하니 속히 날짜를 정해주시오."

> "고금에 없는 일을 하고자 하니, 신이 어찌 명을 받들겠나
> 이까? 명을 거두어주소서."

다시 이성계로부터 거절한다는 의사가 전해졌다. 임금은 마음이 답답
하고 조급증이 나서 일방적으로 찾아가겠다고 통보를 했다.

그러나 임금의 절박한 심정과는 아랑곳없이 도평사에서는 별도로 임
금을 폐위하는 문제가 논의되었다. 모든 일이 정도전의 주도하에 사전에
정지되었던 것이기에 논란이 있을 수 없었다. 일사불란하게 처리되었다.
중신들은 만장일치로 임금을 폐위하기로 결의했다.

> "지금의 왕은 용렬(庸劣)한 사람이라 군왕의 자격이 없고
> 인심마저 떠나서 나라와 백성들의 주인이 될 수 없으니 폐
> 하는 것이 사직을 위하여 옳은 일이다."

수시중 배극렴은 결의된 내용을 들고 신료들과 함께 대비전을 찾았다.
대비전의 궁녀들은 몰려온 신료들과 군사들을 보고 벌벌 떨었다. 대비
또한 배극렴이 아뢰는 소를 듣고 놀라기는 마찬가지였다. 대비는 저들이
전하는 말에 별다른 이의를 달 수 있는 처지가 못 되었다.

대비는 이미 두 번에 걸쳐서 임금을 바꾸겠다는 신하들의 요구를 허
락한 바가 있었다. 그때도 저들이 하자는 대로 따랐던 것이다. 이번에도
저들이 하자는 대로 하면 되는 것이었다.

공양왕은 도평사에서 자신에 대한 폐위를 결의했다는 말을 전해 듣고

는 가슴이 철렁 내려앉았다. 일말의 시각도 주지 않고 일을 이처럼 전광석화같이 처리하다니……. 눈앞이 캄캄했다. 이제는 맹약식도 물 건너가 버리고 꼼짝없이 쫓겨날 판이었다. 목숨조차 보전할 수 있을지 의문이었다. 그래도 이성계를 찾아서 졸라보면 무슨 수가 있지 않을까 해서 맹서문을 챙겨서 서둘러 궁을 나설 채비를 차렸다.

그러나 이미 때는 늦어버렸다. 대비전의 교지를 받아든 신료들이 군사들을 앞세워 궁으로 들이닥쳤다.

"폐왕 왕요는 대비전의 교지를 받드시오."

동지밀직사사 남은과 문하평리 정희는 받들고 온 교지를 우부대언 한상경에게 읽게 했다. 임금은 무릎을 꿇고서 교지를 받들었다. 교지를 읽는 동안 임금은 여름날인데도 온몸을 와들와들 떨었다. 교지를 다 읽었는데도 제정신을 차리지 못했다. 혼이 나간 듯 멍한 눈동자를 하고 있다가 헛소리를 하듯 혼자서 지껄였다.

"내가 본디 임금하기를 원하지 않았다. 그런데도 너희들이 억지로 나를 임금의 자리에 앉혀놓고서 온갖 소리를 해대어 내 손으로 신하들을 욕보이게 만들더니 오늘날 이 지경에까지 이르게 만들었구나. 내가 그렇지 않아도 불민하였는데 어찌 여러 신하들의 비위에 거슬림이 없었겠는가…… 아, 이러한 일을 예측하지 못한 것은 아니었건만 속절없이 이렇게 당하고 보니 가련하고 억울하도다."

남은이 측은하다는 듯 곁에서 보다가 말했다.

"지난날을 돌이켜보면 폐왕 왕요가 잘못한 것이 여럿 있으나 그중에서도 사감(私感)에 치중하여 인사와 상벌을 공평히 하지 않았던 것이 큰 것이오이다. 우현보 부자는 신우의 복위를 모의하여 여러 대신들이 치죄하기를 거듭하였으나 폐왕께서는 우현보 부자를 벌주기보다는 아들 흥득을 사헌부집의(司憲府執義)로 임명하여 옳은 말을 건의하는 충신을 모함하게 하였소. 이것은 우현보의 손자 성범이 폐왕의 사위였기에 사정(私情)에 얽매어 그렇게 한 것인데 그로 인하여 사직이 위태로울 뻔하였소이다. 부디 개과천선할 일이오."

남은이 그렇게 말한 것은 전날에 정도전이 우현보를 벌주라고 줄기차게 상소를 올리는 것을 임금이 미워한 나머지 우현보의 아들 홍득을 헌부에 발령 내어 '미천한 출생이 권력을 함부로 휘두른다'고 헐뜯게 하고 끝내 귀양을 보내 오늘의 발단이 되게 했다고 잘못을 탓한 것이었다. 이는 남은의 입에서 나온 것이었으나 실은 정도전이 하고자 한 말이었다.

임금은 그 말을 듣고 눈물을 뚝뚝 흘리며 말했다.

"우씨가 나의 원수가 되었구나."

임금은 즉시 원주로 추방되었다. 1392년 7월 12일의 일이었다. 이로써 고려는 태조 왕건이 고려를 건국한 이래 475년 동안 지속해 오다가 34대 공양왕 대에 이르러 역사의 막을 내리게 되었다.

고려는 태조 왕건이 북방의 광활한 영토를 지배했던 고구려인의 후손임을 자처하면서 건국했고 한때 독립적이 연호를 사용하는 등 민족적 자긍심을 내세우며 국권을 튼튼히 했다. 그러나 지배계층의 방종과 그들 간의 권력다툼으로 국력이 쇠약해졌고 특히 의종 대에 일어난 무인난 이후에는 국가 지배 체계가 무너지고 이로 인한 공도(公道)가 해이해져 나라는 정상적으로 유지될 수 없을 지경에까지 이르렀다.

무인정권 이후에는 북방민족인 몽골족의 지배를 받으면서 그 속국으로 100년에 가까운 세월을 보냈다. 공도가 무너진 세상에서 권력은 힘 있는 자에 의해서 전횡되었다. 그들은 자신들이 누리는 영화를 지켜내기 위해 인맥을 형성하여 이익에 따라 세를 뭉치는 데만 혈안이었고 그 와중에서 발생한 폐해는 고스란히 백성이 짊어지게 되었다.

여기에 신진사대부를 중심으로 변화를 갈망하는 기운이 움트게 되었는데 이들은 백성의 소리를 등에 업고 마침내 전쟁을 통해 영웅으로 부각된 이성계와 결합하여 새로운 세상을 만들게 된 것이었다. 그 중심에 정도전이 있었다.

• 4

배극렴 등 신하들이 이성계의 집으로 찾아갔다.

"백성의 여망과 신하의 뜻이 하늘에 닿아 왕씨의 나라가 끝이 났사옵니다. 이제 덕이 있는 사람이 나와서 하늘의 뜻을 이어받으셔야 하옵니다."

"그 덕이 있는 사람이 누군고?"

이성계는 짐짓 모른 체하고 물었다.

"이 나라에서 지금 이 시중만큼 덕을 베풀 사람이 어디 있겠사옵니까? 부디 소신들의 뜻을 받아주시옵소서."

"새 왕조의 창업은 하늘의 뜻이 없으면 되지 않는다. 내가 정말 덕이 없으면 어떻게 감당을 하겠는가?"

이성계는 보위를 물려받으라는 것을 거절했다. 배극렴 등이 거듭 요청했으나 이성계는 뜻을 굽히지 않았다. 배극렴, 정도전, 조준 등 이성계의 측근들이 모여서 이성계를 설득하는 문제를 다시 의논했다.

"보위는 한시라도 비워놓을 수가 없는 곳인데 저렇듯 완강히 고사하시니 어찌하면 좋겠소?"

배극렴이 임무를 다하지 못한 것을 송구해 하며 조언을 구했다. 그러나 이성계가 보위를 물려받는 것은 기정사실인데 달리 방 안이 있을 수 없었다. 다만 명분을 쌓는데 시일이 좀 더 걸릴 뿐이었다.

'잘하시는 일이옵니다. 지금처럼 겸양을 보이시는 것이 참으로 잘하시는 것입니다. 순임금은 보위를 이어받을 때 일곱 번이나 사양하였습니다. 보위에 오르셔서도 지금과 같은 겸양을 보이시옵소서. 임금이 욕심을 부리면 나랏일이 어렵게 되옵니다. 무엇을 탐하기보다는 신하의 뜻을 존중하고 그들의 말을 들어주시옵소서. 그래야 나라가 편안해집니다.'

정도전은 이성계가 고사하는 이유를 알고 있기에 걱정하지 않았다.

이성계가 거듭 보위를 사양하자 대비전에서는 그를 감록국사(監錄國史)로 삼는다는 교지를 다시 내렸다. 감록국사란 나라의 일을 감독하고 인사를 총괄하는 직책이다. 이는 임금이 갖는 권한과 같은 것으로 이성계가 보위에 오르는 것을 사양하고 있었으므로 임금의 권한대행을 시킨 것이었다. 또한 현직 관리뿐만 아니라 사대부와 전직 원로재상들에게도 이성계가 나라를 이어받게 됨을 설득하여 동의를 받았다.

그렇게 공양왕이 폐위되고부터 임금이 부재한 채로 5일이 흘렀다.

7월 16일 저녁이었다. 52명의 전, 현직 원로재상들이 이성계의 추동 집으로 몰려갔다. 정도전, 조준, 남은, 이화, 이두란, 정희계, 박포, 조영규, 심효생 등 측근 인사들과 함께 원로재상들도 포함된 기라성 같은 인사 51인이 옥새를 가슴에 안은 배극렴의 뒤를 따랐다. 이 52인은 모두 후에 개국공신이 되는 인사들이다.

이성계의 집에 다다르니 이미 소식을 들은 백성들이 골목을 꽉 메우고 기다리고 있었다. 문밖에 이르러 안에다 대고 대비전의 대명을 전하러 왔다고 큰소리로 고했다.

마침 이성계는 강비와 함께 족친 부인들의 내방을 받고서 저녁을 먹고 있었다. 대문 밖이 갑자기 소란스럽자 부인들은 영문을 모르고 놀라서 뒷문으로 도망쳐버리고 이성계는 대문을 닫아걸라 했다. 대문이 닫히려 하자 배극렴을 앞세운 대신들은 대문을 박차고 들어갔다. 배극렴은 옥새를 대청에 놓고 안뜰에 부복했다. 뒤따르던 대신들도 같이 엎드렸다.

"옥새를 받으시옵소서. 하늘의 뜻을 거스르는 것은 도리가 아니옵니다!"

"만백성이 전하의 즉위가 하루빨리 이루어지기를 기다리고 있습니다!"

"보위는 하루도 비워둘 수 없는 곳입니다. 속히 거두어주소서!"

대신들은 배극렴의 선창에 따라 같이 구호를 외쳤다. 이성계는 방 안에서 꼼짝을 않고 있었다. 이천우가 방 안으로 들어가서 이성계를 부축하고 나왔다. 이성계의 모습이 침문 밖으로 나타나자 뜰 안의 대신들이 일제히 북을 치고 만세를 불렀다. 함성소리는 집 안에서 뿐이 아니었다. 골목에서 집 안의 동정을 살피고 있던 백성들도 같이 만세를 불렀다.

"만세, 만, 만세!"

"새로운 대왕전하 만세!"

안팎에서 이성계의 즉위를 축하하는 함성이 떠나갈 듯했다.

마침내 새로운 나라의 임금 즉위식이 수창궁에서 거행되었다. 이성계는 사저에서 궁궐까지 말을 타고 왔다. 궐문 앞에서는 말에서 내려 안까지 걸어서 들어갔다. 이성계의 그러한 행동은 여전히 신하로서 보이는 겸손한 모습이었다.

용상에 앉지 않고 기둥 안쪽에 서서 신하들의 축하를 받았다. 배극렴이 대보(大寶)³²⁾를 받쳐 들고 임금이 서 있는 단 아래로 다가갔다. 그리고 치하문을 읽었다.

"고려는 왕씨가 나라를 건국하여 475년을 지속하였는데 오늘에 이르러서 새 임금께서 등극하심에 따라 사직을 고하였습니다.

고려는 공민왕에 이르러 갑자기 세상을 떠나게 됨으로써 왕씨의 대가 끊기게 되었고 이인임 등 간신들이 그 틈을 이용하여 요망스런 중 신돈의 아들 우를 후사로 잇게 하여 왕위를 도둑질한 지 16년이 지났습니다.

---

32) 왕을 상징하는 인장. 옥새.

우는 왕위에 오른 뒤 포악한 짓을 마음대로 행하고 죄 없는 사람을 함부로 살육하고 군대를 일으켜 요동을 정벌하기에 이르렀는데 전하께서는 대의를 주창하시어 군사를 돌이키니 우가 스스로가 그 죄를 두려워한 나머지 왕위를 사양하고 물러났습니다.

이에 전하께서는 왕씨로 하여금 대를 잇고자 했으나 이색과 조민수, 우현보가 신우의 장인 이림과 결탁하여 신우의 아들 창을 용상에 앉히니 뜻을 이루지 못했고 이로써 왕씨의 후사는 두 번이나 끊겼습니다. 이색, 우현보의 무리들은 그에 그치지 않고 우가 전일에 저지른 악행이 세상에 다 알려져 임금의 자리에서 물러났음에도 왕위 회복을 꾀하다가 그 간사한 죄상이 드러났습니다. 이때에 이르러 전하께서 하늘의 명으로 알고 보위에 오르셔야 하는데 겸손히 사양하고 정창군을 왕으로 내세워서 임시로 서리(署理)하게 했던 것입니다.

그러나 정창군 또한 용렬한 사람이라 임금의 도리를 잃고 민심이 떠나버려 사직과 백성을 이끌 주재자가 되지 못함을 알고 스스로 물러났고 이제 하늘의 뜻을 받들고 백성의 염원에 따라 전하께서 새 임금으로 보위에 오르시게 되었는바, 이는 대신 이하 만백성이 축복으로 여길 일이니 부디 기대에 부응하여주소서."

배극렴의 축사는 이성계가 하늘의 뜻을 받들어 진작이 왕이 될 것이었으나 사양을 하고서 '왕씨로 대를 잇게 한다는 명분으로 정창군을 임시로 왕의 서리로 앉게 해서 정무를 보게 하였는데' 정창군 또한 자질이 모자라서 스스로 물러났기에 이제 하늘이 미리 점지해둔 대로 이성계가 부득이 임금의 자리에 오르게 되어 백성들의 기대가 크다는 것을 장황히 설명하는 것이었다.

그러나 공양왕이 능력이 없는 인물이라는 것은 당초 그를 왕으로 추대했을 때부터 알려진 일이었다. 결국, 모자라는 자를 뽑아 임금의 자리에 앉혀놓은 것은 이성계를 보위에 앉게 하려고 만든 수순에 지나지 않았다고 보아야 할 것이다.

즉위식은 어보를 건네받고 대신들의 하례를 받는 것으로 간소히 치러졌다. 이성계는 6조 이상의 판서들을 가까이 오라 하여 당부를 했다.

"내가 시중으로 있을 때도 조심스러운 생각을 품고 늘 직책을 다하지 못할까 봐 걱정했는데 어찌 이런 일을 생각이나 했겠는가. 내가 몸만 건강하다면 말을 타고 피하려 했건만 병이 들어 손발을 제대로 쓰지 못하는 사이에 일이 이렇게 되었다. 경들은 각기 마음과 힘을 합하여 덕이 없는 이 사람을 성심껏 도와야 할 것이다."

이성계는 임금으로 즉위했음에도 여전히 겸손을 지켰다. 임금이 되리라고는 당초에 생각지 못하고 맡겨진 소임만을 충실히 해왔는데 신하들이 이렇게 만들어 어쩔 수 없이 보위에 앉게 되었다는 것이다. 아직도 적잖이 남아 있는 옛 고려에 대한 향수와 민심을 자극하지 않기 위해 조심스럽게 말한 것이었다.

1392년 7월 17일.

고려의 역사는 그렇게 종말을 고하고 새 나라의 역사가 시작되었다. 이성계의 즉위를 지켜본 정도전은 감격에 겨워서 흐르는 눈물을 주체하지 못했다.

9년 전 이성계의 함주 막사로 혈혈단신 찾아갔을 때는 오늘과 같은 날이 오리라 예상한 사람은 아무도 없었다. 이성계마저도 나라꼴이 하도 어지러우니 이상을 꿈꾸는 별난 사나이가 찾아와서 불만을 토로하는 것쯤으로 치부했다.

정도전 혼자만이 신념과 열정에 차 있었을 뿐이었다. 생각해 보면 참으로 어려운 위기를 수도 없이 겪었다. 이성계 살해 모의만 해도 여러 차례 적발되어 위기를 넘겼고 정도전 자신도 죽음의 벼랑 끝까지 몰렸다가 구사일생으로 살아난 것이 바로 엊그제의 일이다.

그 와중에 목은 스승과 40년 지기 우정을 나눈 정몽주와도 정적이 되어 목숨을 걸고 맞섰고 결국 유배를 보내고 목숨까지도 거두어야 했다. 비정하다고 후세에 비난을 받을 일이지만 대업을 위해서는 어쩔 수 없는 노릇이었다. 그들은 낡고 썩어서 더 이상 나라로서 구실을 하지 못하는 고려를 무너뜨리고 새로운 나라를 세우려는 대업에 크나큰 장애물이었기에 그리하지 않을 수가 없었다.

바야흐로 이제 이성계가 보위를 물려받고 새 나라의 역사가 시작되었다. 이제부터는 마음속으로만 품어왔던 나라, 나라의 기틀을 반석 위에 올려놓아 누구도 감히 범할 수 없고, 백성이 평안히 생업에 종사하며 태평성대를 노래하는 나라를 만들어가야 하는 것이다.

정도전을 그러한 나라를 꼭 만들고야 말겠다고 다짐을 했다. 새 임금의 즉위 모습은 겸손했다. 새 나라의 희망이 보였다.

'전하, 잘하셨습니다. 임금이 겸손하시면 백성이 존귀하게 되는 것이옵니다. 백성을 업신여기는 나라는 오래갈 수 없습니다. 소신은 전하와 함께 백성을 존귀하게 생각하는 나라를 꼭 이루어서 이 나라를 1,000년의 반석 위에 올려놓고자 합니다.'

정도전은 거듭거듭 속으로 다짐을 했다.

정도전은 오랜만에 편안한 잠을 잤다. 마음이 들떠서 잠이 오지 않을 듯했는데도 바라던 일을 이루었다는 포만감에 꿈까지 꾸어가며 푹 잤다.

> 우람한 건물이 구름에 닿을 듯 서 있고
> 그 사이에 이어져 들어앉은 여염집에서는
> 아침저녁으로 연기를 내고

늙은이들은 쉬고 젊은이가 짐을 지고
앞뒤를 호응하며 노래를 부르는 행복한 세상을 보았다.[33]

그것은 바로 정도전이 평생 동안 가슴에 품어 왔던 세상이었다.

(전편 끝)

---

33) 정도전의 시 「남도행인(南渡行人)」 중에서 인용했다.

에필로그

전편을 끝내면서

　이성계가 즉위하면서 정도전의 야망은 실현된 것일까? 아니었다. 이성계를 용상에 앉힘으로써 어떤 이들은 권세를 쥐고 부귀영화를 누리고자 하는 소망을 이루었을지도 모른다. 개국공신 중에 조준, 배극렴, 이두란, 이화, 조인옥, 손흥종, 황거정 등 많은 사람들은 그렇게 생각했을 것이다. 이성계 또한 꿈꾸던 임금의 자리에 앉게 되어 만족스럽다고 생각할지 모른다.

　그러나 정도전의 야망은 아직 차지 않았다. 이제부터가 시작이었다. 이성계를 새 나라의 주인으로 만든 것은 정도전이 꿈꾸어 왔던 나라를 만들기 위한 것이었다. 정도전의 야망은 궁극적으로 이제까지 없었던 나라, 백성을 위하는 나라를 만드는 것이었다. 그런 나라를 만들기 위해 새 나라에 적합한 임금으로 이성계를 택했던 것이고, 이제 그 야망을 이루고자 웅대한 걸음을 떼었을 뿐이다.

　전편(1·2·3권)은 고려가 망해가는 과정 속에서 정도전이 자신의 꿈을 펼치게 되고, 마침내 이성계가 등극하는 것으로 마무리를 지었다. 이제 후편(4권과 5권)에서는 정도전이 가슴에 그리고 있던 이상 국가를 실현하는 데 중점을 두고 글을 쓰고자 한다.

한양으로 도읍을 옮기고, 제도를 정비하고, 사병 혁파와 세자 옹립으로 새 나라를 반석 위에 올려놓는 여러 조치들을 조명하고자 한다. 그러나 이 과정에서 조선왕조 설립의 또 다른 공신이며 정도전 못지않은 야심을 가진 이방원과의 대립이 불가피해진다. 이성계 뒤를 이을 권좌를 놓고 두 사람의 대결은 극한으로 치닫게 되고, 이 과정 속에서 혁명의 동지들은 또다시 편이 갈라져 사생결단을 하게 된다.

좀 더 자세히 언급하면 후편은 정도전이 이성계로부터 막중한 벼슬을 내려받는 것으로부터 시작한다.

이성계는 정도전에게 숭록대부, 행정부의 두 번째 서열인 문하시랑찬성사, 정책결정기구의 수장인 동판도평의사사, 국가경제를 총괄하는 판호조사, 인사행정을 총괄하는 판상서사사, 문필(文筆)의 책임을 맡는 보문각대학사, 왕을 교육시키고 역사를 편찬하는 지경연예문춘추관사, 친병인 의흥부친군위의 책임자 직위를 모두 겸하게 했다. 정도전은 나라의 정책 결정, 인사 행정, 국가 재정 책임, 군사 지휘권, 왕의 교육과 교서 작성, 임금의 비서실 책임자, 역사 편찬 책임자가 되어 막중한 권한을 행사하게 된 것이다.

정도전은 이런 벼슬을 받고서 이렇게 말했다.

"세상을 다스리는 것은 다른 방책이 있는 것이 아니라 민심을 따라서 하늘을 받드는 것이다. 순임금에게 천하를 물려준 것은 요임금이 아니라 민심이었다. 고려는 왕씨의 나라가 아니라 백성의 나라인데 어찌하여 민심을 거스르려 하였던가!"

정도전의 이 말 속에 그가 경영해 나갈 새 나라의 모습이 그려진다.

작품을 집필하던 초기만 해도 과연 성공적으로 마무리 지을 수 있을지 글을 쓰는 내내 걱정이 머리를 떠나지 않았다. 사실 글을 시작할 때는 정도전이란 인물에 대해 너무나 무지했기에 학생처럼 열심히 공부해가면서 글을 썼다. 마치 정도전이 생각만으로 새 나라를 건설하겠다는 허황한 꿈을 꾸었던 것처럼. 그러면서 차곡차곡 일을 꾸몄던 것처럼. 그리하여 어느덧 5년이란 세월이 흘렀다. 전편을 끝내며 이 정도밖에 이르지 못한 것이 부끄럽기도 하고, 또 나머지 하편은 언제 마무리할지 걱정이 앞선다. 그리고 솔직히 이처럼 『정도전의 야망』을 전편과 후편으로 나눈 것은 아직 공부를 더해야 할 부분이 많이 남았기에 이를 보충해서 보다 나은 글로 선보이고 싶은 내 욕심 때문이다. 힘들 때마다 격려를 아끼지 않으신 주위 분들의 성원에 보답하기 위해서라도 빠른 시일 내에 꼭 하편을 완성할 것을 약속드린다.

정도전의 야망 3권

초판 1쇄	2016년 8월 10일
지은이	윤만보
발행인	김재홍
편집장	김옥경
디자인	박상아, 이슬기
마케팅	이연실
발행처	도서출판 지식공감
등록번호	제396-2012-000018호
주소	경기도 고양시 일산동구 견달산로225번길 112
전화	02-3141-2700
팩스	02-322-3089
홈페이지	www.bookdaum.com
가격	13,000원
ISBN	979-11-5622-205-7 04810
SET ISBN	979-11-5622-191-3 04810

CIP제어번호   CIP2016017997
이 도서의 국립중앙도서관 출판예정도서목록(CIP)은 서지정보유통지원시스템 홈페이지(http://seoji.nl.go.kr)
와 국가자료공동목록시스템(http://www.nl.go.kr/kolisnet)에서 이용하실 수 있습니다.

문학공감은 도서출판 지식공감의 인문교양 단행본 브랜드입니다.